Lutz Wilhelm Kellerhoff
Teufelsberg

LUTZ WILHELM
KELLERHOFF

TEUFELS
BERG

KRIMINALROMAN

ULLSTEIN

Die Figuren in diesem Roman sind frei erfunden.
Ähnlichkeiten mit lebenden oder toten Personen
sind rein zufällig.

MIX
Papier
FSC® C083411

ISBN: 978-3-550-05065-7

Gesetzt aus der Dante MT Pro
Satz: LVD GmbH, Berlin
Druck und Bindearbeiten: CPI GmbH, Leck
Printed in Germany

Prolog

Immer wieder fühlt er ihren Puls, horcht an ihrer Brust, fasst sie an der Schulter und schüttelt sie. Wach auf! Bitte. Aber sie wacht nicht auf. Während der Ausbildung hatten sie ihm gesagt, dass er eines Tages jemanden töten und sich in diesem Augenblick selbst kennenlernen würde. Das stimmt. Er hat sich kennengelernt. Und er weiß jetzt, dass er für diesen Job nicht gemacht ist.

Er geht auf und ab wie ein wildes Tier in einem Käfig. Flucht, heult. Ein paarmal hat er daran gedacht wegzulaufen. Aber da ist dieser Kerl in dem weißen Karmann Ghia. Als er seinen Opel Kadett vor dem Haus abgestellt hatte, war der noch nicht da gewesen. Wieso glotzt der ununterbrochen zum Haus hin. Ist das ein Polizist?

Er schenkt Cognac in ein Wasserglas. Spürt, wie die Flüssigkeit die Kehle hinunterrinnt und eine brennende Spur hinterlässt. Einen Augenblick später kann er wieder klar denken. Und erinnert sich daran, was er laut Handbuch in so einem Fall tun muss. Die Gläser abwischen, Fingerabdrücke auf der Flasche und den Türgriffen beseitigen. Schuhe ausziehen, den Teppich mit den Händen glattstreichen, damit die Abdrücke nicht mehr zu sehen sind. Es dürfen keine Spuren zurückbleiben, die auf den Agenten oder die Organisation hinweisen, haben sie ihm immer wieder eingetrichtert. Er schaut sich um. Nichts deutet darauf hin, dass jemand hier war. Bis auf die Tote natürlich. Aber die kann jeder x-Beliebige umgebracht haben. Liebhaber, Nachbar, Verwandter.

Er betrachtet sich im Spiegel des Wohnzimmerschranks. Es erschreckt ihn, wie er aussieht. So hat er sich Dostojewskis Raskolnikow immer vorgestellt. Und wenn er Raskolnikow ist, dann ist die Tote Aljona Iwanowna, die Laus, deren Tod bedeutungslos ist. Ein wenig gefällt ihm der Gedanke. Er richtet sich auf, nimmt Haltung an. Er wird jetzt nicht durchdrehen. Er hat immer noch alles unter Kontrolle. Und dass hier eine Leiche liegt, ist nicht sein Fehler.

Der Auftrag lautete, den Informanten Joachim Hirsch gegen Mitternacht zu treffen. Hirsch ist nicht da gewesen, aber seine Alte. Sie hat ihm die Tür aufgemacht. Hat gesagt, ihr Mann kommt später, weil er den Abend bei seiner Liebschaft verbringt. Da hat er zum ersten Mal ein komisches Gefühl gehabt. Sie haben zu zweit im Fernsehen die Mondlandung verfolgt. Die Alte hat ihm zu essen angeboten. Gefillte Fisch. So ein jüdisches Zeug, das grässlich geschmeckt hat. Später hat sie einen Joint angezündet. Sie haben beide geraucht, aber er hat nichts gemerkt. Sie hat gesagt, dass ihr Mann nicht wissen darf, dass sie Marihuana raucht. Dann hat sie gekichert und den Rauch zum Fenster rausgewedelt. Sie hat ihm Cognac angeboten. Er hat natürlich abgelehnt. Aber die Alte hat ganz schön gebechert. Nach vier Cognac, oder waren es fünf, hat sie eine Schallplatte aufgelegt. Marvin Gaye, *I Heard It Through The Grapevine*. Toller Song. Sie hat mit der Flasche in der Hand angefangen zu tanzen. Komm schon, tanz mit mir!, hat sie gesagt. Oder willst du mich hier alleine lassen? Hat deine Mutter dir nicht beigebracht, wie man sich einer Dame gegenüber verhält? Also hat er mit ihr getanzt. Sie hat ja gar nicht mal so übel ausgesehen für ihr Alter. Braungebrannt von der Höhensonne, straffe Haut. Und sie hat gut gerochen. Nach Marvin Gaye hat sie noch *You Can't Always Get What You Want* von den Stones aufgelegt. Sie hat sich zu dem Song wie eine Nutte bewegt. Als er gemerkt hat, dass sie ihn anmachen will, hat er gesagt, sie soll aufhören. Sie hat gelacht. »Was wirst du machen, wenn ich nicht aufhöre? Mich schlagen? Mich umbringen?« »Wahrscheinlich Letzteres«, hat er geantwortet, und sie hat wieder gelacht. Sie konnte ja nicht wissen, dass er ein paar Minuten später tatsächlich auf ihr hocken und ihr den Hals zudrücken würde, so lange, bis sie blau anläuft. Und er auch nicht.

Es war schockierend zu erleben, wie lange so was dauert. Seine Daumen hatten angefangen zu schmerzen. Mit den Oberarmen musste er ihre Hände abwehren, weil sie unablässig auf ihn einschlug. Dann hatte sich auch noch sein Asthma gemeldet. *Bitte stirb, stirb doch endlich,* hatte er geflüstert. Irgendwann hatte sie aufgehört, nach ihm zu schlagen. Ihre Arme waren zur Seite gefallen. Sie hatte ihn angeschaut, fragend, vorwurfsvoll. Bis ihr Blick leer war.

Er schaut auf die Uhr. Halb drei morgens. Wieso kommt der Kontaktmann nicht? Er kann doch nicht ewig hier sitzen und warten. Irgendwas muss schiefgelaufen sein. Der Kerl in dem weißen Karmann Ghia sieht immer noch zum Haus hin. Wenn der nicht bald abhaut, geht er raus und erschießt ihn.

Eins

20. bis 21. Juli 1969

Mehrfamilienhäuser und nördlich eine Villensiedlung. Kaum jemand auf der Straße. Die zwei Frauen, die aus dem 4er-Bus ausstiegen, flüchteten vor dem Regen in einen Hauseingang. Die Gegend lag ruhig. Nur aus dem Haus auf der anderen Straßenseite war immer wieder Babygeschrei zu hören. Seit dem Nachmittag regnete es, als wollte Petrus den Wannsee über Berlin ausleeren. Weil das Faltdach seines Karmann Ghia undicht war, saß Wolf Heller auf dem Beifahrersitz und fluchte still vor sich hin. Im letzten Herbst hatte ihm jemand das Vorgängermodell abgefackelt. Ein wunderschönes Exemplar in Blau mit weißen Ledersitzen. Zwei Monate hatte er warten müssen, bis die Versicherung endlich gezahlt hatte. Anschließend hatte er sofort wieder einen Karmann Ghia gekauft. Das gleiche Modell 14. Diesmal in Weiß mit roten Sitzen. Wieder mit Faltdach. Und wieder hatte irgend so ein Dreckskerl das Dach aufgeschlitzt. Bei dem alten war es wenigstens noch die rechte Seite gewesen. Jetzt war es die Fahrerseite. Wenn er den Kerl erwischen sollte, würde er ihm den Hals umdrehen.

Er sah auf die Uhr. *20:50*. Um sechs hatte er die Schicht übernommen. Bis jetzt war nichts passiert, was für die Observation relevant war. Wieder so eine sinnlose Aktion. Als ob sie nichts Besseres zu tun hatten, als im Wagen zu sitzen und sich die Nacht um die Ohren zu schlagen. Nur zwei Einträge.

18:05 Uhr. Übernahme des Postens von KOK Nowak.

19:47 Uhr. Bewohnerin aus dem zweiten Stock verlässt das Haus.

Seitdem waren die Fenster in der Villa Reichsstraße 13 dunkel. Ein protziger Bau aus der Zeit der Jahrhundertwende. Über dem Eingang wachten zwei halbnackte Figuren, die Schild und Speer in den Händen hielten. Die Fenster in der Beletage reichten bis zum Fußboden, der Mittelteil wölbte sich wie ein Bauch nach außen. Dort wohnte Joachim Hirsch, Präsident des Amtsgerichts Tiergarten, mit seiner Ehefrau Rebecca, Malerin. Keine Kinder.

Vor einer Woche hatten Linksradikale in einem Flugblatt einen Bombenanschlag auf Hirsch angekündigt, weil der im September vergangenen Jahres den Studenten Karl-Heinz Pawla zu zehn Monaten ohne Bewährung verurteilt hatte. Pawlas Vergehen hatte darin bestanden, im Kriminalgericht Moabit auf den Richtertisch geschissen zu haben. In der Akte stand: *Der Angeklagte gibt die Tat zu und lässt sich wie folgt ein: Er habe die Scheiße konkret machen wollen. Deshalb habe er Abführtabletten eingenommen, deren Wirkung er vorher ausprobiert habe. Er ärgere sich nur, dass er das komische Barett auf dem Richtertisch nicht erwischt habe.* Auf dem Flugblatt war Pawla abgebildet, wie er mit heruntergelassener Hose auf einem Tisch hockte. Daneben ein Foto von Hirsch. Darunter stand *Manchmal fliegt einem Richter die Scheiße doch noch um die Ohren* und *Den Hirsch muss man erlegen, sagt der Jägersmann.* Unterschrieben war das Ding von *Umherschweifende Haschrebellen, schwarze Ratten.* Heller hatte keine Ahnung, wer dahintersteckte.

Als das Flugblatt aufgetaucht war, hatte Innensenator Kurt *Kutte* Neubauer die Leiter von Verfassungsschutz, Staatsschutz und der Kripo in sein Büro zitiert und gesagt, dass ein Attentat unter allen Umständen verhindert werden müsse. Nicht nur, weil Hirsch zur Berliner Gesellschaft gehörte, sondern auch, weil er Jude und Kantor in der Synagoge in der Joachimstaler Straße war. Und weil fünfundzwanzig Jahre nach Auschwitz keine Juden mehr umgebracht werden sollten. Das hatte Neubauer nicht genau so gesagt, aber gemeint. Wieso allerdings die Mordermittler hier zuständig sein sollten, hatte bisher niemand Heller erklären können. Angeblich wegen Personalmangel. Der Staatsschutz observiert tagsüber, die Keithstraße nachts, hieß es lapidar. Na klar, wie sollte es auch anders sein. Sie waren mal wieder die Deppen.

Ausgerechnet dann, wenn Neil Armstrong als erster Mensch den Mond betreten sollte. Der Mann war zusammen mit Edwin Aldrin und Michael Collins 384.000 Kilometer weit zum Mond geflogen. In ein paar Stunden würde es so weit sein. Seit dem Mittag übertrugen sie im SFB das Spektakel. Wenn Heller das Gequatsche im SFB nicht mehr ertrug, schaltete er um zum RIAS. Da liefen ausschließlich Songs, die was mit dem Mond zu tun hatten. *Space Oddity* von David Bowie, *Moon River* von Audrey Hepburn, *Fly Me To The Moon* von Frank Sinatra, *Under The Moon Of Love* von Curtis Lee. Auch nicht besser. Im Rückspiegel sah Heller, wie ein weißer Porsche angerauscht kam und mit mindestens 90 Stundenkilometern an ihm vorbei stadtauswärts raste. Unter anderen Umständen wäre er dem Idioten hinterhergefahren und hätte ihn aus dem Verkehr gezogen.

21:15 Uhr. Keine besonderen Vorkommnisse. Regnet immer noch.

Bei der Einsatzbesprechung vor einer Woche hatte sein neuer Chef Friedrich Hartmann gesagt, dass sie im

Rathaus Schöneberg extrem nervös seien. Die Bombendrohung hatte nämlich einen Vorlauf. Vor zwei Jahren waren am 22. Mai 1967 bei einem Brand im Brüsseler Kaufhaus *À l'innovation* 322 Menschen ums Leben gekommen. Danach hatten irgendwelche Idioten schon einmal Flugblätter verteilt. *Ein Kaufhaus mit brennenden Menschen vermittelte zum ersten Mal in einer europäischen Großstadt jenes knisternde Vietnamgefühl (dabei zu sein und mitzubrennen), das wir in Berlin bislang noch missen müssen … Wenn es irgendwo brennt in der nächsten Zeit, wenn irgendwo eine Kaserne in die Luft geht, wenn irgendwo in einem Stadion die Tribüne einstürzt, seid bitte nicht überrascht.* Dann hatten Andreas Baader und Gudrun Ensslin am 2. April 1968 zwei Kaufhäuser in Frankfurt am Main in Brand gesteckt.

Den Kaffee in der Thermoskanne hatte er schon um halb acht ausgetrunken. Heller spürte, wie ihn eine bleierne Müdigkeit überkam. Die letzten Nächte, seit Paula aus dem Krankenhaus raus war, hatte er kaum geschlafen. Und wenn, war es ein Schlaf gewesen, der sich wie Ertrinken anfühlte. Er hätte aus seinem Wagen aussteigen und sich die Beine vertreten können. Aber der Leiter der Mordinspektion hatte die observierenden Kollegen in seiner grenzenlosen Weisheit dazu verdonnert, das Fahrzeug nicht zu verlassen. Wenn man pinkeln musste, sollte man in eine Flasche pinkeln. Wenn die Flasche voll war, sollte sie neben dem Wagen ausgeleert werden. Heller konnte aber nicht in die Thermoskanne pinkeln, weil er sie brauchte, um das verdammte Wasser aufzufangen, das durch das verdammte Faltdach tropfte. Was bei einem großen Geschäft zu tun war, hatte Manteufel nicht gesagt. Auch nicht, was man tun sollte, wenn irgendwo ein Baby schrie. Ununterbrochen.

Heller sah zu dem Haus hin, aus dem das Geschrei herübergeweht wurde. Er hatte die entsprechende Wohnung schon vor einer Stunde lokalisiert. Haus Nummer 93 auf der anderen Straßenseite. Vierter Stock. Wieso kümmert sich niemand um das Kleine, fragte er sich schon die ganze Zeit. Er konnte vieles ertragen. Männer, denen man den Kopf zu Brei geschlagen hatte, Frauen in Einzelteilen, Leichen in allen erdenklichen Zuständen und Stadien der Verwesung. Das alles steckte er weg. Aber kein Kindergeschrei. Er stellte sich vor, wie jemand das Kind quälte. Hinter einem Fenster, das dunkel war, wehte sachte eine Gardine. Nicht mehr lange und er steigt aus, geht in das Haus und tritt jemandem in den Hintern. Er wird die Mutter oder den Vater oder wen auch immer fragen, warum sie sich nicht um das Baby kümmern. Er wird ihnen mit dem Jungendamt drohen. Ganz einfach. Und trotzdem wird er es nicht machen. Denn wenn er jetzt aussteigt, jagen die Linken in der Zeit, in der er nicht in seinem Wagen sitzt, das Haus Nummer 13 in die Luft, und dann macht Manteufel ihm die Hölle heiß.

21:39 Uhr. Mann mit Handwagen steckt Werbung in die Briefkästen.

Die Landefähre *Eagle* hatte auf der Mondoberfläche aufgesetzt. Der Moderator sagte, dass vierundzwanzig Jahre zuvor die erste Atombombe in der Wüste von Alamogordo in New Mexico gezündet worden sei. Und dass es jetzt nicht um die Zerstörung der Erde ginge, sondern um die Entdeckung einer Zukunft. *We came in peace for all mankind. Wir kamen in Frieden für die ganze Menschheit,* stand angeblich auf der Plakette, die an der Trittleiter der Mondlandefähre von Apollo 11 angebracht war.

Am vergangenen Mittwoch hatte Heller mit den Kindern den Start der Saturn-V-Rakete im Fernsehen verfolgt. Jochen hatte sofort beschlossen, Astronaut zu werden. Astrid wollte wissen, wie eine Rakete bis zum Mond fliegen kann. Heller wusste es natürlich nicht. Wie sollte er auch. Er war Oberkommissar beim Kriminalreferat M in der Keithstraße, Abteilung M I, Mordinspektion, zuständig für Mord, Totschlag und erpresserischen Menschenraub. Da musste man so was nicht wissen. Aber er hatte versprochen, die Mondlandung gemeinsam mit ihnen anzuschauen. Und daraus wurde jetzt nichts.

22:17 Uhr. Taxi hält vor dem Haus Nummer 13. Rebecca Hirsch steigt aus. Alleine. Geht sofort ins Haus. Licht im Wohnzimmer in der Beletage. Von Ehemann keine Spur.

Das graue Flimmern des Fernsehschirms spiegelte sich im Fenster. Offensichtlich interessierte die Hirsch sich für Raumfahrt. Aber es passierte nichts. Aus irgendeinem Grund durfte Armstrong die Mondlandefähre nicht verlassen. Oder er wollte nicht. Heller wusste es nicht, und der Moderator auch nicht.

23:32 Uhr. VW-Bus nähert sich auf der Reichsstraße aus westlicher Richtung. Bunt angemalt. Könnte den Linken gehören.

Ein Dutzend Hippies saßen dicht gedrängt darin und sangen lauthals *All You Need Is Love*. Die Männer hatten lange Haare. Das Baby schrie immer noch.

Und jetzt reichte es Heller. *Wir observieren das Haus seit einer Woche. Noch nie ist etwas passiert. Also wird auch heute nichts passieren.*

Er stieg aus und ging zu dem Haus Nummer 93. Am Klingelschild standen sechzehn Namen. Er drückte alle Knöpfe auf einmal. So lange, bis ein Summen die Haustür öffnete. Das Baby war bis ins Treppenhaus zu hören. Er stürmte die Treppe hoch in den vierten Stock. Kein Name neben der Klingel. Er drückte ein paarmal auf den Knopf. Nichts. Er schlug mit der Faust gegen die

Wohnungstür. Niemand öffnete. Als er Anlauf nahm, um die Tür einzutreten, öffnete eine Frau. Sie trug einen Morgenmantel, darunter ein Nachthemd. Kippe im Mund. In der rechten Hand eine Babyflasche, darin eine hellgrüne durchsichtige Flüssigkeit, wahrscheinlich Tee. Im linken Arm hielt sie ein Baby. Es schrie zum Gotterbarmen.

»Was ist?«, fragte die Frau sichtlich genervt.

Sie hatte Ringe unter den Augen, die Haare waren zerzaust. Sie sah aus, als habe sie literweise Blut gespendet.

»Heller, Kriminalpolizei«, sagte er.

Er war so überrascht, dass ihm nichts Besseres einfiel.

»Ja, und?«

»Ich hab das Geschrei gehört, und da hab ich gedacht …«

»Billy zahnt. Ich trag ihn seit drei Stunden durch die Wohnung. Wollen Sie ihn mal nehmen?« Sie hielt ihm ihr Baby hin.

Nein, Heller wollte Billy nicht nehmen. Und jetzt kam er sich dumm vor, weil er so einen Aufstand gemacht hatte.

»Wollen Sie mich verhaften?«

»Nein. Ich dachte nur, dass vielleicht was nicht in Ordnung ist.«

»Sieht es so aus, als ob alles in Ordnung ist?«

»Entschuldigen Sie.«

»Schon gut. Und jetzt würde ich gerne Billys Windeln wechseln, wenn Sie nichts dagegen haben.«

Sie hob ein Lächeln auf die Lippen. Die Tür fiel ins Schloss. Es dröhnte im ganzen Treppenhaus. Aus den unteren Stockwerken wurde *Ruhe* gebrüllt.

Als Heller über die Straße zurück zu seinem Wagen ging, traf es ihn wie ein Schlag in die Magengrube. Ein grauer Opel Kadett parkte jetzt vor der Hausnummer 13. Direkt hinter Hellers Karmann. Der Wagen war leer. Wo war der Fahrer, verdammt noch mal. Heller fluchte leise vor sich hin. Es war genau das passiert, was nicht passieren durfte. Er schwang sich in den Karmann. Blätterte hektisch im Protokoll, das seine Kollegen in den vergangenen Nächten angefertigt hatten. Opel Kadett, zugelassen auf einen Armin Jonas, wohnhaft in Berlin, Wilhelmsruher Damm 124. Nicht vorbestraft, nicht auf der Liste der radikalen Linken verzeichnet.

Eine Woche zuvor hatte der Wagen schon einmal vor dem Haus gestanden. Ein junger Mann war mit einem Strauß Blumen in der Hand ausgestiegen, hatte bei der Nummer 13 geklingelt. Rebecca und Joachim Hirsch waren beide an dem Abend zu Hause gewesen. Rebecca Hirsch hatte die Tür geöffnet und den jungen Mann hereingelassen.

Heller schaute zu dem Haus hin. Hinter den Fenstern in der Beletage war niemand zu sehen. Weder Rebecca Hirsch noch dieser Armin Jonas. Was jetzt? Drei Möglichkeiten fielen ihm ein. Erstens: Er bleibt im Wagen sitzen und hofft, dass Jonas ein Verwandter oder ein Freund der Familie ist. Zweitens: Er steigt aus, klingelt an der Haustür und fragt die Hirsch, ob jemand zu Besuch gekommen ist. Aber wenn sie einigermaßen schlau ist, wird sie wissen wollen, warum er das fragt. Wieso er den Besucher nicht bemerkt hat. Wo er gewesen ist, als der Wagen angehalten hat. Dritte Möglichkeit: Armin Jonas ist ihr Liebhaber. Dann wird es richtig unangenehm. Sie wird sich darüber beschweren, dass ihre Privatsphäre missachtet wird, dass die Polizei sie und ihren Mann nicht bewacht, sondern bespitzelt, weil sie Juden sind.

Heller spürte, wie ihm der kalte Schweiß ausbrach.

Er nahm seine Walther P1, prüfte das Magazin. Acht Schuss. Steckte die halbautomatische Pistole zurück in das Holster, warf die Zigarette aus dem Fenster, straffte die Schultern. Als er aussteigen wollte, sah er, wie Rebecca Hirsch ein Fenster öffnete und mit den Händen Zigarettenrauch hinauswedelte. Dabei kicherte sie wie ein Teenager. Sie sprach mit jemandem, den er nicht sehen konnte. Wahrscheinlich Armin Jonas. Dann schloss sie das Fenster wieder, zog die Gardinen zu. Heller atmete durch. Es schien alles in Ordnung zu sein. Er notierte:

23:49 Uhr. Rebecca Hirsch öffnet Fenster. Wedelt Rauch raus. Sie spricht mit dem Fahrer des Kadett, mutmaßlich Armin Jonas.

Er hatte noch mal Glück gehabt. Von jetzt an würde er seinen Posten nicht mehr verlassen, selbst wenn die Apollo 11 neben ihm landen sollte.

01:06 Uhr. Rebecca Hirsch und die zweite Person immer noch im Wohnzimmer. Laute Musik. Hört sich wie eine Party an.

02:15 Uhr. Keine Musik mehr. Im Schlafzimmer geht Licht an und wieder aus. Wenn Hirsch nach Hause kommt, wird er staunen.

03:35 Uhr. Keine besonderen Vorkommnisse in der Wohnung Hirsch.

Was auch immer da drin passierte, es würde eine ruhige Nacht werden.

Doch dann bemerkte Heller einen roten Citroën 2CV, der sich von Westen her in Schlangenlinien näherte. Laute Musik war zu hören. *Sympathy For The Devil.* Jetzt hielt der 2CV auch noch direkt gegenüber auf der anderen Straßenseite. Auf den Türen an der Fahrerseite prangten zwei Aufkleber. Ein gelbes Smiley-Gesicht und ein buntes Peace-Zeichen. Zwei Personen unterhielten sich in der Ente. Heller konnte nicht genau erkennen, um wen es sich handelte. Mit Sicherheit war es nicht der Richter. Der fuhr einen Opel Rekord.

Im Radio war die krächzende Stimme von Neil Armstrong zu hören: That's one small step for man, one giant leap for mankind. Heller wunderte sich. Er hatte Englisch in der Schule gelernt. Fehlte da nicht der Artikel, oder wie man das nannte? Musste es nicht one small step for a man heißen? Heller drehte das Radio leise, rutschte auf dem Sitz ein Stück nach unten. Beobachtete, wie die beiden in dem Auto gegenüber sich küssten. Dann erkannte er die Frau. Sie hieß Louise Mackenzie. Eine Amerikanerin. Seit Dezember letzten Jahres hatte er sie nicht mehr gesehen. Damals hatte sie behauptet, er würde die Kommunarden bei einem Bombenanschlag auf das Polizeipräsidium unterstützen. Der Staatsschutz hatte zuerst ihn und anschließend sie verhört. Diese Behauptung war natürlich vollkommener Blödsinn, aus der Luft gegriffen gewesen. Was sie dazu bewogen hatte, ihn zu verleumden, hatte er bis zum heutigen Tag nicht begriffen. Auf jeden Fall war Louise anschließend der US-Mission in West-Berlin übergeben worden. Die hatten ihr ganz undiplomatisch klargemacht, dass sie solchen Unsinn unterlassen solle. Angeblich war sie zurück nach Amerika gegangen. Was wollte Louise hier? Hatte sie etwas mit dem geplanten Anschlag auf Hirsch zu tun?

Louise wunderte sich. Zwei Wagen standen vor dem Haus ihres Onkels. Ein grauer Kleinwagen, Opel oder Ford oder so was in der Art. Louise kannte sich mit deutschen Autos nicht so gut aus. Sie fand ohnehin, dass die ulkig aussahen. Vor allem diese VW-Käfer, mit denen die Bullen herumfuhren. Wie wollten die damit Verbrecher beeindrucken? Das zweite Auto kannte sie. Es war ein

Karmann Ghia. So einen besaß Wolf Heller. Sie war letztes Jahr ein paarmal bei ihm mitgefahren. Sie hatte sogar mit ihm geschlafen. Damals hatte sie gedacht, es könnte mit ihm was werden. Aber er hatte was mit der Frau laufen, bei der er zur Untermiete wohnte und war verrückt nach ihren beiden Kindern. Sie traute ihren Augen nicht: Er saß tatsächlich in dem Karmann. Wahrscheinlich sollte er ihre Rebecca und Joachim bewachen, wie schon die anderen Bullen in den Tagen zuvor.

Sie war mit Fritz und ein paar anderen in Spandau baden gewesen. Als die anderen in den VW-Bus eingestiegen waren, hatte Fritz sich von Marion den Schlüssel für die Ente geliehen und Louise gefragt, ob sie mit zu ihm in die Kommune 1 kommen wolle. Sie war einverstanden gewesen, weil sie dachte, sie würden vögeln. Aber dann hatte Fritz die ganze Zeit über die Revolution geredet und das Ende der Kleinfamilie. Irgendwann war es ihr zu blöd geworden, und sie waren losgefahren. Dass er jetzt doch noch mit ihr vögeln wollte, überraschte sie. Aber warum nicht. Die Gefahr, entdeckt zu werden, war irgendwie aufregend. Fritz rutschte auf den Beifahrersitz, und Louise kletterte auf ihn drauf. Aber sie war nicht so richtig bei der Sache. Immer wieder sah sie zum Haus hin. Was war das mit den Bullen? Ging es um die Drohung in dem blöden Flugblatt?

»Du musst aufpassen. Ich hab die Pille vergessen«, sagte sie, als sie spürte, dass es bei Fritz bald so weit war. Er riss die Augen auf, hielt sofort inne.

»Was? Warum hast du das nicht gesagt?«

»Du hast nicht danach gefragt.«

»Weil ich gedacht hab' …«

»Weil du gedacht hast, dass wir Frauen uns darum kümmern, weil wir ja zur Abtreibung nach Holland fahren können.«

»Nein, ich hätte einen Pariser benutzt.«

»Du hast doch nicht mal einen dabei, oder?«

Natürlich hatte er keinen dabei. Er wäre der Erste, der sich darum kümmerte. Fritz rutschte wieder auf den Fahrersitz. Er war vermutlich sauer, weil er es sich jetzt selbst machen musste. Louise kümmerte das nicht. Sie zog den Minirock runter, steckte den Slip in die hintere Rocktasche.

»Vergiss nicht, die Ente zu Marion zu bringen. Die braucht die morgen. Bye bye.«

Sie stieg aus und winkte, ohne sich umzudrehen, der wegfahrenden Ente mit dem Selbstbewusstsein einer Professorentochter hinterher. Ein Tankwagen donnerte vorbei. Der Fahrer hupte. Sie winkte auch ihm zu, allerdings mit dem rechten Mittelfinger, während sie die Straße überquerte.

Mit einem Mal befiel sie eine seltsame Unruhe. So als würde sich ein Gewitter ankündigen. Sie wusste nicht, woher das Gefühl kam. Sie schloss die Haustür auf, stieg die Stufen in die Beletage hinauf, öffnete die Wohnungstür. Und dann entdeckte sie den Grund ihrer Unruhe. Ein Mann stand im Wohnzimmer. Er schien nicht viel älter als sie selbst zu sein. Neben ihm lag Rebecca auf dem Fußboden. Die Augen gen Decke gerichtet. Ihr Kleid war hochgerutscht.

»Wer sind Sie, was machen Sie hier?«, fragte Louise den Mann entsetzt.

Der Mann schaute sie verwundert an.

»Sind Sie der Kontaktmann?«, fragte er.

»Was? Was für ein Kontaktmann?«

»Der mich reinholen soll, verdammt noch mal«, schrie er.

»Wo rein?« Louise sah von dem Mann zu Rebecca hin. Und jetzt verstand sie, dass Rebecca tot und er offensichtlich derjenige war, der ihre Tante ermordet hatte.

Im selben Augenblick stürzte der Mann auf sie zu. Louise schrie auf, als er sie packte. Sie stieß ihn von sich, rannte zum Arbeitszimmer ihres Onkels. Die Tür war verschlossen. Zum Glück steckte der Schlüssel. Zweimal herumdrehen und abziehen. Der Mann packte sie an der Schulter. Sie stieß den linken Ellbogen nach hinten, traf ihn im Gesicht. Sie hörte ein leises Knacken und dann einen Schrei. Der Mann ließ von ihr ab. Sie huschte ins Arbeitszimmer, warf die Tür zu, stemmte sich von innen dagegen und fummelte den Schlüssel ins Schlüsselloch. Die Tür erbebte und dröhnte unter den Schlägen des Mannes. Dann endlich schaffte sie es abzuschließen. Was sollte sie jetzt tun? Sollte sie die Bullen anrufen? Aber Heller stand bereits vor dem Haus. Warum kam er nicht herein und half ihr?

Als die Schläge aufhörten, erinnerte sie sich, dass ihr Onkel irgendwo im Schreibtisch eine Waffe versteckt hatte. In der mittleren Schublade unter dem Tallit. Sie fand die Pistole, prüfte mit den professionellen Handgriffen einer Frau, die nicht zum ersten Mal eine Waffe hielt, ob sie geladen war. Leise ging sie zur Tür. Lauschte. Die Wohnungstür wurde geöffnet und wieder geschlossen. Hieß das, dass der Mann abgehauen war? Sie wartete noch einen Augenblick. Dann schloss sie die Bürotür auf, ging in Richtung Flur. Vor der Wohnungstür lagen Scherben. Und der Mann hatte sich wieder über ihre Tante gebeugt. Sie spannte den Hahn der Pistole.

»Hände hoch!«, schrie sie.

Der Mann drehte sich um. Aber es war nicht der von vor ein paar Minuten. Es war Wolf Heller. Als sie ihn erkannte, war es zu spät. Sie hatte bereits abgedrückt. Die Kugel schlug nur Zentimeter an Hellers linkem

Ohr vorbei mit einem dumpfen Krachen in die Wand ein.

»Spinnst du?«, brüllte Heller sie an. »Nimm die Waffe runter.«

Louise erschrak, stotterte etwas, das wie *Sorry* klang. Heller blickte von der Waffe in Louises Hand auf die Tote.

»Hast du sie erschossen?«, fragte er.

»Nein. Bist du verrückt? Das war der andere.«

Er stürmte nach draußen. Sie lief ihm hinterher. Von dem Kadett fehlte jede Spur.

Eine Stunde später hatte sich die Truppe am Tatort versammelt. Mercier, Koch und der schöne Danner, dazu Beamte in Uniform. Sogar der Leiter der M I, Hartmann, gab sich die Ehre. In dem alten braunen Anzug und dem borstigen, kurzen Haar sah er wie ein blonder Igel aus. Die Polizisten standen sich gegenseitig auf den Füßen, erzählten von der Mondlandung und verwischten Spuren. Oskar Schubert von der Spurensicherung bekam einen Tobsuchtsanfall. Wie sollte er seine Arbeit machen, wenn die Kollegen wie die Elefanten am Tatort den Boden platt trampelten? Als er Hartmann ankeifte, erhielt er einen Einlauf.

»Ich weiß nicht, was für Spuren du hier sammeln willst. Das ist die Ehefrau von Joachim Hirsch. Der Mann ist Amtsgerichtspräsident und Kantor der Synagoge in der Joachimstaler Straße. Die Frau ist erwürgt worden. Der Kerl, der die halbe Nacht hier war, heißt Armin Jonas, ist ein Student der Mathematik. Er ist in Hamburg gemeldet und wohnt am Wilhelmsruher Damm 124. Der Kollege Heller hat beobachtet, dass kurz vor Mitternacht ein Kadett vor dem Haus angehalten hat. Um vier Uhr irgendwas ist Jonas in einem Opel

Kadett mit dem amtlichen Kennzeichen B-XU 354 vom Tatort weggefahren, wie Heller ebenfalls notiert hat.«

Heller stand in der Tür zum Wohnzimmer, die Hände in den Manteltaschen vergraben und schwieg. Zum Glück hatte Hartmann übersehen, dass er in seinem Protokoll nichts davon erwähnt hatte, wie Armin Jonas in Hirschs Haus gekommen war. Siebzehn Minuten fehlten. Siebzehn Minuten, in denen Jonas den Wagen geparkt und das Haus betreten hatte. Ein Schluchzen weckte Hellers Aufmerksamkeit.

Der schöne Danner hatte sich mit Louise in die Küche zurückgezogen und spielte den einfühlsamen Polizisten, der von dem fürchterlichen Geschehen ebenso betroffen war wie die Zeugin. Heller blieb im Flur stehen und schaute zu.

»Als Sie hereingekommen sind, haben Sie den Mann sofort gesehen?«, fragte Danner.

Louise nickte.

»Er hat im Wohnzimmer gestanden.«

»Kennen Sie ihn?«

Louise schüttelte den Kopf.

»Können Sie ihn beschreiben?«

Sie zog die Nase hoch, blickte sich um, fand aber kein Taschentuch. Danner gab ihr eines aus seiner Jacke. An einer Ecke war *JD* aufgestickt. Jackie Danner. Eigentlich hieß er Gernot. Aber das klingt nicht so gut, hatte er Heller erzählt. Louise schnäuzte sich und wollte das Taschentuch zurückgeben. Danner zögerte kurz, er schien verwirrt, fasste es dann mit spitzen Fingern an und steckte es ein.

»Was haben Sie eben gefragt?«

»Ob Sie den Mann beschreiben können.«

»Groß, dunkle Haare, schmal.«

»Lang oder kurz?«

»Bitte?«

»Die Haare.«

»Kurz. Mit Seitenscheitel. Links. Also von Ihnen aus rechts.«

»Hat er etwas gesagt?«

»Nein.«

»Was haben Sie dann gemacht?«

»Ich bin ins Arbeitszimmer von meinem Onkel gelaufen und hab' da die Pistole geholt.«

»Ihr Onkel hat eine Pistole?«

»Offensichtlich, oder? Sonst hätte ich sie ja nicht holen können.«

Selbst unter Schock schien sie nichts von ihrem Selbstbewusstsein eingebüßt zu haben. Heller schmunzelte. Man konnte ohnehin nicht sagen, dass Louise unter übermäßigem Respekt vor Amtspersonen litt. Wahrscheinlich lag es daran, dass sie Amerikanerin war und jeder Form von staatlicher Autorität gegenüber skeptisch. Wir haben Waffen, um das Land gegen die Regierung zu verteidigen, hatte sie ihm erklärt. Was natürlich Blödsinn war, weil die Regierung Panzer und Flugzeuge und Millionen Männer in Uniform hatte. Wie wollten sie dagegen ankommen?

»War der Kollege Heller im Wohnzimmer, als Sie zurückgekommen sind?«

»Ich hab nur beobachtet, dass sich jemand über meine Tante gebeugt hat.«

»Und dann haben Sie geschossen?«

»Ich wollte nicht schießen. Das Ding ist plötzlich losgegangen.«

Danner notierte Louises Aussage fleißig in sein kleines Notizheft. Dabei lächelte er Louise immer wieder an. Es war schwer zu sagen, ob er sie beruhigen wollte oder ob er mit ihr flirtete. Immerhin war Louise eine hübsche junge Frau, auch wenn sie jetzt scheußlich aussah mit den verheulten Augen.

»Seit wann wohnst du hier?«, fragte Heller unvermittelt. Louise und Danner bemerkten ihn erst jetzt.

Louise wandte sich ihm zu. »Seit drei Monaten. Rebecca ist meine Tante. Die Schwester meiner Mutter.«

»Wer war das in der Ente?«

Danner räusperte sich. »Willst du sie vernehmen?«

Er war merklich sauer, weil Heller Louises Aufmerksamkeit abzog. Heller hob abwehrend die Hände. In seinem Rücken waren laute Stimmen zu hören. Er drehte sich herum.

Joachim Hirsch war nach Hause gekommen. Als er sah, wie seine Frau in einen Transportsarg gelegt wurde, fiel er auf die Knie. Die Arme in den Himmel gerichtet, ein leises Klagelied auf den Lippen, schwang er mit dem Oberkörper vor und zurück. Die Polizisten standen um ihn herum. Niemand wusste, was er tun sollte. Eine Frau hätten sie getröstet. Ihr den Arm um die Schultern gelegt, sie vielleicht in die Arme genommen. Aber einen Mann? Heller wandte sich ab. Er dachte daran, dass er es hätte verhindern können. Nein, nicht können. Müssen.

Um sechs Uhr morgens war die Stadt erwacht und die Residenzstraße wegen Bauarbeiten verstopft. In den vergangenen Jahren hatte der Verkehr zugenommen, und aus den Seitenstraßen quollen Busse, Lastwagen, Motorräder und Autos. Nicht mehr nur Kleinwagen, sondern Opel, Ford, auch BMW mit ihren vor Stolz platzenden Besitzern darin. Weil es mit der Wirtschaft bergauf ging, konnten die Leute sich was leisten. Das Wichtigste neben dem Fernseher war ein Auto.

Die Fahndung nach dem Opel Kadett lief auf Hochtouren. Heller hatte das Haus in der Reichsstraße so schnell es ging verlassen und war noch zu der Adresse gefahren, wo Armin Jonas gemeldet war. Auf sein Klingeln hin hatte aber niemand geöffnet. Auch der Opel Kadett war nirgends zu finden. Es war ohnehin unwahrscheinlich, dass Armin Jonas einfach nach Hause kutschieren und sich ins Bett legen würde.

Auf dem Weg in seine Wohnung fuhr Heller hinter einem Kohlenlaster her. Zwei Männer hockten auf der offenen Ladefläche. Die Gesichter vom Kohlenstaub schwarz, die Arme vor der Brust verschränkt, hielten sie ihre Zigaretten zwischen den Lippen. Als er zum Überholen ansetzte, winkten sie ihm zu. Sie wirkten wie Gestalten aus der Hölle. Ein eiskalter Schauer jagte Heller über den Rücken. Er gab Gas. Osloer Straße, Entlastungsstraße bis zum Landwehrkanal und dann weiter auf dem Waterloo-Ufer. Als wollte er Geistern entkommen. Hinter der Mauer, die in der Sebastianstraße West- und Ost-Berlin trennte, beleuchteten die Scheinwerfer den Todesstreifen, obwohl es schon gut eine Stunde hell war. *Niemand hat die Absicht, eine Mauer zu errichten*, hatte jemand in der Nacht zuvor auf den grauen Beton gepinselt. Die weiße Farbe war noch nicht trocken.

Heller steckte den Schlüssel in die Haustür der Nummer 85, betrat den Hausflur und zog den Schlüssel von der anderen Seite wieder heraus. Es stank nach Bier und Pisse. Er hatte keine Ahnung, wo genau der strenge Geruch herkam. Vielleicht von einem der Treber, die es sich regelmäßig im Hinterhof gemütlich machten. *Wir müssen hier wegziehen*, dachte er. Aber er wusste auch, wie Paula auf den Vorschlag reagieren würde. *Die Kinder gehen hier zur Schule*, würde sie sagen. *Die haben hier ihre Freunde. Und wo willst du überhaupt hinziehen? In den*

Wedding? Da ist es auch nicht besser. Und Charlottenburg geht auch nicht. Da komm ich mir wie der letzte arme Teufel vor.

Paula lag im Bett und las *Es muss nicht immer Kaviar sein*. Als sie hörte, wie die Wohnungstür leise aufgeschlossen wurde, ließ sie das Buch sinken und lauschte. Sie wusste, was Heller jetzt tun würde. Die Schuhe unter dem Garderobenständer abstellen, die Jacke auf einen Bügel hängen, ins Bad gehen und sich am Waschbecken den Schweiß vom Körper waschen. An den Tönen, die er von sich gab, konnte sie erkennen, dass das Wasser kalt war. Dann hörte sie die Toilettenspülung und kurz darauf wieder das Wasser im Waschbecken. Der Lichtschalter klickte, die Dielen knirschten unter seinen leisen Schritten, und dann stand er vor ihr. Ein müdes Gesicht schaute ihr entgegen. Dunkle Ringe unter den Augen, die Haut grau und matt. Sie wusste, es war zu viel in letzter Zeit. Die Arbeit, die Kinder und jetzt auch noch sie mit dem verdammten Krebs. Aber sie hatte ihm gesagt, dass er sie nicht ins Krankenhaus fahren musste, dass er nicht warten brauchte, bis die Behandlung vorüber war. Es war alles seine Entscheidung.

»Thomas Lieven kocht für seine Freundinnen«, sagte sie und nahm das Buch wieder hoch.

»Wer?«, fragte er und legte sich ins Bett.

»Der Spion hier in dem Buch. Warum kochst du nicht für mich?«

»Weil ich kein Spion bin.«

»Dann kannst du wenigstens Pastis für mich machen.«

»Was ist das denn?«

»Ein Anisschnaps. Thomas hat das Rezept von einer schwarzen Dame in Zizis Haus. Also, pass auf! *Man nehme auf einen Liter chemisch reinen neunzigprozentigen Alkohol acht Gramm Fenchelsamen, zwölf Gramm Melissenblätter, fünf Gramm Sternanis, zwei Gramm Koriander, fünf Gramm Salbei, acht Gramm grünen Anissamen. Man lasse die Mischung acht Tage lang im Dunkeln ziehen. Kurz vor dem Filtrieren füge man noch zehn Tropfen Anisessenz hinzu. Zuletzt verdünne man auf einen vierundvierzigprozentigen Alkoholgehalt.* Klingt doch ganz einfach, oder?«

Sie kroch zu Heller hinüber und kuschelte sich an ihn. Sie war nackt. Weckte ihn mit ihrem warmen Körper. Ihre Hand wanderte über sein Gesicht zur Brust. Sie zupfte an den Haaren, riss eines aus und legte es sich auf den kahlen Schädel.

»Wie sehe ich aus?«

»Wie Yul Brynner in *Die Rückkehr der glorreichen Sieben.*«

»Du bist ein Schuft.«

Sie schlug ihm auf die Brust.

»Komm, wir haben noch eine Viertelstunde, bevor die Kinder aufstehen müssen«, sagte sie.

Im Frühling hatte Paula erfahren, dass ihre Zusammenbrüche von einem Hirntumor herrührten, der so groß wie eine Pflaume war. Der Krebs musste schon eine Weile da gewesen sein, aber irgendwann hatte er aufgehört zu wachsen. Dann hatten sie festgestellt, dass der Tumor von Metastasen herrührte, die ein anderer Krebs in Paulas linker Brust gestreut hatte. *Es ist äußerst selten, dass einzelne Tumorzellen über den* Liquor cerebrospinalis, *auch Gehirnwasser genannt, ins übrige Gewebe gelangen und sich dort ansiedeln,* hatte Professor Bauer während des Gesprächs über den onkologischen Befund gesagt. Die unverhohlene Kaltschnäuzigkeit, mit der Bauer beschrieb, was nun zu tun sei, hatte Paula und Heller überrascht. Da Paulas Hirntumor sich ruhig verhielt, wollte Bauer sich um den Brustkrebs kümmern.

Ich muss Ihnen die linke Brust abnehmen, sagte Bauer. *Wie bitte? Niemand nimmt mir eine Brust ab,* hatte Paula ihn angebrüllt. Professor Bauer war daraufhin so sehr zusammengezuckt, dass Heller dachte, er würde im nächsten Moment salutieren. Den rechten Arm recken oder so was in der Art. Immerhin war Bauer schon bei den Nazis aktiv gewesen, als Funktionär der Reichsärztekammer; das hatten zumindest ein paar Studenten der Freien Universität in einem Flugblatt behauptet. *Wenn Sie das nicht wollen, kann ich nichts für Sie tun,* hatte er noch gesagt. Paula war in Tränen ausgebrochen und Heller hatte Bauer daraufhin gedroht, ihn umzubringen, sollte Paula sterben. Einzig die Tatsache, dass er Polizist war, bewahrte Heller vor einer Strafanzeige wegen Nötigung.

Aber dann hatte sich doch eine andere Behandlungsmöglichkeit eröffnet. Seitdem erhielt sie im Kreuzberger Urbankrankenhaus eine Chemotherapie, die den Knoten in ihrer linken Brust zerstören sollte. So oft er konnte, wartete Heller vor der Klinik auf Paula, fuhr sie nach Hause, kaufte Eis und Schokolade, weil sie ununterbrochen Heißhunger auf Süßes hatte. Sie konnte Berge davon essen. Trotzdem nahm sie ab. In der zweiten Woche der Behandlung begannen ihr die Haare auszufallen. Sie musste sich immer wieder übergeben und fühlte sich an manchen Tagen so schwach, dass sie das Bett nicht verlassen konnte.

Inzwischen allerdings schien ihr Körper sich an diese Tortur zu gewöhnen. Sie ging zwar nicht zur Arbeit, aber sie stand morgens pünktlich auf, kümmerte sich um Astrid und Jochen, machte den Haushalt. Wenn es ihr besonders gut ging, marschierte sie zu Bolle und kaufte ein. Abends ging sie früh ins Bett, verschlang ein Buch nach dem anderen und wartete darauf, dass Heller nach Hause kam. *Lieb Vaterland, magst ruhig sein* und *Alle Menschen werden Brüder* von Simmel hatte sie gelesen, *Vom Winde verweht* dreimal. Es verging kaum eine Nacht, in der sie nicht mit ihm schlafen wollte. Es war, als würde sie dieses wilde, befriedigende Erlebnis so oft wie möglich genießen wollen, bevor sie starb. Sie vermochte, egal wie müde er war, seine Lebensgeister zu wecken. Und Heller verstand es, sie zu befriedigen, als würde er ihren Körper lesen. Jedes Heben des Beckens, jedes Drehen des Kopfes, jedes Atmen. Danach war sie für ein paar Stunden von einer lebensfrohen Energie erfüllt, als sei ein Gott in sie gefahren. Heller konnte damit nicht gemeint sein, weil er anschließend wie ein Stein schlief. Man hätte ihn mitsamt Bett auf den Teufelsberg hochtragen können, er hätte es nicht gemerkt.

Heller nahm Paula in die Arme, drückte sie an sich, als wollte er ihr seine Kraft übergeben. Paula weinte still. Sie wollte nicht sterben. Sie war zu jung. Mein Gott, vierunddreißig. Niemand sollte mit vierunddreißig sterben. Heller hatte geschworen, alles zu tun, damit sie am Leben bliebe. Die besten Ärzte. Vielleicht sogar in Amerika, wo sie bei Krebs schon viel weiter waren. Und falls das Geld nicht reichen sollte, würde er seine Kollegen fragen. Wenn es sein musste, sogar seinen Vater. Aber das wollte Paula nicht. Sie wollte in Berlin bleiben. Bei ihren Kindern und Heller.

Bis es so weit war.

22. Juli bis 9. August 1969

Hartmann war zusammen mit dem Leiter der Referates M, Karl Manteufel, für Punkt zehn Uhr ins Schöneberger Rathaus zum Rapport bestellt worden. Um halb elf saßen sie immer noch auf einer Holzbank im Flur vor dem Büro des Regierenden Bürgermeisters. Es fühlte sich für Hartmann an, als würde er zum Zahnarzt gehen. Er hatte den Kollegen Jackie Danner am Morgen noch mal zu der Wohngemeinschaft am Wilhelmsruher Damm 124 geschickt. Von Anita Fouqué, einer Mitbewohnerin, hatte Danner erfahren, dass der Besitzer des Kadett, Armin Jonas, mit einer Blinddarmentzündung im Krankenhaus lag. Er würde erst im Laufe des Tages nach Hause entlassen werden. In den vergangenen Tagen hatte er den Wagen an ihren Mitbewohner Klaus Ebert verliehen. Aber wo der zu finden war, konnte Anita nicht sagen. Sie wusste nur, dass Ebert vor vier Monaten von Nürtingen nach Berlin gekommen war und Religionswissenschaft an der Freien Universität in Dahlem studierte. Danner hatte ein Foto mitgenommen, das Ebert zusammen mit Armin Jonas und Anita Fouqué in der Küche der Wohngemeinschaft zeigte. Die Fahndung lief.

Um zehn vor elf wurden sie endlich in das Büro des Regierenden Bürgermeisters vorgelassen.

Die Wände des Zimmers waren mit rotbraunem Holz getäfelt. Rechts stand ein Einbauregal. Links war die Fensterfront. Davor eine Sitzgruppe mit dem Innensenator Kurt Neubauer auf dem Sofa. Er strich sich mit der Hand durch die Haare. Gegenüber der Tür stand ein überraschend freudloser Schreibtisch mit einem ebenso freudlosen Regierenden Bürgermeister Klaus Schütz dahinter. Die Mundwinkel deuteten nach unten. Er putzte seine Brille. An der Wand hinter Schütz schaute der Bundespräsident Heinemann so gelangweilt in den Raum hinein, als habe er das alles schon hundertmal erlebt.

»Wie konnte das passieren, Herr Manteufel?«, seufzte Schütz. »Wie konnte das passieren? Wissen Sie, was das heißt? Haben Sie die Schlagzeilen der Zeitungen gelesen? Nehmen Sie Platz.«

Er hielt nacheinander *Bild*, *BZ* und *Tagesspiegel* hoch. Überall stand der Mord an Rebecca Hirsch auf Seite eins. Kaum war die Nachricht von der Tat durchgesickert, hatte die Presse zum großen Halali geblasen. Im Abstand von etwa vier Wochen waren drei Frauen vergewaltigt und ermordet worden. Die Verbrechen geschahen jeweils am 20. eines Monats. April, Mai, Juni. Warum immer am 20.? Was war so besonders an diesem Datum? Die Opfer waren alleinstehend, beruflich erfolgreich und zwischen 50 und 55 Jahren alt. Neben dem jeweils ähnlichen Tathergang wies die zeitliche Regelmäßigkeit darauf hin, dass es sich um denselben Straftäter handelte. War Rebecca Hirsch jetzt das vierte Opfer des Serienmörders?

»Es gab doch Drohungen von den linken Krawallmachern gegen Hirsch. Warum haben Sie niemanden vor dem Haus postiert?«, fragte Neubauer.

Auf dem Tisch standen drei Tassen Kaffee und eine Schale mit Keksen, in die Manteufel fleißig seine Hände tauchte, als könnte er dort die Antwort auf die ihm gestellte Frage finden.

»Das haben wir. Aber der mutmaßliche Mörder muss ein Freund der Familie sein.«

Neumann schenkte Kaffee ein. Manteufel dankte und hielt sich an seiner Tasse fest. Starrte auf die tiefschwarze Brühe. Normalerweise trank er mit viel Milch. Aber das Kännchen war leer, und er wagte nicht, darauf aufmerksam zu machen.

»Wieso das denn?«, meldete sich Schütz hinter seinem Schreibtisch. Er nahm den Telefonhörer ans rechte Ohr. Offensichtlich wartete er darauf, dass er mit jemandem verbunden wurde.

»Rebecca Hirsch hat den Mann bereitwillig ins Haus

gelassen«, erklärte Hartmann. »Laut Protokoll des diensthabenden Beamten haben die beiden sogar miteinander getanzt.«

»Wer? Die Hirsch und der Beamte?«, fragte Schütz.

»Die Hirsch und der Mörder«, antwortete Hartmann.

»Sagen Sie nicht, dass das stimmt, was in den Zeitungen steht, dass wir es hier mit einem Serienmörder zu tun haben«, stöhnte Neubauer.

»Das wissen wir noch nicht. Bisher ist nur bekannt, dass dieser Mörder Klaus Ebert heißt und aus Nürtingen stammt. Der Wagen, mit dem er geflohen ist, gehört einem Armin Jonas.«

»Hat der auch damit zu tun?«

»Eher nicht. Er liegt mit Blinddarm im Martin-Luther. Von einer Mitbewohnerin von Jonas wissen wir, dass Ebert Religionswissenschaft an der FU studiert.«

»Und Sie vermuten, dass dieser Ebert auch der Mörder der anderen drei Frauen ist?«, fragte Neubauer. Er nickte, als wolle er nur eine einzige mögliche Antwort hören.

Hartmann sah zu Manteufel hin. Als von da keine Antwort kam, blieb er vage. Es war ja bekannt, was sie im Rathaus hören wollten. *Es gibt keine Probleme. Und wenn doch, werden die bitte schnell gelöst.* Sie fürchteten sich vor Ungewissheiten, weil sie wussten, dass die stets in Abgründe führten.

»Das lässt sich jetzt noch nicht mit Bestimmtheit sagen.«

»Was ist mit dieser Louise Mackenzie?«, fragte Schütz.

»Die wohnt bei den Hirschs und ist nach Hause gekommen, als Rebecca Hirsch schon tot war.«

»Und Hirsch?«

»Er ist noch später heimgekehrt. Als wir schon da waren.«

»Hat er gesagt, wo er war?«

»Nein.«

»Er hat nicht gesagt …«

»Bis jetzt noch nicht.«

Schütz und Neubauer schauten einander erstaunt an.

»Das heißt, er könnte …«

Schütz sprach den Satz nicht zu Ende. Sie wussten auch so, was gemeint war. Wenn Joachim Hirsch erst gegen Morgen nach Hause kam, stellte sich die Frage, wo er vorher gewesen war. Und ob es einen Zusammenhang zwischen seiner Abwesenheit und dem Mord an seiner Gattin gab. Es wurde immer schlimmer. Schütz blickte auf die Matrjoschka rechts auf seinem Schreibtisch. Eine hölzerne Puppe, die sich öffnen ließ und in deren Innerem sich eine weitere Puppe befand und in deren Innerem sich noch eine Puppe befand und so weiter. Bis zur letzten und kleinsten, die aus massivem Holz war.

»Die Ehe soll nicht sehr glücklich gewesen sein«, sagte Neubauer.

Schütz hielt die Sprechmuschel des Telefons zu.

»Sie müssen herausfinden, wo er war, meine Herren. Aber mit Taktgefühl. Ich will nicht, dass Galinski sich beschwert, weil wir ein honoriges Mitglied der Jüdischen Gemeinde bedrängen.«

Hartmann nickte. Es war selbstverständlich, dass sie Hirsch vernehmen würden. Auch mit Taktgefühl, wenn es nötig war.

»Und Sie hängen bitte nicht an die große Glocke, dass die Hirsch jüdisch ist. Vielleicht ist dieser Ebert doch ein Linker. Mir persönlich wäre das am liebsten«, meinte Neubauer.

»Haben Sie schon eine Ahnung, wo dieser Ebert steckt?«, fragte Schütz.

»Nein«, sagte Hartmann. »Aber die Fahndung läuft. Wir verteilen Handzettel mit einem Foto von ihm.«

Eine Stimme im Telefonhörer forderte Schütz' Aufmerksamkeit.

»Ja?«

Er hielt die Sprechmuschel zu, hob den Hörer demonstrativ in die Höhe und verdrehte die Augen.

»Galinski. Auf hundertachtzig.«

Heinz Galinski. Der Vorsitzende der Jüdischen Gemeinde in West-Berlin. Der heimliche Regierende Bürgermeister, wie es hinter vorgehaltener Hand hieß. Neubauer schickte die beiden Polizisten mit einem Kopfnicken aus dem Raum.

Auf dem Weg zum Wagen schimpfte Hartmann wie ein Rohrspatz.

»Können Sie mir mal sagen, wieso wir hier antanzen mussten. Das hätten wir alles auch am Telefon klären können.«

Er hasste das Rathaus. Bürokraten, die ohne Institution nicht leben konnten und die befördert wurden, bis sie die Stufe der absoluten Unfähigkeit erreicht hatten. Von der Auslage des Kiosks an der Ecke Badensche Straße winkte ihnen die *Bild* mit einem Foto von Klaus Ebert auf der Titelseite zu. Manteufel zahlte 15 Pfennig, überflog den Text, dann reichte er Hartmann die Zeitung. Reporter hatten herausgefunden, dass man an der FU noch nie einen Klaus Ebert gesehen hatte.

»Also doch ein Linker?«, fragte Hartmann.

»Oder ein Nazi, der meint, dass Hitler nicht gründlich genug war«, bemerkte Manteufel lakonisch.

Louise hatte zwei Koffer gepackt. In einem war ihre Wäsche, in dem größeren ihre Bücher, ihre Reiseschreibmaschine und der erste Entwurf ihrer Diplomarbeit.

Außerdem ein Joint, den sie aus der Wielandstraße mitgebracht, aber vergessen hatte zu rauchen. In den Wochen im Haus ihrer Tante war sie fleißig gewesen. Einfach weil es keine Ablenkung gab. Niemand hatte sie zu Partys, Konzerten oder Demos geschleppt, niemand war mit einer Haschpfeife aufgekreuzt. Wochenlang kein einziger LSD-Trip. Aus der Wielandstraße auszuziehen war die richtige Entscheidung gewesen. Aber jetzt konnte sie nicht länger in der Wohnung ihrer Tante bleiben.

Jedes Mal, wenn sie ins Wohnzimmer kam, sah sie Rebecca auf dem Teppich liegen. Sie hatte seitdem kaum geschlafen, weil sie auf jedes Geräusch achtete, war nachts mehrmals aufgestanden, um nachzuschauen, ob jemand im Haus war. Wer war der Kerl? Auf was hatte das Schwein gewartet? War er doch einer von den Genossen? Oder war der Kerl der gesuchte Serienmörder? Oder hatte der Mord mit einem dubiosen Vertrag zu tun, von dem Rebecca erzählt hatte? Weswegen Joachim häufiger nach London geflogen und jedes Mal wütend zurückgekommen war? Hing das alles irgendwie mit dem Familiengeheimnis zusammen, das Rebecca angedeutet hatte? Das musste sie herausfinden. Immerhin ging es um ihre Familie. Ja, ihre Familie. Es war auf einmal *wir gegen die anderen*. Wobei ihr noch nicht klar war, wer *die anderen* sein sollten. Auf alle Fälle fühlte sie sich als Teil ihrer jüdischen Familie.

Dabei hatten der Glaube und all die jüdischen Feiertage für sie nie eine große Rolle gespielt. Während ihrer Kindheit hatte sie zwar ein paarmal zusammen mit ihrer Mutter zu Pessach und Jom Kippur in Boston die Synagoge besucht, doch das war es auch schon gewesen. Ihre Bat Mitzwa hatten sie ausfallen lassen. Ihr Vater war Atheist und schimpfte auf die Idioten, die ernsthaft glaubten, dass ein Gott ihre Geschicke lenken würde. Aber hier ging es nicht um Gott. Es ging um ihr Volk und eine Geschichte, die gerade fünfundzwanzig Jahre zurücklag. Sie beschloss, die Suche nach dem Mörder nicht allein der Polizei zu überlassen. Vor allem nicht der deutschen.

Als sie jetzt an die Tür zum Arbeitszimmer ihres Onkels klopfte, hörte sie, dass er telefonierte. Sie wartete, bis er sie hereinbitten würde. Erst nachdem sie im März von dem Besuch bei ihren Eltern in den USA zurückgekommen war, hatte sie ein wirkliches Verhältnis zu ihrem Onkel und ihrer Tante aufgebaut. Und schließlich hatten sie ihr vor drei Monaten großzügigerweise angeboten, vorübergehend bei ihnen einzuziehen, als es ihr in der Wielandstraße zu viel geworden war.

Anfang Januar war sie in die USA geflogen. Von Berlin mit der Pan Am nach Frankfurt am Main. Anschließend nach New York und von dort mit dem Zug nach Boston. Einen Monat hatte sie es bei ihren Eltern ausgehalten, dann war ihr das Schweigen auf die Nerven gegangen. Ihr Vater vögelte seine Studentinnen, ihre Mutter hing an der Flasche. Keiner von beiden sprach darüber. Es war wie ein Theaterstück von Tennessee Williams, wie *Die Katze auf dem heißen Blechdach*. Das eine Ich fraß das andere Ich auf. Drei Tage vor ihrer geplanten Weiterreise nach Kalifornien hatte sie sich mit ihrer Mutter gründlich zerstritten. Ihre Mutter hatte sie gefragt, wie sie als Jüdin im Land der Mörder leben könne. Wieso sie ihre jüdische Herkunft verleugne, wieso sie, wenn sie schon in Berlin lebe, ihre Tante Rebecca nur ein einziges Mal besucht habe.

Louise hatte darauf keine Antwort gewusst, außer ihre Tasche zu packen und zu gehen. Sie war von Boston nach Berkeley getrampt. Von Freunden hatte sie die

Adresse einer Kommune in Haight-Ashbury erhalten, in der auch die Grateful Dead manchmal rumhingen. Es war eine einzige Party. Man gammelte rum, hörte Musik, fädelte Perlen auf, aß etwas, schwamm im Pool eine Runde und wenn man jemanden traf, der sympathisch war, suchte man sich ein Bett. In der Zeit hatte sie auch Bekanntschaft mit Carlos Castaneda gemacht. Wie in den *Lehren des Don Juan* wollte sie unbedingt den Weg des Herzens gehen, um als Kriegerin ihr Bewusstsein zu erweitern und ihre Lebensenergie besser zu nutzen. Das Gefühl der eigenen Wichtigkeit ablegen und den Spiegel der Selbstbetrachtung zerbrechen, um den wirklichen Kontakt zu sich selbst und zu anderen nicht weiter zu behindern. Aber nach ein paar Bissen von getrocknetem Peyote war sie auf einen zwölfstündigen Trip geraten, der sie durch die komplette Hölle ihrer amerikanischen Oberschichtskindheit geführt hatte. Irgendwann war ihr der egomanische Selbsterfahrungstrip der Hippiekommune auf die Nerven gegangen. Das ewige Betteln und Verticken von Stoff war kein Plan für eine Zukunft. Also hatte sie sich wieder nach Berlin aufgemacht.

»Komm rein.«

Das Telefonat war beendet, und ihr Onkel hatte einen hochroten Kopf. Offensichtlich hatte er sich über den Anrufer aufgeregt.

»Setz dich.«

Sein Blick huschte an ihr vorbei in den Flur. Dorthin wo die Koffer standen.

»Du ziehst aus?«

»Tut mir leid, aber ich komm' hier auf den totalen Horror.«

Hirsch erhob sich, räumte ziellos ein paar Bücher um. Louise sah ihm dabei zu. Sie ahnte, dass er eine

Beschäftigung brauchte, um sich abzulenken. Um nicht dauernd daran zu denken, dass seine Frau tot war.

»Hat dich die Polizei schon verhört?«, fragte Louise.

»Sie haben sich heute Nachmittag zu einem Besuch in der Synagoge angekündigt.«

Hirsch nahm einen Lappen und wischte nicht existierenden Staub von der Schreibtischlampe.

»Hast du eine Ahnung, wer Rebecca umgebracht hat?«, fragte Louise.

»Nein. Aber das ist auch nicht wichtig.«

Seine Antwort war harsch und knapp. Louise wunderte sich. Warum wollte er nicht wissen, wer der Mörder war?

»Wieso sagst du das? Natürlich ist es wichtig. Der Mörder muss doch geschnappt werden.«

»Und dann? Sie werden ihn ins Gefängnis stecken. Meinst du, das ändert irgendwas?«

Er nahm das Flugblatt, auf dem ihm mit einem Bombenanschlag gedroht wurde, und hielt es Louise hin. Sie wollte es nicht nehmen, hob abwehrend die Hände, als würde sie sich sonst schuldig machen.

»Ich kenne den Scheiß«, sagte sie. »Aber das war keiner von uns.«

»Bist du da so sicher? Hat nicht einer von deinen Freunden gesagt, die Deutschen müssten ihren Judenknax überwinden, damit ihnen endlich bewusst wird, dass die Israelis die neuen Nazis sind?«

»Ja. Das war Kunzelmann. Der ist ein Irrer. Und die ganze Zeit zugedröhnt.«

»Ob der oder ein anderer, das macht keinen Unterschied. Wir Juden werden zu allen Zeiten gehasst, Louise. Von links und rechts. Von Christen und Moslems. Überall in der Welt. Wenn man uns gerade mal nicht hasst, dann nur, weil man mal eine Pause braucht. Wie nach einem fetten Essen. Du weißt doch, was Zvi Rix gesagt hat, die Deutschen werden uns Auschwitz niemals verzeihen.«

Er nahm das Flugblatt und legte es in einen Aktendeckel.

»Das hier ist erst der Anfang. In ein paar Jahren geht es wieder richtig los, Louise. Du wirst sehen.«

Louise spürte, wie verzweifelt ihr Onkel war. Und das war er nicht erst seit Rebeccas Tod. Schon seit Wochen verkroch er sich jedes Mal nach dem Abendessen in sein Arbeitszimmer und kam nicht vor Mitternacht heraus.

»Ist es nur das?«, fragte Louise. »Rebecca hat vor zwei Wochen so komische Andeutungen gemacht, dass es ein Familiengeheimnis gäbe und dass du deswegen dein halbes Leben in der Synagoge verbringst und dass es einen Skandal gäbe, wenn es rauskäme.«

Hirsch hielt inne. Sein Körper straffte sich, als wollte er sich aus seinem Fatalismus herausstrecken.

»Was hat sie dir da erzählt?«

»Nicht viel. Nur was von einem Haus am Augustaplatz.«

Hirsch nickte und schwieg.

»Es geht wohl um ungeklärte Besitzverhältnisse«, tastete Louise sich langsam vor. »Deshalb bist du häufig in London.«

»Ich bin auf der Suche nach einem Dokument, das belegt, dass unser Haus am Augustaplatz während des Krieges nur pro forma verkauft wurde.«

Schweigen. Mehr wollte ihr Onkel nicht erzählen. Irgendwas war da seltsam.

»Und du klagst gegen denjenigen, der sagt, es gibt keinen solchen Vertrag, und ihr kriegt deswegen das Haus nicht zurück?«

Diese Informationen hatte Louise von ihrer Tante.

»Der Mann heißt Christhardt Buchwald.« Joachim Hirschs Stimme klang bitter.

»Hast du den Vertrag gefunden?«

Hirsch zögerte mit einer Antwort. Vielleicht ahnte er schon, worauf das Gespräch hinauslief.

»Nein.«

»Aber irgendwo existiert dieser Vertrag, oder?«

»Ja.«

»Ist dieser Buchwald das Haus los, falls du ihn findest?«

»Vermutlich.«

»Wie alt ist er?«

»Wer?«

»Buchwald.«

»Ein Jahr älter als ich.«

Einen Moment hatte sie geglaubt, Buchwald könnte der Mörder sein. Aber der Mann, den sie hier im Haus angetroffen hatte, Ebert hieß er, war wesentlich jünger gewesen. Damit war ihre Idee, dass der Mord an ihrer Tante mit dem Vertrag zu tun haben könnte, erst einmal hinfällig geworden. Doch dann dachte sie, dass es noch eine andere Möglichkeit gab.

»Hat er Kinder? Vielleicht einen Sohn?«

»Ich verstehe nicht, worauf du hinauswillst.«

»Was ist mit Klaus Ebert? Hast du den Namen schon mal gehört?«

»Nein. Du musst aufhören, solche Fragen zu stellen, Louise. Das ist die Aufgabe der Polizei.«

Hirsch blickte auf die Uhr. Wechselte die Stimmung, als ob es dafür einen Schalter in seinem Gehirn gäbe. Er lächelte angestrengt.

»Ich muss los. Komm doch die Tage mal wieder vorbei. Oder wir treffen uns am Ku'damm. Oder wo auch immer du willst.«

Flüchtig küsste er sie auf die Stirn, verließ das Arbeitszimmer. Sie hörte, wie er seine Schuhe anzog. Kurz darauf kam er noch mal zurück.

»Schließ bitte ab und wirf den Schlüssel in den Briefkasten«, sagte er und hatte schon die Wohnungstüre hinter sich zugezogen.

Wenn der Vertrag, der die Pro-forma-Überschreibung bewies, tatsächlich irgendwo existierte, hatte Buchwald ein Motiv, dachte Louise. Sie sah sich in dem Arbeitszimmer nach Unterlagen zu diesem Vorgang um und fand tatsächlich den entsprechenden Ordner.

Und vielleicht hatte Buchwald auch einen Sohn. Oder mehrere. War Klaus Ebert einer von ihnen? Und was davon war das Familiengeheimnis, von dem Rebecca gesprochen hatte? Eine seltsame Erregung erfasste Louise. Es fühlte sich erotisch an. Oder wütend? Vielleicht beides. Auf alle Fälle wusste sie, dass sie das ominöse Familiengeheimnis entdecken und den Mörder ihrer Tante finden musste.

Bevor sie das Haus verließ, nahm sie aus dem Arbeitszimmer die Pistole und ein Päckchen Patronen mit. Ihr Onkel wusste ohnehin nicht, wie man das Ding benutzte.

Der Mörder hieß also nicht Armin Jonas, sondern Klaus Ebert. Er studierte angeblich Religionswissenschaft an der FU in Dahlem, war in dem Fachbereich aber nie gesehen worden. Er kam aus Nürtingen, hatte den Kriegsdienst verweigert. Mehr wusste Heller nicht über ihn. War er katholisch? War er einer von der Sorte, denen es verboten war, mit Frauen zu schlafen? Mercier hatte ihm erzählt, dass die katholischen Priester es stattdessen miteinander trieben. Aber Ebert studierte Religionswissenschaft, nicht Theologie. Er war kein Priesteranwärter. Mercier hatte das Einwohnermeldeamt Nürtingen angeschrieben und um Amtshilfe gebeten.

Heller holte die Akten zu den drei Frauenmorden vom April, Mai, Juni aus dem Schrank. Die Fälle hatten eindeutige Parallelen. Drei Mal war es zu sexuellen Handlungen gekommen. Am 20. April war Margit Bresser, Besitzerin eines Restaurants in der Motzstraße, vergewaltigt und ermordet worden. Am 20. Mai Hilde Jung, stellvertretende Verwaltungsleiterin an der Technischen Universität, das gleiche Tatmuster. Am 20. Juni Anita Voigt, eine bekannte Rechtsanwältin, ebenso. Alle drei Frauen waren in der Nähe des Teufelsbergs gefunden worden, abgelegt auf dem Schuttplatz. Aber das war nicht der Ort, an dem sie ermordet worden waren. Die eigentlichen Tatorte hatten sie bisher nicht finden können. Bresser, Jung und Voigt waren in Rebecca Hirschs Alter, aber geschieden. Bei der verheirateten Rebecca Hirsch gab es Gerüchte, dass die Ehe unglücklich war und nur noch von Konventionen zusammengehalten wurde. Bloß ein Zufall? Laut dem Bericht von Dr. Kemper aus der Rechtsmedizin war Rebecca zwischen halb zwei und zwei Uhr morgens verstorben. *Der Tod ist durch Sauerstoffentzug eingetreten. Anzeichen dafür sind Würgemale am Hals und Brüche von Zungenbein und Kehlkopf. Obwohl das Opfer keine Unterwäsche getragen hat, können sexuelle Handlungen wie das vaginale oder anale Eindringen prä oder post mortem nicht festgestellt werden. Gez. Dr. Kemper, Rechtsmedizinisches Institut der Freien Universität.*

Keine sexuellen Handlungen. Heller legte die Akten beiseite, zündete sich eine HB an, ging zum Fenster. Er trug einen Tweedanzug aus hellbraunem Stoff. Feste braune Schuhe. Ein weißes Hemd, die dunkelrote Krawatte hatte er gelöst, den oberen Knopf des Hemdes ebenso. Seit er mit Paula verheiratet war, rasierte er sich jeden Tag, selbst wenn er keinen Dienst hatte. Sie hatte sich beschwert, weil sie beim Küssen rote Flecken im Gesicht bekam. Und auch an der Innenseite der Schenkel.

Er musste seinen Blick aus der Enge des Büros befreien. Nicht immer auf den ausgetretenen Pfaden denken. Jemand hatte gesagt, dass man Probleme niemals mit derselben Denkweise lösen kann, durch die sie entstanden sind. Eine Amsel schaute ihn aus dem Baum direkt vor dem Fenster neugierig an. Als er das Fenster öffnete, blieb sie sitzen, als würde sie auf eine Antwort warten.

Zugegeben, eine Verbindung zwischen Rebecca Hirschs Tod und den Morden an den anderen drei Frauen herzustellen war gewagt. Auch wenn Schütz und Neubauer noch so sehr darauf setzten, um die Kuh so schnell wie möglich vom Eis zu kriegen. Aber vielleicht war Klaus Ebert ja auch kein Freund der Familie. Vielleicht war er nur ein Freund von Rebecca Hirsch. Ein Liebhaber. Vielleicht hatte sie ihn irgendwo kennengelernt? Im *Café Keese*, wo die anderen Frauen sich auch gelegentlich aufgehalten hatten? Rebecca musste gewusst haben, dass ihr Mann erst gegen Morgen nach Hause kam. Sie hatte Ebert empfangen, und dann war etwas passiert, das zu ihrem Tod geführt hatte. Ein energisches Klopfen an der Tür riss ihn aus seinen Gedanken.

»Ja?«

Heller drehte sich zur Tür. Barbara Grimm kam herein. Sie war einen Monat lang nicht im Büro gewesen. Ihm fiel sofort auf, dass sie beim Zahnarzt gewesen sein musste. Jedenfalls standen ihre Zähne nicht mehr wie Waffen aus ihrem Mund heraus. Er wollte es erwähnen, behielt den Kommentar aber lieber für sich. Vielleicht mochte sie es nicht, dass man sie darauf ansprach.

»Was schauen Sie so? Ich war beim Friseur«, sagte Frau Grimm.

»Ja. Steht Ihnen gut.«

»Und zu meinen Zähnen sagen Sie nichts?«

Sie grinste, und Heller fühlte sich ertappt.

»Hat alles die Kasse bezahlt. Wieso gehen Sie nicht ans Telefon?«

Heller sah zu seinem Apparat hin.

»Sie sollen den Hörer nicht danebenlegen. Ich muss jedes Mal hier hoch in den zweiten Stock laufen. Die Forstverwaltung hat angerufen. Sie haben einen Opel Kadett gefunden.«

»Wo?«

»Waldgelände Frohnau. Hubertusweg. Mercier wartet schon unten auf Sie.«

Mercier war der Älteste in der M I. Niemand konnte sich erinnern, wann er in die Keithstraße gekommen und wo er davor gewesen war. Er war klein und hatte runde Schultern. Das Beste an ihm war der Blick, mit dem er Verbrecher erkannte, als hätten sie eine schwarze Aura. Die Feuerwehr zog gerade ab, als sie in dem Waldgelände ankamen. B-XU 354. Es war der Wagen, der in der Mordnacht vor dem Haus Hirsch gestanden hatte. Die Scheiben waren geborsten, die Sitze bis auf das Metallgestell abgebrannt. Das Armaturenbrett und die Innenverkleidung geschmolzen. Auf dem Fahrersitz saß in sich zusammengefallen der Rest dessen, was mal ein Mensch gewesen war. Die Haut schwarz verkohlt. Keine Haare, keine Ohren, keine Augen. Die Zähne lagen frei, der linke Arm ragte grotesk verdreht vom Körper ab. Die linke Hand war nach oben gestreckt, die

Zeige- und Mittelfinger gespreizt, als würde er das Victory-Zeichen machen. Die rechte Hand hing zwischen den Sitzen.

»Du hast ihn ja gesehen. Ist er das?«, fragte Mercier.

Er schob sein dünnes Haar über den immer kahler werdenden Schädel.

»Zumindest ist es der Wagen«, sagte Heller.

Die zwei Mitarbeiter der Rechtsmedizin warteten darauf, dass Heller die Leiche zum Transport freigab. Mercier brach ein Stück geschmolzenes Plastik vom Armaturenbrett ab und roch daran.

»Benzin«, sagte er. »Für ein paar Minuten entsteht eine extreme Hitze, da schmilzt alles weg.«

Heller ging um den Wagen herum. Betrachtete ihn von allen Seiten. Dachte nach. *Versetz dich in die beteiligten Personen. Opfer und Täter. Frag dich als Erstes nach dem Warum. Wenn du das beantworten kannst, kommt der Rest von selbst.*

»Warum parkt er hier im Wald?«, fragte Heller.

»Vielleicht wollte er sich verstecken. Er hat gedacht, dass du den Wagen gesehen hast. Also ist er nicht nach Hause gefahren, weil er geahnt hat, dass wir da als Erstes nach ihm suchen.«

»Also bleibt er im Wagen sitzen? Warum?«

»Woher soll ich das wissen?«

Heller betrachtete die Leiche, schob sie im Sitz ein Stück nach vorne. Da war die Antwort. Er nahm eine Zigarettenschachtel aus der Jacke. Dann schaute er zu Mercier hin.

»Hast du das Loch in seinem Hinterkopf angeguckt?«

Während er sich eine HB anzündete, ging Heller auf die andere Seite des Wagens, öffnete die Beifahrertür, beugte sich ins Innere. Zog die rechte Hand der Leiche hoch. Sie hielt eine Waffe umklammert. Mercier staunte.

»Luger 08. Er hat sich erschossen?«

»Und dann Benzin verschüttet und sich angezündet?«

»Oder jemand hat ihn erschossen, ihm die Pistole in die Hand gedrückt und danach den Wagen angezündet.«

Das traf es schon eher. Die Frage war nur, wer geschossen hatte und warum derjenige auch noch Feuer gelegt hatte. Welche Spuren sollten vernichtet werden? Oder war es eine Ablenkung? Wollte jemand sie auf eine bestimmte Fährte locken?

Der Kofferraum schien unversehrt zu sein. Zwar hatten die Flammen den Lack angefressen, aber der Deckel war fest verschlossen. Heller trat mehrmals energisch gegen das Schloss. Beim vierten Tritt gab es den Deckel knarrend frei. Bis auf einen von der Hitze angesengten Stapel bedruckten Papiers war der Kofferraum leer. Heller nahm sein Taschenmesser aus der Hose, klappte es auf, blätterte mit der Klinge in dem Stapel.

»Was ist das denn für ein Zeug?«, fragte Mercier.

»*Agit 883*. Ein linksradikales Magazin. Haben sie eine Zeit lang in der Wielandkommune gedruckt.«

»Also doch ein Linker«, sagte Mercier.

Es war, als hätte jemand ein Hinweisschild aufgestellt und drauf geschrieben *Hier ist die Lösung des Falles*. Jemand wollte unbedingt, dass es nach der Tat eines Linken aussah.

»Du meinst, er hat Rebecca Hirsch umgebracht, weil sie keines von seinen Blättern kaufen wollte? Anschließend hat er stundenlang auf ihrem Sofa gesessen und gewartet? Worauf? Auf Joachim Hirsch? Der Kerl ist nie und nimmer ein Linker.«

Heller schüttelte den Kopf. Aber falls Ebert nicht zu diesen Kreisen gehörte, was war er sonst? Ein Nazi?

»Vielleicht hat ihn auch jemand beauftragt, Rebecca umzubringen«, sagte Heller.

»Wer? Hirsch? Der ist Kantor in der Synagoge in der Joachimstaler.«

»Du meinst, jemand, der vorbetet, heuert keinen Killer an?«

»Ich hoffe es. Wenn selbst solche Leute vor nichts mehr zurückschrecken ...«

Heller warf einen letzten Blick auf den Toten. Die zweite Leiche innerhalb von drei Tagen.

»Ich hätte es verhindern können«, murmelte er.

»Hast du was gesagt?«

»Nein.«

Heller winkte seinen Kollegen wortlos zurück zum Einsatzwagen. Ja, er hätte es verhindern können. Den Mord an Rebecca Hirsch und den Mord an dem Mann in dem Kadett. Wäre er im Wagen sitzen geblieben, hätte er gesehen, wie Klaus Ebert vor dem Haus von Hirsch parkte. Er hätte ihn fragen können, was er mitten in der Nacht von den Hirschs wollte. Er hätte damit unter Umständen auch noch den Mörder von drei Frauen erwischt. Aber all das hatte er nicht getan. Stattdessen hatte er seinen Posten verlassen, weil er kein Babygeschrei aushalten konnte. Wieso eigentlich nicht? Was war nur mit ihm los?

Sie fuhren über die B 96 zurück in Richtung Innenstadt. Unterwegs erzählte Mercier, dass der Staatsschutz Hellers Stiefschwester Petra im Visier habe. Angeblich hatte sie zusammen mit anderen Frauen einen Tante-Emma-Laden besetzt. Für Mercier ein deutliches Zeichen, dass die Weiber verrückt geworden waren.

Petra war vor drei Wochen vom Bahnhof Zoo mit dem Bus schnurstracks zu ihrem Stiefbruder gefahren und hatte Heller gefragt, ob sie eine Weile bei ihm unterkommen könnte. Heller war überrascht gewesen, weil er nicht wusste, dass er eine Stiefschwester hatte. Sie war sieben Jahre jünger als er. Angeblich vom alten Siegfried Heller 1942 auf Fronturlaub gezeugt. Danach, erzählte sie Heller, habe er ihre Mutter sitzen lassen und sei wieder in den Krieg gezogen.

Weil ihr wiedergefundener Stiefbruder die Geschichte zuerst nicht glauben wollte, hatten sie zusammen den Alten besucht. Es war eine ordentliche Überraschung gewesen, als Petra vor dem Alten stand und ihn mit *Hallo, mein Erzeuger* begrüßte. Zuerst wusste der Alte nicht, was sie damit sagen wollte, konnte sich angeblich nicht erinnern, dass er eine Affäre mit Petras Mutter gehabt hatte, schwor Stein und Bein, dass er '42 nicht auf Heimaturlaub gewesen sei. Weil es aber Briefe gab, in denen er behauptete, dass er Petras Mutter heiraten wollte, musste er schließlich anerkennen, dass Petra seine Tochter war. Als Heller ihn fragte, warum er das nie erzählt habe, meinte der Alte, dass Petras Mutter eine Hure gewesen sei, an die sich alle rangemacht hätten. Wie sollte er da sicher sein, dass Petra wirklich von ihm war. Heller musste seine Stiefschwester festhalten, sonst hätte sie sich auf den Alten gestürzt und ihn verprügelt.

Abends hatten sie mit Paula gesprochen, und Petra durfte auf dem Sofa im Wohnzimmer schlafen. Eine Woche lang. Nicht länger. In der Zwischenzeit wollte sie eine Wohngemeinschaft finden, die sie aufnehmen würde. Da sie sich aber als Kindermädchen für Astrid und Jochen nützlich machte, einkaufen ging, kochte, die Wäsche besorgte, durfte sie länger bleiben. Sie war ein richtiges Familienmitglied geworden, weshalb Heller ihr sein Zimmer überlassen hatte. Er mochte Petra. Paula mochte Petra. Jeder mochte Petra. Hellers Stiefschwester war ein Vögelchen. Sie flatterte von einem

Ort zum anderen und schien überall dort, wo es interessant war, wie ein Kolibri in der Luft zu schweben.

An diesem Morgen war Paula zuerst skeptisch gewesen, als ihre neue Mitbewohnerin sie fragte, ob die Versammlung der Kita-Initiative bei ihr in der Wohnung in der Sebastianstraße stattfinden könnte. Petra hatte am Abend vorher nämlich erzählt, dass sie verhaftet worden war. Jochen und Astrid hatten das wahnsinnig spannend gefunden. Aber Paula wollte auf keinen Fall da hineingezogen werden, geschweige denn mit der Polizei zu tun haben. *Vergiss die Bullen, Paula, du wirst in die Geschichte eingehen, weil du so großzügig bist* hatte Petra gesagt. Schließlich war Paula einverstanden und hatte sich ein Kopftuch umgebunden, weil sie nicht wollte, dass ihre Glatze das Erste war, was man von ihr sah.

Jetzt saßen sechs Frauen mit ihren Kindern in Paulas Wohnzimmer und diskutierten seit Stunden, wie der neue Kinderladen heißen sollte. Zur Abstimmung standen *Wilde 17, Rote Zora, Kalle & Fritz*. Der Raum, den sie dafür ausgesucht hatten, war ein Tante-Emma-Laden, der wegen des neuen Bolle-Supermarktes gleich nebenan hatte schließen müssen. Ein erstes Gespräch der Frauen mit dem Vermieter war nicht so positiv verlaufen wie erhofft. Der Kerl hatte sich als ein typisch kapitalistisches Oberarschloch erwiesen. Eine der Frauen wusste, dass ihm Dutzende Häuser in der Stadt gehörten. Weil er auf kein Angebot, das sie ihm unterbreitet hatten, eingegangen war, hatten sie den Laden kurzerhand besetzt. Als zwei Stunden später die Polizei anrückte, hatten sie sich geweigert, den Laden zu räumen. Sie hatten sogar die T-Shirts und Blusen ausgezogen und sich der Staatsmacht halbnackt entgegengestellt. Die Bullen waren zuerst unsicher gewesen, was sie tun sollten. Schließlich hatten sie die Frauen dann doch festgenommen. Wegen Erregung öffentlicher Erregung, wie Petra es nannte. Jetzt sollte es auch noch eine Anzeige wegen Hausfriedensbruchs geben. Aber das war nicht alles. Es gab auch noch Probleme mit den Genossen, weil die verkündeten, dass der Kinderladen unbedingt sozialistisch sein sollte. Petra regte sich fürchterlich auf.

»Es ist doch immer das Gleiche. Was glaubt ihr, warum sich keiner von den großen Revolutionären jemals bei einem von unseren Treffen gezeigt hat?«

»Weil das zu unwichtig ist, Kleinkram«, meinte eine, deren spitzes »S« sie eindeutig als Hamburgerin verriet. »Wenn wir was auf die Beine gestellt haben, kommen sie angeschissen und beschweren sich, weil wir sie nicht um Erlaubnis gefragt haben.«

Die Frauen redeten durcheinander, unterbrachen sich und lachten. Paula verteilte Apfelkuchen. Eine lebhafte Energie erfüllte das Wohnzimmer, wie das Erwachen nach einem langen Schlaf.

»Den ganzen Aufstand in der Uni und auf den Straßen machen doch vor allem die Kerle, weil sie wie früher als kleine Jungs Krieg spielen wollen«, sagte Petra.

»Es sind aber auch Frauen dabei«, meinte Paula.

»Ja, weil sie den Mackern imponieren wollen.«

»Naja, dem schönen Rainer würde ich auch gerne mal imponieren«, sagte eine Rothaarige.

Alle lachten.

»Kannst du vergessen, den hat die Uschi abonniert«, meinte die Hamburgerin.

Die Rothaarige gestikulierte so wild, dass ihre Kaffeetasse umfiel und alle eifrig zu wischen begannen.

»Seien wir mal ehrlich«, rief eine mit Zöpfen in die Runde, »wir sollen die Beine breit machen, ein bisschen stöhnen, die Kinderchen ausbrüten, sie großziehen und ansonsten schön brav zu Hause warten, bis Spartakus von der Revolution nach Hause kommt und neue Kinderchen machen will.«

»Apropos Kinderchen.« Petra hob die Hände und bat um Aufmerksamkeit. »Letzte Woche war ich bei Dieter.«

»Welcher Dieter?«

»Kunzelmann.«

Ein großes Hallo erfüllte den Raum.

»Wir ziehen uns einen Joint rein, knutschen rum, und es geht los. Er knetet meine Brüste, als ob ich eine Milchkuh wäre. Ich sag zu ihm, hör mal Schätzchen, ich habe nicht nur Brüste, sondern ungefähr zwei Quadratmeter Haut. Er glotzt mich an, als hätte ich ihn kastriert. Die Stimmung ist sofort im Eimer. Also reden wir eine Stunde über seine Orgasmusprobleme. Irgendwann ist er wieder so weit. Ich sage ihm, wie ich es gerne hätte. Und da stürzt er sich auf mich, als wären wir bei den Ringer-Weltmeisterschaften. Ich habe gedacht, so wie der rammelt, krieg' ich kein Kind, da krieg' ich Kaninchen.«

Brüllendes Gelächter erschütterte den Raum, bis eine Stimme aus dem Hintergrund die Frauen aufschreckte.

»Stör' ich?«

Heller stand in der Tür.

»Hallo Wölfchen. Das ist mein Bruder«, erklärte Petra der Runde.

»Hallo Bruder«, erklang es wie im Chor.

»Er ist ein Bulle«, sagte Petra.

Die Antwort war ein vielstimmiges *Buh*.

»Kann ich dich mal kurz sprechen?«, fragte Heller. Er hatte sichtbar schlechte Laune.

Petra verzog das Gesicht. Sie stellte sich vor die

Frauen und breitete die Arme aus, als würde sie gleich ans Kreuz geschlagen werden.

»Die Inquisition hat begonnen, Genossinnen. Wenn ich in drei Tagen nicht zurück bin, könnt ihr meine Stones-Platten haben.«

Die Frauen lachten. Petra folgte Heller in die Küche.

»Was ist?«, fragte sie während sie ein Stück Apfelkuchen von einem zweiten Blech nahm.

»Was ist das da drin?«

Er deutete in Richtung Wohnzimmer.

»Wir rufen das Matriarchat aus mit anschließender Versklavung der Männer als willenlose Sexobjekte.«

»Kann ich eine richtige Antwort haben?«

»Nicht bei Sachen, die dich nichts angehen. Willst du mal probieren?«

Sie reichte ihm ein Stück Apfelkuchen. Heller griff zu.

»Der Staatsschutz ermittelt gegen dich«, sagte er.

Petra zuckte zusammen.

»Warum? Wegen dem Tante-Emma-Laden? Das Ding steht seit Monaten leer. Also haben wir ihn besetzt. Das Arschloch, dem er gehört, will das ganze Haus abreißen. Der schmeißt die Leute einfach auf die Straße. Ich meine, das geht doch nicht, oder, Wölfchen?«

Ein Geräusch aus dem Wohnzimmer ließ sie aufhorchen. Ein Tumult, als würde im nächsten Moment eine Prügelei beginnen. Dann sahen sie, wie Paula an der Küche vorbei zur Toilette rannte und sich übergab.

»Hör auf damit, sonst kriegst du richtig Ärger«, sagte Heller.

Er folgte Paula. Petra beobachtete, wie er sich um sie kümmerte, ihren Kopf hielt. Als Paula sich auf den Rand der Badewanne setzte, bleich wie die Wand, nahm er einen Waschlappen, machte ihn nass und wischte ihr das Gesicht ab. Paula riss das Kopftuch herunter, schaute ihn an und fing an zu weinen.

»Diese verdammten Tabletten«, jammerte sie.

»Du wirst wieder gesund«, sagte er. »Ganz sicher.«

Ihr Bruder war zwar ein Bulle, dachte Petra plötzlich, aber er war zärtlich und fürsorglich. Er war nicht der Pascha, der sich nach der Arbeit beschwerte, wenn das Essen nicht auf dem Tisch stand. Der nur um sich selbst kreiste. Seiner Frau nicht erlaubte, eigenes Geld zu verdienen, so wie ihr Stiefvater zu Hause in Berchtesgaden. Der war einer von denen, die mit Hurra gemordet und gefoltert hatten. In der Aula ihrer Schule hatte Petra den Film gesehen, der nach der Befreiung des KZ Auschwitz gedreht worden war. Es mussten Bestien gewesen sein, die dort das Regiment geführt hatten. Und als dann die Siegestour in der Hölle vorbei gewesen war, verstanden sie nicht mehr, was sie getan hatten und waren von sich selbst entsetzt. Sie liefen in Berchtesgaden immer noch zu Hunderten herum und taten so, als seien sie nicht dabei gewesen. Wir wussten es, hatte ihre Mutter gesagt. Alle wussten es, und niemand hat sich getraut, was zu sagen. Wir haben einfach die Augen zugemacht. Petra hatte nach Berlin gehen müssen, sonst wäre sie an dem Schweigen und den Lügen erstickt. Sie wollte wissen, ob es noch andere Menschen gab. Natürlich gab es auch hier viele, die wie ihr Stiefvater waren, dazu gehörte auch ihr leiblicher Vater. Aber sie weigerte sich, ihn als solchen anzunehmen. Fünfzig Prozent ihrer Gene hatte sie von ihm, aber die anderen fünfzig Prozent kamen von ihrer Mutter. Das beruhigte sie. Auch wenn ihre Mutter streng war und sich nach dem Krieg in Not und Verzweiflung in die Arme der katholischen Kirche geflüchtet und Petra unter den Katechismus gezwungen hatte. Tief in ihrem

Herzen war sie eine grundgütige und liebende Frau. Sie hätte sich jedem Hund, der ihr Kind bedrohte, entgegengeworfen. Und dann dachte Petra noch, dass, wenn sie ihren Bruder mit seinem Vater verglich, es vielleicht doch noch Hoffnung gab. Sie sah, wie Heller Paula im Arm hielt. Dann stieß er die Tür mit dem Fuß zu.

Dirk Otto hatte von Ulf Kainer erfahren, dass die Bullen demnächst wieder eine Razzia in der Wielandstraße veranstalten würden. Wahrscheinlich wollten die Schweine ihnen den Mord an der Frau von diesem jüdischen Faschisten in die Schuhe schieben. Er hatte zwar kein Mitleid mit ihr, aber die Alte umzubringen war alles andere als eine revolutionäre Tat. Deswegen konnte niemand von den Tupamaros Westberlin der Täter sein. Trotzdem hatte ihn der Aufschrei in der bürgerlichen Presse nachdenklich gemacht. Darüber wollte er mit den Genossen reden, und vor allem von einer interessanten Begegnung erzählen.

Bevor sie jedoch gleich das außerordentliche Plenum abhalten würden, sollte zuerst ein bisschen aufgeräumt werden. Joints, Gras und die kleinen bunten Pillen mussten aus der Wohnung verschwinden. Am besten in einer Plastiktüte im stillgelegten Schornstein. Es gab in der Wielandkommune zwar zehn Zimmer, und in jedem davon herrschte ein solches Chaos, dass sie oft selbst nichts mehr fanden. Seinen Personalausweis zum Beispiel. Oder den Brief an die Genossen, den er zu schreiben angefangen hatte. Doch wenn die faschistoiden Bullen so richtig scheiße drauf waren, drehten die jedes Staubkorn um.

Als das Plenum anschließend in der Küche um den riesigen Tisch herum saß, fehlten Bakunin, Kunzel, Ina und Georg. Es war zum Kotzen. Niemand nahm die Sitzungen richtig ernst. Was zählte war, wie man sich ordentlich wegknallen konnte. Wenigstens Louise war pünktlich erschienen. Als sie am Vortag mit ihren beiden Koffern an die Tür geklopft hatte, war er zuerst misstrauisch gewesen. Wieso wollte sie auf einmal wieder einziehen? Dass der Tod ihrer Tante sie erschüttert hatte, glaubte Dirk Otto ihr nicht. Trotzdem durfte sie ihre Sachen auspacken.

Eine halbe Stunde später waren sie komplett. Bakunin hatte im KaDeWe in der Lebensmittelabteilung noch schnell was eingeklaut, deswegen war er zu spät gekommen. Die Kommune verzieh es ihm. Der revolutionäre Haschrebellen-Parteitag konnte mit Lachs und Kaviar beginnen.

»Bevor wir hier loslegen, will ich eines wissen«, sagte Louise. »Hat einer von euch damit zu tun?«

»Womit?«, wollte Rolli wissen.

»Du weißt genau, womit.«

»Nein, weiß er nicht«, sprang Bakunin ein. »Er hat sich die letzten zwei Tage auf einen Horrortrip verabschiedet.«

Sie hatten sogar den Krankenwagen rufen müssen, weil Rolli aufgehört hatte zu atmen. Jetzt hob er grinsend die Schultern, als würde er sich immer noch auf dem Ausflug in eine andere Dimension befinden.

»Wieso sollen wir was mit dem Tod deiner Tante zu tun haben?«, fragte Dirk.

»Weil sie ermordet worden ist, du Penner«, sagte Bakunin.

»Also?«, fragte Louise.

Sie ließ den Blick schweifen. In den schweigenden Gesichtern spiegelten sich Unverständnis, Gleichgültigkeit und Desinteresse. Die eigene Verwandtschaft war für die Bewohner der Wielandstraße nichts anderes als ein

Sumpf von faschistischen Charaktermasken. Autoritätshörige Kleinbürger, die dem Führer hinterhergelaufen waren und das falsche Bewusstsein hatten. Man musste sich von denen fernhalten, als würde man sich sonst mit einer ansteckenden Krankheit infizieren. Dass Louise um ihre Tante trauerte, zeigte doch nur, dass sie bei dem Versuch, das alte Bewusstsein abzutöten, noch nicht weit genug gegangen war, hatte Dirk Otto analysiert. Er legte den Arm um Louises Schultern. Im ersten Moment schien es, als wollte er sie trösten.

»Um es noch mal ganz klar zu sagen, Louise. Der Tod deiner Tante geht mir am Arsch vorbei. Trotzdem war das eine konterrevolutionäre Aktion und kann deshalb niemals von den Linken kommen. Ist ja klar, dass die Bullen sich sofort auf uns einschießen. Ich schwöre euch, das waren Nazis. Ich glaub sogar, dass die Bullen das inszeniert haben, damit sie uns fertigmachen können. Frag mal deinen Stecher in der Keithstraße.«

»Er ist nicht mein Stecher.«

»Wer's glaubt.«

Otto zog Louise zu sich heran und küsste sie ungefragt auf den Mund. Das ging so schnell, dass Louise nicht mehr ausweichen konnte. Ina auf der anderen Seite des Tisches quittierte es mit einem genervten Blick. Offensichtlich war trotz des Abschieds von kleinbürgerlichem Besitzdenken und repressiver Sexualmoral das giftige Pflänzchen Eifersucht nicht totzukriegen.

»Pass auf, Louise, er will dich nur ficken!«, bellte sie.

Alle lachten. Auch Otto.

»Klar, was denn sonst!«, sagte er.

Louise erhob sich, nahm ihren Teller und setzte sich demonstrativ neben Bakunin auf die andere Seite des Tisches. Vielleicht war es ein Fehler gewesen, wieder in der Wieland einzuziehen. Dieser ewige Tanz um das richtige Bewusstsein ging ihr gehörig auf die Nerven. Und auch, dass man sich permanent zudröhnte, weil die Gesellschaft anders nicht zu ertragen war. Aber wo hätte sie sonst hingehen können? Hier hatte sie wenigstens eine Matratze, einen Schrank und einen Schreibtisch. Schloss sie die Tür ab, gab es zwar Ärger, aber man ließ sie in Ruhe.

»Also Leute, ich hab vor ein paar Tagen zwei Typen getroffen, die zur Fatah gehören«, sagte Otto. »Wir haben uns länger unterhalten. Sie haben mich gefragt, wieso wir nichts wegen der faschistischen Gräueltaten Israels gegen die palästinensischen Araber unternehmen.«

Louise verdrehte die Augen. Jetzt ging diese Litanei wieder los. Otto war der Meinung, dass die Zionisten in den besetzten Gebieten so was wie Konzentrationslager für die Palästinenser errichtet hätten. Und dass die Juden die neuen Nazis seien. Sie kannte das bereits. Als sie vor Wochen zum ersten Mal das Wort »Judenknax« aus Kunzelmanns Mund vernommen hatte, war sie noch entsetzt gewesen. Meinte der das wirklich? Wollte er den Mord an sechs Millionen Menschen einfach so vom Tisch wischen? Die Antwort lautete: ja. Anfangs hatte sie ihm erklärt, dass er als Deutscher das Recht verwirkt habe, sich jemals über Israel auszulassen. Sie hatte Argument auf Argument gehäuft. Aber später hatte sie verstanden, dass er ein Fanatiker war. Und wie alle Fanatiker war er vernünftigen Erklärungen nicht zugänglich. Stattdessen musste er jeden Zweifel an seinem Denken töten, bevor er selbst davon infiziert werden konnte.

Otto wandte sich Louise zu wie ein Lehrer, der dem ewigen Versager der Klasse eine letzte Chance geben will.

»Ich finde, es ist Zeit, dass unsere kleine Zionistin endlich mal sagt, auf wessen Seite sie steht.«

Es war klar, dass Otto sie auf Linie bringen wollte. Als Louise sich umsah, spürte sie die Blicke. Die Lust an der Inquisition, die das geradezu orgastische Strafgericht aller Radikalen war, sprang ihnen aus den Augen.

»Ihr könnt mich mal«, sagte sie.

Sie stand vom Tisch auf und verließ die Wohnung.

Auf der Straße fuhr ein Wagen der Berliner Stadtreinigung vorbei und spritzte Wasser bis auf die Bürgersteige. Louise stand neben der Haustür und wusste nicht, was sie machen sollte. Vielleicht musste sie sich entscheiden. Aber wie sollte das gehen? Wollte sie wirklich die Nähe der Menschen verlieren, die ihr in den letzten Jahren Halt gegeben hatten? Sie war mit ihnen um die Häuser gezogen. Sie hatte bei der Anti-Springer-Demo von Ulf Kainer einen Molli in die Hand gedrückt bekommen und auf die Lieferfahrzeuge geworfen. Sie war bei der Demo vor dem Landgericht dabei gewesen, als Bakunin um ein Haar das Gebäude angezündet hatte. Sie hatten gekifft, Trips eingeschmissen und gevögelt. Es war die beste Zeit ihres Lebens gewesen.

Aber andererseits konnte sie doch nicht mit Leuten unter einem Dach wohnen, die von Scheißjuden sprachen. Rolli hatte Daniel Cohn-Bendit sogar ein kleines Judenschwein genannt. Das war doch krank. Mitten in dieser riesigen Stadt, umgeben von all den Menschen, fühlte sie sich so einsam, als gehörte sie zu einer anderen Art. Vielleicht war es ja auch so. Die perfekte Voraussetzung für die Diaspora.

Als sie Stimmen hinter sich hörte, wischte sie die Tränen aus dem Gesicht. Sie musste sich zusammenreißen. Immerhin hatte sie sich vorgenommen, den Mörder ihrer Tante zu finden. Es hieß, Ulf Kainer habe einen Kontakt zum Verfassungsschutz, der mit Informationen behilflich sein könne. Jedenfalls hatte er ein paarmal damit angegeben. Vielleicht wusste der etwas über diesen Klaus Ebert.

Heller war zum Kurfürstendamm gefahren, weil Paula nichts so sehr mochte wie die Schwarzwälder Kirschtorte vom Café Möhring. Als er mit dem Kuchen vor der Wohnungstür in seinen Jackentaschen nach dem Schlüssel suchte, klingelte das Telefon immer noch. Er hatte es schon auf der Treppe gehört und gehofft, es würde verstummen, bis er oben ankam. Der Apparat war ein Sklaventreiber. Egal, was man gerade machte, egal ob man schlief oder vor dem Fernseher oder auf dem Klo saß, sobald es klingelte, wurde jede andere Beschäftigung unterbrochen. Niemand zu Hause. Paula war im Krankenhaus, die Kinder waren mit Petra unterwegs, wie eine Nachricht auf dem Küchentisch verriet. Er nahm den Hörer ans Ohr.

»Wo bleiben Sie denn?«

Hartmann. Ungeduldig wie immer, mit diesem Ton, den er vermutlich aus dem Krieg mitgebracht hatte, und den er sein Leben lang nicht mehr ablegen würde. Heller hatte sich beim ersten Zusammentreffen in Hartmanns Büro gefragt, ob Hartmann auch mit seiner Frau so sprach. Er stellte den Kuchen ab, schrieb auf die Rückseite von Petras Zettel *Bin gegen Abend wieder da.* Dann sprintete er die Treppe hinunter. Hartmann saß auf der Beifahrerseite eines Dienstmercedes.

»Na endlich. Ich stehe seit einer Viertelstunde hier unten.«

Dass Hauptkommissar Friedrich Hartmann als Chef der M I zu einer Vernehmung fuhr, war ungewöhnlich.

Aber vielleicht befürchtete Manteufel, dass Hirsch nicht gut auf den Oberkommissar Heller zu sprechen sein könnte. Immerhin war der Mord während seines Dienstes geschehen. Als Heller in den Wagen einstieg, versuchte er in Hartmanns Gesicht zu erkennen, ob dem die fehlenden siebzehn Minuten bereits aufgefallen waren. Aber da war nichts, keine Regung, keine Skepsis, kein Verdacht.

Hartmann kurbelte das Fenster herunter und zündete sich eine seiner obligatorischen Menthol-Zigaretten an, als Heller den ersten Gang einlegte.

»Nicht rasen, Heller. Nie schneller als fünfzig pro Stunde. Man muss langsam tun, wenn es eilig ist.«

Am Bahnhof Zoo gerieten sie in eine Demonstration. Es waren ausschließlich Frauen. Einige hielten Schilder hoch. *Nieder mit dem Patriarchat. Weg mit § 218. Kommt zum Aktionsrat der Frauen. Chauvinisten in die Kisten.* Eine Kakophonie von Stimmen, Trillerpfeifen und Musik. Heller entdeckte Petra mittendrin. Die Haare hatte sie wie einen Turban hochgesteckt, auf den Wangen rote Kreise wie ein Clown. In ihrem lilafarbenen Kleid war sie nicht zu übersehen. Sie ist labil, dachte er. Oder neugierig. Was auf dasselbe hinausläuft. Sie ist so wild auf Abenteuer, dass sie jede Vorsicht fahren lässt. Zum Glück bemerkte sie ihn nicht.

»Da sehen Sie, was uns erwartet, Heller«, sagte Hartmann. »Wissen Sie, ich bin seit zwanzig Jahren verheiratet. Unglücklich, wie es sich für einen Polizisten gehört. Dabei stelle ich nur wenige Ansprüche an eine Ehe. Halbwegs genießbares Abendessen, saubere Wäsche. Hin und wieder das Bett. Aber ich bin auch 1920 geboren. Meine Frau lacht mich aus, wenn ich sie frage, weshalb sie sich dauernd in so einem Kreis sozialdemokratischer Frauen trifft. Die Weiber lesen da ein Buch. *Das andere Geschlecht* von Simone de Beauvoir. Kennen Sie das?«

Heller schüttelte den Kopf.

»Für uns Männer sind die goldenen Jahre vorbei. Das sage ich Ihnen. Noch ein paar Jahre, dann werden die Frauen sich an uns rächen. Ich hoffe nur, dass ich unter der Erde liege, wenn es so weit ist. Ich werde lieber von Würmern gefressen als von Weibern. Wie geht's Ihrer Frau?«

»Sie wird durchkommen.«

Hartmann nickte, als würde er das von der Frau eines Polizisten erwarten.

»Gut. Sie müssen sich entscheiden, ob Sie Krankenpfleger oder Polizist sein wollen.«

»Was heißt das denn?«

»Sie wissen genau, was das heißt. Sie sind ein guter Polizist, aber Sie haben offensichtlich ein Problem mit den Vorschriften.«

Da war es. Hartmann hatte die siebzehn Minuten doch bemerkt. Heller ließ innerlich die Jalousien runter. Das hatte er von seinem letzten Vorgesetzten Holzinger gelernt. Kopf einziehen, warten bis das Gewitter vorüber ist, und dann weitermachen. Falls man dabei vom Blitz erschlagen wird, war's eben Pech.

»Ich hab mir das Protokoll angeschaut, das Sie in der Mordnacht geschrieben haben. Minutiös erstellt. Sehr gut. Nur leider fehlt der Zeitpunkt, an dem Ebert bei den Hirschs angehalten hat. Zwischen dem VW-Bus und Rebecca Hirsch am Fenster klafft eine Lücke von siebzehn Minuten. Was haben Sie gemacht? Sind Sie eingeschlafen? Oder haben Sie sich einen runtergeholt? Danner und Müller haben die Nachbarschaft abgeklappert. Wissen Sie, was die Frau aus dem vierten Stock in der Nummer 93 erzählt hat? Nachts um halb zwölf hat ein Polizist vor ihrer Tür gestanden und sich beschwert, weil das Baby geschrien hat. Wollen Sie raten, wer das war? Manteufel wollte die Protokolle sehen. Ich hab ihm gesagt, dass Sie wahrscheinlich einfach nur vergessen haben, Eberts Ankunft einzutragen. Zum Glück hat er nicht gefragt, warum Sie Ebert nicht aufgehalten haben. Verdammt noch mal, Heller, wenn Sie schon Scheiße bauen, dann machen Sie es wenigstens so, dass es niemand merkt.«

Heller ließ die Standpauke über sich ergehen. Er wusste, dass Hartmann recht hatte. Und es war klar, dass es keine Entschuldigung für seinen Fehler gab. Eine Erklärung schon. Aber die würde Hartmann nicht verstehen und schon gar nicht akzeptieren.

»Wenn es sein muss, ziehen Sie mich von dem Fall ab«, sagte er.

»Das hätten Sie wohl gerne. Sie bleiben hier dran. Nächste Woche erzählen Sie mir erstens, wieso Ebert die Hirsch umgebracht hat, zweitens, wer Ebert erschossen hat und drittens, was hinter diesem ganzen Mist steckt. Haben wir uns verstanden?«

Die Demonstration löste sich auf. Ein Polizist winkte sie ungeduldig weiter. Heller startete den Motor, ließ den Mercedes langsam über den Ku'damm rollen. Hartmann hatte sich wieder beruhigt.

Die orthodoxe Synagoge versteckte sich im Hof eines unscheinbaren Gebäudes vor den Blicken der Passanten. Die Eingangstür stand offen. Kinder spielten Verstecken und wurden von einem kleinen Mann mit schwarzen Locken an den Schläfen und einem großen Hut weggejagt. Hartmann erkundigte sich nach Kantor Hirsch. Der kleine Mann schickte sie ins Souterrain, wo Hirsch mit einem Handwerker die Kosten für die Modernisierung eines aus Stein gemauerten Wasserbeckens diskutierte. Er nickte kurz, als er die beiden Polizisten sah, bat sie mit einer knappen Handbewegung zu warten.

»Wissen Sie, was das ist, Heller?« Hartmann zeigte auf das Becken.

»Man nennt es Mikwe. Das ist ein rituelles Tauchbad. Wenn Sie jüdisch sind, müssen Sie da rein, um sich von Unreinheiten zu säubern. Zum Beispiel wenn Sie mit einer Leiche Berührung hatten. Oder mit gewissen Körpersäften.«

Inzwischen verabschiedete Hirsch den Handwerker mit Handschlag. Offensichtlich hatten sie sich auf einen für beide Seiten akzeptablen Preis geeinigt. Jedenfalls lächelte der Handwerker.

»Folgen Sie mir, meine Herren«, sagte Hirsch und ging voran, die Außentreppe hoch in die Synagoge und von dort aus in ein schlichtes Büro. Ein Schreibtisch, ein Stuhl, zwei Sessel. Regale voller Bücher auf Hebräisch. Die Fensterscheiben strahlten in buntem Glas, und das Fensterbrett zierte ein Blumenstrauß.

»Nehmen Sie Platz.«

Hirsch war sichtlich nervös. Sicher der Schock, den der Tod seiner Frau in ihm ausgelöst hatte. Sein Gesicht war grau, die Mundwinkel hingen nach unten, die Augenlider waren schwer. Die Frisur erinnerte Heller an ein verlassenes Vogelnest.

»Was kann ich für Sie tun?«

»Wir wollten Ihnen zuallererst mitteilen, dass wir den Mörder Ihrer Frau gefunden haben«, sagte Hartmann.

Hirsch nickte.

»Gut, sehr gut. Hat er gesagt, warum er meine Frau umgebracht hat?«, fragte er.

»Das konnte er nicht mehr«, sagte Heller. »Jemand

hat ihm in den Kopf geschossen und die Leiche anschließend mit Benzin übergossen und angezündet.«

»Aha. Dann hat Gottes Strafe ihn sehr rasch eingeholt.«

Obwohl Hirsch sich Mühe gab, seine Genugtuung zu verbergen, schien ihm die Verbrennung als Strafe durchaus angemessen zu sein.

»Wir wissen noch nicht, ob es Gott oder jemand anderes war«, bemerkte Hartmann ketzerisch. »Wir haben trotzdem noch ein paar Fragen, wenn Sie gestatten.«

»Nur zu.«

Jetzt war Heller an der Reihe. Er nahm einen kleinen Block aus der Jackentasche, auf dem er sich Notizen gemacht hatte. Er blätterte einen Augenblick lang hin und her, bis er die richtige Seite gefunden hatte.

»Sind Sie in irgendeiner Weise mit Klaus Ebert bekannt oder verwandt?«, fragte er.

»Natürlich nicht. Wie kommen Sie auf diese absurde Idee?« Hirsch schien empört.

»Aber Sie haben eine Ahnung, wieso dieser Klaus Ebert in der Nacht von Sonntag auf Montag bei Ihnen war?«

»Ich würde sagen, um meine Frau zu ermorden. Oder was für einen Grund sollte es sonst geben?«

»Ich frage Sie das, weil er am 13. Juli schon einmal bei Ihnen war.« Heller hatte wegen des Datums kurz auf seinen Block schauen müssen.

»Davon weiß ich nichts.« Hirsch schüttelte den Kopf.

»Sie waren an dem Tag zu Hause.«

»Ich war krank. Ich lag mit einer Sommergrippe im Bett. Von daher kann es sein, dass mir der Besuch entgangen ist.«

»Das heißt, Ihre Frau hat Klaus Ebert am 13. Juli alleine empfangen?«

»Wie gesagt, ich war krank, ich hatte Fieber.«

»Beim zweiten Besuch von Ebert hat es nun so ausgesehen, als wären Ihre Frau und Klaus Ebert gut befreundet. Sie haben getanzt, und es wurde Cognac getrunken.«

»Was wollen Sie damit sagen?«

Eigentlich war es offensichtlich, was Heller damit sagen wollte. Er neigte den Kopf zur Seite und sah Hirsch freundlich lächelnd an. Es war nicht ungewöhnlich, dass jemand, den sie verdächtigten, auf eine Frage mit einer Gegenfrage antwortete. Aber es war auch nicht ungewöhnlich, dass diese Strategie nicht viel nützte.

»Ich will nichts damit sagen. Ich frage mich eher, ob Ihre Frau eine etwas engere Verbindung zu Klaus Ebert hatte.«

Eine etwas engere Verbindung. Heller hatte das Wort Affäre vermieden, um Hirsch nicht sofort in die Enge zu treiben. Hirsch verschränkte dennoch die Arme vor der Brust. Ob er sich dadurch unbewusst vor Angriffen schützen oder seine Wut bändigen wollte, war schwer zu sagen.

»Wir wollen Ihrer Frau nichts unterstellen …« Hartmann ließ den Satz und das daran hängende *aber* in der Luft hängen.

»Doch, das wollen Sie«, sagte Hirsch. »Weil Sie wie alle unglücklich Verheirateten denken, dass Ehen, die schon mehr als zwanzig Jahre halten, wie in einer billigen Operette nicht anders als unglücklich sein können.«

»Wie lautet die Antwort?«, hakte Heller nach.

»Dass ich es nicht weiß. Aber ich kann mir nicht vorstellen, dass meine Frau und dieser …«

»Ebert«, half Heller aus.

»… dieser Ebert eine etwas engere Verbindung hatten, wie Sie das durchaus impertinent nennen. Meine Frau war sehr gläubig.«

»Und Sie?«

»Was meinen Sie?«

»Sie haben von Operette gesprochen. Welche Rolle spielen Sie darin?«

Hirsch lachte. Es klang gezwungen und war deplatziert.

»Auf alle Fälle nicht die des Regisseurs«, sagte er.

Hartmann beugte sich nach vorne und übernahm die Vernehmung.

»Sie waren Sonntagabend nicht zu Hause.«

»Wie Sie gesehen haben.«

»Können Sie uns sagen, wo Sie waren?«

»Wo ich mich abends aufhalte, ist einzig und allein meine Sache. Oder gibt es für Juden bereits wieder eine Ausgangssperre?«

Hartmann stockte. Hirsch hatte offensichtlich triftige Gründe, seine nächtliche Abwesenheit zu verheimlichen. Vielleicht war er bei einer Prostituierten gewesen. Vielleicht hatte er lange gearbeitet. Vielleicht gab es einhundert andere Gründe, die er nicht preisgeben wollte.

»Ich war hier. In meinem Büro.«

Hirsch gab sich zwar kooperativ, aber es war eindeutig, dass er die Polizisten loswerden wollte und ihnen deswegen einen Knochen hinwarf. Hartmann war allerdings nicht gewillt, den zu schlucken.

»Bis morgens um fünf Uhr?«

»Ich habe gearbeitet.«

»Alleine?«

»Ja.«

»Niemand, der Sie gesehen hat?«

»Nur der Pförtner, als ich gegangen bin. Falls Sie sich jetzt fragen, ob es noch einen zweiten Ausgang gibt, den ich heimlich benutzt haben könnte, muss ich Sie enttäuschen. Den gibt es nicht.«

Heller beobachtete Hirsch. Er staunte über die Intelligenz, die aus seinen Augen blitzte. Die Waffe seiner inneren Verteidigungslinie, die er sich vermutlich im Laufe der Jahre aufgebaut hatte, weil es keineswegs selbstverständlich war, dass Juden wieder unbescholten in Berlin leben konnten. Sie saßen sich einen Moment schweigend gegenüber. Heller wartete darauf, dass Hartmann ihm ein Zeichen gab. Rückzug oder weitermarschieren. Hartmann atmete hörbar aus. Es war das Signal, dass auch er bereit war, die Samthandschuhe auszuziehen.

»Nehmen wir mal an, Sie haben tatsächlich bis morgens um fünf gearbeitet, Herr Hirsch. Dann ist da aber doch ein kleines Detail, das uns stutzig macht. Die Kollegen aus der Rechtsmedizin sind sich ziemlich sicher, dass Ihre Frau gegen zwei Uhr nicht mehr gelebt hat. Und nun fragen wir uns, weshalb der Mörder nicht sofort nach der Tat geflohen ist. Aus welchem Grund hat er noch stundenlang gewartet und die Wohnung erst verlassen, als Ihre Nichte nach Hause gekommen ist. Etwa eine Stunde vor Ihnen. Kann es sein, dass der Mörder vielleicht auf Ihre Nichte oder auf Sie gewartet hat?«

Hirsch biss sich auf die Unterlippe. Es war offensichtlich, dass diese Information ihn verunsicherte.

»Das sind viele Fragen, Herr …«

»Heller.«

»Ich will Sie nicht länger davon abhalten, Herr Heller, die richtigen Antworten darauf zu suchen und auch zu finden.«

Hirsch stand auf, ging zur Tür, um seine Besucher hinauszukomplimentieren. Hartmann und Heller blieben sitzen. Jetzt war der Zeitpunkt für die Eskalation gekommen.

»Schauen Sie, Herr Hirsch, ich persönlich glaube nicht, dass der Mörder in der Wohnung geblieben ist, um Sie oder Louise Mackenzie ebenfalls umzubringen. Er wollte mit Sicherheit nicht die Familie Hirsch auslöschen«, sagte Heller.

»Nein? Dabei haben Deutsche doch Übung in solchen Dingen. Haben Sie die Schmierereien auf dem Friedhof in der Heerstraße gesehen?«

Heller ließ sich nicht vom Weg abbringen.

»Ihre Frau hat den Mann in Ihr Haus gelassen. Also wird sie ihn gekannt haben. Sie hat mit ihm getanzt, hat Cognac getrunken. Klaus Ebert wahrscheinlich auch. Ich konnte nicht beobachten, was sich in der Zeit zwischen halb zwölf und zwei noch alles abgespielt hat …«

»Herr Heller, ich weiß nicht, in welchen Verhältnissen Sie leben, aber meine Frau war sehr gläubig. Sie hat unsere Ehe geschätzt und hochgehalten.«

»Mag sein. Aber dass eine Frau gläubig ist, heißt nicht, dass sie keine Bedürfnisse hat. Damit komme ich wieder zu der Frage zurück, warum der Mann gewartet hat.«

»Worauf wollen Sie hinaus?« Hirsch kam von der Tür zurück, postierte sich neben dem Schreibtisch.

»Kann es sein, dass der Mörder auf sein Honorar gewartet hat?«

Hirsch lachte laut auf, aber es war kein befreites Lachen. Es klang zynisch und wütend.

»Herr Kommissar, nehmen wir mal an, ich hätte den Mann tatsächlich bestellt, damit er mich von meiner Frau wie von einer schlimmen Krankheit befreit. Hätte ich ihm dann nicht gesagt, dass er nach dem Mord sofort verschwinden soll? Immerhin bestand, wie Sie schon sagten, die Gefahr, dass meine Nichte nach Hause zurückkehrt. Was dann ja auch geschehen ist. Und hätte ich mit dem Mörder nicht einen anderen Ort vereinbart, um ihm vielleicht den zweiten Teil seines Honorars zu übergeben? Soweit ich aus dem Fernsehen weiß, macht man das so. Hätte ich nicht ein besseres Alibi vorzuweisen, das Ihnen erklärt, warum ich just in der Nacht, in der meine Frau ermordet wird, nicht zu Hause war? Und während Sie nun überlegen, wie das alles in Ihre Theorie passt, die mich zum Anstifter stempeln will, Herr Kommissar, habe ich eine Frage. Wieso haben Sie den Mann nicht aufgehalten, als er vor unserem Haus geparkt hat? Angesichts der Morddrohungen, die ich erhalte, ist es doch seltsam, dass nachts ein Besucher kommt. Sie konnten zu diesem Zeitpunkt ja nicht wissen, dass meine Frau ihm so sorglos Eintritt gewähren würde.«

Hirsch hatte recht. Es war unwahrscheinlich, dass er den Mörder beauftragt hatte. Und selbst wenn, würden sie es nicht beweisen können. Noch nicht. Hartmann gab Heller ein Zeichen. Die Vernehmung war beendet. Sie verabschiedeten sich mit einem knappen Kopfnicken.

Als sie im Wagen saßen, zündeten sie sich Zigaretten an. Das war ja nun gründlich schiefgegangen. Ein Versuchsballon, der lächerlich in sich zusammengefallen war und ihnen keine brauchbaren Antworten lieferte zu dem, was wirklich hinter dem Mord an Rebecca Hirsch steckte.

Als sie an der Gedächtniskirche vorbeifuhren, fand Heller die Sprache wieder.

»Was halten Sie von ihm?«, fragte er Hartmann.

»Irgendwo in der Bibel steht, dass Schuldige einander erkennen. Sie beide haben eine schöne Show abgeliefert.«

Hartmann erklärte nicht, was er damit meinte, aber Heller wusste, dass es um die fehlenden siebzehn Minuten ging. Die restliche Fahrt schwiegen sie.

Das Haus thronte bedrohlich an der Nordseite des Platzes. Ein düsterer Ort, so düster wie die Arbeit, die darin verrichtet wurde. Poljakov hatte erwartet, dass sie ihn in der Lubjanka in den Keller führen würden. Das war das übliche Prozedere. Sie foltern dich, bis du alles gestehst, was sie dir vorwerfen, einfach, damit sie aufhören, dir die unsäglichen Schmerzen zuzufügen. Du würdest sogar zugeben, dass du der wiedergeborene Dschingis Khan bist. Wenn sie dich danach aus irgendeinem unerklärlichen Grund nicht erschießen, schicken sie dich in ein Arbeitslager irgendwo am Polarkreis, wo du still verrecken darfst. Aber nichts davon war geschehen. Er hatte lediglich einen Bericht schreiben müssen und anschließend nach Hause gehen dürfen. Aber in welches Zuhause sollte er gehen? In die leere Wohnung, in der nichts als Irinas Abwesenheit auf ihn wartete? Er lief stundenlang durch Moskau. Das trübe gelbe Licht der Straßenlaternen ertrank in den Rauchschwaden, die von den Waldbränden im Osten der Stadt herangeweht wurden. Er überlegte, ob er einen Kollegen besuchen sollte. Aber würde ihn irgendjemand jetzt noch in die Wohnung lassen? Es war bekannt, dass er verhört worden war. Und alle, die einst seine Freunde gewesen waren, würden jetzt vorsichtig sein. Es gab kein unverfängliches Wort mehr, jeder Handschlag konnte ins Verderben führen, wenn das Gegenüber auf der Abschussliste stand.

Zwei Oberleitungsbusse musste er passieren lassen, weil sie nicht in seine Richtung fuhren. Es war drückend heiß. Trotzdem waren kaum Menschen auf den Straßen. Wo hätten sie auch sein sollen? Die Cafés hatten zu, die Restaurants waren leer. Sicher war man nur zu

Hause. Und auch da nur so lange, bis die Geheimpolizei an die Tür klopfte und einen mitnahm. Sechzehn Jahre nach Stalin gab es nur eine Sicherheit, und die hieß Willkür. Poljakov ließ sich treiben. Vorbei an den Denkmälern berühmter Männer und heruntergekommenen Läden. Die Stadt war wie ein alter Mann, der immer mehr verwahrloste. Niemand kümmerte sich um die abbröckelnden Fassaden, die gesprungenen Fenster, die windschiefen Dächer. Warum auch? Jede Arbeit war im Sinne des Sozialismus für alle gedacht und damit für niemanden. Wer wollte hier leben, fragte er sich. Und trotzdem spürte er jedes Mal, wenn er nach Hause kam, wieder die wohlbekannte und wohlige Schwermut, die ein Volk nach vierhundert Jahren unter allen erdenklichen Spielarten der Diktatur entwickelt.

Vor dem Hotel Metropol stritt ein Gast mit dem Concierge. Es setzte wüste Beschimpfungen, die zuletzt in eine Prügelei ausarteten. Hier hatte er die Hochzeitsnacht mit Irina verbracht. Das Zimmer war schlicht gewesen, mehr hatte ihr Verdienst nicht zugelassen. Aber der Speisesaal mit seiner gewölbten Decke aus weißem und gelbem Glas war wunderschön. In der Mitte ein Wasserbecken aus weißem Marmor, aus dem sich ein goldener Engel erhob. Irina hatte den ganzen Abend davon geschwärmt. Sie hatte ihm aus einer Broschüre vorgelesen, dass das Metropol dem russischen Adel kurz nach der Revolution wegen seiner dicken Mauern eine Festung im Kampf gegen die Bolschewisten gewesen war. Er hatte ihr zugehört und irgendwann geweint, weil sie so unglaublich schön und er mit ihr verheiratet war. Dieser Moment war wie ein Foto, das er in seinem Gedächtnis gespeichert hatte, in einem Album voller schmerzhafter Erinnerungen, das er jeden Tag aufschlug, wenn er sich im Ausland aufhielt. Hier in Moskau brauchte er kein Album, weil für ihn an nahezu jeder Ecke Irinas Lachen erklang.

Da er keine Streichhölzer mehr in der Tasche hatte, ließ Poljakov sich von einem der Taxifahrer vor dem Bolschoi-Theater Feuer geben. Nach dem Ende der Vorstellung würden sie ihre wichtigen Fahrgäste nach Hause bringen. Die restlichen Ballettbesucher müssten entweder zur Metrolinie 7 gehen, oder sich zu fünft in ihre Moskwitschs quetschen. Als es anfing zu regnen, flüchtete er ins Café Gorki, ließ sich den Tisch geben, an dem er die wenigen freien Nachmittage mit Irina verbracht hatte, eingedeckt mit Büchern aus den meterhohen Regalen. Er trank Tee aus einem uralten Samowar und blickte auf die Straße hinaus.

Irgendjemand in der Lubjanka hielt die Hand über ihn. Aber er wusste nicht wer und warum. Auf alle Fälle war es ungewöhnlich, weil normalerweise jedes Versagen sofort hart bestraft wurde. Und er hatte richtig versagt. Seine Aufgabe hatte gelautet, Ikarus zurück nach Moskau zu bringen, aber der war völlig durchgedreht und hatte die Frau des Informanten ermordet. Es war Poljakov von Anfang an klar gewesen, dass Ikarus mit dem Auftrag überfordert war. Er litt unter Asthma, er verweigerte körperliches Training, weil er sich für einen Intellektuellen hielt, und unter Druck traf er die falschen Entscheidungen. Trotzdem hatten sie ihn nach Berlin geschickt. Weil ein Apparatschik aus der Lubjanka Ikarus' Schwester vögeln wollte. Aber hatte jemand mal in die griechischen Sagen reingeschaut? Ikarus war der Trottel, der mit seinen Flügeln aus Federn und Wachs der Sonne zu nahe gekommen und abgestürzt war.

Er bestellte einen Wodka. Auch wenn sie ihn in der Lubjanka jetzt nicht zur Rechenschaft ziehen wollten, irgendwann würden sie ihn doch verantwortlich machen. *Wahrscheinlich ketten sie mich in dem Stockwerk, in dem die Übersetzer vor lauter Langeweile zu Staub zerfallen, an einen Schreibtisch, bis ich so verblödet bin, dass ich mich nicht mal mehr an meinen eigenen Namen erinnern kann,* dachte er. Smirnoff hatte ihn 1963 zur UNO nach New York geschickt. Er sollte eine Funkstation auf dem Dach des Wolkenkratzers aufbauen. Ein unmöglicher Auftrag, den er trotzdem in weniger als einem Jahr mit Bravour erledigt hatte. Sogar Chruschtschow hatte ihm in einem Telegramm gratuliert. Damals hieß es, das Hochhaus der UNO sei der höchste Aussichtsturm der sowjetischen Spionage in der westlichen Welt. Dann hatte Smirnoff Irina in ein Arbeitslager am Rande des Nordmeeres geschickt.

Poljakov legte ein paar Rubel auf den Tisch. *Ich werde dich kriegen,* sagte er leise. Und an diesem Tag würde er den Operationschef des KGB so qualvoll töten, dass der sich wünschen musste, er wäre nie geboren worden. Immer wieder hatte Poljakov mit dem Gedanken gespielt und sich gewundert, dass er nichts dabei fühlte, wenn er sich vorstellte, wie Smirnoff krepierte. Vielleicht lag es daran, dass er nach Irinas Tod eine andere Lebensform geworden war. Fossile Reflexe waren in ihm erwacht.

Er hatte einen Fehler gemacht, und deswegen war ein Mensch gestorben. Egal, was er dachte oder tat, Heller wurde den Gedanken nicht los. Wenn er nicht nach dem Kind geschaut hätte, würde Rebecca Hirsch vielleicht noch leben. Nein, nicht vielleicht, mit Sicherheit. Inzwischen wussten die meisten Kollegen in der M I von den fehlenden siebzehn Minuten. Keiner regte sich darüber auf. Du bist nicht der Erste, dem so etwas passiert, hatte Mercier gesagt. Hake es einfach ab. Nicht du hast sie umgebracht, sondern Ebert. Das klang vernünftig, aber es beruhigte ihn nicht. Deshalb konnte er es nicht abhaken. Es gab immer nur Momente, manchmal waren es auch Stunden, in denen er nicht daran dachte. Doch das waren immer nur kleine Fluchten. Wenn er frühstückte, mit dem Karmann durch Berlin fuhr, Paula aus dem Krankenhaus abholte, blitzte der Gedanke immer wieder auf. In seinen Träumen nahm er eine groteske Gestalt an.

Heller saß in seinem Büro. Die Fenster waren geschlossen, die Vorhänge zugezogen, weil die Hitzeglocke über der Stadt nicht weichen wollte. Ein kleiner Ventilator wehte ihm Luft entgegen. Das Thermometer zeigte 32 Grad. Auf dem Tisch vor ihm lag die Akte Ebert, die jetzt alle anderen Akten in sich aufgenommen hatte. Die Kollegen Müller und Danner hatten Eberts Zimmer in der Wohngemeinschaft in dem Hochhaus am Wilhelmsruher Damm 124 gründlich durchsucht und nichts zu den ersten drei Mordopfern gefunden, aber zwei Hinweise auf Rebecca Hirsch. Die Telefonnummer der Familie Hirsch in einem Notizblock und die Markierung der Wohnung in der Reichsstraße 13 auf einem Stadtplan von Berlin. Leider keine Hinweise auf einen linksradikalen Hintergrund, wie Hartmann gehofft hatte. Weder Exemplare der *Agit 883* noch die übliche Literatur, Plakate oder Flugblätter der Linken. Wie das Magazin in den Kofferraum seines Wagens gelangt war, konnte der Besitzer des Kadetts sich nicht erklären.

Dr. Kemper hatte bei der Obduktion der Leiche festgestellt, dass Rebecca auf dieselbe Weise wie die drei Frauen zuvor erwürgt worden war: Sie lag auf dem Rücken, der Täter saß auf ihrem Oberkörper. Mit den Daumen drückte er die Kehle zu. Dabei kam ihm sein eigenes Gewicht zugute, weil er dadurch fester zudrücken konnte.

Bei den ersten drei Opfern war es vor dem Mord zum Geschlechtsverkehr gekommen. Vermutlich vonseiten der Frauen nicht freiwillig, wie die Verletzungen verrieten. Der Tatzeitpunkt nach Mitternacht war bei allen Morden identisch. Ebenso, dass die zuerst ermordeten Frauen den Abend vor ihrem Tod im *Café Keese* beim Ball Paradox verbracht hatten.

Das *Café Keese* war so etwas wie ein Kontakthof. Man traf sich, suchte jemanden aus, benutzte das Tischtelefon, um sich für einen Tanz zu verabreden. Manchmal wurde daraus auch mehr. Alle wussten es und schauten dezent darüber hinweg. Ball Paradox bedeutete, dass die Frauen die Männer zum Tanz auffordern durften. Für geschiedene Frauen um die fünfzig war es die beste Möglichkeit, ihr Bedürfnis nach Zärtlichkeit und Nähe, auch Sex zu befriedigen. Manchmal die einzige.

Heller fuhr nach Reinickendorf und zeigte das Foto von Ebert den Nachbarn von Margit Bresser, der ersten Frau, die möglicherweise Opfer eines Serienmörders geworden war. Niemand konnte sich an den Mann erinnern. Er zeigte das Bild von Ebert auch in der Nachbarschaft der anderen getöteten Frauen Hilde Jung und Anita Voigt. Dort erkannte ebenfalls niemand Ebert wieder. Es hätte Heller auch gewundert. Wie bei allen Zeugen waren die Erinnerungen unzuverlässig. Mal war der Mann, mit dem die Mordopfer gesehen worden waren, groß und schlank, dann wieder kleiner, dicker oder ein Ausländer. Mal älter, mal jünger. Er hatte entweder lange Haare oder eine Halbglatze.

Nach den Zeugenbefragungen setzte Heller seine Ermittlungen in der Bismarckstraße im *Café Keese* fort. Vielleicht konnte er dort etwas über Rebecca Hirsch erfahren. Vielleicht hatte sie wie die anderen Mordopfer das Café besucht. Vielleicht hatte sie am 20. Juli dort getanzt und hatte sich gegen 22 Uhr auf den Weg nach Hause gemacht.

In dem Tanzcafé war noch nicht viel los. Ein paar Männer standen in Grüppchen und palaverten am Tresen, zwei Tische waren mit Frauen besetzt. Man würdigte sich keines Blickes. Offensichtlich passte man nicht ins gegenseitige Beuteschema. Heller ließ sich von einer Bedienung die Bilder zeigen, die der Hausfotograf allabendlich schoss und an die Damen und Herren verkaufte. Hilde Jung in einer Gruppe von Männern und Frauen. Margit Bresser mit drei Freundinnen. Anita Voigt beim Tanz mit einem Mann, der zwei Köpfe größer war als sie.

Heller kannte die Aufnahmen, hatte sie mit Mercier vor Wochen schon ein Dutzend Mal betrachtet. Allerdings fiel ihm erst jetzt ein Mann mit rotblonden Haaren und einer großen Nase auf. Auf den Fotos hielt er sich im Hintergrund. Warum hatten sie ihn eigentlich nicht gesehen? Weil Mercier sich auf den Friseur am Ku'damm versteift hatte, zu dem die Jung und die Bresser gegangen waren. Der Mann war vor vier Jahren schon einmal wegen Vergewaltigung zu einer Bewährungsstrafe verurteilt worden. Der Richter hatte damals allerdings die Meinung vertreten, dass das Opfer durch einen Minirock und hohe Stiefel die Tat provoziert hätte. Heller und Mercier hatten sich den Friseur zur Brust genommen, aber der Mann hatte für alle drei Tatzeiten ein Alibi.

»Kennen Sie den?«

Heller deutete auf den Rotblonden. Die pummelige Bedienung kannte ihn.

»Na klar. Der hat mir ooch schon mal anjebaggert.«

»Und was ist passiert?«

»Wat soll passiert sein? Nüscht is passiert. Ick steh nicht uff sone Männer. Die sind mir zu ordinär und unjehobelt, wenn Se vastehen, wat ick meine. Et jibbt nur wenije Schentelmen so wie Sie. Wollen Se 'n Kaffe? Jeht uffs Haus.«

Heller nahm den Kaffee dankend an. Als er weiter durch den Stapel Fotos blätterte, fand er tatsächlich eines von Rebecca Hirsch im Kreis von vier Männern. Eine fröhliche Runde. Auf einem zweiten Bild war Rebecca mit einer Gruppe von Frauen zu sehen. Und wieder der Rotblonde im Hintergrund. Das Datum auf der Rückseite erzählte, dass Rebecca am 20. Juli im *Keese* gewesen war.

»Manchmal schmeißt der Sekt-Runden«, sagte die Bedienung. »Aber dann jeht der trotzdem alleene nach Hause. Der traut sich nich, die Weiber anzuquatschen. Det iss eener von die Kerle, die keene Olle finden und sich eben mit sich selbst vanijüjen.«

»Wissen Sie, wie er heißt?«

»Nee. Den nennen alle nur den Storch. Weil er so stakst. Aber ob det sein richtijer Name iss, wees ick ooch nich.«

»Wo wohnt er ...?«

»Bin ick det Einwohnermeldeamt? Wat wolln Se denn von den?«

»Ich ermittle in einem Mordfall.«

»Mit die Frauen von die Fotos?«

Heller trank den Kaffee aus.

»Da sind Se uffm Holzweg. Der Storch iss immer so besoffen, det der jar nich mehr wees, wo bei eener Frau oben und unten iss. Oda warten Se mal. Ick gloobe, der hat mal jesacht, det er in der Holtzendorffstraße wohnt. An'm Bahndamm.«

Heller bedankte sich für den Kaffee. Die Einladung, die Bedienung nach Dienstschluss abzuholen, lehnte er ab.

Als er wieder in der Keithstraße ankam, fand er eine kurze Notiz von Frau Grimm vor. In Nürtingen war kein Klaus Ebert im passenden Alter gemeldet. Vom zuständigen Kreiswehrersatzamt hatte sie noch keine Auskunft erhalten, ob er tatsächlich als Wehrdienstflüchtling bekannt war. Was zum Teufel hatte Klaus Ebert mit dem Mann aus dem *Café Keese* zu tun? War das alles nur ein Zufall? Heller beschloss, mit dem Foto des Rothaarigen in die Holtzendorffstraße zu fahren und die Bewohner zu fragen, ob sie den Mann kannten. Immerhin war der mit allen vier Mordopfern abgelichtet worden.

Petra wartete seit einer endlosen halben Stunde in der Mensa der FU auf Louise Mackenzie. Sie wusste, dass diese Louise in der Wielandkommune wohnte. Einmal war sie dort auf einer Party gewesen. Dieter Kunzelmann hatte den ganzen Abend zum Kampf gegen den Staat aufgerufen. Das war nun nicht gerade ihre Sache. Sie hielt es mehr mit John Lennon und seinem Aufruf in dem Song *Revolution*, »But when you talk about destruction, Don't you know that you can count me out«.

Louise hatte auf der Party gesagt, sie wüsste, wie man an den Mietvertrag für den Kinderladen rankommt. Sie sollten sich mal treffen. Viertel nach eins. Petra rührte in ihrem Tee. Sie würde Louise noch fünf Minuten geben und dann verschwinden. Unpünktlichkeit war ihr unerträglich. Sie selbst kam nie zu spät. Eher zu früh. *Braves Mädchen, macht immer alles richtig, nimmt immer alle anderen wichtiger als sich selbst,* dachte sie jedes Mal, wenn sie die Einzige war, die rechtzeitig zu einem Treffen kam. Trotzdem schaffte sie es nicht, unpünktlich zu sein. Manchmal ist Selbsterkenntnis eben doch kein Weg zur Besserung, sagte sie sich immer wieder.

Der Gipfel war die Reise mit dem Zug von München nach Berlin gewesen. Eine Stunde lang war sie an der Grenze kontrolliert worden und hatte sich beschwert, weil die DDR-Grenzer sich so herablassend und unfreundlich benahmen. Das kannte sie von zu Hause nicht. In Berchtesgaden war man freundlich, auch wenn man es nicht immer so meinte. Gehören Sie zur Stasi, hatte sie den einen Grenzer gefragt, der wie eine bleiche Motte aussah. Daraufhin musste sie sich einer Leibesvisitation unterziehen. Da zudem die Lokomotive an der Grenze gewechselt wurde, hatte die Fahrt schließlich statt der angekündigten elf insgesamt dreizehn Stunden gedauert.

Um die Zeit totzuschlagen, hatte sie mit ihren Mitreisenden angeregte Gespräche über ihren Beruf als Kindergärtnerin, alte Nazis in der Stadtverwaltung von Berchtesgaden und das wilde Leben in Berlin geführt. Ihr Wissen darüber hatte sie bisher hauptsächlich aus Büchern. *Klau mich* von Rainer Langhans und Fritz Teufel, dazu ein paar Anarchisten hatte sie gelesen. Jetzt aber wollte Petra endlich den Büchern und der bayrischen Spießigkeit entkommen. Sie wollte das Leben spüren. Die Verrückten aus der Kommune 1 kennenlernen, die keine Angst vor der Staatsmacht zu haben schienen. Die sich gegen die Autoritäten auflehnten und ihnen Nasen drehten, die lange Haare trugen und Haschisch rauchten. Natürlich auch den Aktionsrat zur Befreiung der Frau, wo man Wilhelm Reich las und die Selbstregulierung der Kinder diskutierte.

Vom ersten Tag an hatte sie sich deshalb in das wilde Berliner Leben gestürzt. Hatte mit den Leuten vom SDS diskutiert, wenn die sich in der *Roten Harfe* trafen oder im *Go-In* oder im *Zwiebelfisch* am Savignyplatz. Sie sog die Ideen auf, wie die Frauen vom Aktionsrat sich gegen den Machismo der Männer stellen wollten. Ich bin eine Außerirdische, die von einem fernen Planeten kommt, erklärte sie der Frauenrunde. Dort herrschen Männer, die nicht wollen, dass ich mich und meine Bedürfnisse kennenlerne. Innerhalb kürzester Zeit hatte sie verstanden, was sie alles versäumt hatte. Jetzt wollte sie alles haben. Sofort und ohne Grenzen.

Halb zwei. Petra wollte gerade gehen, als die Gespräche um sie herum verstummten. Louise Mackenzie war durch die Tür der Mensa gekommen, und es schien, als hätte ihr Ego schon ein paar Sekunden vor ihr den Saal betreten. Die Studenten drehten die Köpfe nach ihr. Schwarze Lederjacke, Batik-T-Shirt, Jeans und Stiefel. Dunkle Sonnenbrille, wie die Piloten der Alitalia sie trugen, die Haare hochgesteckt. Sie sah unverschämt gut aus. Wie Jeanne Moreau in *Jules et Jim*. Da war so eine besondere Kraft. Eine stille Wut, die jeden Moment aufbrechen konnte.

Wieso sehen manche Frauen so toll aus, dachte Petra mit einem Hauch Neid. Sie selbst hatte Übergewicht und sich vor einem Jahr vorgenommen, zehn Kilo abzunehmen. Jetzt waren es nur noch zwölf. Die Beine zu kurz, die Brüste zu groß und die Ohren zu klein. Geradezu winzig, als wäre bei ihrer Erschaffung nicht mehr genügend Material vorhanden gewesen. Petra konnte den Blick nicht von Louise losreißen. Aber sie spürte auch, dass ihr Neid vor allem eines bedeutete, sie wäre gerne so selbstsicher wie diese Louise Mackenzie. Die schien nicht davon abhängig zu sein, ob sie geliebt wurde oder wenigstens gemocht. Der war es schlicht egal, was andere von ihr dachten. Petra beobachtete, wie Louise den Blick durch den Raum schweifen ließ und an ihr hängen blieb. Ein freundliches Lächeln, die Sonnenbrille ein Stück nach unten gezogen, sah sie über die Ränder hinweg und zwinkerte Petra zu. *Du siehst gut aus, aber ich bin witziger als du*, dachte Petra. *Und ich werde in die Geschichte eingehen*. Sie wusste allerdings noch nicht, wie.

»Hi.«

»Hallo.«

Sie reichten einander kurz die Hände. Dann setzte sich Louise. Sie schob die Sonnenbrille in die Haare, nahm, ohne zu fragen, Petras Teetasse und trank einen Schluck. Sie verzog das Gesicht.

»Was ist das? Schmeckt ja grässlich.«

»Gras.«

Anscheinend hatte Louise Marihuana noch nie als Tee probiert.

»Du kommst aus Bayern?«

»Berchtesgaden. Ich bin nach dem Krieg mit meiner Mutter aus Berlin weggezogen. Aber ich wollte schon lange wieder nach Berlin zurückkommen. Ich wusste nur nicht warum. Und dann hab ich von den Kinderläden gehört. Ich bin Kindergärtnerin. Außerdem hat Berchtesgaden mich sexuell gelangweilt.«

»Okay. Hör zu, du musst mir helfen.«

Petras Geschichte schien Louise nicht übermäßig zu interessieren, und eigentlich hatte Petra gedacht, dass Louise ihr helfen wollte.

»Ach ja? Und warum soll ausgerechnet ich das tun?«

»Erstens, weil du hier ein Frischling bist und noch keine Akte bei den Bullen hast.«

»Und zweitens?«

»Der Typ, der euch die Räume für den Kinderladen vermieten soll, ist zufällig derselbe, mit dem mein Onkel wegen einer anderen Geschichte Stress hat. Also werden wir zwei Fliegen mit einer Klappe schlagen.«

»Schön, aber was hab ich mit deinem Onkel zu tun?«

»Meine Tante ist ermordet worden«, sagte Louise.

Sie grinste schief. Aber Petra sah, wie Louises Fassade bröckelte, kaum hatte sie den Satz ausgesprochen. Als sei Louises Auftreten nur eine Hülle, die sie sich überstülpte, um unangreifbar zu sein. Louise setzte die Sonnenbrille wieder auf.

»Ich glaube, dass dieser Scheißkerl was damit zu tun hat.«

»Du willst mir nicht erzählen, dass unser Vermieter deine Tante umgebracht hat.«

»Ist erst mal bloß eine Vermutung. Aber wenn du mir hilfst, lassen wir den hochgehen, und ihr könnt den Laden haben.«

»Wie soll das denn funktionieren?«

»Weiß ich auch nicht. Aber ich arbeite dran. Du darfst nur niemandem was davon sagen.«

Louise beugte sich vor und begann zu flüstern.

»Ich glaube, der Kerl ist ein Nazi. Kann sein, dass die Bullen den decken.«

Sie lehnte sich zurück und verschränkte die Arme vor der Brust. Petra war überrascht und verwirrt. Ihr Bruder sollte einem Nazi helfen? Niemals.

»Das glaub' ich nicht«, sagte sie.

»Petra, komm schon. Selbst wenn nicht. Leute wie dieser Buchwald reißen sich die Stadt unter den Nagel. Die schleifen die alten Häuser, greifen sich, was sie kriegen können. Häuser und Grundstücke, die Leuten gehört haben, deren ganze Familien ermordet wurden. Hast du gesehen, was auf dem Ku'damm los ist? Und das Europa-Center und was weiß ich noch alles. Die Stadt gehört doch nicht denen alleine, oder?«

Louise hatte sich in Rage geredet. Offensichtlich meinte sie es ernst. Irgendjemand in der Wieland hatte gesagt, dass Louise Jüdin sei.

»Bitte«, sagte Louise.

Es war verrückt. Sie hatten sich eben erst ein bisschen besser kennengelernt, und jetzt sollte sie Louise helfen, den Mord an ihrer Tante aufzuklären, damit sie Räume bekommen konnten, die sie für den Kinderladen brauchten? Petra fühlte sich ziemlich überrumpelt. Worauf ließ sie sich hier ein? Konnte es gefährlich werden? Würde sie in den Knast kommen, wenn die Polizei von dem Plan Wind kriegen sollte? Andererseits würde sie in der Kinderladen-Gruppe Punkte sammeln, wenn sie den Mietvertrag für die Räume anbringen konnte.

»Was muss ich machen?«

»Wir fahren zu diesem Buchwald und reden mit ihm.«

»Worüber?«

»Über meine Tante.«

»Das ist alles?«

»Das ist alles.«

»Und wenn er nicht mit uns reden will?«

Louise beugte sich nach vorne, schaute sich um. Es saß niemand in ihrer Nähe.

»Wenn er nicht mit uns reden will, entführen wir ihn.«

»Du willst jemanden entführen? Ach du Scheiße.«

»Nicht so laut!«

Petra hielt die Hand vor den Mund. Der Satz war ihr in der Überraschung einfach so rausgerutscht.

»Aber sag mal, angenommen, er macht trotzdem nicht, was du von ihm willst. Was ist dann?«

»Erschieß' ich ihn.«

Wie bitte? Louise Mackenzie wollte ihn erschießen?

Die Frau war eine Irre. Auf keinen Fall konnte Petra da mitmachen. Entführen war schon schlimm genug. Und dann noch erschießen? Wo, um Himmelswillen, war sie hier gelandet?

Louise schien Petras Panik zu bemerken.

»Entspann dich. Es war ein Joke.«

Seit seinem Einzug vor zwei Jahren hatte er die Fenster nicht geputzt. Das Sonnenlicht warf schmutzige Streifen ins Zimmer. Die Vorhänge waren in ein gelbliches Grau getränkt. Als er die Augen öffnete, wusste er einen dunklen Moment lang nicht, in welcher Welt er sich befand. Der Speichel hatte eine nasse Stelle auf dem Kissen hinterlassen. Es roch sauer. Herbert Storch hatte den Abend lang im *Café Keese* Sekt ausgegeben. Später war er auf Molle mit Korn umgestiegen. Um sechs Uhr morgens war er nach Hause getorkelt. Die Leute hatten ihm wie so oft nachgeschaut. Er war eine auffällige Type. Groß, hager, rotblondes Haar und eine große, spitze Nase. Ein Gesicht wie ein Geier. Seit dem Unfall mit einem Zünder zog er das linke Bein nach. Er trug meist braune Cordhosen und Hawaiihemd. An diesem Morgen hatte er sogar seinen Cowboyhut auf dem Kopf gehabt. Und jetzt wollte er einfach nur seinen Rausch ausschlafen, bevor er wieder zur Arbeit ging. Aber jemand hämmerte derart nachdrücklich an die Wohnungstür, dass an Schlaf nicht mehr zu denken war. Er sah sich um. Das Bett neben ihm war zum Glück leer. Manchmal wachte er auf und irgendeine Schlampe lag neben ihm, die er vor dem *Keese* aufgegabelt und sturzbetrunken mit nach Hause genommen hatte. Er wusste dann am nächsten Morgen oft nicht, wie sie hieß und ob er es mit ihr gemacht hatte. Die Weiber wussten es meistens auch nicht, weil sie genauso besoffen waren wie er.

Bumm, bumm, bumm. Das Hämmern hörte nicht auf. Und es würde nicht aufhören, bis er aufmachte. Damit war klar, wer an die Tür ballerte. Also wälzte er sich aus dem Bett. Jetzt merkte er, dass er vom Vorabend noch das Hemd anhatte, ansonsten aber nackt war. War wohl eine heftige Nacht gewesen, dachte er. Er wankte, hielt sich an der Gardine fest und riss sie aus der Schiene. Beinahe wäre er auf den Heizkörper gestürzt, konnte sich aber im letzten Moment noch am Fensterbrett abfangen. Wie viel Uhr war es eigentlich? Halb eins. Bumm, bumm, bumm. Das Hämmern dröhnte in seinem Kopf, als würden Bergwerksarbeiter einen Durchbruch wagen. Mit der linken Hand stützte er sich an der Wand ab und schleppte sich zur Wohnungstür.

»Ist ja gut, bin gleich da.«

Er drehte den Schlüssel, schob die Kette beiseite und öffnete die Tür. Schafmeister stand im Hausflur. Sein Vorgesetzter bei den Feuerwerkern der Berliner Polizei.

»Mein Gott, siehst du fertig aus«, sagte Schafmeister. In zehn Minuten unten. Und wasch' dich, du stinkst wie ein Iltis.«

Storch warf die Tür zu und ging ins Badezimmer. Irgendwas roch seltsam. Es war kein Schweiß und auch kein Alkohol. Eher Eisen. Wieso roch es nach Eisen? Als er den Vorhang an der Badewanne beiseiteschob, entdeckte er den Grund. Blond, mindestens fünfzig, füllig. Jetzt erinnerte er sich. Er hatte sie im *Café Keese* gesehen. Eigentlich hatte er vorgehabt, sie anzuquatschen, ihr ein paar Sekt auszugeben und sie mitzunehmen. Aber sie war mit einem Kerl, den er nicht kannte, mitgegangen. Eine Stunde später, auf dem Nachhauseweg, hatte er sie wieder getroffen.

Sie saß am Stuttgarter Platz auf der Treppe vor dem Puff im Haus Nummer 46 und heulte. Das war gut. Er wusste, jetzt brauchte er ihr keinen Sekt mehr zu spendieren. Er setzte sich neben sie, hörte ihr eine Weile zu, gab ihr den einen oder anderen Tipp, wie sie mit Männern umgehen musste. Sie wollte aber keinen Rat haben. Sie wollte einfach nur erzählen. Er legte den Arm um ihre Schulter, bis sie sich beruhigt hatte. Dann schleppte er sie zu sich nach Hause ab. Ihm war klar, dass er sie bumsen würde. Ihr anscheinend nicht. Als im Wohnzimmer seine Hand unter ihre Bluse wanderte, schob sie die Hand weg. Sie wollte weiter quatschen. Von ihrer gescheiterten Ehe erzählen, dass sie keine Kinder hatte, dass sie bei Siemens in der Personalabteilung von den Kolleginnen geschnitten wurde, weil sie alleinstehend war. Er hörte ihr eine Weile zu, dann hatte er genug. Er wollte nichts mehr von Siemens und den zickigen Kolleginnen hören. Also köpfte er einen Asbach. Zu zweit tranken sie die Flasche leer. Madame konnte ganz schön was vertragen. Irgendwann wollte sie dann auf einmal gehen. Wieso das denn? Jetzt, wo es doch gerade so gemütlich war. Er schlug vor, dass sie in seinem Bett schlief, er würde das Sofa nehmen. Das wollte sie nicht und fing wieder an zu jammern. Also stieß er sie aufs Sofa, setzte sich auf sie und drückte ihr den Hals zu. Er wusste, dass er dadurch so richtig scharf wurde. Das Problem war nur, dass die Alte ziemlich stark war. Sie packte seine Handgelenke und zog sie von ihrem Hals weg. Dann hob sie das Knie und stieß ihm unten rein. Nicht fest, aber fest genug, damit es wehtat. Dann stürzte sie ins Badezimmer. Wieso ausgerechnet ins Badezimmer? Natürlich, weil er die Wohnungstür abgeschlossen hatte. Er ging in die Küche, holte das Brotmesser und folgte ihr.

Wie hieß sie doch gleich? Ingeborg. Sie hieß Ingeborg. Den Nachnamen wusste er nicht mehr. Hatte sie ihm den überhaupt verraten?

Er schob sie jetzt in der Wanne ein Stück beiseite. Weil keine Zeit war, den Boiler anzuwerfen, musste er kalt duschen. Eine Viertelstunde später saß er neben seinem Chef im Einsatzwagen des Räumdienstes. Er war wieder einigermaßen nüchtern. Um die Tote würde er sich später kümmern.

Weil er in der Holtzendorffstraße niemanden angetroffen hatte, der den Mann auf dem Foto aus dem *Keese* kannte, beschloss Heller, Eberts Wohngemeinschaft nochmals in Augenschein zu nehmen. Vielleicht hatten die Kollegen etwas übersehen, was ihm helfen konnte, einen Zusammenhang zwischen den beiden Männern herzustellen. Er fuhr mit offenem Verdeck, das Radio laut gestellt. *Hey Jude* von den Beatles dröhnte aus den kleinen Lautsprechern. Die Band würde sich wegen dieser verdammten Japanerin auflösen, hatte sein alter Kumpel Ryan gesagt, woraufhin er zusammen mit ihm im *Kings-Club*, der Ryan gehörte, eine Nacht lang das Album *Sgt. Pepper's* rauf und runter gehört hatte. Vor allem *A Day In The Life* war ein Meisterwerk. Danach war das *Weiße Album* dran gewesen. Es ist Negermusik, hatte Ryan gesagt. Es ist Blues, es ist Rock 'n Roll, Jazz. Aber es sind nicht die Akkorde, nicht die Texte, nicht der Rhythmus, die so verunsichern. Es ist die Aura. Eine neue Zeit, die überall in der Welt ihr Haupt erhebt.

Als Heller den Wilhelmsruher Damm erreicht hatte, blieb er einen Moment im Wagen sitzen. RIAS hatte den Tag zum Beatles-Tag erklärt, und John Lennon sang gerade in *Strawberry Fields* davon, dass es schwer ist, sich selbst zu finden. Heller wartete, bis der Song zu Ende war. Dann stieg er aus und ging in die Nummer 124. Eine junge Frau öffnete ihm.

Anita Fouqué trug ein weißes Männerhemd und war

darunter nackt. Zumindest vermutete Heller es. An der Tür zu Eberts Zimmer klebte immer noch das blaue Siegel. Er zerriss es. Stellte sich mit dem Rücken ans Fenster. An der rechten Wand hing ein Kruzifix. Links bogen sich die Regalbretter unter religiösen und philosophischen Wälzern. Ein Plakat mit einem stilisierten Che Guevara, daneben eines mit Jesus Christus. Darauf ein Satz aus der Bibel: *Er stößt die Mächtigen vom Thron und erhebt die Niedrigen. Die Hungrigen füllt er mit Gütern und lässt die Reichen leer ausgehen. Lukas, 1,52–53.* Auf dem Schreibtisch eine Olympia-Reiseschreibmaschine. Und ein Stapel Papier. *Zur Idee der Befreiungstheologie am Beispiel von Óscar Arnulfo Romero, Monsignore von San Salvador.* Heller warf einen Blick auf die Texte. Allzu weit war Ebert nicht gekommen.

In einer zweiten Schublade lagen ein Falk-Stadtplan, mehrere abgestempelte Fahrscheine der Berliner Verkehrsbetriebe, eine Taxiquittung. Ein DIN-A5-Block, voll von kurzen Beschreibungen der Berliner Sehenswürdigkeiten. Dazwischen war ein Blatt herausgerissen. Heller betrachtete das nächste Blatt. Etwas hatte sich durchgedrückt. Mit einem Bleistift, der auf dem Schreibtisch lag, schraffierte er die Stelle. Ein Datum und ein paar Buchstaben kamen zum Vorschein. *12/7.* Was bedeutete das? Dann war da noch ein Name. H. Storch. Heller ging in die Küche. Armin Jonas saß dort mit Anita. Er trug einen verschlissenen Bademantel und hatte die nackten Füße auf den Tisch gelegt. Eine Flasche Sekt in der Mitte des Tisches war halbleer. Anita hatte inzwischen Jeans und Pullover angezogen. Jonas nahm die Füße vom Tisch, als er Heller erblickte.

»Wir feiern gerade«, sagte er mit Blick auf die Sektflasche. »Anita ist schwanger.«

Heller nickte.

»Kennen Sie einen H. Storch?«

»Wer soll das sein?«

»Der Name steht in einem Notizblock.«

»Nein, nie gehört.«

»Warte mal!«, Anita sprang vom Stuhl auf und griff sich einen Stapel Briefe vom Kühlschrank.

»Gestern war doch so eine komische Nachricht im Briefkasten.«

Sie blätterte durch die Briefe. Nach einer Weile fand sie eine Postkarte, reichte sie Heller. *Hol endlich die scheiß Kuckucksuhr ab und rück noch mal 1000 rüber. H. S.*

»Da steht nichts von Storch«, sagte Heller.

»Das stimmt. Aber H. S. Und komisch ist die Nachricht auch, oder?«

»Sie sind sicher, dass die Karte für Ebert bestimmt war?«

»Ich hab jedenfalls keine Kuckucksuhr bestellt«, sagte Anita. »Du?«

Armin Jonas schüttelte den Kopf.

Heller bedankte sich und fuhr zurück in die Keithstraße. Unterwegs fragte er sich, weshalb jemand zweitausend Mark für eine Kuckucksuhr zahlte.

Er telefonierte mehrmals mit dem Einwohnermeldeamt und wusste am Nachmittag, dass es sieben Personen mit dem Namen Storch und einem Vornamen mit *H* in West-Berlin gab. Die beiden Hildegards kamen nicht in Frage, ebenso wenig eine Helga Storch, eine 90-jährige Witwe, und ein Hans Storch, der schon über siebzig war. Heinz Storch wohnte in Dahlem und lehrte als Professor an der Freien Universität Archäologie, befand sich aber gerade auf Auslandsreise. Ein Hubert Storch lag mit gebrochenem Bein im Krankenhaus. Also blieb noch der siebte. Herbert Storch, wohnhaft in der Holtzendorffstraße 7. Volltreffer.

Den Wagen parkte er auf der Tankstelle Ecke Heilbronner Straße. Es war die Wohnung im zweiten Stock. Heller drückte auf den kleinen Knopf. Klopfte an die Tür. Von Storchs Nachbar, einem Mann von der Heilsarmee, erfuhr er, dass Storch manchmal tagelang nicht zu Hause war. Am besten könnte man ihn nachmittags antreffen. Heller zeigte dem Nachbarn das Foto aus dem *Café Keese*. Der Mann schaute es genau an, dann nickte er. Das ist er, meinte er. Hundertprozentig.

Also dann ein neuer Versuch am Nachmittag. Heller fuhr nach Hause. Er musste die Klamotten wechseln. Außerdem wollte er nachsehen, ob alles in Ordnung war. Petra unterstützte ihn zwar gut, aber manchmal war sie tagelang verschwunden, weil sie sich mit ihren Freundinnen traf. Dann musste er die Abteilung Hausarbeit übernehmen. Er kaufte bei Kaiser's ein, was ihm die Bewunderung der Kassiererinnen verschaffte. Er wischte die Zimmer so gut er konnte, vergaß nicht, die Bettwäsche zu wechseln, und hielt die Kinder an, sich zweimal täglich die Zähne zu putzen. Manchmal kochte er nach einem Rezept von Dr. Oetker Hühnerfrikassee.

Als er in die Wohnung kam, saßen Astrid und Jochen am Küchentisch und machten Schulaufgaben. Auf dem Herd standen zwei Töpfe.

»Wir haben Mirácoli gemacht. Willst du auch?«, fragte Astrid.

»Danke, ich hab schon gegessen. Wo ist Petra?«

»Einkaufen, weil du Milch und Äpfel vergessen hast.«

»Und Paula?«

»Mama schläft.«

Mama schläft. Das war der Alb. Eine schwarze, giftige Wolke, die in der Wohnung hing und nicht verschwinden wollte.

»Wie geht es ihr?«, fragte Heller.

Astrid hob die Schultern. Er setzte sich zu ihnen.

»Ich glaube, ich habe doch Hunger«, sagte er.

Für einen Moment löste die Wolke sich auf. Astrid und Jochen stürzten zum Herd, schaufelten Nudeln und Tomatensauce auf einen Teller. Astrid stellte ein Glas Wasser auf den Tisch, Jochen holte Löffel und Gabel aus einer Schublade. Während Heller aß, guckten die Kinder ihn erwartungsvoll an. Es ging nicht darum, ob es ihm schmeckte. Montags gab es eben Mirácoli und donnerstags Ravioli. Astrid und Jochen hofften, er würde sagen, dass alles nicht so schlimm sei. Aber konnte er das? Durfte er es? Wie würden sie es verkraften, wenn er ihnen sagte, wie es wirklich um Paula stand? Und was wäre, wenn er die vermeintliche Wahrheit sagte und Paula sich doch erholen würde? Wenn die Behandlung anschlug und sie wieder gesund werden würde? Als er aufgegessen hatte, machten die Kinder den Abwasch, und Heller bügelte ein Hemd. Zumindest auf der Vorderseite.

»Ich muss noch mal nach Charlottenburg fahren, um mit jemandem zu reden. Wollt ihr mitkommen? Es ist so schönes Wetter. Wir machen das Verdeck auf, ihr bleibt so lange im Wagen sitzen, und anschließend fahren wir zum Wannsee.«

Sein Vorschlag stieß nicht auf große Begeisterung. Wahrscheinlich erinnerten sie sich, dass Hellers Gespräche mit Leuten manchmal ewig dauerten. Aber die beiden schienen zu verstehen, dass er sich Mühe gab. Trotzdem blieben sie lieber zu Hause.

Die Frau trug Schwarz. Sie war über siebzig und sprach leise. In ihrem Gesicht wohnte ein so tiefer Schmerz, dass es Heller schauderte. Würde er auch so aussehen, falls Paula … er wollte dem Gedanken nicht folgen.

Ryan hatte ihm einmal gesagt: *We cross the bridge when we get there.* Was hat es für einen Zweck, sich über etwas Gedanken zu machen, das noch weit weg war?

»Mein Mann war hier Hausmeister«, sagte die Frau gerade. »Aber das macht jetzt der Herr Storch. Der wohnt im zweiten Stock. Auf der anderen Seite vom Bahndamm ist die Garage von meinem Fritz. Die benutzt jetzt auch der Herr Storch.«

Heller hatte den dicken Koch zur Verstärkung mitgenommen. Mit einem knappen Kopfnicken schickte er ihn ins Haus.

»Welche Garage ist es?«, fragte Heller die alte Frau.

»Die mit dem Michelin-Männchen.«

Es gab 48 Garagen in zwei Reihen. Die zweiflügeligen Türen hatten verschiedene Farben. Einige waren frisch gestrichen. Das Garagentor mit dem Michelin-Männchen war verschlossen, das Vorhängeschloss neu. Heller rüttelte daran und wollte schon zurück zu seinem Wagen gehen, um Werkzeug zu holen, als er plötzlich hörte, wie Koch laut nach ihm rief. Heller rannte zum Haus.

»Was ist?«

»Das musst du dir ansehen.«

Zu zweit stiegen sie das Treppenhaus hinauf. Die Tür zu Storchs Wohnung hatte Koch bereits aufgebrochen. Als Heller die Wohnung betrat, deutete Koch in Richtung Badezimmer.

Die Frau war tot. Das Kleid war hochgerutscht. Sie trug keine Unterwäsche. Ein Messer steckte in ihrer Brust. Würgemale am Hals waren deutlich sichtbar.

Heller ballte die Fäuste, bis die Knöchel weiß wurden. Eine Wut stieg in ihm auf, die er kaum kontrollieren konnte. Seit der Geschichte mit Schwarz im vergangenen Jahr, als er dafür gesorgt hatte, dass der Mann von seinen eigenen Leuten erschossen wurde, hatte sich etwas geändert. Er konnte es nicht beschreiben. Nur, dass er manchmal dachte, man sollte Mörder nicht vor Gericht bringen, sondern am besten an Ort und Stelle hinrichten. Erschießen, erschlagen, mit demselben Werkzeug umbringen, das der Mörder benutzt hatte. Auge um Auge, Zahn um Zahn, wie es im Alten Testament hieß.

Ryan hatte ihn von einem Ritual in Afrika erzählt. Angeblich hieß es Initiation. Du wirst in die Wüste geschickt. Ohne Essen, ohne Wasser, ohne Waffe. Du musst eine Woche da draußen bleiben. Schaffst du es zu überleben, bist du ein Mann. Andernfalls hast du Pech gehabt. Dann bist du für die Gemeinschaft ohnehin nicht von Nutzen. Und er? War er für die Gemeinschaft von Nutzen, wenn er hundertmal im Jahr zu spät kam?

Sie war in den Fünfzigern. Irgendwie kam sie ihm bekannt vor. Hatte er sie nicht auf einem Foto im *Café Keese* gesehen? Das würde bedeuten, er stand in der Wohnung des Mörders von Margit Bresser, Hilde Jung und Anita Voigt. Heller schickte Koch zum Einsatzwagen, damit er die Spurensicherung und den Leichenwagen rufen konnte. Anschließend inspizierte er die anderen Zimmer. Im Schlafzimmer war die Gardine heruntergerissen. Die Bettwäsche war an manchen Stellen schmutzig. Im Wohnzimmer fand er ein Paar Frauenschuhe. Keine billigen von Woolworth, eher Ku'damm. Eine Flasche Asbach lag auf dem Tisch, die Sofakissen auf dem Boden. Vermutlich hatte hier ein Kampf stattgefunden. Storch hatte die Frau erwürgen wollen, sie hatte sich befreit und war ins Badezimmer geflohen. Wieso dorthin und nicht aus der Wohnung? Hatte Storch die Tür abgeschlossen?

Die Kommode schmückte ein gerahmtes Foto, das Storch mit Cowboyhut vor dem *Café Keese* zeigte. Allein. Düster schaute er in die Kamera. Heller zog das Foto aus dem Rahmen und steckte es ein. In der Küche stand eine Schublade sperrangelweit offen. Besteck lag ungeordnet darin. Hier hatte der Mörder die Tatwaffe geholt. Dann war er ins Badezimmer gegangen und hatte der Frau das Messer in die Brust gestoßen. Auf dem Küchentisch lag eine Lohnabrechnung vom 20. Juli. Storch arbeitete beim Kampfmittelräumdienst der Berliner Polizei. Am 20. bekam er seinen Lohn. Deswegen waren die Morde immer an diesem Datum geschehen. Storch zog los, klapperte die Kneipen und das *Café Keese* ab und verprasste das Geld. Heller steckte die Lohntüte ein. Unter dem Tisch fand er einen Block, auf dem Namen und Telefonnummern notiert waren. Jürgen Schafmeister und eine Nummer ohne Namen. Heller ging zum Telefon im Flur, wählte die Nummer. Am anderen Ende der Leitung meldete sich Armin Jonas.

Inzwischen waren die KTU und der Erkennungsdienst im Garagenhof eingetroffen. Außerdem Danner und Mercier. Danner hatte das Vorhängeschloss mit einem Dietrich geöffnet. Er kannte sich mit solchen Dingen aus. In der Garage fanden sie Werkzeug für kleinere Reparaturen, Zange, Hammer, Schraubenzieher, Engländer. Schaufeln und Besen. Schrauben, Muttern und Nägel. Einen kleiner Wecker. Drähte in unterschiedlicher Stärke und Länge. Eine Dose Emaillefarbe. Einen Sack Unkrautvernichtungsmittel und einen Eimer Pattex. Eine Menge Zeug, aber keine Kuckucksuhr. Nachdem die Spuren gesichert waren, wurde das Tor versiegelt. Heller wandte sich an Schubert vom Erkennungsdienst.

»Irgendwas Wichtiges gefunden?«

»Ziemlich eindeutig: Unkrautvernichtungsmittel und Pattex. Außerdem zwei Batterien. Damit kann man schöne Bomben basteln.«

Die Nachricht versetzte die Keithstraße in hektische Betriebsamkeit. Manteufel hatte die M I noch vor Dienstbeginn zu einer Besprechung zusammengerufen. Das war kein gutes Zeichen. Hartmann warnte seine Männer, dass der Chef aufgebracht sei und sie eine Gardinenpredigt zu erwarten hätten. Der Grund waren nicht nur die Frauenmorde, sondern auch die Bombe, von der Schubert gesprochen hatte. In den letzten Monaten waren mehrere Sprengkörper ähnlicher Bauart entdeckt worden, andere waren zu spät gefunden worden und explodiert, mit schrecklichen Folgen. *Wenn so ein Ding groß genug ist, kann es einen erstaunlichen Schaden anrichten,* hatte Schubert mit der ihm eigenen Abgeklärtheit doziert. *In Italien hat so eine Bombe dreißig Menschen getötet. 18. Juni 1961, Sprengstoffanschlag auf den Schnellzug Straßburg-Paris, 28 Tote, 170 Verletzte. Italien, September 1964, fünf Anschläge auf Carabinieri, fünf Tote, zehn Verletzte. November 1967, Anschlag auf den Cyprus Airways Flug, 66 Tote.* Er kannte sich offensichtlich aus.

Manteufel saß am Kopf des Besprechungstischs. Heller, Koch, Danner, Mercier, Müller und Hartmann an den Seiten. Jeder hatte eine Tasse Kaffee vor sich. Sie tranken gelegentlich. Aber hauptsächlich versuchten sie, sich hinter dem Geschirr zu verschanzen. Sie hatten die Jacken ausgezogen, die Ärmel hochgekrempelt. Am Tag zuvor war die Temperatur auf 33 Grad geklettert. Nachts hatte es kaum abgekühlt. Jetzt war es schon wieder drückend heiß. Manteufel blätterte in den Berichten, die die Beamten der M I geschrieben hatten. Dabei murrte er unaufhörlich vor sich hin. Wie ein Lehrer, der sich über den miserablen Aufsatz eines Schülers aufregt. Als er die letzte Seite gelesen hatte, sah er zu Hartmann hinüber. Eine stumme Aufforderung, den Fall aus seiner Sicht zu schildern. Hartmann stützte die Hände auf den Stuhllehnen ab, lehnte den Oberkörper nach hinten, als wollte er Abstand zu der Truppe kriegen. Nicht weil er sich von seinen Männern distanzierte, sondern weil er eine Handvoll Theorien über den Fall unter einen Hut bringen musste.

»Wir haben zwei Fälle, vielleicht sogar drei, die etwas miteinander zu tun haben. Die Linken drohen Joachim Hirsch mit einem Bombenanschlag. Klaus Ebert, der Rebecca Hirsch ermordet hat, fährt das linksradikale Magazin *Agit 883* durch die Gegend. Er hat einem Herbert Storch zweitausend Mark für eine Kuckucksuhr zugesagt, aber nur eintausend gezahlt. Einen Tag nach dem Mord finden wir Ebert seinerseits ermordet. Herbert Storch wiederum ist von Beruf Bombenentschärfer und baut, wie es aussieht, in seiner Freizeit Sprengsätze. Allerdings nicht am 20. des Monats. Da bringt er Frauen um.«

Manteufel schaute Hartmann fragend an.

»Dann ist Storch wirklich unser …?«

»Heller und Koch haben in der Wohnung in der Holtzendorffstraße die tote Ingeborg Wollinski gefunden. Storch kriegt am 20. seinen Lohn, dann zieht er los, schleppt die Frauen im *Café Keese* ab, vergewaltigt sie und bringt sie um.«

»Wie sicher ist das?«

Mit einem knappen Kopfnicken gab Hartmann Heller den Einsatz. Heller schlug den Ermittlungsbericht auf und blätterte eine Weile, bis er fand, was er suchte.

»Kemper von der Rechtsmedizin schreibt: *Es wird bei*

drei der vier Opfern orales und vaginales Eindringen post mortem festgestellt. Der Tod tritt durch Sauerstoffentzug ein. Anzeichen dafür sind Würgemale am Hals und Brüche von Zungenbein und Kehlkopf.«

»Ingeborg Wollinski, Margit Bresser, Anita Voigt und Hilde Jung. Heller hat noch mal eine von den Bedienungen im *Keese* bearbeitet. Von der hat er dann den Namen Storch gekriegt«, sagte Hartmann.

Es war eine sensationelle Nachricht. Sie hatten einen Verdächtigen, jemanden, der für die Frauenmorde in Frage kam, den sie schon eine Weile suchten, und trotzdem nahm Manteufel die Information eher beiläufig auf.

»Und was hat es mit der Kuckucksuhr auf sich?«, fragte er.

»Wir glauben, dass damit eine von den Bomben gemeint ist, die Storch bastelt«, antwortete Hartmann.

»Wo ist er?«

»Laut seinem Chef Schafmeister ist er heute nicht zum Dienst erschienen. Wir haben ihn zur Fahndung ausgeschrieben.«

»Ist die Bombe fertig gebaut?«

»Wissen wir nicht.«

»Wissen Sie wenigstens, wo sich das Ding befindet?«

»Noch nicht.«

Manteufel blätterte in dem Bericht ein paar Seiten zurück.

»Hier steht, in dem Kadett haben Heller und Mercier einen Stapel *Agit 883* gefunden. Dieser Ebert ist ein Linker?«

»Ebert gehört zumindest nicht zu den radikalen Linken. Er studiert angeblich Religionswissenschaft, taucht aber in den einschlägigen Kreisen an der FU nicht auf. Beim Staatsschutz kennt auch niemand einen Klaus

Ebert. Der Kollege Heller meint, dass uns jemand auf diese Spur schicken will.«

»In seinem Zimmer hängt ein Plakat von Che Guevara«, sagte Danner.

»Neben Jesus Christus«, ergänzte Koch.

»Verstehe. Storch baut also im Auftrag von Ebert eine Kuckucksuhr, von der Sie denken, dass es der Tarnname für eine Bombe ist. Ebert bezahlt aber nur eintausend Mark. Kann es nicht sein, dass Storch Ebert umgebracht hat, weil er nicht bezahlen wollte?«, fragte Manteufel.

»Mit einer Kugel im Hinterkopf?«

Danners Frage klang ein wenig überheblich. So als habe Manteufel etwas nicht verstanden. Alle erwarteten, dass ihr Chef den Kollegen in den Senkel stellen würde. Aber nichts davon. Er blätterte einfach weiter in dem Bericht, als sei Danner keines persönlichen Kommentars würdig.

»Nur damit wir uns verstehen, meine Herren. Ich stelle die Fragen, von Ihnen kommen die Antworten. Ist das klar? Bisher waren das eindeutig zu wenige.«

Danner duckte sich.

»Es ist nicht hundert Prozent sicher, dass es überhaupt um so ein Ding geht. Wir haben weder in der Garage noch in seiner Wohnung eine Bombe gefunden«, sagte Koch.

Er goss Kaffee in seine Tasse und verschüttete die Hälfte.

»Du meinst, er braucht das Zeug für seine Spielzeugeisenbahn?«, fragte Mercier.

Wie so oft in den großen Runden ging es drunter und drüber. Jeder hatte seine eigene Theorie und einen Kommentar parat. Es war wie das Geschnatter von aufgeregten Enten. Heller wunderte sich immer wieder über die Dynamik in ihrer Runde. Da war Mercier, der sich in den letzten Monaten zum Bedenkenträger entwickelt hatte, und Danner, der den Helden spielte, Koch, der Provokateur und Müller, der Schweiger. Alle miteinander bemühten sich nach Kräften, von ihrer Warte aus Fakten infrage zu stellen und Indizien anzuzweifeln. Hatte einer von ihnen eine Idee, taten die anderen das Menschenmögliche, um sie zu verwerfen.

»Vielleicht hat er sie bereits an jemanden übergeben.«

»Und an wen?«

»Ebert kann es nicht sein.«

»Möglicherweise hat er sie irgendwo versteckt.«

»Wo denn?«

»Wir haben seine Wohnung zweimal auf links gedreht.«

»Was ist mit dem Keller?«

»Hältst du mich für einen Idioten?«

»Er könnte irgendwo noch eine Garage angemietet haben.«

»Er ist jetzt schon mit der Miete drei Monate im Rückstand.«

»Der hat keine weitere Garage.«

»Aber er hat den Auftrag von Ebert und das Zeug, um eine Bombe zu bauen.«

»Eine Kuckucksuhr. Nirgendwo heißt es Bombe. Immer nur Kuckucksuhr.«

»Du meinst, er baut mit Dünger und Pattex eine Kuckucksuhr?«

Manteuffels Hand krachte auf den Tisch. Die Kollegen verstummten.

»Es reicht! Verdammt noch mal. Was ist das hier? Ein Irrenhaus?«

Die Kaffeetassen wurden wieder hochgenommen.

»Vielleicht will der Kollege Heller uns was dazu sagen. Immerhin hat er Dienst gehabt, als Rebecca Hirsch ermordet worden ist. Wenn ich das recht verstanden habe, waren Sie es auch, der diesen Storch aufgespürt hat. Also Heller, ich will was von Ihnen hören. Und zwar von Anfang an.«

Heller griff nach seinem Notizblock.

»Wie wir inzwischen wissen, war Ebert am 13. Juli das erste Mal bei Hirsch. An dem Abend waren sowohl Rebecca Hirsch als auch Joachim Hirsch anwesend. Das zweite Mal hat er die Hirschs am 20. Juli kurz vor Mitternacht besucht. Da war nur Rebecca Hirsch zu Hause.«

»Das war die Nacht der Mondlandung«, unterbrach Manteufel.

»Richtig. Kurz vor vier morgens ist Hirschs Nichte Louise Mackenzie nach Hause gekommen. Sie hat Ebert überrascht, und Ebert ist geflohen. Kemper hat festgestellt, dass Ebert die Hirsch wahrscheinlich zwischen halb zwei und zwei umgebracht hat.«

»Sie haben doch beobachtet, wie Ebert in das Haus gegangen ist. Wieso haben Sie ihn nicht aufgehalten?«, fragte Manteufel.

Da waren sie wieder, die siebzehn Minuten. Wusste Manteufel davon? Hatte Hartmann ihn darüber informiert? Heller schaute zu Hartmann, konnte in dessen Gesicht aber nichts lesen.

»Warum hätte ich das tun sollen? Bis zu dem Moment musste ich ja noch annehmen, er wäre mit den Hirschs befreundet.«

»Hat er Sie in Ihrem Wagen gesehen?«

»Kann ich nicht sagen.«

»Sie müssen doch mitgekriegt haben, ob er zu Ihnen hinschaut.«

Wieso reitet er so darauf herum, dachte Heller. Weiß er es doch?

Er hatte jetzt zwei Möglichkeiten. Entweder er log weiter, oder er sagte, dass er in dem Moment nicht im Wagen gesessen hatte. Und dann? Manteufel würde ihn vom Fall abziehen. Und wenn er schlechte Laune hatte, von der M I in die Sitte versetzen.

»Er hat hinter mir angehalten.«

»Das nächste Mal nehmen Sie einen Einsatzwagen, nicht Ihre Angeberkarre. Weiter.«

Heller schaute noch einmal kurz auf seinen Notizblock.

»Zwei Tage später haben wir Eberts Leiche im Waldgelände Frohnau gefunden. Die Frage ist nun, wieso ihm jemand in den Kopf schießt und anschließend den Wagen anzündet. Anfangs haben wir noch vermutet, Ebert hätte auch die Jung, die Bresser und die Voigt ermordet. Dann wäre es möglich gewesen, dass jemand aus der Familie der drei Opfer Ebert umgebracht hätte. Allerdings erklärt das nicht, warum derjenige den Wagen anschließend abfackelt. Außerdem war da noch dieser Stapel Magazine. Die haben wie eine Nachricht an uns im Kofferraum gelegen. Wir haben dann Eberts Foto den Zeugen in den Mordfällen Bresser, Jung und Voigt gezeigt. Aber niemand hat sich an ihn erinnert. Also haben wir nach anderen Hinweisen gesucht. Von den ersten drei Opfern wussten wir ja, dass sie ab und zu im *Cafe Keese* waren. Wir haben uns gefragt, ob Rebecca Hirsch dort auch verkehrt und haben uns die Fotos, die da immer gemacht werden, angesehen. Rebecca Hirsch war in der Tat darauf zu sehen, aber wir haben dabei auch auf den Fotos von den anderen drei Frauen eine ziemlich auffällige Type entdeckt. Eine der Kellnerinnen hat sich an ihn erinnert. Dann haben wir in Eberts Zimmer den Namen H. Storch auf einem Notizblock gefunden. In Berlin gibt es nur einen H. Storch, der infrage kommt. In seiner Wohnung haben wir die tote Ingeborg Wollinski gefunden. Und da stand auch ein gerahmtes Foto von der Type aus dem *Café Keese*. Das ist eben dieser Storch, der höchstwahrscheinlich nicht nur vier Frauen umgebracht hat, sondern auch der Bombenbauer ist. Somit ist ebenfalls klar, dass nicht Ebert der Frauenmörder ist, sondern Storch.«

Es war eine recht genaue Zusammenfassung des Falles. Manteufel nickte anerkennend. Er hatte in der Keithstraße drei Inspektionen unter sich. Von der M I, die für Tötungsdelikte zuständig war, bis zur M III, die bei Sittlichkeitsverbrechen ermittelte. Er bevorzugte präzise Darstellungen der Tathergänge. Er wollte von oben auf die Ermittlungen schauen. Wie ein Adler, der den großen Überblick hat und sich nur gelegentlich in die Niederungen herabschwingt.

»Mit anderen Worten, der Auftraggeber für die Bombe ist tot, den Bombenbauer kennen Sie, haben ihn bisher aber nicht gefunden. Sie wissen nicht, ob es eine Bombe gibt, und was damit geschehen ist, falls es sie gibt. Und Sie wissen auch nicht, ob der Bombenbauer, der auch für vier Frauenmorde verantwortlich ist, wieder zuschlägt. Richtig?«

Niemand reagierte.

»Dann würde ich gerne mal wissen, was Sie so den ganzen Tag machen. Außer Kaffee trinken. Ich will Ergebnisse, verdammt noch mal. Und zwar gestern. Und von Ihnen, Heller, ganz besonders. Haben Sie das verstanden?«

Manteufel blickte in die Runde.

»Sonst werden sich hier ein paar Leute wundern, wie schnell sie bei der Sitte landen.«

Er schob seinen Stuhl nach hinten und erhob sich schwerfällig.

Heller kochte. Wieso führte Manteufel ausgerechnet ihn vor? Immerhin hatte er Storch gefunden und damit den Mörder von vier Frauen.

Was die Bombe anging, hatte er zwar einen Verdacht, aber den bisher noch mit niemandem besprochen. Es war ein vager Verdacht, zugegeben. Vielleicht führte er in eine Sackgasse. Dennoch. Heller hatte sich eigentlich vorgenommen, erst weiter in eine bestimmte Richtung zu ermitteln, bevor er damit rausrückte. Aber dann musste er es eben jetzt schon tun.

»Da ist noch was«, sagte er leise.

Manteufel drehte sich an der Tür herum. Schaute Heller an. Heller schwieg. Er wollte den Moment genießen, wenn Manteufel nahe am Herzkasper war.

»Und was ist das, bitte?«, fragte Manteufel entnervt.

»Klaus Ebert stammt angeblich aus Nürtingen. Da ist er allerdings nicht gemeldet. Außerdem soll er den Wehrdienst verweigert haben. Aber das Kreiswehrersatzamt kennt keinen Klaus Ebert. Der Verfassungsschutz weiß auch nichts. Also stellt sich die Frage, wer dieser Ebert ist, und wozu er eine Bombe bauen lässt.«

Heller sah Manteufel herausfordernd an. Niemand im Raum wusste, worauf er hinauswollte.

»Wollen Sie jetzt von mir die Antwort haben, Heller? Oder warum erzählen Sie mir das? Machen Sie sich an die Arbeit.«

»Ich bin schon mittendrin.«

Heller lehnte sich zurück. Zelebrierte förmlich seinen Auftritt. Genoss die neugierigen Blicke von Hartmann und seinen Kollegen. Und vor allem Manteufels Gesichtsausdruck, in dem die Empörung über diesen anmaßenden Oberkommissar deutlich zu lesen war.

»Was ist, wenn die ganze Nummer mit der *Agit 883* im Kofferraum tatsächlich nur ein Täuschungsmanöver ist? Wenn Ebert die Bombe haben wollte, um jemand anderen als Hirsch in die Luft zu sprengen? Wenn er bei den Hirschs nur war, um eine Gelegenheit dafür zu sondieren?«

Als Heller die Idee ausgesprochen hatte, wurde es totenstill. Manteufel schaute zu Hartmann hin. Hatte man ihm etwas verheimlicht? Hartmann wich dem Blick aus. Und Manteufel reagierte so, wie Heller es erwartet hatte. Er brüllte los.

»Wollen Sie damit sagen, dass es einen Anschlag nicht gegen den Richter Hirsch, sondern gegen Juden allgemein oder sogar gegen eine Synagoge geben könnte? Sind Sie noch bei Trost, Heller? Wissen Sie, was Sie damit in die Welt setzen? In Deutschland, in Berlin, 24 Jahre nach Auschwitz?«

»Moment, langsam. Das sind nur Vermutungen, die der Kollege Heller hier anstellt.« Hartmann versuchte, die Situation zu beruhigen.

»Von wem soll der Anschlag überhaupt kommen, wenn Ebert weder ein Linker noch ein Nazi ist? Das ist doch kompletter Unsinn«, sagte Manteufel.

Jetzt hatte Heller ihn auf der Spur.

»Das wissen wir, wenn wir herausfinden, wer dieser Klaus Ebert in Wirklichkeit ist. Er könnte von der Stasi sein.«

»Stasi? Mein Gott, Heller, das ist doch lächerlich. Warum sollten die eine jüdischen Einrichtung in die Luft sprengen?«, fragte Hartmann.

Manteufel schlug erneut mit der flachen Hand auf den Tisch, sodass die Kaffeetassen einen kleinen Tanz aufführten.

»Ich will diesen Storch morgen hier haben und die verdammte Bombe auf diesem Tisch. Außerdem will ich wissen, wo dieser Ebert herkommt und was er vorhatte. Habe ich mich klar genug ausgedrückt? Bis dahin bleibt diese Hypothese von einer Bombe gegen Juden unter uns. Ist das klar?«

Bevor noch jemand antworten konnte, kam Frau Grimm herein. Sie machte große Augen. Vermutlich wunderte sie sich über die Anspannung.

»Büro Neubauer hat angerufen«, sagte sie und sah Manteufel mitfühlend an. »Der Innensenator hat gerade von einem Reporter der *Bild-Zeitung* erfahren, dass wir in der Holtzendorffstraße eine Bombenwerkstatt entdeckt haben.«

»Wie bitte?«

Manteufels Kopf bekam eine ungesunde rote Farbe. Man konnte förmlich sehen, wie sein Puls in die Höhe schoss.

»Woher weiß dieser Schmierfink das? Von Ihnen, Heller?«

»Auch wenn Sie das gerne hätten, aber ich bin nicht für alles, was hier schiefläuft, verantwortlich.«

»Wenn die Nachricht schon mal raus ist, brauchen wir eine offizielle Sprachregelung«, sagte Hartmann in die Runde. »Die Bombenwerkstatt gehört bis auf Weiteres einem Linken.«

Er schaute in die Runde, bis alle durch kurzes Nicken ihre Zustimmung ausgedrückt hatten. Auch Manteufel, der anschließend den Raum verließ. Als er die Tür hinter sich zuwarf, rieselte weißer Staub aus einem Spalt neben dem Türrahmen zu Boden. Die Besprechung war beendet. Die Polizisten zogen sich wortlos in ihre Büros zurück.

Bevor Hartmann ihn beiseitenehmen konnte, hatte Heller die Keithstraße bereits verlassen. Er ging zu seinem Karmann Ghia, öffnete das Verdeck und fuhr ziellos durch die Stadt. Am Ernst-Reuter-Platz demonstrierte ein Häufchen Studenten. Berlin wird mehr und mehr zu etwas, das einem großen Versuchslabor ähnelt, dachte Heller. So, als würde Gott herausfinden wollen, wann ihm die Sache um die Ohren fliegt. Bei dem Wahnsinn auf den Straßen war es bestimmt bald so weit. Dann würde Gott die ganze Scheiße dem Teufel überlassen. Falls das nicht schon längst geschehen war. Heller wusste, dass er den Tod von Rebecca Hirsch hätte verhindern können. Aber er spürte auch, dass hinter dem Fall noch etwas ganz anderes steckte. Etwas, das ihnen noch um die Ohren fliegen würde.

Zwei

29. August bis 23. September 1969

Im vierten Stock in der Lubjanka hatte die Direktion K der Ersten Hauptverwaltung Ausland, Sabotageabteilung 4, Bundesrepublik Deutschland und Republik Österreich, ihren Sitz. Vor zehn Jahren waren sie die Spezialisten für die *nassen Arbeiten* gewesen, was genau genommen hieß, dass Blut floss. Seit es einen neuen Chef in der Lubjanka gab, den Genossen Juri Wladimirowitsch Andropow, waren sie für Sabotage und Desinformation zuständig. *Die politische Rolle der UdSSR im Ausland muss durch Verbreitung falscher Nachrichten und provokatorischer Informationen unterstützt werden*, hatte Andropow in seiner Antrittsrede gesagt. Als Erstes erteilte er der internationalen Agentur Nowosti einen zusätzlichen, geheimen Auftrag. Das Netz der Korrespondenten sollte nicht mehr nur amtliche Nachrichten an ausländische Zeitungen verbreiten, sondern gezielt Desinformationen lancieren.

Es gab keinen Stuhl, um sich zu setzen. Sich an die Wand anzulehnen war ebenfalls nicht erlaubt. Man durfte auch nicht umherlaufen. Man musste etwa fünf Meter von der schwarzen, zweiflügeligen Eichentür entfernt stehen und warten, bis man aufgerufen wurde. An den Wänden des langen Flurs hingen die Porträts von verdienten Führern der Lubjanka. In manchen Jahren war der eine oder andere abgehängt und aus dem kollektiven Gedächtnis getilgt worden, als hätte er nie gelebt. Darin waren sie unvergleichlich. Die Vergangenheit korrigieren, damit die Gegenwart die einzig richtige war. An der Decke bröckelte die Farbe ab. Millionen von Schritten hatten auf dem Marmorfußboden Spuren hinterlassen. Es hieß, dass man die Laune von Generalmajor Smirnoff daran ablesen konnte, wie lange er einen warten ließ. Alles über einer Stunde hieß Gefängnis. Aber das war für Alexander Poljakov bedeutungslos.

Wie erwartet, war er inzwischen vernommen worden. Übersetzt hieß das Schlafentzug, wechselnde Befrager, Licht, das in dem Verhörraum unregelmäßig an- und ausging, Kopfhörer, aus denen Lärm dröhnte. Er wusste nicht, wie lange. Drei Tage, eine Woche, zwei? *Wieso haben Sie Ikarus erschossen?*, lautete die Frage, die sie ihm immer wieder entgegenschrien. Er hatte sich mehrere Türen ausgedacht, durch die er sie in seinen Kopf lassen wollte. Hinter jeder Tür befand sich ein Zimmer und darin eine Geschichte, die eine Erklärung anbot. Das war sein Schutz vor dem geistigen und körperlichen Kollaps. Dem Moment, an dem er alles sagen würde, was sie wissen wollten. Es waren gute Geschichten gewesen. So gut, dass sie schließlich dachten, er habe ihnen alles erzählt, was er wusste. *Ikarus hatte entscheidende Fehler gemacht. Er hatte die Kontrolle verloren. Es stand zu befürchten, dass Ikarus bei einer Verhaftung aussagen und überlaufen würde. Er hatte Spuren hinterlassen, die direkt zu* Nagila Hava *führen konnten. Und damit nach Moskau.*

Seine Makarow hatte Poljakov gegen Quittung abgeben müssen. *So ist es, wenn du deinen Untergebenen nicht trauen kannst,* dachte er. Auch wenn Stalin tot war, herrschte immer noch der gleiche Verfolgungswahn. Sie wurden von ihrer Paranoia in den Wahnsinn getrieben. Alle hatten vor dem Tag Angst, an dem sich das Wetter im Politbüro änderte und alte Verabredungen nichts mehr galten. So war es 1953 gewesen, als der Schlächter Lawrenti Beria abdanken musste, und 1964, als es mit dem verrückten Chruschtschow vorbei war. An dem Misstrauen hatte sich nichts geändert. Es änderte sich nie etwas. Seit Hunderten von Jahren nicht. Sein geliebtes Russland war dazu verdammt, das immer gleiche Stück mit immer den gleichen Bürokraten immer wieder neu aufzuführen. Die Anhänger der Zaren hatten sich gegenseitig umgebracht, die Bolschewiki hatten den Zaren mitsamt seiner Familie und Anhängern umgebracht, anschließend brachten die Bolschewiki sich selbst gegenseitig um. Das nannten sie dann die Diktatur des Proletariats.

Nach einer Stunde und fünf Minuten ging die Tür zu Smirnoffs Büro auf. Ein Adjutant winkte ihn herein. Er hatte den typisch verschlagenen Blick der Tartaren. Fast zwei Meter groß, ein Nacken wie ein Stier, treu bis in den Tod. Poljakov war noch nie im Himmel gewesen, wie das Büro des Operationschefs genannt wurde. Der Ort, an dem die unendliche Weisheit der Partei exekutiert wurde. Es hieß, die komplette Einrichtung, Bücherregale, Schreibtisch, Sitzgruppe, sei aus dem Winterpalast der Romanovs hierhergebracht worden. Die Gemälde an den Wänden zeigten Marx, Lenin und Stalin auf der Via Dolorosa zum kommunistischen Paradies. Es war ein hoher Raum, in dem alles groß erschien, außer Smirnoff. Er ruhte auf einem Sofa an der rückseitigen Wand. Von irgendwoher war Musik zu hören. Mussorgski. *Bilder einer Ausstellung*.

»Kommen Sie näher, Major Poljakov. Ich kann Sie ja kaum erkennen. Setzen Sie sich.«

Poljakov ging die zehn Meter bis zur Sitzgruppe. Direkt daneben war eine Stereo-Anlage mit zwei Lautsprechern von *Braun* aufgebaut.

»Na los, nehmen Sie Platz.«

Smirnoff deutete auf den Sessel ihm gegenüber. Dann richtete er sich auf. Er sah elend aus. Die Lippen dünn und mit einem grausamen Zug. Das Gesicht eingefallen, die weißen Haare bedeckten kaum den Schädel, die Hände waren so zart, dass Poljakov dachte, sie müssten zerbrechen, sobald man sie anfasste. Es hieß, dass seine Wirbelsäule beschädigt sei und er unerträgliche Schmerzen habe. Ein Asket, dessen Aushängeschild Puritanismus und Rücksichtslosigkeit waren. Die Ärmel der braunen Wolljacke schlotterten. Als Poljakov sich setzte, stellte der Adjutant sich so nahe hinter ihm auf, dass er dessen Schweiß riechen konnte.

Smirnoff beugte sich zur Anlage und drehte den Ton lauter.

»Kennen Sie Mussorgski? Natürlich kennen Sie ihn. Aber mögen Sie ihn?«

Es war eine der gefürchteten Fragen, die man für harmlos halten konnte, wenn nicht die Antwort über Wohl und Wehe des Agenten entscheiden würde.

»Ich mag am liebsten den 9. Satz. Die Hütte der Baba Jaga. Mussorgski und natürlich Viktor Hartmann, auf dessen Gemälden das ganze Stück beruht, erzählt uns von den Gefahren, die im Wald lauern. Wo die Hexe wartet und jeden, der vorbeikommt, auffrisst. Es heißt, ihr Hexenhaus stehe auf Hühnerfüßen. Sie kann sich damit jedem, aus welcher Richtung auch immer er kommen mag, zuwenden«, dozierte Smirnoff. »Hören Sie das?«

Er hob die rechte Hand, als würde er dirigieren.

»Das ist der Lockruf. Das Teufelsintervall. Wir können von Mussorgski lernen, Major. Meine Musik ist ein Mittel zur Kommunikation mit Menschen, nicht ein

Ziel in sich, hat er einmal gesagt. So sollte auch die Politik sein, mein lieber Freund. Überhaupt jede Art von Organisation des Zusammenlebens sollte als eine Form der Kommunikation mit der Seele der Menschen verstanden werden. Hitler wusste das. Er hat die Deutschen beherrscht, weil er ihre Seelen verstand. Ihre Ängste und ihre tief verborgenen Sehnsüchte. Das ist der Unterschied zwischen Idealisten und Realisten. Die einen sehen die Menschen, wie sie sein sollen, die anderen sehen die Menschen, wie sie sind. Und jetzt sagen Sie mir, wer am Ende triumphiert.«

Auf einen knappen Wink hin schenkte der Adjutant Tee in zwei winzige Tassen.

»Milch? Zucker?«

Poljakov schüttelte den Kopf.

»Nehmen Sie ruhig. Ich werde deswegen nicht denken, dass Sie zum MI6 übergelaufen sind, nur weil Sie Milch im Tee trinken.«

Er lachte, und das Lachen erstickte in einem trockenen Husten. Der Tee war heiß und schmeckte bitter.

»Es wird uns nicht ewig geben, Genosse. Ich weiß, das klingt nach Ketzerei, nach Abfall vom Glauben. Aber keine Angst. Die Leute, die uns führen, wissen das. Lesen Sie Marc Aurel. Oder den Chinesen Sun Zi. Es ist teuer, sich dem Feind zu unterwerfen. Jemand, der uns aus Angst folgt, ist nicht völlig zu beherrschen. Jemand, der uns freiwillig folgt, weil er an die Sache glaubt, ist viel leichter zu kontrollieren. Deshalb müssen wir die Herzen erobern. Das ist der eigentliche Krieg. Der Krieg um die Herzen. Der kostet uns Hunderte Millionen Rubel. Aber er lohnt sich. Nehmen Sie nur den Tod von diesem Studenten Benno Ohnesorg. Irgendwann wird man herausfinden, was dahintersteckt. Dass dieser Polizist … wie heißt er noch gleich?«

»Kurras.«

»Richtig. Dass dieser Kurras von unseren Freunden in der DDR bezahlt wurde. Oder das Attentat auf Dutschke im vergangenen Jahr.«

Poljakov neigte den Kopf zur Seite.

»Wollen Sie damit sagen, dass wir …

»Wer kann das schon wissen? Es ist auch nicht wichtig. Man muss klug sein, Poljakov. Und geduldig. Wir haben schon viel erreicht. Die Herzen der Jungen fliegen uns zu. Natürlich sind uns die einfachen West-Berliner feindlich gesinnt. Und wir müssen uns eingestehen, dass dieser Springer und seine Zeitungen ihr Handwerk verstehen. Aber auf Dauer werden wir siegen. Weil jede junge Generation auf der Seite der Revolution ist. Und weil es die Aufgabe einer jeden jungen Generation ist zu revoltieren. Die alte Gesellschaft zu stürzen und eine neue, bessere zu errichten. Wir liefern den Jungen die Wanderkarte dazu. Eine Karte, die direkt zum Sozialismus führt. In Deutschland, in Frankreich, Italien. Überall in der Welt.«

Smirnoff schloss die Augen. Er schien wieder den Klängen aus den Lautsprechern zu folgen, als würden sie ihn in eine andere Welt führen. Für Poljakov verging gefühlt eine halbe Ewigkeit. Sogar der Adjutant hinter ihm trat hörbar von einem Fuß auf den anderen. Als der 9. Satz zu Ende war, blickte Smirnoff glückselig zur Decke hoch.

»Der Genosse Breschnew hat gesagt, dass er das Problem West-Berlin lösen will. Haben Sie das Foto von ihm mit Sonnenbrille gesehen? Er ist eitel. Und er möchte gern als Held in die Geschichte eingehen. Also liefern wir ihm die Stadt. Sie wissen, was zu tun ist, Poljakov. Ihr Auftrag bei der Sonderaktion lautet, *Nagila Hava* mit allen Mitteln endlich zum Erfolg zu führen.«

Smirnoff war der klügste Mensch, der ihm je begegnet war. Und der gefährlichste. Eben weil er permanent unter Schmerzen litt. Poljakov dachte, dass man so jemanden nicht über das Schicksal anderer Menschen entscheiden lassen sollte. Er gab die Schmerzen an sie weiter, als würden sie dadurch für ihn erträglicher werden. Deswegen hatte er Irina in den Tod geschickt. Dabei konnte er sich auf die Prämisse berufen, die Felix Dzierżyński 1921 ausgegeben hatte. *Wir treten für organisierten Terror ein. Die Tscheka ist verpflichtet, die Revolution zu verteidigen und den Gegner zu vernichten, selbst wenn ihr Schwert manchmal durch Zufall die Häupter Unschuldiger trifft*. Sein Denkmal stand überlebensgroß auf dem Platz vor der Lubjanka.

»Gehen Sie, Poljakov, und liefern Sie dem Genossen Breschnew West-Berlin. Aber gehen Sie den Weg vorsichtig, nicht so wie dieser Idiot Ikarus. Seien Sie geduldig.«

Ich werde geduldig sein, dachte Poljakov. Und wenn es Jahre dauert. Aber eines Tages werde ich dich töten. Nicht jetzt, nicht mit diesem tatarischen Riesen im Rücken. Ich werde warten, bis die Aktion erfolgreich zu Ende gebracht ist und du mir den großen Lenin-Orden überreichst. Im Beisein des Genossen Breschnew werde ich dir dann ein Messer ins Herz stoßen. In der Hoffnung, dass du überhaupt ein Herz besitzt.

Smirnoff wedelte ihn mit der linken Hand hinaus. Poljakov salutierte knapp.

Im *Kings-Club* in der Knesebeckstraße war gegen drei Uhr morgens nicht mehr viel los. Ein junger Musiker spielte unverdrossen vor den verbliebenen fünf Gästen seine Lieder. Er hieß Hannes Wader und hatte einen rauen Bariton, der die Gäste melancholisch stimmte.

Heller ließ sich von Ryan zum Whiskey noch einen Haschkeks geben, den er in die braune Flüssigkeit tauchte, als handele es sich um Weihnachtsgebäck und Tee. Irgendwie musste er den Fall Hirsch für ein paar Stunden aus dem Kopf kriegen. Vor allem, weil er nicht wusste, was hinter dieser verzwickten Geschichte steckte. Wenn er nämlich so etwas nicht wusste, verfolgte ihn das wie eine Herde hungriger Hyänen.

Seit zwei Wochen war Herbert Storch weder in seiner Wohnung noch bei der Arbeit erschienen. Sein Foto hing auf jedem Polizeirevier, bei den Passkontrollen der Flughäfen Tempelhof und Tegel. Sie hatten Arbeitskollegen, Nachbarn, Bekannte befragt. Gab es einen Schrebergarten, in dem er sich versteckte? Eine Freundin, bei der er unterkriechen konnte? Oder war er in Ost-Berlin abgetaucht? Wer sagte ihnen außerdem, dass Storch die Bombe nicht schon längst gebaut hatte? Dass er sie nicht einem Dritten gegeben hatte. Sie wussten doch, dass sich Hunderte Stasi-Agenten in West-Berlin herumtrieben. Es konnte also durchaus sein, dass im nächsten Moment das Ding irgendwo in die Luft flog und Dutzende Menschen zerriss. Jemand hatte gesagt, dass im Krieg auch die beste Strategie dann zu Ende ist, wenn der erste Schuss fällt. Wahrscheinlich Clausewitz.

Der Musiker fragte die Zuhörer, ob sie einen speziellen Wunsch hätten. Eine junge Frau wünschte sich *Blowin' In The Wind* von Bob Dylan. Heller drehte sich zur Bühne hin und hörte zu.

How many roads must a man walk down, before you call him a man?

Damit war er gemeint, oder?

»Was ist eigentlich los da draußen?«, fragte Ryan und stellte einen Whiskey vor Heller ab.

»Wo draußen?« Heller kippte den Drink.

»Die Jungs von der *Berlin Operation Base* sind gerade ziemlich nervös.«

»Haben Sie dich wieder eingezogen? Ich hab gedacht, du hast die Schnauze voll von der Army.«

»Als Ex-Sergeant der 287th Military Police Company kommst du von dem Laden nicht los.«

Auf Hellers Zeichen hin füllte Ryan das Glas erneut.

»Wie geht's Paula?«, fragte Ryan jetzt.

»Was?«

Heller war schon wieder abgedriftet, lauschte dem Song.

»Ich hab sie schon eine ganze Weile hier nicht mehr gesehen.«

»Sie werden ihr die linke Brust abnehmen.«

»Fuck. So ein Krebs ist ein Arschloch. In meiner Familie hat er vier geholt.«

How many times must a man look up, before he can see the sky?

»Die Ärzte sagen, sie kann es überleben.«

»Ein Hoch auf die Medizin.«

Ryan hob sein Glas, bereit mit Heller anzustoßen. Aber Heller starrte ihn kopfschüttelnd an.

How many times must the cannonballs fly …

»Was ist?«

»Keine Ahnung. Bisher war alles ganz einfach. Ich habe Paula geheiratet, weil sie mich darum gebeten hat. Nicht wie du denkst, nicht auf Knien oder nicht flehend. Sondern geradeheraus.«

Allein das war schon ein sehr seltsamer Vorgang gewesen. Heller war kein Pascha, aber er fand doch, dass eigentlich der Mann einen solchen Antrag machen sollte. Wenn er sich reif genug fühlte, den Bund fürs Leben zu schließen.

»Wer hat den Satz von den Problemen gesagt, die

man mit einer Ehe zu regeln versucht, die man nicht hätte, wenn man nicht verheiratet wäre?«, fragte Heller, ohne eine Antwort zu erwarten.

»Heinrich der Achte«, antwortete Ryan. »Englischer König. War sechs Mal verheiratet und hat zwei seiner Frauen, Anne Boleyn und Catherine Howard, wegen Ehebruchs hinrichten lassen. Aber so weit bist du ja noch nicht.«

»Mit Paula ist eben nichts normal. Wenn sie sich etwas in den Kopf gesetzt hat, kannst du nur nachgeben oder auswandern.«

Er war irgendwie in Paula verliebt gewesen. Geheiratet hatte er sie aber, weil ihn ihre mutwillige Art fasziniert hatte. Sie war der Typ Frau, für den die Emanzipation nicht erfunden werden musste. Sie war selbstbewusst und verletzlich, wusste, was sie wollte, und hasste ihre Verletzlichkeit, wurde zur Furie, wenn man sie damit erwischte. Sie brauchte keinen Mann, um einen Sinn im Leben zu finden. Sie war ganz pragmatisch, hatte Heller haben wollen, weil sie jemanden für ihre Kinder brauchte, wenn sie einmal nicht mehr da war. Das passte wie die Faust aufs Auge. Wo Heller doch immer das Gefühl hatte, eine Schuld abarbeiten zu müssen. Und weil er nicht wusste, welche Schuld das war, hatte er Paula geheiratet.

»Ich weiß nicht, wo das Problem ist, Heller. Außer, dass du zu viel getrunken hast.«

»Das Problem ist …«

Heller beugte sich nach vorne, als wollte er eine streng geheime Botschaft überbringen, wie etwa die Antwort auf die Frage nach dem Sinn des Lebens.

»… das Problem ist, dass Paula Tabletten kriegt und sich die Seele aus dem Leib kotzt. Sie schneiden ihr den Krebs mitsamt der Brust weg. Sie wird überleben, verdammt noch mal. Die Kinder kommen nicht in ein Heim. Verstehst du?«

»Was soll ich verstehen?«

»Jetzt bin ich es, der in einem Heim gelandet ist.«

Er lachte über seine Bemerkung, verschluckte sich und wäre beinahe vom Stuhl gefallen, wenn Ryan ihn nicht festgehalten hätte.

»Liebst du sie?«

»Nein.«

»Nein?«

»Doch. Ich liebe sie. Ich liebe sie.«

Was war das überhaupt, Liebe? Das Wort mit den fünf Buchstaben, das in den Schlagern besungen wurde? In seinem Fall war es ein Sack voller Notwendigkeiten, die keine Zeit zum Nachdenken ließen. Zum Fühlen erst recht nicht.

»Wenn du sie verlässt, frag' ich sie, ob sie mich heiratet.«

»Sie nimmt nur Männer mit Klasse.«

»Ich bin Amerikaner. Alle Amerikaner haben Klasse. Das steht so in der Unabhängigkeitserklärung. Schon mal davon gehört?«

Hellers Blick verlor sich in dem Spiegel hinter Ryan. Er sah darin jemanden, der nicht er war.

»Ich habe gestern was Verrücktes geträumt. Ich bin zu Hause. Bei meinen Eltern. Mein alter Herr ist auf Heimaturlaub. Meine Mutter ist im Keller, der ist bis oben hin voll mit Kartoffeln.«

»Wo hattet ihr mitten im Krieg Kartoffeln her?«

Heller machte eine Pause, damit die Bilder erneut in seiner Erinnerung entstehen konnten.

»Es geht nicht um die Kartoffeln.«

»Sondern?«

»Doch, es geht um die Kartoffeln. Meine Mutter legt

welche in einen Korb. Sie sind winzig klein. Plötzlich kommt jemand und schlägt ihr mit einer Schaufel auf den Kopf.«

»Oh.«

»Ja. Oh.«

»Was hat das mit Paula zu tun?«

»Ich weiß, wer ihr den Kopf einschlägt.«

»Wer?«

Heller schüttelte nachdenklich den Kopf. So als sei es unfassbar oder unmöglich oder ausgeschlossen, was er im Traum gesehen hatte.

Er kippte den Whiskey. Mit einem Ruck straffte er seinen Körper. Kramte in den Hosentaschen nach dem Wagenschlüssel. Fand ihn in der rechten.

»Du steigst jetzt nicht in den Wagen ein.«

»Ich bin Polizist.«

»Ja. Und ein Idiot, wenn du in dem Zustand losfährst.«

Ryan griff Hellers rechte Hand und nahm ihm den Schlüssel ab. Heller salutierte und verließ wortlos den *Kings-Club*.

Es war bereits hell. Vom Bahnhof Charlottenburg her strömten die Angestellten zu den Galeeren. Mit einem harten Stoß gegen das Schloss öffnete Heller die Tür seines Karmann Ghia, kramte den Ersatzschlüssel unter dem Beifahrersitz hervor und fuhr nach Hause.

Am Tag zuvor waren Paula und er mal wieder an den Ku'damm zum Café Möhring gefahren. Hatten Apfelkuchen und Frankfurter Kranz gegessen. Zwei Gespenster inmitten der lauten Fröhlichkeit einer Gruppe bayrischer Touristen. Sie hatten die ganze Zeit geschwiegen. Was hätten sie auch sagen sollen? Jeder Trost, jede Hoffnung schwamm an der Oberfläche eines Sees aus Angst. Auf dem Nachhauseweg hatte Paula Nutella gekauft, die

Kinder waren begeistert gewesen. Sie hatte ihnen erzählt, was Krebs ist, dass der keine Scheren hat wie der Krebs, den sie im Zoo gesehen hatten, sondern etwas, das im Körper wächst. Und dass niemand weiß, warum es so ist. Sie hatte ein Bild gemalt, auf dem der Krebs in ihrem Kopf ganz klein war und der in ihrer Brust etwas größer. Dann war von den Kindern die unvermeidliche Frage gekommen, ob sie jemals wieder gesund werden würde. Paula hatte vorgehabt, die Wahrheit zu sagen. Zu beichten, dass die Chancen fünfzig zu fünfzig stünden. Doch als sie in die leeren Gesichter ihrer Kinder geblickt hatte, war sie dazu nicht in der Lage gewesen. Sie hatte ihnen erklärt, dass sie auf alle Fälle wieder gesund werden würde. Hatte es geschworen und Gott hinterher um Verzeihung für die Lüge gebeten. Jochen war mit der Erklärung zufrieden gewesen. Astrid nicht. Sie hatte trotzdem nicht nachgefragt. Vielleicht, weil sie Angst vor dem hatte, was sie zu hören bekäme. Manchmal konnte man in ihrem Gesicht sehen, dass sie von einer lähmenden Furcht in der Wohnung gehalten wurde, als müsste sie jede Minute auskosten, die ihr mit ihrer Mutter blieb.

Als Heller zu Hause ankam, erwartete Paula ihn in der Küche mit einer Tasse Kaffee. Sie war angezogen, als würde sie eine Reise antreten. Zu ihren Füßen stand ein kleiner Koffer.

»Was ist los?«, fragte Heller.

»Wusstest du, dass die Amazonen sich eine Brust abschneiden lassen, damit sie besser mit Pfeil und Bogen schießen können?«

Sie hielt ihm ein Heft *Reader's Digest* hin.

Heute war der Tag. Er ärgerte sich, dass er den Termin vergessen hatte.

»Wann musst du im Krankenhaus sein?«

»In einer Stunde.«

»Ich fahr' dich. Muss nur noch kurz duschen.«

»Dein Chef hat angerufen. Du sollst sofort in die Keithstraße kommen.«

Seit der Besprechung mit Manteufel ließ Hartmann ihm keine Ruhe mehr.

»Hat er gesagt, warum?«

Paula schüttelte den Kopf. Dann presste sie die Lippen aufeinander. Heller sah, dass sie mit aller Kraft die Tränen zurückhielt. Sie schämte sich, dass sie in diesem Moment Hilfe brauchte, weil sie dachte, dass sie keine Hilfe verdiente.

»Hartmann kann mich mal.«

Er umarmte sie, hielt sie fest. Sie ließ den Tränen freien Lauf. Er spürte, wie das Schluchzen durch ihren Körper rollte. Sein Hemd wurde an der Stelle nass, wo sie ihr Gesicht anlehnte.

»Du wirst wieder gesund«, sagte er. »Das haben wir verdient.«

Der Griff der Colt Double Eagle war warm, die Rillen hatten Spuren in ihrer Handfläche hinterlassen. Seit einer Stunde hielt Louise die Pistole fest in den Händen. Sie war nicht sicher, ob sie das Ding benutzen würde. *Wenn du eine Waffe in die Hand nimmst, musst du auch bereit sein zu schießen,* hatte ihr Vater sie angeschrien, als sie als kleines Kind eine Waffe in seinem Schreibtisch gefunden und zum Spaß auf ihn gerichtet hatte. Da war sie sieben Jahre alt gewesen. Sie hatte die Waffe vor Schreck fallen gelassen und angefangen zu weinen. Ihr Vater hatte sie auf den Schoß genommen und ihr erklärt, warum er eine Pistole besaß. Es handelte sich um eine Walther P38, die er im Zweiten Weltkrieg in der Normandie einem deutschen Soldaten abgenommen hatte. Er hatte den Deutschen damit erschossen. *Hätte ich es nicht getan, wäre ich tot gewesen. Du hättest mich nie kennengelernt,* hatte ihr Vater gesagt.

Die Sonne stand tief, die Luft flirrte, der Asphalt gab immer noch die Wärme des Tages ab. Aus den Fenstern der umliegenden Häuser wehte Musik durch die Straße. Es war eine Kakophonie aus Tönen und Misstönen. Freddy Quinn machte sich Sorgen, weil ein Junge hinausfuhr, Manuela gab dem Bossa Nova die Schuld, Jimi Hendrix huldigte einem Wild Thing und Mick Jagger konnte durch Konsum keine Satisfaction erhalten. Louise saß neben Petra auf dem Balkon in einer Wohnung im zweiten Stock in der Uhlandstraße. Im Hintergrund ratterte die Rotaprint, auf der die Szenezeitung *Agit 883* gedruckt wurde. Daneben stapelten sich Raubdrucke von Wilhelm Reichs Büchern, die sie an der Freien Universität verkauften. *Die Funktion des Orgasmus* und *Massenpsychologie des Faschismus.* Bakunin hatte sie mit Champagner versorgt, dem Rest der Beute seines jüngsten KaDeWe-Besuchs. Abwechselnd beobachteten sie mit einem Fernglas das Haus auf der anderen Straßenseite. Vier Stockwerke, erbaut in der Gründerzeit. Es war eines der wenigen Häuser, die aufwendig renoviert worden waren. Sogar den Stuck an der Außenfassade hatte man erneuert. Statuen griechischer Götter säumten den Mittelteil, hinter dem sich das Treppenhaus befand. Die Kanzlei Buchwald & Dietrich nahm den kompletten zweiten Stock ein.

Petra blätterte in einer Ausgabe der *Agit 883*, in der vom Scheitern des Knastcamps Ebrach berichtet wurde. Franz Josef Strauß hatte die Demonstranten Tiere genannt.

»Dieser Strauß ist ein rechtes Arschloch.«

»Wer?«

»Unser ehemaliger Kriegsminister.«

Louise trank Kaffee aus einem großen Becher, den jemand bunt bemalt hatte. Der Kaffee war kalt und schmeckte bitter, obwohl Bakunin den auch im KaDeWe geklaut hatte.

»Ich dachte, das wäre ein Joke gewesen?«, fragte Petra und deutete auf die Pistole.

»Die ist nur für alle Fälle.«

»Was sind das für Fälle?«

In dem Ordner, den Louise an dem Tag ihres Auszugs aus der Wohnung von Rebecca und Joachim Hirsch im Arbeitszimmer ihres Onkels gefunden hatte, war der Vorgang um das Haus am Augustaplatz ausführlich dokumentiert. Ihre Großmutter Rachel hatte den Familienbesitz 1939 mit einem notariell bestätigten Vertrag an Christhardt Buchwald verkauft, den damaligen Juniorpartner der alteingesessenen Kanzlei Buchwald & Dietrich. Das Siegel »schmückte« ein Hakenkreuz. Doch es gab eine Zusatzvereinbarung, privat aufgesetzt. Danach bestand Einigkeit, dass dies ein Verkauf zur Tarnung war, damit die Nazis das Haus nicht beschlagnahmen konnten. Eine Ausfertigung des notariellen Vertrages einschließlich der Zusatzvereinbarung wurde von einem Londoner Treuhänder in einem Schließfach der Robert Davies & Sons Bank in der Throgmorton Street verwahrt. Als Joachim Hirsch nach dem Ende des Krieges das Haus von Christhardt Buchwald zurückverlangte, behauptete der, dass es die Zusatzvereinbarung nie gegeben habe. Die Londoner Bank war beim deutschen Luftangriff am 29. Dezember 1940 vollständig ausgebrannt, einschließlich des Inhaltes aller Schließfächer. Louises Onkel hatte in London zwar eine Abschrift der Zusatzvereinbarung gefunden, die aber nicht unterzeichnet und auch nicht beglaubigt war. Christhardt Buchwald bestritt nun deren Echtheit.

Louise hatte sich inzwischen genauer über Buchwald informiert und erfahren, dass der an den Immobiliengeschäften der erfolgreichsten Bauunternehmerin von Berlin, Sigrid Kressmann-Zschach, beteiligt war. Ihm gehörten Anteile an den Gesellschaften, die das Ku'damm-Karree und den Steglitzer Kreisel bauten. Außerdem mehrere Häuser in der Charlottenburger Leibnizstraße, am Savignyplatz und ein halber Straßenzug in der Kreuzberger Naunynstraße. Louise hatte Buchwald beschattet und dabei herausgefunden, dass er noch ein weiteres dunkles Geheimnis hütete. Eines, das mit seinen Besuchen am Bahnhof Zoo zu tun hatte. Er war zwar sicher nicht der Mann, den sie im Haus ihrer Tante gesehen hatte, aber vielleicht wusste er, wer der Mörder war. Vielleicht hatte er ihn sogar geschickt.

Der Plan war, Buchwald zu fotografieren, wenn er am Bahnhof Zoo kleine Jungs abschleppte. Mit den Fotos wollte Louise Buchwald zwingen, ihr zu sagen, wer ihre Tante ermordet hatte. Sollten die Fotos ihren Zweck verfehlen, wollte sie ihm mit der Pistole nachhelfen. Vielleicht war das ein waghalsiger Plan. Aber wenn die Polizei nichts unternahm, musste sie eben selbst aktiv werden. Sie hatte sich geschworen, Rebeccas Mörder zu finden.

»Du hast ja recht«, sagte Petra, »wir müssen uns gegen die Nazis zur Wehr setzen. Aber nicht mit Waffen. Was wir brauchen, ist Liebe. Es ist doch so, wer heute vierzig ist, hat die Scheiße erlebt, und wer fünfzig ist, war dabei und hat Blut an den Händen. Die haben das Töten immer noch in den Knochen. Aber wir können die nicht alle umbringen, verstehst du? Wir müssen die Kinder befreien und sie zu selbstbewussten Menschen erziehen.«

»Stimmt es, dass du mit Rainer und Uschi …«

»Uschi nicht«, sagte Petra. »Die ist ein bisschen eifersüchtig. Aber mit Rainer, Ulrich, Daggi und Doro. Hast du doch auch, hat mir mein Bruder erzählt.«

Louise setzte das Fernglas ab, schaute Petra erstaunt an.

»Es ist unglaublich, dass ihr Geschwister seid«, sagt Louise.

»Wie meinst du das?«

»Heller ist bei den Bullen, und du hängst in der KI rum. Als ob ihr von zwei verschiedenen Sternen kommt. Mars und Venus.«

»Aber ich musste ja auch nicht bei dem Alten aufwachsen. Meine Mutter hat mir erzählt, dass der bei irgend so einem Polizeibataillon war und dass die im Osten Tausende Juden niedergemetzelt haben.«

Louise hielt das Fernglas nun wieder auf die Fenster gerichtet, hinter denen eine Sekretärin aufgeregt hin und her lief. Aber ihr Blick verlor sich auf dem Weg dorthin. Wolf Heller, der Sohn eines Massenmörders. Sie hatte nie darüber nachgedacht, dass er, wie fast alle jungen Leute, mit denen sie herumhing, das Kind eines Soldaten war.

»Ich hab meinem Bruder gesagt, dass wir am Geburtstag zum Alten gehen und ihn dazu zur Rede stellen.«

Louise richtete ihren Blick wieder auf die Sekretärin.

»Jetzt weint sie.«

»Wer?«

»Da drüben, die Sekretärin. Der Typ ist so ein Scheißkerl.«

»Ist ja auch egal. Jetzt ist unsere Zeit gekommen, Louise. Jetzt geht es um die kleinen Dinge, für die die großen Revolutionäre sich nicht interessieren. Wir machen den Kinderladen. Ist das nicht fantastisch? Mit Karin, Marianne, Doris und Paula, wenn sie wieder gesund ist. Wir werden die Welt verändern.«

»Es geht los!«

Louise deutete auf das Empfangszimmer der Kanzlei. Durch das Fernglas konnte sie sehen, wie Buchwald sich den Hut aufsetzte und mit einer Aktentasche das Büro verließ.

»Ich weiß nicht. Sollen wir das wirklich machen?«, fragte Petra.

»Klar, was denn sonst? Komm!«

Sie verließen den Balkon.

»Der Fotoapparat!«

Beinahe hätten sie den vergessen. Sie rannten die Treppen hinunter, immer zwei Stufen auf einmal, rempelten einen Hausbewohner an und entschuldigten sich. Auf der Straße sprangen sie in einen weißen VW-Bus, der vor dem Haus parkte. Petra hatte ihn vom SDS ausgeliehen. Petra ans Steuer und Louise auf den Beifahrersitz.

Sie fuhren langsam neben Buchwald her, der raschen Schritts die Uhlandstraße in Richtung Norden ging. Er war groß, asketisch mit einem unproportionierten Körper. Der Hals schmal, die Schultern breit. Der Oberkörper kurz, die Beine lang. Ein hektischer Mensch, sichtlich getrieben. Das graue Haar und der graue Anzug waren akkurat geschnitten. Das Gesicht ebenso.

Als er in seinen roten Jaguar XJ einstieg, warteten sie, bis er in den Verkehr einfädelte. Mit zwei, drei Wagen Abstand folgten sie ihm. Petra hatte Sorgen, dass sie Buchwald verlieren würden, aber das nagelneue englische Modell war so auffällig, dass sie es an jeder Kreuzung sofort wiederentdeckten. Buchwald fuhr auf der

Lietzenburger Straße in Richtung Westen, bog dann in die Leibnizstraße ein, von dort ging es bis zur Bismarckstraße und später die Wilmersdorfer wieder bis runter zur Kantstraße. Es schien, als wüsste er nicht, wohin er fahren sollte, als müsste er sich während der Fahrt erst über sein Ziel klar werden. In der Kantstraße parkte er und betrat eine Apotheke.

»Was macht der?«

»Kauft Pariser.«

»Meinst du?«

Sie warteten ein paar Minuten, bis Buchwald wieder aus der Apotheke kam und in seinen Wagen einstieg. Am Savignyplatz bog er bei Rot nach links ab. Louise und Petra waren drei Autos hinter ihm und mussten an der Kreuzung warten.

»Scheiße. Ich hab dir doch gesagt, dass wir hinter ihm bleiben müssen.«

»Dann hätte er uns entdeckt.«

»Und jetzt?«

»Wir warten, bis es grün wird.«

Petra trommelte ungeduldig mit den Fingerspitzen auf das Lenkrad. Als die Ampel umschaltete, bogen sie in die Carmerstraße ein und am Steinplatz nach rechts in die Hardenberg. Von Buchwald und dem roten Jaguar fehlte jede Spur. Eine schwere Dampflock fuhr kreischend auf der Überführung in den Bahnhof ein. Das flache, klotzartige Bahnhofsgebäude erstickte für einen Moment im Rauch. Die Fenster der Bahnhofshalle waren vor Ruß längst blind. Auf der Rückseite war die Bahnhofsmission untergebracht.

»Vielleicht ist er wieder zurückgefahren«, mutmaßte Petra, während sie in der Jebensstraße langsam am Gefallenendenkmal des Reserve- und Landwehrkorps vorbeifuhren.

Gelangweilt dreinblickende Jungs und Mädchen standen an die Mauern gelehnt. Manche waren nicht älter als vierzehn. Ältere Männer schlichen um sie herum, nickten den Jugendlichen verschämt zu. Louise und Petra spähten nach rechts und links. Kein Buchwald weit und breit. Erst als sie die Unterführung an der Westseite des Zoologischen Gartens erreichten, erblickte Louise ihn.

»Da läuft er«, rief Louise.

»Wo?«

»Nicht anhalten! Fahr weiter zum Parkplatz.«

Petra parkte den VW-Bus direkt neben Buchwalds Jaguar. Louise griff die Kamera und stieg aus.

»Wir haben die Pistole vergessen«, sagte Petra.

Louise hob grinsend ihre Jacke an. Die Waffe steckte in ihrem Hosenbund. Sie war hochkonzentriert und entschlossen. Gebückt liefen sie zurück in Richtung Unterführung und von dort zum *Schleusenkrug*. Kurz vor der Kneipe bogen sie nach links ab, bis sie eine weitere Unterführung erreichten. Sie sahen Buchwald mit heruntergelassenen Hosen, den Kopf in den Nacken gelegt. Ein Junge kniete vor ihm, bewegte seinen Kopf langsam vor und zurück.

»Das gibt's doch nicht«, sagte Petra. Sie starrte auf das Geschehen und wurde blass vor Wut.

»Gib mir die Waffe.«

»Wieso?«

»Ich knall' das Schwein ab.«

»Bist du verrückt? Wir machen Fotos und das war's!«

»Siehst du nicht, was da läuft?«

»Klar sehe ich es. Aber darum geht's jetzt nicht.«

Im Schutz der Büsche schlich Louise näher an Buchwald heran, bis sie ihn von vorne fotografieren konnte. Die Spiegelreflexkamera klickte ein paarmal. Louise bewegte sich wieder zurück. Petra stand immer noch auf dem Weg. Tränen liefen ihr die Wangen herab. Louise überlegte. Sie zog die Pistole aus dem Hosenbund, reichte sie Petra.

»Aber nur in die Luft.«

Petra betrachtete die Waffe.

Es war nach wie vor unklar, was in der Nacht vom 20. auf den 21. Juli passiert war. Warum wollte Joachim Hirsch nicht sagen, wieso er die Nacht alleine in seinem Büro verbracht hatte? Warum leugnete er, Klaus Ebert zu kennen? War er doch bei einer Prostituierten gewesen? Gab es eine Affäre mit einer Person, die prominent war? Danner vermutete, dass Hirsch vom anderen Ufer sei und er deswegen schweige. Schließlich die Frage, von wem und wieso Klaus Ebert umgebracht worden war. Es war ein Labyrinth, in dem sie umherirrten und mehrfach die Richtung wechseln mussten, weil sie immer wieder in denselben toten Gängen landeten. Manteufel hatte Hartmann mit Konsequenzen gedroht, wenn der Fall nicht binnen einer Woche aufgeklärt sei. Hartmann wusste, dass Manteufel einfach weitergab, was der Innensenator Neubauer zu ihm gesagt hatte. *Rebecca Hirsch war Jüdin. In Deutschland werden heute keine Juden mehr aus politischen Gründen umgebracht. Also finden Sie gefälligst ein anderes Motiv.* Das war vor drei Wochen gewesen. Seitdem traten sie auf der Stelle. Aber dann hatte Dr. Kemper frühmorgens aus der Rechtsmedizin angerufen und neue Indizien im Fall Rebecca Hirsch parat. Hartmann hatte Heller in sein Büro bestellt, musste allerdings bis zum Mittag warten, bis der Oberkommissar eintraf. Das war eine Insubordination, die er normalerweise nicht duldete. Erst als er erfuhr, warum Heller zu spät kam, wurde er gnädig.

»Grüßen Sie Ihre Frau von mir. Und gute Besserung. Und jetzt kommen Sie.«

Er wies auf das Gerüst vor seinem Fenster, auf dem Handwerker an der Fassade arbeiteten. »Hier sind mir zu viele Leute.«

Hartmann marschierte den Gang entlang in Richtung Toilette, fuhr mit der linken Hand an der Wand entlang wie ein Blinder, der sich vorwärts tastet. An manchen Tagen wankte er, als sei er betrunken. Der Grund dafür ging zurück auf das Jahr 1941. Am 6. Mai war er gegen Mittag nach 26 Luftsiegen über dem Ärmelkanal abgeschossen worden. Seine Messerschmitt Bf 109 war ins Meer getrudelt und er hatte beim Aufprall auf die betonharte Wasseroberfläche ein schweres Schleudertrauma davongetragen. Seitdem funktionierte sein biologischer Gleichgewichtssinn nicht mehr richtig; der politische war noch intakt. Auf dem Herrenklo prüfte er, ob die Kabinen leer waren. Dann wartete er, bis Fischer von der M II den Waschraum verließ, bevor er schließlich an das Pissoir trat. Heller stand ratlos nahe der Tür.

»Soll ich draußen warten?«, fragte er.

»Sie glauben, dass ich nicht pinkeln kann, wenn jemand zuschaut?«

Hartmann hatte beschlossen, Heller als ersten in die neuen Indizien einzuweihen.

»Haben Sie Kronen?«, fragte er.

»Was meinen Sie mit Kronen?«

»Im Mund.«

»Nur eine Plombe.«

»Kemper hat sich Ebert noch mal vorgenommen. Der Mann hat drei Kronen aus einer Zinn-Silber-Legierung im Mund. Das Zeug heißt Sena. Kemper meint, dass das Standard im Osten ist. Bei uns wird Platin-Palladium verwendet. Dieses Sena-Zeug ist nicht so korrosionsbeständig.«

Ein feines Plätschern war zu hören. Hartmann stöhnte kurz leise.

»Also hab ich recht mit der Stasi«, sagte Heller.

»Nicht so schnell. Kemper hat sich gewundert und Eberts Kopf geröntgt. Und jetzt dürfen Sie raten, was er da gefunden hat.«

Hartmann zog den Reißverschluss seiner Hose hoch. Wusch die Hände und strich sich die Haare aus der Stirn.

»Keine Idee? Eberts Kiefer ist irgendwann gebrochen worden. Die Ärzte haben den wieder gerichtet, und zwar so, wie es nur Russen machen. Mit einem speziellen Draht. Den Namen habe ich jetzt vergessen.«

Hartmann konnte förmlich sehen, wie hinter Hellers Stirn die Tragweite dieser Information sortiert wurde. Die Toilettentür wurde geöffnet. Koch kam herein.

»Jetzt nicht«, herrschte Hartmann ihn an.

Koch erschrak und verzog sich wieder.

»Sie wissen, was das heißt, Heller?«

»KGB.«

Hartmann nickte.

»Das heißt, der Verfassungsschutz wird den Fall an sich reißen, und wir sind raus«, sagte Heller.

»Nicht unbedingt, Heller. Nehmen wir mal an, wir sind nicht sicher, ob Storch nicht doch mit dem Tod von Rebecca Hirsch zu tun hat. Dann handelt es sich weiterhin um einen Mordfall.«

»Was ist mit dem Innensenator?«

»Den überlassen Sie Manteufel und mir.«

Hartmann wusste, dass der Verfassungsschutz eine Bagage von Informanten unterhielt, die zum Infamsten gehörten, was man sich vorstellen konnte. Zwielichtig, korrupt und im schlimmsten Fall kriminell. Dazu kam, dass die mittlere Ebene der Behörde nicht immer die Ziele der Leitung verfolgte. Sie schickten Leute los, die Studenten mit Molotowcocktails versorgten, damit sie später dieselben Leute hochgehen lassen konnten. Es scherte sie einen Dreck, ob Menschen verletzt wurden. Hartmann hatte Neubauer seine Meinung dazu in einem internen Gespräch deutlich mitgeteilt. *Wir müssten uns nicht so bedroht fühlen, wenn man den ganzen Laden mit seinen eigenen Bomben in die Luft jagen würde,* hatte er gesagt. Neubauer hatte darauf nicht geantwortet. Wie auch. Er wusste, dass es ein Leck gab. Nur hatte er keine Ahnung, wer derjenige war.

»Sie schnappen sich Mercier, Wittek und Müller«, sagte Hartmann. »Und dann finden Sie endlich diesen Dreckskerl Storch. Was ich Ihnen über Ebert und die Russen gesagt habe, bleibt vorerst unter uns. Unser Verein hier hält, was gewisse Interna angeht, so dicht wie eine leckgeschossene Fregatte.«

»Was ist, wenn es nicht nur einer vom KGB ist, sondern mehrere?«

»Darüber reden wir, wenn es so weit ist.«

Weil sein Flug von Moskau-Scheremetjewo nach Berlin-Schönefeld Verspätung hatte, kaufte Poljakov in einer Bar eine kleine Flasche Wodka. Eine Stunde und drei weitere Wodka später wusste er nicht einmal, ob die Maschine heute noch starten würde. *Wir haben ein paar Niederlagen zu viel eingesteckt, Major Poljakov, wir brauchen jetzt Siege,* hatte Smirnoff ihm noch mit auf die Reise gegeben. Das hieß, die West-Berliner Bevölkerung so weit aufzuwiegeln, dass es zu einem Sturz der Regierung kommt. Die Sonderaktion *Nagila Hava* war dabei nur ein Teil der großen Unterwanderung, die Andropow sich ausgedacht hatte, um zuerst West-Berlin und dann die Bundesrepublik zu destabilisieren. Sogar die Tölpel von der Stasi hatten bereits einiges dazu beigetragen. Die Friedensbewegung war unter ihrer Kontrolle. Den Republikanischen Club lenkten sie in eine genehme Richtung. Sie finanzierten ein paar der Idioten vom SDS, und an Willy Brandt waren sie seit 1957 dran, seit er Regierender Bürgermeister geworden war. Im West-Berliner Senat hatten sie sogar zwei Staatssekretäre an der Angel. Sex und Geld öffnen eben alle Türen, hatte Andropow in trauter wodkageschwängerter Runde gesagt. Poljakov ging zur Toilette im Abfertigungsbereich.

Ein kleiner Raum mit gelben Kacheln an den Wänden und einem Fußboden, der seit Wochen nicht mehr richtig geputzt worden war. Es stank nach Pisse und Ammoniak. Von den vier Kabinen waren drei besetzt. Die vierte wollte Poljakov nicht benutzen, nachdem er die Kloschüssel gesehen hatte. Er wartete. Bis er bemerkte, dass in den Kabinen, die verschlossen waren, niemand saß. Also suchte er eine andere Toilette, aber die war auch nicht besser. Es ist trostlos, dachte er. Weil alle sich kümmern sollen, kümmert sich niemand. Weil es für alle sein soll, fühlt sich niemand verantwortlich. Überall herrscht Frustration und Lustlosigkeit. Das Politbüro erzählte sich und anderen, der Sozialismus würde die Menschheit erziehen und in lichte Höhen führen. Es sollte ein großes Experiment mit einem paradiesischen Ausgang sein. Aber spätestens seit Stalin wusste die Führung, dass noch nicht einmal sie selbst zu besseren Menschen wurden. Einfach, weil die ganze Sache auf einem Irrtum basierte. Die Menschen verabschieden sich nicht von Egoismus und Gier, nur weil sie ein paar Sätze Marx gelesen hatten, oder weil die Partei es befahl. Das sagten sie freilich niemandem. Sie machten einfach so weiter. Poljakov beschloss, die Toilette im Flugzeug zu benutzen.

Als die Iljuschin Il-18 in Schönefeld gelandet war, wartete an der Gepäckausgabe ein Fahrer auf ihn. Der Mann war in den Fünfzigern. Damit er nicht auffiel, war alles an ihm grau, inklusive der Gesichtsfarbe. Sie mussten eine Weile warten, weil beim Entladen des Gepäcks etwas schief- gelaufen war. Als das Problem behoben war, ging es in einem Höllentempo über die Schönefelder Chaussee, das Adlergestell und die Hermann-Duncker-Straße in Richtung Karlshorst. Es roch nach dem verbrannten Öl der Zweitakter. Der Chauffeur versuchte ein Gespräch in Gang zu bringen, indem er Poljakovs Meinung zum Fußball und dem BFC Dynamo wissen wollte. Der Mann hasste den Verein geradezu, vermutlich, weil Stasi-Chef Erich Mielke den Club förderte. Aber das sagte er natürlich nicht. Poljakov hatte zum Fußball in der DDR keine Beziehung. Also schwiegen sie.

Nach einer halben Stunde erreichten sie die KGB-Residentur mitten im Sperrgebiet. Es war die größte und am weitesten im Westen gelegene Zentrale außerhalb der Sowjetunion, errichtet in einer ehemaligen Pionierschule der Wehrmacht. Ein missionarischer Vorposten, wie ein Fort aus einem Cowboy-Film. Der Leiter der Residentur, Sergej Petrov, erwartete ihn bereits. Ein kleiner Mann mit Halbglatze, schlechten Zähnen und dem hinterhältigen Lächeln des Intriganten. Es hieß, dass er den Posten weniger aufgrund seiner fachlichen Qualitäten erhalten habe als wegen seiner Fähigkeit, andere fertigzumachen. Wenn er wütend war, spitzte er Bleistifte an, bis nichts mehr von ihnen übrig war. Was gelegentlich zu einem Problem wurde, weil Bleistifte immer wieder Mangelware waren.

»Wir haben alles für Sie vorbereitet, Genosse Falke«, sagte Petrov.

Sein Händedruck war weich, die Hand kalt und feucht. Poljakov nickte kurz und folgte Petrov die Treppen hinauf in dessen Büro im zweiten Stock. Bereits nach der ersten Treppe fing Petrov an zu schnaufen. Sein schwerer Atem quietschte mit den Schuhen um die Wette. Poljakov tippte auf Asthma oder bulgarische Zigaretten.

»Der Genosse Smirnoff hat mich gebeten, Sie über den neuesten Stand unserer Operation zu informieren. Was hat er eigentlich zu der Sache mit Ikarus gesagt? Er erinnert sich hoffentlich, dass ich schon sehr früh davor gewarnt habe, den jungen Mann mit einer derart schwierigen Aktion zu betrauen. Tee oder Kaffee, Genosse Falke?«

Poljakov mochte seinen Codenamen nicht. Smirnoff hatte ihm den gegeben. Das war zu der Zeit gewesen, als er erfolgreich einen Sonderauftrag in London durchgeführt hatte. Poljakov hatte zwei Mitarbeiter der amerikanischen Botschaft umgebracht. Lautlos und ohne eine Spur zu hinterlassen. Smirnoff war begeistert gewesen. *Wissen Sie, warum Sie den Codenamen »Falke« erhalten*, hatte er Poljakov gefragt. *Der Falke hat sich auf eine bestimmte Art zu töten spezialisiert. Er nähert sich aus dem toten Winkel, blitzschnell und lautlos. Bevor sein Opfer ihn bemerkt und ihm entfliehen kann, bekommt es einen harten Schlag mit dem Schnabel in den Nacken, der es sofort lähmt, oder einen Schlag, der den Schädel am Hinterkopf zertrümmert.*

Das Büro war karg eingerichtet. Ein Schreibtisch aus Schichtholz, zwei Stühle mit Kunststoffüberzug, ein Schreibtischstuhl aus Kunstleder. Es roch nach Schweiß und 4711, das die hohen Funktionäre in den Geschäften kaufen konnten, die dem gemeinen Volk verschlossen blieben.

»Nehmen Sie Platz, Genosse.«

Petrov deutete auf einen Stuhl. Eine Antwort auf die Frage nach einem Getränk schien ihn nicht mehr zu interessieren.

»Ich habe nicht viel Zeit, machen wir es deswegen kurz. Die Niederlage unserer ägyptischen Freunde im Sechs-Tage-Krieg hat uns schwer geschadet. Jetzt muss alles getan werden, wieder in die Offensive zu kommen. Die faschistischen und imperialistischen Kräfte, also Amerikaner, Israelis und Deutsche, müssen entzweit werden, damit die USA West-Berlin fallen lassen.«

Blablabla. Poljakov konnte kaum verbergen, wie sehr ihn dieses Bürokratengewäsch langweilte. Petrov musste das vierte Kapitel im KGB- Lehrbuch auswendig gelernt haben. Desinformation, Diskreditierung wichtiger Personen, Verbreitung von Verschwörungstheorien, Propaganda. Die Baumschule jeder Geheimdiensttätigkeit.

Petrov kam hinter seinem Schreibtisch hervor. An der Wand gegenüber dem Fenster hing ein Plan, auf dem West-Berlin rot schattiert war. Drumherum waren kleine Bildchen der Panzerbataillone platziert, die ihre Kanonen auf die Stadt gerichtet hatten. Petrov war sichtlich euphorisch. Mit einer geballten Faust deutete er an, wie die Panzer West-Berlin angreifen würden.

»Wenn *Nagila Hava* erfolgreich ist, wird die Stadt mit einem Schlag ohne Führung sein. Der gesamte Senat, die amerikanischen, englischen und französischen Stadtkommandanten, die Spitzen der Polizei, alle auf einen Schlag tot, ermordet von einem Linksextremen. Israel wird schäumen vor Wut, die USA werden sich zurückziehen. Die Engländer sind keine ernst zu nehmenden Gegner, die Franzosen noch viel weniger. Unsere Westgruppe wird einmarschieren, um die Sicherheit auf den Straßen zu gewährleisten. Von da an gehört West-Berlin zur DDR. Ihre Aufgabe lautet also, die Kuckucksuhr, die Ikarus bereits in Auftrag gegeben hat, ihrem Zweck zuzuführen. Haben Sie sich schon überlegt, wie Sie vorgehen werden, Genosse Falke?«

»Nein. Ich muss zuerst die Lage sondieren.«

Es war ein Sondereinsatz der ganz speziellen Art. Er alleine. Kontakt nach Karlshorst nur im äußersten Notfall.

»Wenn Sie Hilfe brauchen, wird Ihnen das Nachrichtenbüro der TASS zur Seite stehen. Aber ich betone, nur wenn es wirklich notwendig ist. Hier ist die Akte zu diesem Joachim Hirsch, den wir als Zielperson ausgesucht haben. Sie entscheiden, wie mit ihm zu verfahren ist. Wenn er nach dem Tod seiner Frau seelisch zu instabil ist, müssen Sie einen Ersatz finden.«

Poljakov nahm die Akte und erhob sich.

»Moment noch, Falke. Ist Ihnen ein West-Berliner Kommissar namens Wolf Heller ein Begriff?«

»Ja.«

»Er ist am Fall Rebecca Hirsch dran. Außerdem gibt es noch eine Louise Mackenzie, die vermutlich den Genossen Ikarus gesehen hat. Kümmern Sie sich um die beiden. Sie erhalten Ihre Ausrüstung im Keller. Das war's.«

Poljakov vermied es, Petrov erneut die Hand zu schütteln. Er verließ das Büro, erhielt in der Waffenkammer eine schallgedämpfte Spezialpistole in Form einer Zigarettenschachtel, die mit Zyanid vergiftete Kugeln abfeuern konnte. Eine zweite Zigarettenschachtel war in der Lage, tödliche Blausäure zu versprühen. Ferner ein als Regenschirm getarntes Luftgewehr, das winzige Kugeln verschießen konnte, die mit Rizin gefüllt waren. Führte sicher zum Tode. Ein Rasierapparat, dessen Summen Abhörgeräte abschaltete, eine Garotte versteckt in einer Krawatte. Dazu zwei Blöcke mit Einmalcodes, Ausweise und fünfhundert D-Mark in bar.

Als er auf den Vorplatz trat, war die Sonne im Westen ein roter Ball. Woher wusste Petrov, dass Louise Mackenzie Ikarus gesehen hatte? Gab es einen Informanten bei der West-Berliner Polizei? Falls ja, wieso nannte Petrov ihm diese Quelle nicht? Der Fahrer lehnte rauchend an dem Wagen. Poljakov stieg ein.

»Wohin?«

»Friedrichstraße.«

Die Fahrt führte aus dem Sperrgebiet heraus und in Richtung Innenstadt.

Kümmern Sie sich um die beiden. Poljakov wusste, was das hieß. Liquidation. Entweder durch Gift oder Entführung und Strangulation. Offensichtlich waren die alten Methoden doch noch aktuell. Er überlegte, wen von beiden er sich zuerst vorknöpfen sollte.

Inzwischen hatte Heller erfahren, dass Herbert Storch seit 1943 als Feuerwerker für die Beseitigung von Bombenblindgängern zuständig war. Bei der morgendlichen Einsatzbesprechung wusste er allerdings immer noch nicht, wo Storch sich versteckt hielt. Er hatte Manteufel um Verstärkung gebeten, aber der Antrag war abgelehnt worden.

»Was haben Sie erwartet, Heller?«, sagte Hartmann. »Da oben ist ein Nest aus blassen Angsthasen, die nichts anderes können, als sich hinter genau den Vorschriften zu verstecken, die sie selbst erfunden haben. Die Eierköpfe haben so viel Angst, Fehler zu machen, dass sie eine Vorschrift nach der anderen ausbrüten, nur damit sie nicht selbst entscheiden müssen«, schimpfte er.

»Was ist mit dem Verfassungsschutz?«, fragte Koch.

»Was soll mit denen sein?«

»Können die nicht ein paar Leute abstellen?«

»Da geh ich lieber zum nächsten Kindergarten und stell' ein paar Fünfjährige ein.«

Die Truppe lachte.

»Sonst noch eine Idee?«, fragte Hartmann.

Nichts.

»Ich verstehe nicht, warum wir so einen Aufstand machen, nur weil die Alte jüdisch war«, meinte Danner.

»Ist«, sagte Hartmann. »Der Tod ändert nichts daran, an welchen Gott wir glauben.«

»Sie meinen, im Himmel gibt es unterschiedliche Gebetsräume?«, fragte Mercier.

»Ja, das meine ich. Wir machen so einen Aufstand, weil wir uns alle Mühe gegeben haben, sechs Millionen Juden umzubringen. Dazu auch noch ein paar Hunderttausend Zigeuner, Kommunisten, Schwule und Behinderte.«

»Ich nicht«, sagte Danner.

»Nein, du nicht. Keiner von uns, die wir hier sitzen. Aber wir sind Deutsche. Deutsche haben dieses Verbrechen begangen. Ich rede nicht von Kollektivschuld, die gibt es nicht. Aber wir haben zu der Zeit gelebt, als das passiert ist. Wir hätten etwas tun können. Das haben wir nicht. Die meisten haben weggesehen und profitiert, als die Juden in der Nachbarschaft abgeholt wurden.«

Hartmann wusste, dass er als Leiter der M I seinen Leuten nicht nur Befehle erteilen konnte, sondern sie vor allem moralisch führen musste. In solchen Situationen war er so klar und eindeutig wie Moses. Sein Ägypten war die Trauer um den Führer, die immer noch in den Köpfen vieler Leute lebte. Goebbels hatte ihnen am Sonntag eingetrichtert, dass sie der Herrenrasse angehörten, und am Montag war es, als seien sie aus einem feuchten Traum aufgewacht. Es ist ja auch schwer, wenn man Erlösung versprochen bekommt und stattdessen Demütigung geliefert wird. Damit Hartmann in diesen Zeiten nicht zweifelte, wo es langging, hegte er wie ein tapferer Schafshirte seine sozialdemokratische Überzeugung, die tief in der Bergpredigt verwurzelt war. Er hätte einen guten Pastor abgeben können.

»Habe ich recht, Danner?«

Danner nickte.

»Na gut. Die Grimm hat eine Liste von Bars und Kneipen zusammengestellt, in denen Storch sich, abgesehen vom *Keese*, auf der Suche nach neuen Opfern herumtreiben könnte. Sie klappern die in Zweierteams ab. Storch ist unsere einzige Spur. Also finden Sie ihn, meine Herren.«

Hartmann schaute in die genervten Gesichter der Polizisten. Kneipen und Hinterzimmer abzuklappern gehörte nicht zu den Aufgaben, die ein Mordermittler gerne übernahm. Das hielt die Elite der Polizei für unter ihrer Würde. Dann erklärte er ihnen noch genau, wie sie vorgehen sollten, als seien sie Anfänger in der Polizeischule. In den Augen seiner Männer übertrieb Hartmann es mit den Anweisungen. Er hatte keine Kinder, und an irgendwen musste er seine guten Ratschläge und Lebensweisheiten abgeben, als sei es ein angeborener Reflex.

Eine Kneipe, ein Nachtclub, eine Bar nach der anderen wurde abgegrast. Egal wo sie hinkamen, niemand hatte Herbert Storch gesehen. Wenn er irgendwo bekannt war, dann hatte er sich seit Wochen nicht mehr blicken lassen. Es war nicht zu übersehen, Storch wusste, dass sie ihn suchten, also hatte er sich in irgendeinem Loch verkrochen. Vermutlich dachte er darüber nach, wie er aus der Stadt herauskommen konnte.

Es war nach zehn Uhr abends, Paula wartete seit zwei Stunden. Die Luft hatte sich ein wenig abgekühlt, aber das Thermometer an der Eingangstür von Karstadt am Hermannplatz zeigte immer noch 21 Grad. Wittek erzählte Heller, dass das Kaufhaus im Krieg zwar von den Fliegerbomben verschont geblieben war, doch dann hatte die Waffen-SS das Haus gesprengt, weil sie verhindern wollte, dass die Lebensmittel in die Hände der näher rückenden Russen fielen. Auf der anderen Seite des Hermannplatzes lag eine Bar mit dem Namen *Rote Helga*. Die hieß so, weil ihre gleichnamige Besitzerin sich die Haare feuerrot färbte. Angeblich überall, wo welche wuchsen. Es war eine der Kneipen, in denen man sich traf, wenn sexueller Notstand ausgebrochen war.

Heller wollte gerade den Einsatz abbrechen, als er beobachtete, wie ein Mann aus dem Bus 75 ausstieg. Es war dunkel, und er konnte das Gesicht des Mannes nicht sehen. Er trug eine Schiebermütze, eine Sonnenbrille und einen Mantel. Außerdem zog er das linke Bein nach. Genauso hatte die alte Frau im Hof der Holtzendorffstraße Storch beschrieben. Wittek bemerkte Hellers Anspannung.

»Was ist?«

Heller nickte kurz in Richtung Hasenheide. Jetzt erblickte auch Wittek den Mann.

»Meinst du, das ist er?«, fragte er.

»Ja.«

Der mutmaßliche Storch lief in westlicher Richtung.

»Du rechts«, sagte Heller.

Sie teilten sich auf. Heller übernahm die linke Seite der Hasenheide. Er blieb zehn Meter hinter dem Mann zurück, falls der sich überraschend umdrehen sollte. Von seinem alten Chef Holzinger hatte er gelernt, dass es zwei Arten von Beschattern gibt. Die einen sind wie Schauspieler, die sich permanent verwandeln, oder wie Zirkusartisten, die sich unter ein schwarzes Tuch stellen und plötzlich unsichtbar sind. Sie können so unbeteiligt schauen, als seien sie bewusstlos. Und dann gibt es die Dachshunde, die ihrem Opfer hinterherlaufen, als seien sie durch eine Leine mit ihm verbunden. Heller gehörte zu den Artisten.

Es war ziemlich viel los auf der Straße. In der *Neuen Welt* war ein Konzert von Amon Düül angekündigt. Heller verlor den Mann gelegentlich aus den Augen. Aber da seine Mütze in regelmäßigen Abständen aus dem Meer der Köpfe auftauchte, als müsse der Mann Luft holen, fand er ihn immer wieder. Die Frage war, wohin er wollte. Der süßliche Geruch von Haschisch wehte Heller entgegen, als eine Gruppe langhaariger junger Männer laut singend an ihm vorbeimarschierte. Sie waren inzwischen am Südstern angekommen, und Storch stiefelte immer noch munter geradeaus. Wittek auf der anderen Straßenseite hob fragend die Hände. Heller winkte ihn zu sich.

»Wo will der hin?«, fluchte Wittek.

»Keine Ahnung. Vielleicht hat er uns bemerkt.«

Nach einer weiteren Viertelstunde bog der Mann in den Mehringdamm ein. Heller und Wittek rannten los, um ihn nicht zu verlieren. Als sie die Kreuzung erreichten, sahen sie gerade noch, wie er in einem Haus auf der linken Seite verschwand. Kurz darauf wurde im zweiten Stock das Licht angeschaltet. Eine Frau zog die Gardinen zu. Die Frage war nun, wie sie herausfinden konnten, ob es sich tatsächlich um den gesuchten Storch handelte, ohne dabei die Leute zu warnen, für die er Bomben bastelte.

Die Fotos waren gut geworden. Buchwald mit durchgedrücktem Rücken in der Unterführung, der Junge vor ihm auf den Knien. Buchwalds Gesicht, als hätte er Schmerzen. Der Junge, der ausspuckte. Der Zehn-Mark-Schein zuerst in Buchwalds Hand, dann in der Hand des Jungen.

Es war bereits nach acht, als Louise und Petra im Empfangsbereich der Kanzlei saßen und das Grinsen nicht aus ihren Gesichtern bekamen. Sie hatten sich den Nachmittag über ausgemalt, wie Buchwald beim Betrachten der Bilder reagieren würde. Wie er jammern, nach Ausreden suchen und sie anflehen würde, ihm die Fotos, egal, was es koste, zu verkaufen.

Die Vorzimmerdame schaute sie skeptisch an. Es gefiel ihr nicht, wie ungebührlich die beiden Frauen in den Sesseln saßen, sie passten nicht in die Kanzlei.

»Könnten Sie mal fragen, wie lange es noch dauert?«, fragte Louise.

Die Vorzimmerdame lächelte falsch. »Herr Dr. Buchwald wird sicher jeden Moment ...«

Sie hatte den Satz noch nicht zu Ende gesprochen, als Buchwald auch schon aus seinem Büro kam. Er sah die beiden Frauen an, schaute zu seiner Vorzimmerdame, verpackte eine Frage in den Blick.

»Der Termin im *Maitre*«, lautete die Antwort.

»Ah ja! Entschuldigen Sie, das hatte ich ganz vergessen. Es geht um das Haus am Augustaplatz. Sehr gut. Ja dann ...«

Er nahm Hut und Mantel, wandte sich an die Vorzimmerdame.

»Wollen Sie nicht auch nach Hause gehen, Schmidtchen?«

Schmidtchen? Louise und Petra blickten sich erstaunt an. Er nennt sie Schmidtchen?

Schmidtchen, die offensichtlich dran gewöhnt war, nickte säuerlich.

»Dann wollen wir mal, die Damen«, dröhnte Buchwald gönnerhaft.

Auf der Straße öffnete Buchwald gentlemanlike die Beifahrertür seines Jaguar. Louise stieg ein, Petra nahm auf dem Rücksitz Platz.

»Ich hoffe, Sie haben Appetit. Levy macht nämlich eine hervorragende Bouillabaisse«, sagte Buchwald, während er den Wagen in den Verkehr auf der Uhlandstraße lenkte. »Die Austern werden eingeflogen. Marennes-Oléron. Kennen Sie die? Schon mal probiert? Die wachsen an der Mündung der Seudre in den Atlantik. Ein Genuss.«

»Oh! Da gibt es leider ein Problem«, sagte Louise. »Ich mag keine Austern.«

»Ich auch nicht«, fiel Petra vom Rücksitz ein. »Schmecken wie Rotz mit Fischgeschmack.«

Louise drehte sich zu Petra um.

»Ich hab' gehört, das Sperma von alten Säcken soll so ähnlich schmecken.«

»Kann ich nichts zu sagen. Habe ich nie probiert.«

Buchwald schaute die beiden Frauen irritiert an. Wovon redeten die? Was sollte das?

»Was hältst du davon, wenn wir woanders hinfahren?«

Louise lächelte Buchwald breit an.

»Wie wäre es mit dem Potsdamer Platz? Du weißt doch, wo das ist. Einfach bis zur Potse und dann nach Norden.«

Der nervöse Blick zeigte, dass Buchwald endlich verstand, dass es hier nicht um ein Abendessen in trauter Runde gehen würde. Er trat an der Kreuzung Lietzenburger Straße auf die Bremse.

»Ich werde nicht woanders hinfahren. Und Sie steigen jetzt bitte aus! Sofort!«

Sein Tonfall hatte eine militärische Härte angenommen. Louise erschrak für einen kurzen Moment. Sie hatte nicht damit gerechnet, dass Buchwald derart energisch werden konnte. Es war ja auch ihre erste Entführung.

»Schrei meine Freundin nicht so an, du Wichser«, schrie Petra und gab Buchwald einen Klaps auf den Hinterkopf.

»Sind Sie verrückt geworden? Wenn Sie nicht sofort aussteigen, rufe ich die Polizei.«

»Könnten Sie machen, aber lassen Sie uns erst ein bisschen reden.«

Louise holte die Pistole aus der Jacke und hielt sie in ihrem Schoß fest mit der rechten Hand umschlossen. Die Mündung auf Buchwald gerichtet. Sein Blick schwenkte zu der Waffe.

»Was soll das? Was wollen Sie von mir?«

»Spazieren fahren.«

Ihre Stimme zitterte. Sie musste die rechte Hand mit der linken festhalten. Dabei hatte sie es zu Hause geübt, hatte sich überlegt, welche Sätze sie sagen wollte. Aber jetzt war es doch anders, als sie es sich vorgestellt hatte.

»Wohin?«, fragte Buchwald.

In seinem Gesicht spiegelten sich Angst, Verwirrung und Zorn. Die Ampel wechselte auf Grün. Hinter dem Jaguar wurde gehupt.

»Grüner wird's nicht«, sagte Louise.

Buchwald fluchte leise vor sich hin und fuhr los.

Während der Fahrt fragte er mehrmals, was Louise von ihm wolle.

»Wenn Sie Geld haben wollen …«

»Kein Geld. Geld macht nicht glücklich, wie du jetzt ja siehst«, sagte Louise.

Als sie den Potsdamer Platz erreichten, stoppte der sichtlich nervöse Buchwald den Wagen wenige Meter vor der Betonmauer. Jemand hatte mit weißer Farbe groß *»DDR« – EIN KZ* darauf geschrieben. Das grelle Licht der Scheinwerfer von der Ostseite her blendete Buchwald. Louise klappte die Sonnenblende herunter.

»Schöne Aussicht, oder?«, fuhr Louise fort. »Wir haben dich hierhergebracht, damit du einen Überblick über deine Situation bekommst.«

»Was für eine Situation? Wovon sprechen Sie?«

»Meine Tante ist ermordet worden. Du hast bestimmt in der Zeitung davon gelesen.«

»Ich habe davon gelesen. Aber was habe ich damit zu tun?«

»Ganz einfach. Niemand kann sich erklären, wer sie umgebracht hat und warum. Die Bullen glauben, dass es ein Linker war, weil es da ein Flugblatt gibt. Nur war das kein Linker. Für einen Linken gibt es da kein Motiv. Aber für dich, habe ich recht?«

Jetzt verstand Buchwald offensichtlich, warum er hierhergebracht worden war. Er lachte laut.

»Was gibt's denn da zu lachen, du Arschloch?«, schrie Petra ihn an.

»Sie sind ja verrückt. Sie denken, dass ich …«

»Nicht du, aber vielleicht einer von deinen Söhnen.«

Buchwald schüttelte überheblich den Kopf, als würde er sich köstlich über die beiden Frauen amüsieren. Er fingerte die Brieftasche aus seiner Jacke, schlug sie auf und nahm ein Foto heraus. Darauf waren seine beiden

Söhne vor einer Kirche mit zwei hochaufragenden gotischen Türmen abgebildet.

»Wissen Sie, wo wir das Bild aufgenommen haben? Das Haus im Hintergrund ist die King's College Chapel der Universität von Oxford. Beide studieren da. Ihre Tante ist am Tag der Mondlandung ermordet worden, wenn ich mich recht entsinne?«

»Am 21. Juli.«

»Ja. Ich habe das im Fernsehen verfolgt. Zusammen mit meinen Söhnen im *Macdonald Randolph* in Oxford. Da wohne ich immer, wenn ich die beiden besuche. Das können Sie jederzeit nachprüfen.«

Louise sah verunsichert zu Petra hin. Die Forschheit, mit der Buchwald ihr begegnete, irritierte sie.

»Dann war es eben einer von den Handlangern, die du losschickst, wenn jemand Ärger macht. Wie zum Beispiel in dem Tante-Emma-Laden in der Oranienstraße«, sagte Petra.

Buchwald zog die Stirn in Falten. Er hatte offensichtlich keine Ahnung, wovon Petra sprach. Oder zumindest tat er so.

»Ich will hier mal eines klarstellen, meine Damen. Ich investiere in Immobilien. Ich bin einer von denen, die diese Stadt wiederaufbauen. Ich stelle Wohnungen zur Verfügung, in denen sogar Leute wie Sie sich niederlassen dürfen. Dass ich dabei Handlanger benutze oder gar jemanden umbringe, ist eine verleumderische Unterstellung.«

Jetzt fixierte er Louise. Dünkel und Verachtung sprangen ihm geradezu aus den Augen.

»Sie sind Jüdin, richtig?«

Louise reagierte nicht. Sie hatte keine Ahnung, worauf er hinauswollte.

»Die Nazis haben Ihrem Volk schweren Schaden zugefügt. Das ist traurig, aber es lässt sich nicht ändern, und es ist Vergangenheit. Wenn jetzt allerdings Ihr geldgieriger Onkel etwas haben will, das laut Vertrag mir gehört, kann er sich gerne vor Gericht mit mir treffen.«

Speicheltropfen flogen umher. Buchwald redete sich so sehr in Rage, dass er einen hochroten Kopf bekam.

»Und falls er den Prozess verlieren sollte, sollte er sich mitsamt seiner auserwählten Mischpoke nach Israel verziehen. Richten Sie ihm das aus!«

Louises Verwirrung hatte sich in fassungsloses Staunen verwandelt. Noch nie hatte jemand ihr gegenüber seinen Judenhass so deutlich gezeigt. Dagegen war sogar Kunzelmann ein Waisenknabe.

»Lässt du dir das gefallen?«, fragte Petra.

Louise reichte Petra die Pistole, holte aus und schlug Buchwald die Faust ins Gesicht. Ein schmerzhaftes Knirschen war zu hören. Im ersten Moment war nicht zu erkennen, ob es von Buchwald oder von Louise kam, weil beide im selben Moment aufschrien.

»Sie haben mir die Nase gebrochen«, brüllte Buchwald. »Ich werde Sie anzeigen.«

Petra und Louise guckten sich verdutzt an. Es war unfassbar. Der Mann kam nicht von seinem hohen Ross herunter.

Louise wandte sich wieder an Buchwald. »Du warst Offizier, oder? Mit so einer geilen SS-Uniform?«

»Sie steigen sofort aus! Los, raus dem Wagen«, jammerte Buchwald.

»Machen wir gleich. Aber vorher zeig ich dir noch was anderes.«

Louise zog ein Foto aus der Innentasche ihrer Lederjacke und hielt es Buchwald hin. Auf dem Foto war zu sehen, wie er dem Jungen am *Schleusenkrug* Geld in die

Hand drückte. Als Buchwald die Aufnahme sah, wurde er blass.

»Wir haben noch mehr davon. Eins, wie er vor dir auf die Knie geht, und eins, wie er dir einen bläst. Keine Ahnung, was deine Frau sagt, wenn sie die sieht. Oder deine Geschäftspartner oder die Penner im Rathaus.«

Schweißperlen wuchsen auf Buchwalds Stirn, seine Hände suchten Halt in seinem Gesicht.

»Keine Angst, wir rücken das Foto nicht an die Bullen und auch nicht an die Zeitung raus. Aber dafür überlässt du meinem Onkel das Haus am Augustaplatz, und der Kinderladen kriegt den Mietvertrag für eine symbolische Miete von einer D-Mark. Wenn jemand dich fragt, ob du spinnst, sagst du, du subventionierst die tolle Idee.«

Sie zog ein Taschentuch aus ihrer Hose und reichte es Buchwald. Er lehnte wütend ab.

»Nimm es. Du blutest dir deinen schönen Anzug voll.«

Dann wandte sie sich an Petra.

»Kaffee?«

»Mit ihm?«, fragte Petra.

»Ich weiß nicht, es riecht ein bisschen unangenehm.«

»Ich glaub, das kommt von ihm.«

Beide verzogen die Nase.

»Hast du dir in die Hose gemacht? Ist nicht schlimm. Aber es ist besser, wenn du aussteigst, bevor du die schönen Lederpolster versaust. Meinst du nicht auch? Da hinten findest du bestimmt ein Taxi.«

»Den nimmt doch kein Taxi mit«, sagte Petra.

»Stimmt auch wieder.«

Louise hob die Pistole, die sie im Schoß hielt, ein wenig an.

»Das heißt für dich Wandertag, oder was meinst du?«

Als Buchwald nicht reagierte, spannte sie den Hahn der Pistole. Verächtlich schaute Buchwald sie an.

»Das hat ein Nachspiel, das schwöre ich Ihnen.«

»Das will ich doch hoffen. Und jetzt raus.«

Buchwald stieg aus, schlug wütend die Wagentür zu und stolperte die Potsdamer Straße in Richtung Süden runter. Petra sah ihm hinterher.

»Was ist, wenn er doch zu den Bullen geht?«, fragte sie.

Im April hatten Paula und Heller geheiratet, weil Paula dachte, sie würde sterben, und einen Vater für ihre Kinder haben wollte. Paula hatte Heller erklärt, was er tun musste, falls sie eines Tages nicht mehr war. Wo die Geburtsurkunden, die Impfpässe und die Sparbücher lagen. Die Adressen vom Arzt und die vom Zahnarzt. Die Telefonnummer der Schule und der Name der Klassenlehrerin. Der Mietvertrag für die Wohnung, die Firma, die die Kohlen lieferte, die Lebensversicherung, deren Begünstigte Astrid und Jochen waren. Worüber sie nicht gesprochen hatten, waren sie beide. Kein Wort über ihre Zukunft, nicht mal ein Gedanke. Als würden böse Geister sich von Aufmerksamkeit ernähren. Die Wirklichkeit war wie immer profaner. Der Krebs hatte einfach nur die Zeit zusammengeschnürt, sodass allein Platz für das Allernötigste war. Also hatten sie nicht darüber geredet, wie es wäre, wenn sie nicht mehr nebeneinander im Bett liegen würden, nicht mehr zusammen ins Kino gehen und über Louis de Funés lachen oder mit offenem Verdeck ziellos durch die Nacht fahren und bei Herta Heuwer Currywurst essen würden. Sie hatten nicht darüber geredet, wie sehr der Gedanke schmerzte, dass ihre Liebe einer Leere weichen würde, wie im Kino, wenn der Film reißt und die Leinwand weiß wird. Heller hatte das Gefühl, nichts von Paula zu wissen. Glaubte sie an Gott? War sie glücklich mit ihm? Er wusste zumindest, dass sie Blumen mochte. Tulpen. Aber die waren jetzt nicht zu kriegen. Also hatte er Astern in Rot und Lila gekauft.

Das Gute am Krebs ist, dass ich zu Hause sein und lesen kann, sagte sie manchmal, und den Kindern bei den Hausaufgaben helfen und endlich all die Socken und Pullover stopfen kann. Ich glaube, die Löcher haben sich gegen mich verschworen. Sie sind lebendig. Wenn ich eines davon gestopft habe, taucht sofort ein neues auf. Ich bin wie dieser Kerl, der den Stein den Berg raufrollt. Wie heißt der doch gleich? Er heißt Wolf Heller, hatte er darauf geantwortet. Sie hielt sich tapfer, gab die Hoffnung nicht auf. Wischte jeden Zweifel an ihrer Heilung wie eine lästige Fliege weg. Aber in ihm wuchs die Angst. Während er auf dem Flur des Urbankrankenhauses darauf wartete, dass die Untersuchung abgeschlossen war, übermannte ihn ein derart zärtliches Gefühl, dass er dachte, er müsste losheulen.

Eine Laune des Schicksals öffnete die Tür mit dem Hinweisschild *Röntgen. Eintritt nur nach Aufforderung*. Ein älterer Arzt kam heraus, Professor Bauer, gefolgt von einem halben Dutzend Jüngern in weißen Kitteln und drei Krankenschwestern. Heller hatte mit dem Professor drei oder vier Mal gesprochen. Aber der konnte sich anscheinend nicht an ihn erinnern, oder er war es nicht wert, dass man sich an ihn erinnerte. Heller versuchte, in den bleichen Gesichtern zu lesen. Sie hatten Paula die linke Brust entfernt. Hatten sie mit Medikamenten vollgepumpt, als müsste das Zeug ohnehin weg. Hatten sie bestrahlt und das Gewebe verbrannt, woraufhin Paula vor Schmerzen geschrien hatte. Doch alles, was er in Bauers Gesicht las, war eine professionelle Gleichgültigkeit. Darin glich er den Mechanikern bei VW, die den Motor seines Karmann auseinandergeschraubt und wieder zusammengesetzt und dann gemerkt hatten, dass eine Schraube übrig war. Vorsichtig betrat er das Zimmer. Paula stand mit dem Rücken zu ihm und stieg in ihren Rock. Die Bluse und der BH hingen noch an einem Haken. Ein weißer Verband umschlang ihren Oberkörper. Sie schien ihn nicht zu bemerken, und Heller wusste nicht, was er Passendes oder Vernünftiges oder wenigstens Angemessenes sagen sollte.

»Tulpen gibt es zurzeit nicht, hat die Blumenfrau gesagt«, war alles, was ihm einfiel.

Paula fuhr herum, schaute ihn mit großen Augen an. Und jetzt sah er die Antwort. Ein zaghaftes Lächeln, als sei Glück zerbrechlich und durfte nicht strapaziert werden.

»Der Befund ist negativ.«

»Was?«

Es dauerte einen Augenblick, bis er verstand, dass *negativ* in diesem Fall *positiv* war. Er presste die Lippen aufeinander, nickte und streckte mit einer verlegenen Geste Paula die Blumen entgegen.

»Ich muss mich erst noch fertig anziehen.«

Er wartete. Als sie die Bluse zuknöpfte, umarmte Heller sie vorsichtig. Sie legte den Kopf an seine Brust. Atmete aus, als habe sie jahrelang die Luft angehalten. Sie standen so nahe beieinander, wie die Anatomie es zuließ. Tränen flossen still. Erst als es klopfte und eine Krankenschwester sie freundlich herausbat, lösten sie sich voneinander. Auf dem Weg nach Hause machten sie einen Umweg über den Ku'damm. Aßen bei Möhring Schwarzwälder Kirschtorte. Paula trank zwei Coca-Cola. Obwohl er Dienst hatte, trank Heller einen Cognac.

Paula fragte ihn aus heiterem Himmel, ob er froh sei, dass sie es geschafft habe. Weil er jetzt auf alle Zeiten mit ihr verbunden sei. Jedenfalls hatte es der Standesbeamte ihnen so gewünscht. Heller tat so, als würde er die Frage nicht verstehen.

»Komm schon. Lüg mich an und sag *ja.*«

»Ja, klar bin ich froh.«

»Und diese Louise?«

»Was ist mit ihr?«

»Sie ist jung und hübsch, und sie war hinter dir her. Außerdem hat sie noch beide Brüste.«

Heller nahm Paula in den Arm und log.

»Ich habe sie nicht mehr getroffen.«

Später lieferte er sie zu Hause ab. Er wunderte sich über den roten Jaguar, der in der Luckauer Straße parkte. Der Wagen passte nicht in die Gegend. Er küsste sie und machte sich auf den Weg, um Danner bei der Observation der Wohnung abzulösen, in der sich Storch aufhielt. Paula durfte er auf Anordnung von Hartmann nichts davon erzählen. Sie fragte auch nicht. Abends wollten sie feiern.

24. September bis 14. Oktober 1969

Die *Irina* war ein acht Meter langer Backdecker mit Toilette, Küche, zwei Kojen im Vorderdeck und einem überdachten Fahrerstand. Der Rumpf war dunkelblau, das Schanzdeck hellblau und das Kabinendach gelb. Sie dümpelte am Kleinen Wannsee neben anderen Kabinenkreuzern, bescheiden und unauffällig. Statt einer sicheren Wohnung, wie es eigentlich üblich war, hatte Poljakov sich die Motorjacht ausgesucht. Ein Mitarbeiter der Nachrichtenagentur *TASS* hatte sie unter der

Hand für drei Monate von einem Berliner Autohändler gemietet. Da hieß sie noch *Astrid*. Poljakov hatte den Namen überpinselt und sie auf *Irina* getauft. Der Motor lieferte 24 PS. In der Toilette war ein Langwellensender eingebaut. Unter den Kojen in der Kajüte standen zwei Holzkisten, in denen all das aufbewahrt wurde, was Poljakov für seine Arbeit brauchte. Leica-Kamera, eine Minox, ein Nachtsichtgerät mit Restlichtverstärker, Einbruchswerkzeug. Eine alte US-Handgranate, zwei Pistolen. Eine davon eine deutsche Mauser, die zweite eine amerikanische Colt Commander.

Poljakov war müde. Ikarus hatte sich dilettantisch angestellt, und jetzt suchte die Polizei den Mann, der für ihn die Bombe mit dem Decknamen »Kuckucksuhr« hatte bauen sollen. Poljakov musste also äußerst vorsichtig sein, wenn er Kontakt zu Herbert Storch aufnehmen wollte. Nach zwei tiefen Schlucken aus der Wodkaflasche, die der einzige Inhalt des kleinen Kühlschranks war, setzte er sich an den Klapptisch rief sich ins Gedächtnis, was Petrov ihm erzählt hatte. Joachim Hirsch sollte die Kuckucksuhr an den Bestimmungsort bringen, ohne zu wissen, was er damit tat. Die Idee, sie in einem Machsor zu verstecken, den Ikarus Hirsch angeboten hatte, war zugegebenermaßen gut gewesen. Hirsch hatte nämlich ein schlechtes Gewissen so groß wie Sibirien.

Nachdem er 1939 von den Nazis zum Funktionär bei der Zwangsorganisation der Reichsvereinigung der Juden in Deutschland gemacht worden war, hatte Hirsch, um seine Verlobte Rebecca zu retten, ihren Namen von mehreren Deportationslisten gestrichen und andere Frauen darauf geschrieben. Begonnen hatte das Ganze, als im Oktober 1941 die ersten Benachrichtigungen zur »Abwanderung« verschickt worden waren. Joachim

Hirsch konnte die erste für seine Mutter abfangen, jedoch nicht mehr die dritte oder vierte einige Monate später. Inzwischen schwerkrank, nahm Rachel Hirsch sich im April 1942 mit Veronal das Leben. Im Herbst 1941 hatte Hirsch auch Rebeccas Eltern von der Deportationsliste gestrichen, konnte aber nicht verhindern, dass sie im folgenden Jahr in Sobibor vergast wurden. Am Ende konnte er dann auch die Deportation von Rebecca nicht mehr verhindern. Nach der Auflösung der Reichsvereinigung im Juni 1943 brachte die SS zuletzt ihn nach Auschwitz. Rebecca kam Ende 1943 ins Häftlingsbordell in Buchenwald. Nach der Befreiung 1945 fanden Joachim und Rebecca sich wieder und heirateten.

Der Machsor konnte also für Hirsch so etwas wie eine verspätete Reinwaschung seines schlechten Gewissens darstellen. Wenigstens hier hatten Petrov und Ikarus gute Arbeit geleistet. Allerdings war nicht klar, wie viel Ikarus Hirsch bei seinem ersten Besuch bereits darüber erzählt hatte. Poljakov trat an die frische Luft.

Es war ein milder Septembertag. Weiter südlich legten zwei Boote an. Poljakov achtete darauf, dass er niemandem auffiel. Er wollte keine Gespräche anfangen, wenn es nicht unbedingt sein musste. Die Wodkaflasche war halb leer. Da er den Kurier mit dem Machsor erst am nächsten Tag treffen würde, konnte er sich dem Trost des Moskowskaja überlassen. Er ließ die Beine über den Bootsrand baumeln und trank. Ein paar Enten erhoben sich schnatternd und zogen knapp über seinem Kopf in Richtung offenes Wasser. Er starrte auf die Wellen, die das Ufer leckten und sich wieder zurückzogen. Ein endloses Spiel. Deprimierend und ohne Sinn. Geeignet, ihn in die dunklen Wälder seiner Erinnerungen zu tragen. Er wusste, der Wodka führte ihn zum

Selbstmitleid, und Selbstmitleid führte zu Einsamkeit, und Einsamkeit zu Bitterkeit. Als Nächstes würde er sich fragen, wieso er sich nicht einfach eine Kugel in den Kopf jagte. Es wäre der sicherste Weg, um wieder bei Irina zu sein.

Er verschloss die Flasche und legte sie zurück in den Kühlschrank. Dann zog er die beiden Fotografien, die Petrov ihm gegeben hatte, aus seiner Jacke. Wolf Heller und Louise Mackenzie. Als er das Foto der Frau genau anschaute, spürte er einen Stich im Herz. Er legte die Aufnahme neben eine ältere von Irina. Die Ähnlichkeit war frappierend. Er presste die Lippen aufeinander. Fühlte eine Aufwallung von Wut und Ohnmacht, die ihm Tränen in die Augen trieb. *Du musst deine Gefühle unter Kontrolle behalten, Alexander Alexandrowitsch Poljakov. Musst geduldig sein. Dich nicht deinem Zorn hingeben,* würde Irina jetzt zu ihm sagen. Wenn sie noch leben würde. Sie hatte nur noch siebenunddreißig Kilo gewogen, als er sie im Treppenhaus fand. Er hatte sie nach oben in die Wohnung getragen, ins Schlafzimmer, ins Bett gelegt, sie zwei Tage gepflegt. Er konnte keinen Arzt rufen, weil Smirnoff davon erfahren und sie wieder zurück nach Sibirien geschickt hätte. Nachts war sie dann gestorben. Er konnte nicht anders, als immer wieder daran zu denken. Es waren noch sechs Wochen bis zum entscheidenden Tag.

Die Frau, bei der Storch untergekrochen war, hieß Rosemarie Maschollek. Laut Einwohnermeldeamt war sie achtundzwanzig Jahre alt, stammte aus Schlesien, wohnte seit 1965 im Haus Mehringdamm 43, war unverheiratet und kinderlos. Sie arbeitete als Serviererin und bediente in der *Lola Bar* in der Knesebeckstraße ausschließlich Männer. Wahrscheinlich hatte Storch sie dort kennengelernt. Die Frage, warum eine so junge Frau sich mit jemandem wie Storch einließ, wusste Heller nicht zu beantworten. Auch nicht, wie es ihr mit einem Mörder im Bett erging. Vielleicht wusste sie nichts davon. Die Fahndung nach Storch erwähnte nicht die Frauenmorde. Sie sahen, wie die Maschollek abends die Wohnung verließ und morgens gegen vier oder fünf nach Hause zurückkehrte. Es war eine riskante Sache, die sie hier durchzogen. Storch hatte mindestens vier Frauen ermordet. Sie hätten ihn sofort festnehmen und dem Haftrichter vorführen müssen. Aber Hartmann hatte entschieden, dass sie so lange warten sollten, bis Storch sie zu der Bombe führen würde. Dafür konnte er zwar einen Einlauf von Manteufel erhalten, aber er konnte den Trotteln vom Verfassungsschutz auch zeigen, wie man einen terroristischen Anschlag verhinderte.

Sie wechselten sich bei der Observation in drei Schichten ab. Standen tagsüber in der Sonne, wurden nachts von Betrunkenen angepöbelt, bekamen am frühen Morgen Drogen und eine schnelle Nummer im Hinterhof angeboten. Storch rührte sich nicht. Außer am Dienstag. Da hatte er um 10:23 Uhr das Haus verlassen. Mercier war ihm gefolgt. Laut seinen Notizen hatte Storch an einem Kiosk auf der Sonnenallee eine kleine Flasche Eierlikör und die *Morgenpost* gekauft. Dann war er wieder zurück in das Haus Nummer 43 gegangen. Mercier hatte Hartmann angerufen und der hatte drei Exemplare derselben *Morgenpost*-Ausgabe erstanden. Die Zeitung wurde akribisch auf Anzeigen hin durchkämmt, die eine Botschaft oder den Hinweis auf einen Treffpunkt enthalten konnten. Hartmann kannte sich mit dieser Form der geheimen Kommunikation aus. *Der Gesangsverein Liedertafel fährt am fünften Dezember nach Rosenheim. Anmeldungen werden dringend erbeten, zwecks Reservierung von Bahnfahrkarten.* Übersetzt konnte das bedeuten: *Treffen heute in der Rosenheimer Straße um fünf Uhr in der Nähe des U-Bahnhofs Eisenacher Straße.* Oder: *Tante Hilde Breusig hat heute Geburtstag. Sie bittet von Gratulationen abzusehen.* Das war dann eine verschlüsselte Botschaft, um jemanden zu warnen, dass eine Kontaktperson aufgeflogen war. Da Storch im Haus blieb, konnte auch Rosemarie eine Antwort auf die Anzeige aufgegeben haben. Aber weder Koch noch Wittek hatten gesehen, dass einer von beiden ansonsten tagsüber die Wohnung verlassen hatte. Als am Freitagmorgen immer noch nichts passiert war, platzte Heller der Kragen. Sie konnten nicht tagelang und nächtelang auf einen Idioten aufpassen, in der Hoffnung, dass er sie zum Heiligen Gral führen würde.

Es war sechs Uhr morgens, als er seinen Vorgesetzten aus dem Bett klingelte.

Hartmann brauchte eine Weile, bis er seine Knochen überreden konnte, ihn aus dem Bett heraus und ins Wohnzimmer zu tragen. Verdammte Spitfire, wetterte er. Neun Abschüsse hatte er allein im Herbst 1940 in der Luftschlacht um England erzielt. Damit war er knapp unterhalb der Grenze zum Fliegerass geblieben. Er war jung und wie alle jungen Männer auf der Jagd nach Ruhm, Ehre und Frauen gewesen. Sein Stützpunkt hatte in Nordfrankreich gelegen. Eine junge Dolmetscherin hatte es ihm angetan. Obwohl er fleißig Französisch lernte, um in ihrer Sprache mit ihr reden zu können, ahnte sie, dass er sie vor allem ins Bett kriegen wollte. Sie lehnte dankend ab. Sich mit einem Deutschen einzulassen hätte ihr zu viel Ärger eingebracht. Hartmann musste bis 1941 warten. Da wurde er, nach 26 bestätigten Luftsiegen, über dem Ärmelkanal von einem

Engländer abgeschossen. Er war mit seiner Messerschmitt ins Meer gestürzt und hatte ein schweres Schleudertrauma erlitten, das chronisch blieb, einschließlich einer dauernden Schädigung des Gleichgewichtssystems. Seine Wirbelsäule war angebrochen, aber er blieb von einer Lähmung verschont. Die Dolmetscherin stellte sich als talentierte Krankenschwester heraus. Da er eingegipst worden war und wie eine Mumie im Bett lag, musste sie sich seiner Avancen nicht mehr erwehren und pflegte ihn drei Monate. 1948, lange nach dem Ende des Krieges, sprach er mit einem Strauß Rosen wieder bei ihr vor. Diesmal erhörte sie ihn, woraufhin er eine ganze Nacht trotz Schmerzen mit ihr tanzte.

Weil Heller gesagt hatte, dass es dringend sei und um Leben und Tod gehe, kochte Dominique Hartmann Kaffee und stellte im Wohnzimmer Brötchen auf den Tisch.

»Was ist so dringend, dass Sie mich aus dem Bett holen? Haben Sie endlich Ihre Berichte fertig?«, fragte Hartmann.

»Darf ich ehrlich zu Ihnen sein?«

»Bitte.«

»Es könnte unangenehm werden.«

»Das stört Sie doch sonst auch nicht.«

Hartmann trank einen Schluck Kaffee und lehnte sich in seinem Sessel zurück, als wollte er sich vor der befürchteten Attacke in Sicherheit bringen.

»Der ganze Plan mit der Überwachung taugt nichts. Wir hocken wie ein Dackel vor dem Kaninchenbau und haben keine Ahnung, was da drinnen los ist. Was ist, wenn der Auftraggeber die Bombe längst in den Händen hat? Wenn er sie im Schöneberger Rathaus, bei Karstadt am Hermannplatz oder in der Gedächtniskirche ablegt und hochgehen lässt? Dann haben wir einen

Frauenmörder tagelang nicht verhaftet, haben riskiert, dass er uns entwischt oder eine weitere Frau umbringt, und dann vergraben wir uns am besten, weil Neubauer uns fertigmacht.«

»Haben Sie eine bessere Idee, Sie Klugscheißer?«

»Ja.«

»Können Sie mir die auch verraten, oder ist sie so geheim, dass Sie sie selbst nicht kennen?«

»Wir holen Storch aus der Wohnung und bearbeiten ihn so lange, bis er uns sagt, wo die verdammte Bombe ist.«

Hartmann dachte nach. Natürlich hatte Heller recht. Als Chef der M I überschritt er seine Kompetenzen jetzt schon so weit, dass sie ihn hinterher rausschmeißen konnten und er seine Pension verlieren würde. Eine andere Möglichkeit wäre, dass sie ihn hinterher offiziell rügten und ihm inoffiziell einen Orden verpassten und nach einer Weile beförderten. Normalerweise hätte er Manteufel informieren müssen, woraufhin der Fall Storch beim Staatsschutz gelandet wäre. Er hatte eine Vorstellung davon, wie diese Idioten vorgehen würden. Sie würden Storch festnehmen und fragen, wo die Bombe ist. Schwieg er, würden sie sagen, sie hätten alles versucht.

»Was ist, wenn er es uns nicht sagt?«, fragte Hartmann.

»Er wird reden.«

»Wollen Sie ihn foltern? Heller, hören Sie mir mal genau zu. Ich verstehe Ihre Unzufriedenheit …«

»Ich bin nicht unzufrieden, ich habe die Schnauze voll.«

»Von mir aus auch das. Aber wir müssen wissen, wer sein Auftraggeber ist. Wir müssen wissen, was die vorhaben. Ist es Ulbricht, dieser verdammte Lügner? Oder sind es doch die Russen? Heller, Sie machen sich keine Vorstellung davon, in welchem Ausmaß die Kommunisten versuchen, unseren Ballon West-Berlin mit vielen kleinen Nadelstichen zum Platzen zu bringen.«

Heller sprang auf, lief in Hartmanns Wohnzimmer auf und ab. Er erinnerte an einen hungrigen Löwen.

»Dieses Land ist vor 24 Jahren aus der Hölle hervorgekrochen«, fuhr Hartmann fort. »Die Amerikaner haben uns eine Chance gegeben. Nicht, weil sie uns so toll finden, sondern weil sie den Russen zeigen wollten, was sie können. Die haben hier nicht alles konfisziert wie die Sowjets in der Zone. Aber die Amerikaner haben nicht ewig Geduld mit uns. Es gibt Stimmen in Washington, die sagen, überlasst den Russen West-Berlin, und dann ist Ruhe.«

Er spürte Hellers Blick. Was lag darin? Spott? Hohn? Er wusste selbst, dass er auf dem Sofa und in seinem Morgenmantel ein erbärmliches Bild abgab. Frustriert von zu vielen sinnlosen Kämpfen gegen die Bürokratie. Heller hatte wohl gehofft, er könnte ihn überzeugen, stattdessen hatte er ihm das übliche Vorgesetztengewäsch geliefert. Hatte ihm gezeigt, wo die Grenzen waren. Dabei beschwerte er sich doch selbst ununterbrochen über die Bedenkenträger in der Senatsverwaltung.

»Wir warten ab«, sagte Hartmann schließlich. »Irgendwann wird Storch sich bewegen. Er hat es bis jetzt nicht getan. Warum nicht? Weil er die Bombe noch nicht übergeben hat. Er wartet auf den richtigen Zeitpunkt. Und wir warten mit ihm. Habe ich mich klar genug ausgedrückt?«

Heller nickte. Er reichte Hartmann die Hand. Bedankte sich bei Dominique Hartmann für den Kaffee. Als er wieder auf der Straße stand, kam Hartmann ihm hinterher.

»Wenn Sie gegen meine Anordnungen handeln, Heller, schmeiß' ich Sie raus. Sie wissen, was das heißt. Dienstvergehen. Verlust der Pension.«

»So was soll es geben«, sagte Heller. Es war klar, dass ihn die Drohung nicht aufhalten würde.

Der Kurier sollte um zwölf Uhr mit einer Einkaufstüte von Kaiser's in der linken Hand auf dem Bahnsteig Kottbusser Tor der Linie U1 stehen. Er würde einen Panamahut tragen und Zigarette rauchen. Von ihm sollte Poljakov den Machsor erhalten, in den er die Kuckucksuhr einbauen wollte. Vorausgesetzt, Storch würde wie vereinbart liefern. Er schaute auf die Uhr. Um fünf Minuten nach zwölf war immer noch niemand zu sehen, auf den die Beschreibung passte. Er beschloss, bis Viertel nach zwölf zu warten und dann die Übergabe abzubrechen.

Da auf der Bank nahe der Treppe niemand saß, setzte er sich dorthin. Ein Zug fuhr ein, spuckt seine menschliche Fracht aus, nahm neue Fracht auf und ruckelte weiter. Dann noch einer. Das Bahnhofspersonal nannte jedes Mal den Namen der Station und forderte in dem typischen Berliner Nuschelton die Passagiere auf zurückzubleiben. Der Bahnsteig füllte und leerte sich. Männer mit langen Haaren, Parkas und farbigen Schlaghosen, Frauen in Felljacken, kurzen bunten Röcken und Cowboystiefeln. In New York hatte er welche gesehen, die barfuß durch die Straßen liefen. Junge Männer hatten auf dem Times Square ihre Einberufungsbescheide verbrannt, Frauen ihre Büstenhalter.

Anfangs hatte er die jungen Leute als arme Trottel empfunden, die einer dekadenten Mode verfallen waren. Ihr Benehmen war ihm ein Ausdruck des Verfalls des Westens gewesen. Aber je mehr er ihr Lachen, ihre

Wut, ihre Hoffnung wahrnahm, ihre Musik hörte, wusste er, dass hier eine viel größere Bedrohung entstand, als alle Grenzposten, Panzer und Raketen je würden aufhalten können. So wie dieser Geist den Westen verändert, die freie Liebe, die Bücher, die Demonstrationen gegen den Vietnamkrieg, so wird er auch uns verändern, dachte er. Das betonierte System, von dem alle wissen, dass es längst gescheitert ist und nur mit Gewalt aufrechterhalten wird. Sicher nicht nächstes Jahr. Wohl auch nicht übernächstes, vielleicht sogar erst in einer Generation. Aber es wird passieren. Es wird jemand kommen, der alles zum Einsturz bringt. Das neue Bewusstsein war ja sogar bis nach Leningrad vorgedrungen, wo sich ein paar Hippies versammelt hatten und von der Polizei verprügelt worden waren. Die sahen im Peace-Zeichen ein neues Hakenkreuz und hielten die Hippies für Faschisten.

Viertel nach zwölf. Er hätte jetzt gehen sollen. Er hätte sich über die Bürokraten ärgern können, die ihren lächerlichen Fünfjahresplänen folgten und nicht zu spontanen Einsätzen fähig waren. Aber all das tat er nicht. Stattdessen lenkte er seine Gedanken zu dem Tag zurück, an dem Irina zu Hause geblieben war, weil sie sich bei einem Sturz den Arm gebrochen hatte. An einem Montagmorgen hatten sie die Tür zertrümmert. Sie waren zu fünft gewesen. Ohne zu sagen, wer sie waren, oder wer sie geschickt hatte, schlitzen sie Sessel und Couch auf. Warfen Wäsche, Geschirr, Bücher, Andenken aus den Schränken. Sie durchwühlten alles. Zerstörten den Plattenspieler, stießen Regale um, öffneten Briefe. Auf dem Boden wuchs ein Berg aus dem, was Irinas und sein Leben gewesen war. Weil sie nichts fanden, mit dem sie Irina des Verrats überführen konnten, wurden sie wütend. Sie schnitten ihr den Gips vom

Arm und rissen den Verband von der Wunde. Aber auch da entdeckten sie nichts, was den Überfall rechtfertigen konnte. Also brachten sie Irina in die Lubjanka, verhörten sie drei Tage. Obwohl sie auf alle Fragen erklärende und wahrhaftige Antworten wusste, obwohl sie eine treue Agentin war, wurde sie verbannt. Warum auch nicht? Das Urteil stand ja, wie so viele davor und danach, von vornherein fest. Es war von Smirnoff gefällt worden. Irina hatte den Fehler gemacht, sein zudringliches Werben zurückzuweisen.

Um 12:25 Uhr entdeckte er sie auf dem gegenüberliegenden Bahnsteig. Sie trug einen Panamahut und hielt eine Einkaufstüte von Kaiser's in der Hand. Niemand hatte ihm gesagt, dass er eine Frau treffen sollte. Und dass sie auf dem Bahnsteig in Richtung Osten warten würde. Er wechselte die Seiten. Begrüßte sie fröhlich wie eine alte Bekannte. Das Codewort lautete *Hast du die Apfelsinen für Oma?* Wenn die Luft rein war, sollte die Antwort lauten *Ein Kilo.* Wenn nicht, *Es gab nur Äpfel.* Diesmal war es *Ein Kilo.* Er griff sich die Tüte und fuhr mit einem Fahrrad zurück zu seinem Boot.

In der Kajüte öffnete er das Päckchen, das sich in der Tüte befand. Darin lag ein Machsor, ein Buch mit Feiertagsgebeten und Texten aus dem Tanach, eingebettet in einen Hunderte Jahre alten, lederüberzogenen Kasten. SoeinMachsor wurde am Vorabend der Feiertage vom Synagogendiener in die Synagoge getragen und blieb dort, auf einem Lesepult, bis zum Ende der Feiertage. Die Kuckucksuhr musste genau in den Raum passen, den das Gebetbuch in dem Kasten freiließ. Achtunddreißig Zentimeter lang, zwölf Zentimeter breit und zwei Zentimeter tief. Das ergab einen Raum von dreizehnhundert Kubikzentimetern und damit Platz für drei Kilo selbstgemischten Sprengstoff.

Genug, um einhundert bis einhundertfünfzig Menschen zu töten.

Sein Blick fiel wieder auf das Foto von Irina. Es ist wirklich verblüffend, wie sehr diese Louise und Irina sich ähneln, dachte er. So als sei Louise die jüngere Schwester. Er solle sie beseitigen, hatte Petrov gesagt.

Man würde sehen.

Die Kinder hatten die Aufgabe übernommen, die Wände in dem ehemaligen Verkaufsraum mit bunter Wandfarbe zu verschönern. Im Laufe der Arbeit hatten sie sich nackt ausgezogen und malten nun sich selbst gegenseitig an. Es wurde eine Riesensauerei, aber das war jetzt nicht mehr von Bedeutung. Am Morgen hatte der Briefträger dem neugegründeten Kinderladen ein Einschreiben übergeben. Dabei hatte er sich über die nackten Kinder empört und den Laden einen Saustall genannt. Die Kinder hatten ihn ausgelacht, und als er sich ein Mädchen griff, hatte Petra gedroht, ihm in die Eier zu treten, wenn er das Mädchen nicht sofort loslassen würde. Das hatte den Postboten noch mehr empört. Gewaltandrohungen von Frauen war er offensichtlich nicht gewohnt. Als er beim Rückzug meinte, Petra gehöre mal so richtig durchgefickt, wusste er nicht, mit wem er sich anlegte. *Von mir aus, aber wenn dein Schwanz so verkümmert ist wie dein Hirn, haben wir viel zu lachen,* hatte Petra geantwortet. Er war dann fluchend abgerauscht, und die Frauen hatten gelacht. Der Triumph währte allerdings nur kurz. Das Einschreiben enthielt eine Räumungsklage wegen Baufälligkeit des Gebäudes, Frist bis zum folgenden Freitag. Danach würde die Polizei anrücken und sie gewaltsam aus dem widerrechtlich in Beschlag genommenen ehemaligen Bäckerladen vertreiben. Petra, Karin, Judith und Christa hockten in der Küche auf wackligen Stühlen und ließen das Schreiben herumgehen.

»Versteh' ich nicht. Du hast doch gesagt, ihr habt mit Buchwald geredet, du und Louise«, sagte Christa.

»Ja, haben wir«, sagte Petra.

»Und?«, fragte Karin.

»Was, und?«

»Du hast gesagt, er wird uns den Mietvertrag geben.«

Petra verstand selbst auch nicht, wieso Buchwald eine Räumungsklage gegen sie losgeschickt hatte. Traute er Louise nicht zu, dass sie die Fotos, die ihn mit dem Jungen zeigten, der Presse übergeben würde? Verfügte er über Verbindungen, die eine Veröffentlichung verhindern konnten?

»Ja, hab' ich gedacht«, sagte sie.

»Hat er das wirklich zu euch gesagt?«, setzte Judith nach.

»Naja, nicht direkt«, rückte Petra mit der Sprache raus.

»Was meinst du mit *nicht direkt*?«

Was sollte sie jetzt machen? Sie konnte den Frauen nicht erzählen, dass sie und Louise Buchwald erpressten. Die würden sie für verrückt erklären und aus dem Projekt werfen. Dabei war das doch die einzige Möglichkeit gewesen, den Mietvertrag zu bekommen. Louise und sie hatten lediglich die Mittel angewendet, die dieser Nazi auch benutzte: Erpressung, Manipulation, Gewaltandrohung.

»Das kann ich euch nicht sagen«, sagte Petra kleinlaut.

»Wieso nicht?«, fragte Karin.

»Hört auf, bitte. Ich kann es euch nicht sagen.«

Die Frauen starrten Petra an. Je länger sie starrten, und je länger Petra schwieg, umso deutlicher wurde, dass sie in einem Schlamassel saßen. Es war diese spezielle Form der emotionalen Inquisition, die sie alle so gut beherrschten und der sich kaum jemand widersetzen konnte. Petra spürte den Druck. Für den Kinderladen *Kalle & Fritz*, zu Ehren von Karl Marx und Friedrich Engels, hatten sie so viel Zeit geopfert, die Wände gestrichen, Möbel auf dem Sperrmüll gesammelt, Kühlschrank und Herd angeschlossen, Geschirr bei Karstadt geklaut. Und jetzt hatte sie das alles aufs Spiel gesetzt.

»Das geht so nicht. Du kannst nicht irgendwas machen und so tun, als würde es uns nichts angehen. Wir hängen mit drin. Also entweder du sagst jetzt, was da war, oder …« Christa beendete den Satz nicht.

Aber Petra wusste auch so, was hinter dem *oder* stand. Sie spürte, wie ihr Bauch sich zusammenkrampfte, wie ihr die Tränen in die Augen stiegen.

»Das Schwein lässt es sich von kleinen Jungs besorgen. Hinterm Zoo. An der Unterführung beim *Schleusenkrug*. Wir haben ihn dabei fotografiert. Dann haben wir ihm die Fotos gezeigt und gesagt, er soll uns den Mietvertrag geben.«

Das Entsetzen war groß. Karin, Judith und Christa sahen einander an.

»Ich hab' das doch nur gemacht, damit die ganze Arbeit nicht umsonst war.«

Als die drei Frauen nichts sagten, sprang Petra heulend von ihrem Stuhl auf und rannte aus dem Laden. Sie musste an die Luft. Irgendwohin, wo sie alleine war oder wo jemand sie in den Arm nehmen konnte und ihr sagte, dass alles wieder gut werden würde.

Der 29er-Bus brachte sie in Richtung Westen. Sie hatte kein Ziel. Wollte nur fahren. Saß im Oberdeck ganz vorne an der Windschutzscheibe. Sie hatte die Telefonnummern der Rechtsanwälte Horst Mahler, Klaus

Eschen und Otto Schily in ein kleines Buch geschrieben, für alle Fälle. Einen von denen musste sie anrufen und fragen, was sie jetzt tun sollte.

Als der Bus die Haltestelle vor der Gedächtniskirche erreicht hatte, stieg sie aus, schaute sich nach einer Telefonzelle um, fand aber weit und breit keine. Stattdessen sah sie acht oder neun Gammler, wie es bei ihr zu Hause hieß, die auf den Stufen vor der Kirche mit dem abgebrochenen Dach hockten, rauchten, Bier tranken und sich über die Spießer lustig machten. Sie hatten lange Haare, waren barfuß. Eine junge Frau spielte Gitarre, andere trommelten auf ihren Oberschenkeln. Petra musste grinsen. So was wäre in Berchtesgaden unmöglich. Da würden die Leute den Hippies ein paar Watschen verpassen. Die braven Berliner allerdings und auch die Touristen hatten sich wohl daran gewöhnt. Sie gingen an den jungen Leuten vorbei und schüttelten die Köpfe. Aber wahrscheinlich dachten sie darüber nicht anders als in Berchtesgaden. *Waschen kann man sich doch wohl. Denen müsste man die Haare schneiden. Dreckige Gammler. Asoziales Ungeziefer. Unter dem Führer hat es so was nicht gegeben. Die gehören alle ins Arbeitslager.*

Ein Reporter führte gerade ein Interview mit einem von den Kerlen, den Petra jetzt erkannte. Es war Bakunin aus der Wielandkommune. Er hieß wie der berühmte russische Anarchist. Seinen richtigen Namen wusste sie nicht. Um ihn herum saßen schmachtend ein halbes Dutzend Frauen. Ihre Sympathien klebten an ihm und den Frechheiten, die er dem Reporter ins Mikrofon diktierte. Er sagte, dass er nicht angepasst sei und dass Frauen viel eher checkten, dass so, wie sie lebten, eine Befreiung sei, weil die Frauen selbst genau wüssten, wie das für sie liefe mit Heirat und Kinderkriegen und so. Ihre Blicke trafen sich. Bakunin lächelte. Und als dann so ein Typ, der aussah wie ein Zuhälter, Lederjacke und Sonnenbrille, vor Petra stehen blieb und wissen wollte, ob sie auch zu den Gammlern gehöre und eine Nutte sei, sprang Bakunin auf und schlug ihm ins Gesicht. Petra staunte. So was hatte noch nie ein Mann für sie getan. Obwohl sie eigentlich darauf bestand, ihre Sachen selbst zu regeln, gefiel es ihr doch, dass jemand für sie eintrat. Als der Typ sich fluchend verzogen hatte, reichte Petra Bakunin die Hand.

»Ich heiße Petra«, sagte sie.

Ihre Stimme klang zart und dünn. Das ärgerte sie.

»Ich weiß«, antwortete Bakunin. »Du warst schon mal mit Louise in der Wieland.«

»Ja, stimmt.«

»Was ist los? Du siehst so traurig aus.«

Als er das sagte und die Sonnenbrille abnahm und den Kopf zur Seite legte und echt besorgt schien, musste sie wieder heulen.

»Hey, hey, alles gut«, sagte er. »Oder ist da noch jemand, dem ich die Fresse polieren soll?«

Da musste Petra lachen.

»Ja«, sagte sie.

»Wer ist es?«

»So ein Arschloch.«

»Hat das Arschloch auch einen Namen?«

Über Bakunins Schulter hinweg bemerkte sie, wie der Reporter fleißig in sein Mikrofon sprach.

Heller hatte den ganzen Tag darüber gegrübelt, was er tun sollte. Die Anordnung von Hartmann, Storch weiter zu observieren, ging ihm mächtig gegen den Strich. Entweder der hatte die Bombe bereits abgeliefert, oder er hatte seine Bewacher entdeckt und rührte sich deswegen nicht. Vielleicht gab es aber auch gar keine Bombe.

Gegen Abend fuhr er mit Danner wieder nach Kreuzberg. Er parkte den Karmann Ghia hundert Meter hinter der Kreuzung Mehringdamm und Gneisenaustraße. Koch und Wittek hatten Schicht. Der dicke Koch hatte einen Hocker mitgebracht, weil ihm die Plattfüße nach zwei Stunden Stehen wehtaten.

»Was Neues?«, fragte Heller.

»Er hat vor einer Stunde am Kiosk eine *Bild* gekauft«, sagte Koch.

»Wie immer«, meinte Danner.

»Nicht ganz. Er hat mir zugezwinkert.«

Heller schaute Koch entgeistert an.

Es war, wie er befürchtet hatte.

»Der weiß, dass wir hier rumstehen«, sagte Wittek.

»Verdammt noch mal«, fluchte Heller. »Drei Tage vergeudet für nichts und wieder nichts.«

»Nur weil du Fettsack dich mitten auf den Bürgersteig setzt. Warum hängst du dir nicht gleich ein Schild um den Hals? Achtung Kripo! Observiere Haus Nummer 43. Warte darauf, dass Herbert Storch seine Bombe abliefert«, schimpfte Danner.

Koch zog beleidigt den Kopf ein.

»Was sollen wir jetzt machen?«, fragte Wittek.

»Abbrechen. Was denn sonst. Oder willst du noch weiter wie der letzte Depp hier rumhampeln«, sagte Danner.

Sie sahen einander an, traten von einem Fuß auf den anderen. Schüttelten fassungslos die Köpfe. Koch entschuldigte sich zweimal und verwies auf ein Attest, das er Hartmann vorgelegt hatte, wonach er nicht länger als zwei Stunden stehen durfte, weil er Knick-Senk-Spreizfuß hatte, wie die medizinische Terminologie für Plattfüße lautete. Als Koch einen Schuh auszog, um die anatomischen Besonderheiten seiner Füße zu beschreiben, hörte Heller bereits nicht mehr zu. Er musste eine Entscheidung treffen. Jetzt. Die Möglichkeiten durchdenken und abwägen. Doch egal, wie er es drehte und wendete, es blieb nur eine Option. Die hatte er Hartmann bereits dargelegt und sich eine Abfuhr geholt. Aber das hier war jetzt eine andere Situation. Einerseits war es sinnlos, noch länger zu warten. Andererseits konnten sie auch nicht einfach abrücken. Somit hatten sie nur noch eine Chance, wenn sie die Spur nicht verlieren wollten.

»Zieh deinen Schuh an. Wir gehen rein und schnappen ihn uns«, sagte Heller zu Koch.

»Du willst …?«, Koch zog brav seinen Schuh wieder an.

»Vom wem kommt das? Hartmann?«, fragte Wittek.

Heller zögerte mit einer Antwort. Einen Tick zu lange. Dann nickte er.

»Das kommt nicht von Hartmann, das hast du dir jetzt gerade überlegt«, sagte Danner.

»Wenn wir da reingehen, will ich das vom Chef persönlich hören«, sagte Wittek.

»Von mir aus«, antwortete Heller. »Da drüben ist eine Telefonzelle.«

Er sah Danner und Koch an. Ihre Gesichter hatten eine rosige Farbe angenommen. Sie standen unter Stress.

»Wir machen es jetzt. Es sei denn, jemand hat eine bessere Idee?«, fragte Heller.

Niemand hatte eine bessere Idee.

»Also. Von mir aus könnt ihr weiter hier warten und euch von Storch verarschen lassen. Ich geh rein«, sagte Heller entschlossen.

Koch, Danner und Wittek schauten einander an. Sollten sie auf der sicheren Seite der Befehlskette bleiben und Storch laufen lassen? Oder sollten sie etwas riskieren, das ihnen vielleicht ein ordentliches Schulterklopfen mit anschließendem Anschiss von Hartmann einbrachte?

»Was soll's«, sagte Danner.

»Na gut, schnappen wir uns den Mistkerl.« Koch schien froh zu sein, seinen Fehler wieder ausbügeln zu können.

»Dann los«, sagte Heller.

Er vorneweg überquerten sie zu viert den Mehringdamm. Die Haustür in der Nummer 43 war offen. Es gab zwei Eingänge zur Wohnung. Heller schickte Danner und Wittek über den Hof zu dem hinteren, den früher die Dienstboten benutzten. Er und Koch postierten sich an der Wohnungstür. Heller drückte auf die Klingel. Als auf dreimaliges Klingeln und Klopfen nicht geöffnet wurde, nickte Heller seinem Kollegen zu, woraufhin Koch sich mit seinen hundertzwanzig Kilo gegen die Tür warf. Die Scharniere brachen aus dem Türrahmen, und Koch landete zu Füßen von Rosemarie Maschollek. Fluchend raffte er sich auf. Heller sah noch, wie Storch zum hinteren Eingang lief, die Tür aufriss und verschwand. Kurz darauf waren ein Poltern und ein Schmerzensschrei zu hören. Dann tauchte Danner auf, er hielt Storch am Kragen und schleifte ihn wie einen Sack Kohlen zurück in die Wohnung.

Storch schrie, dass er keine Luft mehr bekäme. Schlug und trat um sich. Normalerweise hätte Heller seinen Kollegen aufgefordert, Storch loszulassen, aber er hatte Rosemarie Maschollek gesehen. Ihre rechte Gesichtshälfte war geschwollen, das linke Auge zierte ein Veilchen. Sie hatte blaue Flecken an den Armen und sah zum Gotterbarmen aus.

»War er das?«, fragte er die Frau und zeigte dabei auf Storch.

Sie schwieg, was Heller als Bestätigung auffasste.

»Darüber sprechen wir später«, sagte er zu Storch, der immer noch an Danners Hand hing.

»Was Sie hier machen, ist gegen das Gesetz. Ich kenne meine Rechte. Ich werde Sie anzeigen«, jammerte Storch.

»Später. Wo ist das Schlafzimmer?«, fragte Heller.

Rosemarie Maschollek deutete ängstlich auf eine Tür.

»Mein Kollege Koch bringt Sie zu einem Arzt«, sagte Heller.

»Ich brauche keinen Arzt«, heulte die Frau.

»Von mir aus«, sagte Heller.

Er öffnete die Tür zum Schlafzimmer. Das Bett war zerwühlt, an den Bettpfosten hingen Schnüre. Auf einem Kopfkissen waren Blutspuren eingetrocknet. Danner versetzte Storch einen kräftigen Stoß. Er landete auf dem Bett. Heller drehte sich zu Koch und Wittek herum.

»Ihr passt auf, dass sie nicht wegläuft.«

Dann schloss er die Schlafzimmertür und verriegelte sie.

»Und jetzt zu dir.«

»Das werden Sie noch bereuen«, schrie Storch.

»Glaube ich nicht. Oder was meinst du, Danner?«

»Ich halte Reue für überschätzt.«

»Na, siehst du, Storch. So halten wir das. Es geht hier nämlich nicht darum, ob wir etwas bereuen, sondern um eine Bombe, die du in deiner Garage zusammengebastelt hast.«

»Was für eine Bombe? Ich weiß nichts von einer Bombe!«

»Von mir aus. Aber dann fahre ich dich eigenhändig in die Turmstraße, wo eine Anklage wegen vierfachen Mordes auf dich wartet. Ich werde mir anschauen, wie du dafür lebenslänglich einfährst. Aber vorher werde ich dir deine verdammte Fresse einschlagen. Hast du das verstanden?«, brüllte er.

Er stand über Storch gebeugt, die Faust geballt, bereit zuzuschlagen, sein Kopf war rot.

»Das dürfen Sie nicht«, jammerte Storch.

»Wen interessiert schon, was ich darf und was nicht? Ich will von dir hören, wieso wir Pattex und Dünger in deiner Garage gefunden haben. Und warum du Ebert eine Karte schickst und tausend Mark für eine Kuckucksuhr haben willst.«

Storch begann zu heulen. Wenn er mit ihnen sprechen würde, sei das sein Todesurteil, jammerte er. Man habe ihn in eine Sache hineingezogen. Er habe sich gewehrt, aber er habe keine andere Wahl gehabt als zu tun, was man von ihm verlangte. Heller hört sich das Lamento eine Weile an. Dann drehte er sich zu Danner herum.

»Zieh die Gardinen zu. Muss ja nicht jeder mitkriegen, wenn ich ihm eine verpasse.«

Storch hob abwehrend die Hände hoch.

»Sie denken, Sie wüssten, was hier läuft, oder?«

»Ja, genau das denke ich.«

Storch lachte höhnisch.

»Sie haben keine Ahnung, mit wem Sie sich einlassen.«

»Wäre nicht das erste Mal«, antwortete Heller.

Dann schlug er zu.

Der Betraum in der Synagoge war im Novemberpogrom 1938 nicht zerstört worden. Kunstvoll verzierte Wände, die Decke bestimmt zehn Meter hoch. An der Kopfseite stand vor dem Toraschrein ein Podest, auf dem zugedeckt die Tora, der erste Teil des Tanach, der jüdischen

Bibel, lag. Dahinter drei hohe Fenster, in die kleine, rote und weiße Rauten eingelassen waren. Der hintere und kleinere Teil des Betraumes, durch eine hölzerne Balustrade abgetrennt, war für die Frauen reserviert. Im größeren Bereich saßen vier alte Männer verteilt auf die Reihen brauner Klappbänke. Louise saß im Frauenbereich. Sie verstand nicht, wieso Frauen nicht genauso nahe bei Gott sein durften wie die Männer. Sie hatte mit ihrem Onkel einige Diskussionen dazu geführt. Hirsch hatte sich auf die Tora berufen, und Louise verstand nicht, wie die Juden ein Buch, das mehr als zweitausend Jahre alt war, als Legitimation dafür anführten, Frauen zu unterdrücken. Darüber aber wollte sie jetzt nicht mit ihm reden. Als der Gottesdienst zu Ende war, verließ sie den Betraum und begrüßte ihren Onkel. Ein freudiges Lächeln huschte über sein Gesicht.

»Louise, geht es dir gut?«

Er umarmte sie herzlich.

»Nein«, sagte sie.

»Was ist passiert?«

Louise zog ihn zu der kleinen Bank im Vorraum. Dann zeigte sie ihm die Fotos, die sie von Buchwald gemacht hatte.

Hirsch brauchte eine Weile, bis er wusste, wer das war. Dann schüttelte er angewidert den Kopf.

»Wieso zeigst du mir diesen Schmutz?«

»Wenn die Öffentlichkeit davon erfährt, ist Buchwald geliefert.«

Hirsch nickte stumm. Atmete schwer. Er ließ die Schultern hängen, als würde ihn eine unsichtbare Last niederdrücken.

»Hat er gesagt, dass er …«

»Was? Dass er Rebecca umgebracht hat? Nein. Er war es nicht, auch keiner von seinen Söhnen.«

Hirsch reichte ihr die Fotos zurück.

»Nicht so.«

Louise verstand nicht, wieso er sich weigerte, um das zu kämpfen, was ihm und der Familie gehörte.

»Warum nicht?«

»Weil wir nicht so sind wie diese Leute.«

»Nein? Wie sind wir denn?«

»Er richtet in Gerechtigkeit die Armen entscheidet in Geradheit Recht den Niederen im Land. Er schlägt das Land mit seines Mundes Stab gibt Tod mit seiner Lippen Hauch dem Schuldigen. So steht es in Jesaja 11, 4.«

»Das glaubst du wirklich? Buchwald gibt einen Dreck auf Gott und seine Gerechtigkeit. Der setzt alle Hebel in Bewegung, damit er das Haus behalten kann. Ich war bei ihm. Ich habe mit ihm gesprochen. Der Mann ist gierig und böse.«

»Ich weiß. Aber dann soll es so sein.«

»Wie kannst du so etwas sagen? Rebecca ist tot. Vielleicht hat Buchwald jemand geschickt, um sie zu ermorden. Und du sagst, dann soll es so sein?«

»Ja, weil es nichts ändert.«

Weil es nichts ändert? Woher wollte er das wissen? Wie konnte er so sicher sein?

»Warum sagst du das? Es hat mit dem Geheimnis zu tun, von dem Rebecca mir erzählt hat, stimmt's? Und dabei geht es nicht um das Haus am Augustaplatz. Da ist noch etwas anderes, über das du nicht sprechen willst. Was ist es? Haben meine Familie und ihr deswegen so lange keinen Kontakt gehabt? Was war damals? Was hast du gemacht? Hast du jemanden verraten?«

Hirsch sprang von der Bank auf. Drehte sich zu ihr hin. Er war außer sich. Kurz bevor er ihr ins Gesicht schlug, konnte sie die Wut in seinen Augen aufblitzen sehen. Der Schlag hinterließ ein Dröhnen in ihrem rechten Ohr. Es tat weh. Sie spürte, wie ihre Wange anfing zu glühen. Tränen schossen ihr in die Augen. Beide waren erschrocken über das, was gerade geschehen war. Hirsch hatte die Kontrolle verloren, die ihm so wichtig war.

»Mir ist es egal, wo du warst, als Tante Rebecca ermordet wurde«, sagte Louise wütend und traurig zugleich. »Sie hat geglaubt, dass du eine Affäre hast. Irgendeine Tussi, die dich nicht dauernd nervt. Die nicht dauernd sagt, lass uns zurück nach Israel gehen. Die dich nicht fragt, was du im Land der Mörder willst. Ich habe Rebecca gefragt, warum ihr nicht in Israel geblieben seid. Da wart ihr doch sicher. Sie hat gesagt, dass sie auch gar nicht nach Deutschland zurückwollte. Aber du wollest unbedingt. Wegen irgendeiner Geschichte in der Vergangenheit. Ich habe sie gefragt, was für eine Geschichte das ist.«

Hirsch sah aus wie jemand, der den ganzen Tag lang Kohlen geschleppt hat und nun den Rücken nicht mehr strecken kann.

»Hat sie es dir gesagt?«, fragte er.

»Nein. Sie wollte, aber …«

Er setzte sich wieder neben sie. Sie legte die Hand auf seinen Arm. Vielleicht hätte sie ihn nicht so hart angehen sollen. Dieses Geheimnis, über das er nicht sprechen wollte, barg offensichtlich eine derart große Schuld, dass es die Familie zerstören konnte. Vielleicht war es besser, nicht weiter danach zu fragen. Nicht jetzt. Irgendwann würde er es ihr sagen.

»In der Tora steht: ›Mein ist die Rache, die Vergeltung, Für dann, da wankend wird ihr Fuß; Denn nah ist ihres Unheils Tag, Es eilt herbei, was ihnen vorbestimmt‹«, sagte er.

Louise legte die Hand auf den Arm ihres Onkels. Er hob den Kopf. Nickte bedrückt.

»Mach keine Dummheiten«, sagte er.

»Nein. Das machen schon die anderen.«

Sie verließ das Bethaus, ging durch den kleinen Hof, passierte den Durchgang im Vorderhaus. Zwei Feuerwehrwagen fuhren mit heulenden Sirenen in Richtung Norden. Louise hielt die Fotos immer noch in der Hand. Rache ist kein Weg, hatte ihr Onkel gesagt. Plötzlich meinte sie, es zu wissen. Es war wie ein Schock. Sie lief zurück. Fand Joachim Hirsch im Gebet. Die Hände vor dem Körper, die Handflächen nach oben gerichtet, den Oberkörper schaukelnd, als würde er sich damit beruhigen wollen. Sie wartete, bis er geendet hatte.

»Du weißt, wer sie umgebracht hat, oder?«, fragte sie.

Er bewegte sich nicht. Als sei er wie Loths Weib vor dem Grauen erstarrt, das er schon so lange in sich trug. Es dauerte endlose Sekunden, bis er die Sprache wiederfand.

»Nein«, sagte er. »Woher sollte ich das wissen?«

Er lächelte mühsam. Sie wusste, dass er log.

Ein toter Briefkasten ist kein gelber Briefkasten, sondern ein harmloser Ort, eine Mauerritze, ein Baum, eine Brücke. Ein Versteck, in dem eine Person geheime Nachrichten für eine andere Person deponiert. Der tote Briefkasten ist nur diesen beiden Personen bekannt. Meistens werden solche Verstecke von Geheimdiensten benutzt, hieß es im Handbuch des Staatsschutzes, das Heller sich am Tempelhofer Damm ausgeliehen hatte.

Er hatte Hartmann erklärt, dass sie nicht anders hatten handeln können. Da Storch sie bemerkt hatte, mussten sie davon ausgehen, dass er sich auf anderem Weg mit seinem Auftraggeber in Verbindung setzen würde. Deshalb hatten sie ihn festnehmen müssen. Als sie ihn aus der Wohnung am Mehringdamm abführen wollten, hatte er einen Fluchtversuch unternommen und war dabei leider die Treppe hinuntergefallen. Dabei hatte er sich die Nase gebrochen. Hartmann konnte sich denken, was damit gemeint war.

Inzwischen saß Storch in der Keithstraße in einem Raum im zweiten Stock. Ein Tisch, zwei Stühle, alles am Boden festgeschraubt, damit die Möbelstücke nicht zum Schlagen benutzt werden konnten. Nachdem Heller und Danner ihn drei Stunden lang vernommen hatten, war er weich geworden und hatte ihnen den toten Briefkasten im Tiergarten verraten.

Klaus Ebert hatte er ein paar Mal getroffen, dann hatte der ihm gesagt, dass sie sich in Zukunft Nachrichten schreiben würden. An einer Buche war etwa in Augenhöhe ein Starenkasten befestigt, der im Frühling von den Vögeln gerne zum Brüten genutzt wurde. Jetzt hatten die Stare den Kasten verlassen. An der Unterseite befand sich eine kleine Klappe, die mit einem Haken verschlossen war. Dahinter war ein Fach eingelassen, groß genug, um Nachrichten zu hinterlegen. Ebert hatte mit Storch verabredet, dass ein kleiner Zweig am Starenkasten als Zeichen dafür dienen sollte, dass der Briefkasten gefüllt war. Weil Storch neugierig war, hatte er sich eine ganze Nacht lang auf die Lauer gelegt und tatsächlich gesehen, wie jemand kam, den Zettel herausnahm und einen neuen platzierte. Es war Ebert selbst gewesen, dem er bis zu dessen Wohnung am Wilhelmsruher Damm 124 gefolgt war. Danach war der Kontakt abgebrochen. Auf dem Zettel, den Ebert für Storch deponiert hatte, stand, dass jemand anderes ihn kontaktieren würde, falls Ebert verhindert sein sollte. Dann hatte Storch aus der Zeitung erfahren, dass Ebert die Frau des Amtsgerichtspräsidenten Hirsch ermordet hatte und er kurz darauf selbst umgebracht worden war. Das hatte ihn in Panik versetzt.

Die Frage war nun, wie sie weiter vorgehen sollten. Sie saßen zu fünft in Hartmanns Büro. Eine Truppe, der Hartmann den harmlosen Namen Sonntagsfahrer gegeben hatte. Frau Grimm hatte strikte Order, niemanden hereinzulassen. Storch habe die Kuckucksuhr, wie er die Bombe in der Kommunikation mit Ebert genannt hatte, noch nicht gebaut, behauptete er steif und fest.

»Wir schicken ihn in den Tiergarten, er deponiert eine neue Nachricht und dann warten wir ab, wer auftaucht«, sagte Danner.

»Wenn überhaupt jemand auftaucht«, meinte Koch.

»Einen Versuch ist es wert«, sagte Wittek.

Hartmann, Heller und die drei Kollegen waren die Einzigen in der Keithstraße, die von Storch wussten. Nicht mal Manteufel war eingeweiht. Damit das so bleiben konnte, beschlossen sie, dem Unbekannten den Namen Kuckuck zu verpassen.

»Wenn nicht, umso besser. Dann wissen wir wenigstens, dass es nicht noch jemanden gibt, der einen Anschlag plant«, sagte Heller.

Das klang vernünftig. Und dennoch machte sich ein mulmiges Gefühl im Raum breit. Sie waren Polizeibeamte. Sie hatten einen Eid geschworen. Sie hatten die rechte Hand gehoben und gesagt: *Ich schwöre, dass ich mein Amt getreu der Verfassung und in Übereinstimmung mit den Gesetzen zum Wohle der Allgemeinheit ausüben und meine Amtspflichten gewissenhaft erfüllen werde; so wahr mir Gott helfe.*

Sie wussten, dass sie diesen Eid brachen. Aber sie waren schon zu weit gegangen, als dass sie noch zurückkonnten, ohne sich gewaltigen Ärger einzuhandeln. Dass Danner, Koch und Wittek bei all dem mit von der

Partie waren, war für Hartmann in Ordnung, weil die drei nicht verheiratet waren und es somit keine Ehefrau gab, die ihnen die Hölle heiß gemacht hätte. Bei Heller war das anders. Aber den konnte seit der Sache mit den fehlenden siebzehn Minuten sowieso niemand mehr bremsen.

»Was soll auf dem Zettel stehen?«, fragte Hartmann.

»Storch muss einen Ort vorschlagen, an dem die Kuckucksuhr gegen die Zahlung der Restsumme von tausend Mark übergeben werden soll.«

Hartmann war einverstanden.

Der tote Briefkasten befand sich am Rand des ehemaligen Rosengartens. Wie der gesamte Park hatte auch dieser Teil des Tiergartens im Krieg schwer gelitten und war von den Berlinern in den Jahren '45 bis '47 weitgehend abgeholzt worden. Stattdessen hatten sie damals Gemüsebeete angelegt. Jetzt standen wieder Bäume dort, und der Tiergarten war fast so schön wie vor dem Krieg. Eine grüne Oase für Berliner Familien und auch ein beliebter Treffpunkt der schwulen Gemeinde. Zu jeder Tages- und Nachtzeit schlenderten Gestalten in der Nähe des ehemaligen Rosengartens umher, warfen Blicke, verabredeten sich mit knappem Kopfnicken und schlugen sich ins Dickicht.

Zwei Männerpaare spazierten durch den Tiergarten. Hin und wieder hielten sie vor einem Baum oder Strauch an, untersuchten die Blätter und taten so, als seien sie mit den Geheimnissen der Botanik vertraut. Verstohlen schauten sie immer wieder in Richtung Storch, der äußerst nervös den Weg entlangstolperte. Heller hatte ihn gewarnt. Wenn er versuchen sollte zu fliehen, würden sie ihn erschießen. Storch legte die Nachricht in den Starenkasten: *Café Kranzler, Sonntag, 28. September, 13 Uhr.*

Dann steckte er einen Zweig hinter den kleinen Kasten und ging wieder zurück zu einem Wagen, in dem Hartmann auf ihn wartete. Die nächsten Tage sollte Storch in Hartmanns Schrebergarten verbringen. Bewacht von Mercier, den sie kurzfristig als Verstärkung eingeweiht hatten.

Heller wusste, dass sie sich nicht zu lange in dem Bereich um den Starenkasten herum aufhalten konnten. Wer auch immer es war, der die Nachricht holen sollte, er würde sich vorher genau umschauen und prüfen, ob das Areal observiert wurde. Nach einer Stunde verließ Heller gemeinsam mit Danner den Park. Sie wechselten die Kleidung, setzten Brillen und Hüte auf, gingen getrennt zurück, um Koch und Wittek, die vor Ort geblieben waren, abzulösen.

Nachts wäre die Gefahr, dass sie aufliegen, natürlich nicht so groß. Da könnten sie sich unter die flanierenden Schwulen mischen. Allerdings verweigerten sich Danner, Koch und Wittek hierbei, weil sie nicht wussten, was sie tun sollten, wenn jemand sie anspräche. Also hatte Heller sich noch einmal umgezogen. Den Tweedanzug gegen Jeans und eine Lederjacke getauscht, Stiefel angezogen, das Hemd aufgeknöpft. So schlenderte er auf und ab, behielt aber stets das Objekt im Auge. Versuchte, das Rascheln und Stöhnen, das aus dem Dunkel abseits der Wege zu hören war, zu ignorieren. Da er als Frischfleisch betrachtet wurde, hatte er einige Mühe, eindeutige Angebote für eine schnelle Nummer abzuwehren. Gegen drei Uhr nachts brach er entnervt die Observation ab.

Bei der morgendlichen Besprechung entschied Hartmann, dass sie bis zum nächsten Sonntag warten würden, ob sich der Kuckuck zeigte. Wenn bis dahin niemand aufgetaucht war, hatte Storch sie entweder angelogen, oder es gab keinen weiteren Kontaktmann.

Als sie später zusammen in der *Dicken Wirtin* beim Mittagessen saßen, Kohlroulade und Kartoffeln auf den Tellern, war die Stimmung gedrückt.

»Wollen mal hoffen, dass uns der Mist nicht noch um die Ohren fliegt«, nuschelte Hartmann.

»Es gibt einen Kontaktmann. Er ist nur nicht so blöde, wie wir uns das wünschen. Aber wir werden ihn kriegen«, sagte Heller.

»Wieso bist du da so sicher?«, fragte Koch.

»Weil wir ihn kriegen müssen.«

Die Wirtin brachte eine Runde Bier und Korn aufs Haus.

Poljakov stand vor dem Mahnmal, das den Besucher beim Betreten des Friedhofs empfing. Es war aus Steinen der zerstörten Synagoge in der Fasanenstraße errichtet worden. Ein feiner Spätsommerregen fiel auf seinen Mantel, der sich vollsog und schwer wurde. Er hätte einen Schirm mitnehmen sollen. Unweit sah er, wie Hirsch einen kleinen Stein auf einen Grabstein legte, niederkniete, die linke Hand vors Gesicht hielt und etwas murmelte, das Poljakov nicht verstehen konnte. Er wartete, bis Hirsch sich nach einer Weile erhob und in Richtung Ausgang marschierte. Als er beim Mahnmal ankam, fotografierte Poljakov eifrig die Inschrift. Hirsch blieb, wie erhofft, stehen.

»Wissen Sie, was diese Inschrift besagt?«, fragte Hirsch unvermittelt. Der Tonfall war hart.

Poljakov las laut vor. »Denen, die unter der Herrschaft des Unmenschen ihr Leben lassen mussten, zum ewigen Gedächtnis. 1933–1945.«

»Wissen Sie auch, was das bedeutet?«

»Ich heiße James Sinclair. Ich bin amerikanischer Journalist. Momentan arbeite ich an einer Reportage über jüdisches Leben in Deutschland fünfundzwanzig Jahre nach Auschwitz.«

»Es sind vierundzwanzig Jahre«, korrigierte Hirsch.

»Ich weiß. Aber wenn die Reportage nächstes Jahr erscheint, werden es fünfundzwanzig sein.«

»Für welche Zeitung schreiben Sie?«

»*Baltimore Sun.*«

»Verstehe. Verzeihen Sie mir, dass ich Sie so angefahren habe.«

»Kein Problem.«

»Wollen Sie auch den jüdischen Blick auf das Thema kennenlernen, oder interessieren Sie sich wie die deutschen Zeitungen nur für die Täter?«

Er deutete zu einer Reihe von Grabsteinen, die umgestoßen und mit Hakenkreuzen beschmiert waren.

Eine halbe Stunde später saßen die beiden in einem Lokal am Theodor-Heuss-Platz. Sie bestellten Tee und ein kleines Frühstück. Danach noch Weißwein.

Poljakov hatte Hirsch in kürzester Zeit so weit, dass er ihm sein Herz öffnete. Im Hinblick auf die Ermordung seiner Frau Rebecca erfuhr er, dass die Ermittlungen schleppend vorankamen. Poljakov hörte aufmerksam zu, machte Notizen, nickte eifrig. Er ahnte, er musste die ganze Suada über sich ergehen lassen, wenn er Hirschs Vertrauen gewinnen wollte.

»Wissen Sie, junger Mann, Hass ist nichts Außergewöhnliches. Die Türken hassen die Kurden. Die Japaner hassen die Chinesen. Bei Ihnen zu Hause hassen die Weißen die Neger und folglich auch die Neger die Weißen. Aber wir Juden sind ein spezielles Volk. Wir sind auserwählt. Gott hat uns auf eine lange Reise geschickt. Wir mussten so viele Prüfungen bestehen wie kein anderes Volk. Stellen Sie sich das einmal vor. Über Jahrhunderte hatten wir kein Land, das wir unsere Heimat nennen konnten. Es gab keine jüdische Nation. Wir wurden von einem Ort zum anderen gejagt. Wir wurden geschlagen, beraubt, vertrieben und getötet. Und warum?«

»Weil Sie Jesus verraten haben.«

Hirsch lachte. Der Weißwein zeigte Wirkung.

»Ich glaube eher, man hat einfach ein Volk gebraucht, das man hassen kann, und hat sich auf uns geeinigt.«

»Und niemand ist dabei so weit gegangen wie die Deutschen.«

»Nein, niemand. Sie sind ausgezeichnete Ingenieure. Sie sind sehr diszipliniert. Sie bauen die besten Autos, backen fantastisches Brot. Da ist es doch unausweichlich, dass sie auch die schlimmsten Lager errichten. Und vor allem etwas dort machen, das bar jeder Vorstellung ist.«

Poljakov wunderte sich über den Sarkasmus, ließ Hirsch aber erzählen. Nach dem dritten Glas Weißwein sah er die Gelegenheit gekommen, von dem Machsor zu erzählen. Hirsch schien überrascht, dass er davon wusste.

»Ich gehöre wie Ebert einer Gruppe von Leuten an, die sich weltweit für die Sache der Juden einsetzen«, sagte Poljakov.

»Gehören Sie auch zum Mossad?«, fragte Hirsch entgeistert.

»Nicht direkt.«

Hirsch bestellte ein weiteres Glas Weißwein. Sie schwiegen eine Weile, als müssten sie den Faden für ein Gespräch suchen.

»Was hat Klaus Ihnen von dem Machsor erzählt?«, fragte Poljakov.

»Nur, dass er ihn beschaffen kann. Und dass ich erst mal niemandem davon erzählen soll. Wir hatten vereinbart, dass er mir bei einem zweiten Treffen ausführlich davon erzählt.«

Er trank das Glas in einem Zug aus. Dann beugte er sich zu Poljakov herüber und fasste ihn am Jackenärmel.

»Sagen Sie mir, was in meinem Haus passiert ist? Er hat Rebecca umgebracht. Warum?«, fragte er voller bitterer Verzweiflung.

Poljakov befreite sich von Hirschs Hand.

»Ich weiß es nicht. Ich weiß nur, dass er Sie treffen wollte. Warum waren Sie nicht zu Hause?«

Poljakov sah plötzlich einen gebrochenen Mann vor sich. Er hatte schon bei seinem Vater erlebt, was der Krieg in den Menschen anrichtete, wie er sie aushöhlte und erstarren ließ. Zu Salzsäulen, wie es in der Bibel hieß.

»Es war ein Missverständnis«, sagte Hirsch leise. »Ich hatte ihm gesagt, er solle in die Synagoge kommen, weil ich nicht wollte, dass meine Frau von dem Machsor erfährt, bevor ich ihn der Gemeinde zeige.«

Ein Stöhnen entwich seinem Mund. So als würde es ihn nicht überraschen, dass das Schicksal noch nicht mit ihnen fertig war. Der Mann rührte Poljakov auf eine unerwartete Weise. Er musste aufpassen, dass er kein Mitleid mit ihm empfand. Er bestellte noch einen weiteren Weißwein für Hirsch.

»Wollen Sie wissen, woher der Machsor kommt?«

»Warum nicht.« Hirschs Blick war leer.

Poljakov begann, die Geschichte abzuspulen, die sich der KGB dazu ausgedacht hatte.

»Er stammt aus Lemberg und galt seit 1941 als verschollen. Man hat vermutet, dass er bei der Zerstörung der Tempel-Synagoge vernichtet wurde. In Wahrheit aber hat ein kulturbewusster deutscher Heeresoffizier, dessen Name keine Rolle spielt, den Machsor in der Bibliothek der Synagoge gefunden. Während vor der Tür ukrainische Antisemiten ein Massaker an den Lemberger Juden veranstaltet haben, hat der Offizier den Machsor in Sicherheit gebracht. Beim nächsten Fronturlaub hat er ihn mit nach München genommen, wo er ihn im Hungerwinter 1946 zuerst verheizen wollte, dann aber für zehn Dollar an einen US-Offizier verkauft hat. Der ist damit zurück nach Baltimore geflogen. Seine Tochter Deborah, die ebenfalls zu unserer Organisation gehört, möchte nun, dass der Machsor nach Europa zurückkommt. Es ist also besser, wenn Sie vorerst niemandem davon erzählen, damit keine Fragen und Ansprüche gestellt werden. Vielleicht können Sie sich später mit Lemberg einigen.«

Hirsch schien auf einen Schlag wieder nüchtern zu sein. Poljakov zeigte ihm ein Foto des Machsor. Hirsch betrachtete es mit großer Ehrfurcht.

»Er ist wunderschön«, sagte Hirsch.

»Sie könnten ihn am 9. November zum Gedenktag des Pogroms der Gemeinde und der Öffentlichkeit präsentieren.«

Ein verklärtes Lächeln eroberte Hirschs Gesicht.

»Ich würde alles dafür tun, um dem Buch einen gebührenden Auftritt zu verschaffen, Herr … verzeihen Sie, ich habe Ihren Namen vergessen.«

»James Sinclair.«

»Sind Sie mit Upton Sinclair verwandt?«, fragte eine Frauenstimme.

Poljakov drehte sich um und erblickte Louise Mackenzie, die direkt hinter ihm stand. Er erschrak. Ihre Ähnlichkeit mit Irina war in der Realität noch frappierender als auf dem Foto. Er sprang auf und konnte sich im letzten Moment noch zurückhalten, sie zu umarmen. Louise sah ihn erstaunt an.

»Nein, leider nicht«, stammelte Poljakov.

»Er ist letztes Jahr gestorben«, sagte Louise.

»Ich weiß. Ich liebe seine Bücher. *Dschungel* habe ich bestimmt vier Mal gelesen.«

Poljakov hoffte inständig, dass sie ihn jetzt nicht nach dem Inhalt des Buches fragte. Er kannte ja nur den Titel. Genauso wie bei *Boston* über Sacco und Vanzetti und bei *Alkohol*. Er hatte keines der Bücher je in den Händen gehalten.

»Bei Gelegenheit müssen wir über ihn sprechen«, sagte Louise und wandte sich an Hirsch.

»Ich war am Grab. Und als ich dich nicht gesehen habe, dachte ich mir schon, dass du hier bist.«

»Ich habe auf dich gewartet.«

»Ja, der Bus hatte Verspätung. Leider habe ich jetzt nicht mehr viel Zeit.«

Louise nahm einen Stuhl vom Nachbartisch und setzte sich an den Tisch. »Darf ich? Oder störe ich euch bei etwas Wichtigem?«

»Nein, Herr Sinclair und ich haben so weit alles besprochen. Oder?« Ein Lächeln huschte über Hirschs Gesicht.

Poljakov nickte. Es fiel ihm schwer, den Blick von Louise abzuwenden. Dunkle Augen, die heiter blitzten. Jede ihrer Bewegungen war energisch und mutwillig. Und sie hatte diese Klasse, die er vor allem an den New Yorkerinnen so bewunderte. Am liebsten wäre er geblieben, nur um sie anzuschauen und zu vergessen, warum er hier war. Aber dann siegte die Vernunft über die Sehnsucht. Er entschuldigte sich mit einem Termin, zu dem er jetzt eilen müsste. Hastig nahm er seinen Mantel, legte Geld für die Rechnung auf den Tisch, verabschiedete sich und ging.

Vor der Tür des Cafés fing er unvermittelt an zu weinen, rannte den Kaiserdamm hinunter und hielt erst an, als er den kleinen Park am Lietzensee erreicht hatte. Seine Bronchien brannten, und das Seitenstechen zwang ihn in die Knie. Der Regen wurde wieder stärker. Bald war er bis auf die Haut durchnässt. Eine alte Frau fragte ihn, ob alles mit ihm in Ordnung sei. Er verneinte. Als sie sich kopfschüttelnd entfernte, richtete er sich auf und ging zur U-Bahn. Er verstand nicht, was soeben mit ihm geschehen war. Wieso konnte Louise ihn so erschüttern? Ja, sie sah Irina erschreckend ähnlich, aber war das wirklich alles? Oder war da noch etwas anderes? Etwas, das er nicht verstand? Unsicher stolperte er die Treppen zur U-Bahnstation Sophie-Charlotte-Platz hinunter. Hielt sich am Geländer fest, weil er fürchtete, er könnte ins Dunkel stürzen.

Die Sonne hing tief, in der Lietzenburger Straße warfen die Bäume lange Schatten. Damit sie ungestört von dem Fanclub und den Geiern von der Presse reden konnten, hatte Bakunin vorgeschlagen, von der Gedächtniskirche weiter zum Preußenpark zu ziehen, weil hier ein Smoke-In stattfand, das er auf keinen Fall verpassen wollte. Unterwegs erzählte Petra ihm von ihrem Kinderladen und dem Mietvertrag und der Aktion mit Buchwald auf dem Potsdamer Platz.

Je wütender sie wurde, umso mehr kam die Sprache ihrer Kindheit durch. Sie verschluckte die Konsonanten und zog dafür die Vokale in die Länge. Es klang lustig, wenn sie von dem *verrecktn Saupreißn* und *dem Hundling* Buchwald sprach, der mit einer *Scheißbürschtn nausghaut* gehöre. Bakunin hielt sich den Bauch vor Lachen, und

Petra dachte, er würde sie nicht ernst nehmen. Aber das stimmte nicht. Ihr Dialekt amüsierte ihn. Vor allem, wenn sie die paar Berliner Floskeln benutzte, die sie sich angeeignet hatte. Sie sagte *amtlich*, wenn etwas sicher war, *Hosenmatz* zu den Kindern im Kinderladen, *Bammel*, wenn sie Angst hatte. Und trotzdem klang es nach Bayern. Bakunin kam sich wie in einem dieser Volkstheaterstücke vor, die seine Mutter regelmäßig im Fernsehen anschaute und kaum verstand. Als Petra wieder die Tränen in den Augen standen, weil der Kinderladen nun wieder zumachen musste und alles nur ihre Schuld war, legte er ihr den Arm um die Schultern und erklärte ihr, dass nicht sie für den Schlamassel verantwortlich sei, sondern die Machtverhältnisse in diesem Scheißstaat.

»Weißt du, wir sind jung. Wir wollen ein anderes Leben, aber die Alten und die Mächtigen tun alles, damit es so bleibt, wie es ist. Es interessiert die nicht, dass du vor die Hunde gehst. Sie schicken die Bullenschweine los, damit die dich verprügeln. Dabei willst du doch nur eine bessere Welt, einfach nicht den Trouble, den die überall machen.«

»Aber wieso hat Buchwald keine Angst, dass wir die Fotos an die Zeitungen schicken?«

»Weil die Nazis überall hocken. Bei den Bullen, bei den Richtern, bei Springer. Das sind alles seine Kumpels.«

»Und das ist so und fertig?«

»Nein, aber die kannst du nicht wegkriegen, indem du mit denen redest und ihnen erklärst, dass sie voll auf dem falschen Dampfer sind. Das verstehen die nicht. Die sind an der Macht, und daran halten die sich fest. Und du bist der Depp, der in die Fabrik oder in den Krieg geschickt wird, wo du dann krepierst. Also musst du zur Gegengewalt greifen. Sonst verlierst du immer gegen den Apparat. Weißt du, die drohen, dass sie dich in den Knast stecken. Sollen sie doch. Ich hab neun Monate auf Bewährung. Beim nächsten Ding knasten die mich ein. Und? Ist mir egal. Die brechen mich nicht. Kennst Du Bommi?«

»Bommi Baumann?«

»Genau den. Der hat mal was Geiles gesagt. Ich hab es aufgeschrieben.«

Er zog einen Zettel aus der Hosentasche. Das Papier war zerknittert und speckig. In der Mitte auseinandergerissen und an den Rändern ausgefranzt. Bakunin strich den Zettel so sorgfältig und zärtlich glatt, als sei es das Original der Zehn Gebote.

»Jeder Sklave wartet nur darauf, bis der Aufseher die Peitsche sinken lässt, um ihn mit den eigenen Fesseln zu erwürgen.«

Petra sah Bakunin argwöhnisch an.

»Ganz im Ernst, das glaubst du doch selbst nicht, dass jemand die Bonzen mit den eigenen Fesseln erwürgt.«

»Natürlich nicht. Die Revolution ist ja auch etwas, das du für dich selbst machst, verstehst du? John Lennon hat es gesagt. *You better free your mind instead.* Deswegen braucht es eine Revolution in unseren Köpfen. Du siehst so viel Scheiße. Du bist jung. Und du kapierst, dass die Alten nichts machen. Willst du immer nur zuschauen und warten, bis du verreckst?«

Es roch schon von Weitem süßlich, als sie den Preußenpark erreichten. Vierzig, vielleicht auch fünfzig Leute rauchten auf der Wiese Dope. Dickbäuchige, in Bast verpackte Flaschen Lambrusco wurden herumgereicht. Ein Mädchen spielte Gitarre, ein paar Jungs trommelten auf den Takt zu einem Song von Bob Dylan. »I saw ten thousand talkers whose tongues were all broken / I saw guns and sharp swords in the hands of young children / And it's a hard, and it's a hard, it's a hard, it's a hard / And it's a hard rain's a-gonna fall.«

Ein paar Leute tanzten selbstvergessen. Bakunin und Petra setzten sich zu dem Mädchen mit der Gitarre, rauchten erstklassigen Afghanen, den sie von den persischen Dealern gekauft hatten. Petra musste nach den ersten Zügen husten, und Bakunin zeigte ihr, wie sie den Reflex unterdrücken konnte, indem sie sofort tief inhalierte. Sie hustete trotzdem. Aber nach ein paar Zügen hatte sie es raus.

Sie lagen nebeneinander und blickten in den Himmel, der sich in ein beruhigendes Blau verwandelte, als die Sonne am Horizont abgetaucht war. Der Joint dröhnte gewaltig. Petra sah Bakunin an und sagte ihm, wie toll sie es fand, dass er so unangepasst war, dass er lange Haare hatte, dass er keine Angst vor den Bullen hatte. Bei ihr zu Hause in Berchtesgaden hätten sie ihn schon längst totgeschlagen. Bakunin lachte. Und Petra wusste schon wieder nicht, ob er sie ernst nahm.

»Ich komm' mir vor wie ein Backfisch«, sagte sie.

»Was ist das denn?«

»Du kennst Backfisch nicht? Das sagt man über kleine Mädchen, die sich zum ersten Mal so richtig verlieben.«

Bakunin lachte und küsste sie.

»Ich versteh' dich total. Ich bin auch ein Backfisch. Bei mir ist das alles im Bauch. Die Liebe, die Politik und alles.«

Er erzählte ihr von der Musik, die ihn inspirierte, und dass Tanzen so eine Körpergeschichte sei. Als jemand mit einem Transistorradio kam und Radio Luxemburg Joe Cocker spielte, der in seiner Version des Beatles-Songs davon erzählte, dass er es mit ein bisschen Hilfe seiner Freunde schon irgendwie hinkriegen würde, tanzten sie eng umschlungen. Petra redete ununterbrochen, weil sie das Gefühl hatte, sie könnte Bakunin alles erzählen, was ihr durch den Kopf ging. Dass man das Zusammenleben anders organisieren muss. Nicht mit dem ganzen Scheiß von Heiraten und Kinderkriegen und Wohnung und Arbeiten, bis man tot umfällt. Sondern sich mit den Leuten treffen und was rauchen und reden und Sex haben.

Als es dunkel wurde, liefen sie zur Wielandkommune. Vor dem Haus stehend, sahen sie, dass der Staatsschutz mal wieder eine Razzia dort machte. Louise seilte sich an einem zusammengedrehten Bettlaken aus einem Fenster im zweiten Stock ab. Bakunin klaute einen von den Polizeiwagen, die vor der Tür geparkt waren und lud Louise und Petra ein. Sie hatten einen Riesenspaß. Fuhren zum Strandbad Wannsee. Kletterten über den Zaun und schwammen nackt. Als sie genug erfrischt waren, ging es weiter in die Uhlandstraße, wo Buchwalds roter Jaguar parkte. Bakunin zeigte Petra, wie man ein Auto in Brand steckt. Er zog sein T-Shirt aus, stopfte es in den Tankstutzen und wartete, bis es sich mit Benzin vollgesaugt hatte. Dann zündete er es an und sie liefen johlend weg. Fuhren für eine Stunde zum Fasanenplatz ins *Unergründliche Obdach für Reisende*. Es wurde bereits wieder hell, als sie in Petras Zimmer in der Sebastianstraße miteinander schliefen. Tür an Tür mit dem Polizisten Wolf Heller.

Heller war daher auch einigermaßen überrascht, als er am Sonntagmorgen im Badezimmer auf einen jungen Mann traf, der in die Kloschüssel pinkelte und dabei fröhlich die *Internationale* pfiff. Er wusste, dass er ihn kannte, konnte sich aber nicht erinnern, woher. Langsam dämmerte es ihm. Er hatte ihn ein paar Mal bei Ryan getroffen und Haschkekse von ihm gekauft. Soweit er sich erinnerte, hieß der Mann Bakunin. Heller hatte nicht erwartet, ausgerechnet ihn im Bad seiner Wohnung wiederzutreffen. Bakunin schien Hellers Verwirrung zu bemerken.

»Ich penne mit Petra. Also ich meine bei Petra. Wenn das okay ist für dich. Ich wusste gar nicht, dass ihr Geschwister seid. Lustig, oder?«

Heller nickte. Er hatte keine Ahnung, wie er mit der Situation umgehen sollte. Dass Petra ihre *Atzen* mitbrachte, wie sie das im ausgeliehenen Berliner Jargon mitteilte, störte ihn eigentlich nicht. Allerdings war es auch nicht gerade hilfreich, dass ein stadtbekannter Anarchist in der Wohnung eines Kriminalpolizisten nächtigte. Er musste mit Petra darüber reden. Es würde ein schwieriges Gespräch werden. Petra hatte schon immer Sympathien für die Linken gehabt, sich in den letzten Wochen aber deutlich radikalisiert. Ihn hatte sie mehrmals einen *Scheißbullen* genannt. Ironisch, wie sie meinte. Aber da war Heller sich nicht so sicher. Nachdem Bakunin wieder in Petras Zimmer verschwunden war, setzte Heller sich an den Frühstückstisch.

Paula war guter Dinge. Sie hatte zwar immer noch eine Glatze, aber sie hatte den Verband um ihre Brust abgelegt und trug einen Büstenhalter, in dessen linke Seite sie einen von Hellers Socken stopfte. Die jüngsten Röntgenuntersuchungen hatten keine weiteren Metastasen gezeigt. Offenbar schien sie den Kampf gegen den Krebs zu gewinnen. Sie konnte sogar wieder Witze über ihre Krankheit machen. Am Abend zuvor hatte sie Heller einen erzählt: *Geht ein Mann nach dem Arztbesuch durch die Straße und murmelt: Hummer? Langusten? Krabben? Er läuft verwirrt zum Arzt zurück. Herr Doktor, was hab' ich? Krebs! Ach ja, stimmt.* Heller hatte nicht lachen können, während Paula sich nicht einkriegen konnte.

Es war ihre spezielle Art, mit der Angst vor dem Tod umzugehen.

Am Frühstückstisch herrschte ausgelassene Stimmung. Astrid und Jochen hatten Schreie aus Petras Zimmer gehört und gedacht, der Besucher würde ihr wehtun. Daraufhin war Jochen mit der Spielzeugpistole, die Heller ihm zu Weihnachten geschenkt hatte, in das Zimmer geschlichen. Astrid hinter ihm hatte den Ausweis gezückt, den Heller im vergangenen Jahr für den Einsatz im *Hotel Zoo* gebastelt hatte. Sie hatten zwei nackte Menschen angetroffen, die engumschlungen im Bett lagen. Es hatte nicht nach Gewalt und Schmerzen ausgesehen. Eher nach etwas, das sie nicht verstanden. Oder besser gesagt, nur ein bisschen. Einiges darüber, was Erwachsene im Bett machten, wussten sie bereits.

Paula hatte ihnen gerade erklärt, dass Petra keine Schmerzen, sondern Spaß hatte und deshalb so laut war. Worin der Spaß genau bestand, versuchte sie mit einem Vergleich zu verdeutlichen.

»Es ist so, wie wenn ihr zum Geburtstag ein ganz besonders tolles Geschenk bekommt, und ihr freut euch riesig.«

Die Kinder schienen den Vergleich zu verstehen, allerdings waren sie verwirrt, weil Petra ja nackt war und gar nicht Geburtstag hatte. Paula gab die Aufklärungsversuche an Heller weiter, doch der war unkonzentriert und hatte nicht richtig zugehört. Als die Kinder fragten, ob er mit ihnen zum Wannsee fahren würde, winkte er ab.

Am Tag zuvor hatten sie Storch zu dem toten Briefkasten geschickt. Storch hatte prompt eine Nachricht seines Kontaktmannes gefunden. Koch und Wittek, die schließlich doch eingewilligt hatten, nachts im Tiergarten Dienst zu schieben, hatten den Mann nicht bemerkt.

Jetzt blieb ihnen nur eine Möglichkeit. Storch musste zu dem Treffen gehen, dass der Kontaktmann für dreizehn Uhr im *Café Kranzler* bestätigt hatte. Sollte die Aktion schiefgehen, würde die gesamte Truppe, die in die Sache involviert war, ein Dienstverfahren am Hals haben und vielleicht sogar aus dem Polizeidienst entlassen werden. Heller trank seinen Kaffee, ließ das Brötchen liegen und eilte los.

Im zweiten Stock in der Keithstraße erklärte Hartmann dem sichtlich nervösen Herbert Storch immer und immer wieder, was er zu tun hatte.

»Sie gehen um Viertel vor eins ins *Café Kranzler.* Sie setzen sich an einen der Tische auf dem Bürgersteig. Ist kein Tisch frei, warten Sie so lange, bis einer frei wird. Auf keinen Fall setzten Sie sich rein. Wir müssen sehen, wer der Mann ist. Sie bestellen ein Kännchen Kaffee. Keinen Kuchen.«

»Warum nicht?«

»Weil Sie den in der Aufregung gar nicht runterkriegen. Wir wollen doch nicht, dass Sie auf den Tisch kotzen, oder?«

Storch schüttelte den Kopf. Es war immer noch nicht klar, ob er ihnen etwas vorspielte oder ob er wirklich aufgeregt war. Die Möglichkeit, dass er mit der neuen Kontaktperson unter einer Decke steckte, war nicht auszuschließen. Hartmann hatte zwar seine Kontakte zu den Amerikanern und der *Berlin Operation Base* der CIA benutzt, um darüber Informationen zu erhalten, war aber abgeblitzt. Irgendetwas lief im Hintergrund, doch niemand aus der Truppe hatte eine Ahnung, was das sein konnte.

»Sie halten an Ihrem Tisch einen Stuhl frei. Dann warten Sie, bis Ihr Kontaktmann kommt. Vielleicht wird er sich verspäten. Mit Sicherheit weiß er, wie Sie aussehen, also wird er sich an Ihren Tisch setzen. Wahrscheinlich wird er eine Weile belangloses Zeug mit Ihnen reden. Sobald Sie den Eindruck haben, dass er der Richtige ist, das heißt, wenn er nach der Kuckucksuhr fragt, nehmen Sie die Kaffeetasse, führen sie zum Mund und lassen sie fallen. Von da an übernehmen wir.«

»Was heißt das? Wo seid ihr?«

Storch blickte ängstlich in die Runde der Polizisten. Koch, Wittek, Danner und Heller trugen Sonntagsanzüge und Hüte. Jetzt sahen sie tatsächlich wie Sonntagsfahrer aus. Leute, die sonntags in ihren Goggomobilen mit fünfzig über die Stadtautobahn krochen.

»Das müssen Sie nicht wissen«, sagte Hartmann. »Wir sind in der Nähe und passen auf Sie auf. Aber versuchen Sie auf keinen Fall, nach uns Ausschau zu halten. Ihr Kontaktmann wird Sie von dem Moment an, in dem Sie sich an den Tisch setzen, beobachten. Sie tun so, als würden Sie einfach nur auf ihn warten. Haben Sie das verstanden?«

»Ja.«

Er nickte. Sah wieder zu den Polizisten hin, lächelte. Dann wollte er zur Toilette gehen, und Hartmann schickte Wittek mit.

Sie schauten einander an.

»Meint ihr, er hält das durch?«, fragte Koch.

Niemand wusste es.

»Der macht sich doch jetzt schon in die Hose.«

»Sein Problem«, sagte Danner.

Sie hatten kein Mitleid mit Storch. Der Dreckskerl hatte vier Frauen auf grausamste Weise umgebracht. Er würde deswegen vor Gericht kommen. Wenn er einen guten Anwalt an seiner Seite hatte, würde der auf Unzurechnungsfähigkeit plädieren, und Storch wäre nach zehn Jahren in der Psychiatrie wieder frei. Nach der Justizreform, die die Sozis durchgesetzt hatten, musste jetzt berücksichtigt werden, wie sich die Strafe auf das künftige Leben des Täters auswirkte. Seitdem ging es vor allem um die Wiedereingliederung von Verbrechern in die Gesellschaft. *Resozialisierung* nannte man das. Sollte Storch die Aktion nicht überleben, würden sie gewiss nicht um ihn trauern.

Heller schaute auf die Uhr.

Es war halb elf. Sie hatten noch zwei Stunden Zeit, bis sie Storch losschicken mussten. Als er von der Toilette zurückkam, erklärte Hartmann ihm erneut minutiös den Ablauf der Aktion. Storch war genervt. Er ging noch zwei Mal zur Toilette.

Ein herrlicher Kaffeeduft erfüllte die Kajüte, als es in der kleinen Moka auf dem Gaskocher zu brodeln begann. Poljakov hatte schlecht geschlafen. Windböen waren die halbe Nacht lang über den Kleinen Wannsee gefegt und hatten die *Irina* auf den Wellen tanzen lassen. Jetzt nahm er die Kanne vom Feuer, drehte den Gashahn zu und goss das heiße, tiefbraune Gebräu in eine Tasse. Behutsam spitzte er die Lippen, pustete mehrmals und zuckte dennoch zurück, als der erste Schluck seine Lippen berührte. Heiß und stark musste der Kaffee sein, sonst wirkte er nicht nach einer Nacht, in der er kaum ein Auge zugemacht hatte.

Petrov hatte ihm eine chiffrierte Nachricht geschickt. Er sollte nach Karlshorst kommen, um die aktuelle Lage zu besprechen. Als Leiter der Residentur wusste Petrov natürlich, dass dieser Kommissar Heller am Leben war und inzwischen den Bombenbauer Storch jagte. Das war alles andere als hilfreich. Aber bisher hatte Poljakov keine Gelegenheit gefunden, sich um Heller zu kümmern. Außerdem würde der Tod eines West-Berliner Polizisten einen gehörigen Aufruhr verursachen. Poljakov hatte sich entschieden, den Kommissar erst dann zu liquidieren, wenn er die Bombe in Händen hielt. Er legte Petrovs Nachricht und seine Dechiffrierung in einen Metalleimer, nahm ein Streichholz und zündete beides an. Hungrig fraßen die Flammen das Papier auf. Anschließend zerstampfte er die Asche in kleinste Teile, vermischte sie mit dem Kaffeesatz aus der Moka und kippte beides über Bord.

In der vergangenen Nacht hatte er eine Weile im Tiergarten auf der Lauer gelegen. Als er sicher sein konnte, dass der tote Briefkasten nicht überwacht wurde, hatte er einem der jungen Männer, die in der Gegend herumstrichen, fünf Mark in die Hand gedrückt und ihn losgeschickt, die Nachricht aus dem Versteck im Starenkasten zu holen. Man konnte nie vorsichtig genug sein.

Es war jetzt zehn Uhr vormittags. Der See lag still und schwarz. Ein paar Segelboote kreuzten. Poljakov zog sich aus und sprang nackt in das kalte Wasser. Er spürte, wie die Muskeln sich zusammenzogen, sein Herz schneller pumpte und das Hirn ihm sagte, dass er sich nicht gerade in einer gemütlichen Umgebung befand. Aber nach ein paar Schwimmzügen machte die Kälte ihm nichts mehr aus. Daheim hatte er oft zusammen mit Irina in dem kleinen See nahe der Datscha ihrer Familie gebadet, im Sommer ebenso wie im Winter. Danach hatten sie eng umschlungen im Bett gelegen und sich aneinander gewärmt. Beim Gedanken daran schwamm er schneller, kraulte wütend, als trage das Wasser Schuld an den Qualen, in die seine Erinnerungen ihn stürzten.

Eine Stunde später fuhr er mit dem Bus in Richtung

Zoo, stieg am Bahnhof Charlottenburg aus, knackte das Schloss eines Fahrrades am Stuttgarter Platz und fuhr durch Nebenstraßen bis zum Kurfürstendamm. Am Lehniner Platz ließ er das Rad stehen und nahm einen weiteren Bus in Richtung Zoo. Der häufige Wechsel der Fortbewegungsmittel war notwendig, um Verfolger abzuschütteln. Grundwissen jedes Spions.

Es war halb eins, als er an der Gedächtniskirche ausstieg. In der rechten Tasche seines Jacketts steckte eine Zigarettenschachtel, mit der er einen feinen Nebel Blausäure versprühen konnte. Links trug er ein Opernglas. Im Hosenbund steckte die Colt Commander. Er flanierte den Ku'damm entlang in Richtung Westen, überquerte die Joachimstaler Straße. Als er das *Kranzler* erreichte, nahm Storch gerade an einem der Tische, die auf dem Bürgersteig standen, Platz und stellte eine Einkaufstasche von Hertie neben sich ab. Er schien nervös zu sein. Poljakov lief am *Kranzler* vorbei, wechselte die Straßenseite und beobachtete Storch im Schutz des Eingangs zum *Ufa Pavillon*. Storch trank Kaffee und schlang ein Stück Schwarzwälder Kirschtorte herunter, als sei er am Verhungern. Poljakov wartete. Um halb zwei begann Storch, sich nervös umzuschauen. Sah auf die Uhr, bestellte ein weiteres Kännchen Kaffee. Es amüsierte Poljakov, dass in Berlin auf den Terrassen der Cafés Kaffee nur in Kännchen serviert wurde. Eine weitere Viertelstunde später gab es Probleme mit der Rechnung. Storch zählte Münzen in seiner Hand, erhob sich vom Stuhl und wühlte in seinen Hosentaschen. Die dicke Kellnerin wurde ungeduldig. An den Nachbartischen schauten die Gäste kopfschüttelnd zu dem Mann hin. Poljakov holte das Fernglas aus der Jacke. Storch begann zu schwitzen, dann blickte er zu jemandem, der vier Tische weiter saß. Poljakov fokussierte den Mann, der dort vor einem großen Stück Torte saß. Er kannte ihn von den Fotos, die Petrov ihm gegeben hatte. Er hieß Wolf Heller.

Sie hatten Storch Geld für ein Kännchen Kaffee in die Hand gedrückt. Kein Kuchen, kein zweites Kännchen, hatte Hartmann diesem Idioten eingeschärft. Heller spürte, wie Storch verzweifelt zu ihm hinsah, ignorierte den Blick aber. Die Kellnerin wurde ungeduldig. Als klar war, dass Storch nicht genügend Geld bei sich trug, kündigte sie an, die Polizei zu rufen und ihn wegen Zechprellerei verhaften zu lassen. Sie marschierte zurück ins Café. Storch stand ratlos neben seinem Tisch. Schweiß lief ihm übers Gesicht. Was nun? Wenn die Polizei hier aufkreuzte, war die Aktion gescheitert. Die Kollegen würden Storch mit aufs Revier nehmen und ihn dort als den gesuchten Frauenmörder identifizieren. Heller folgte der Kellnerin ins *Kranzler*. Wenn er Storchs Rechnung übernahm, war vielleicht noch etwas zu retten. Er sah, wie sie den Telefonhörer auflegte und wieder nach draußen gehen wollte, und hielt sie auf.

»Was ist Ihnen der Mann schuldig?«

»Wieso? Kennen Sie den?«

»Ja. Ein Freund von mir.«

»Vier Mark zwanzig. Ohne Trinkgeld.«

Heller gab ihr fünf Mark.

»Wären Sie jetzt noch so freundlich, die Polizei wieder abzubestellen.«

»Die hab ick doch jar nich anjerufen.«

Sie steckte die fünf Mark in ihre Geldbörse und lief nach draußen. Heller beobachtete, wie sie sich an Storch wandte und ihm etwas ins Ohr flüsterte. Storch guckte sie verwundert an, dann schlängelte er sich zwischen den Tischen hindurch und verließ das Café in östliche Richtung. Wieso verließ Storch das Kranzler?, fragte Heller sich. Das war nicht abgesprochen. Als die Kellnerin zurückkam, hielt er sie auf.

»Was haben Sie zu meinem Freud gesagt?«

»Wieso woll'n Se det wissen?«

»Weil er auf einmal so schnell aufgebrochen ist.«

»Warum fragen Se ihm det nich selba, wenn det Ihr Freund ist.«

Jetzt wurde es Heller zu bunt. Er hielt der Kellnerin seine Polizeimarke entgegen. Die Dicke erschrak.

»Na, da hat doch ehm eener anjerufen, det Ihr Freund zum Europa-Zenta kommen soll.«

»Wer?«

»Woher soll ick det wissen?«

»Hat er keinen Namen genannt?«

»Doch. Hella.«

Es war der Kuckuck. Kein Zweifel. Er hatte bemerkt, dass sie ihm eine Falle gestellt hatten. Und jetzt hatte er die Initiative übernommen.

»Sie heißen doch ooch Hella. Iss det Ihr Bruder?«, fragte die dicke Kellnerin sichtlich verwirrt.

Heller rannte aus dem Kranzler. An der Kreuzung Ku'damm und Joachimstaler erwischte er Danner und Wittek. Sie standen an der roten Fußgängerampel.

»Was ist hier los?«, blaffte Danner.

Von der gegenüberliegenden Seite kamen Hartmann und Koch angerannt. Hartmann war auf hundertachtzig.

»Wo geht er hin? Was ist da für ein Mist im *Kranzler* abgelaufen?«

Die Ampel wechselte zu Grün. Sie überquerten die Joachimstaler und folgten Storch.

»Er hat natürlich Kuchen und einen zweiten Kaffee bestellt«, erzählte Heller. »Und dann hat die Pfeife gemerkt, dass er nicht genügend Geld hat. Die Kellnerin hat gesagt, sie holt die Kollegen. Also bin ich ihr hinterhergegangen und hab für Storch bezahlt. Da hatte sich der Kuckuck aber schon gemeldet und Storch zum Europa-Center bestellt.«

»Woher hat er gewusst, dass wir Storch beschatten?«, fragte Hartmann.

»Offenbar hat er mich erkannt.«

Hartmann sah Heller konsterniert an. Der Kuckuck wusste von Heller? Wie war das möglich?

Als sie die Gedächtniskirche erreichten, deutete Danner zu Storch hin, der jenseits der Straße gerade das Europa-Center betrat.

»Er geht rein«, rief er.

Sie waren aufgeflogen. Sie hatten ihren Gegner unterschätzt und, was die weit größere Sünde war, sich selbst überschätzt. Heller konnte beobachten, wie Hartmann nervös wurde. Er hatte viel riskiert, und wie es aussah, verloren. Seine Gleichgewichtsstörungen meldeten sich, während sie vor der Kirche mit dem abgebrochenen Turm standen. Koch hielt ihn am rechten Arm fest.

»Alles in Ordnung?«, fragte er.

Hartmann riss sich los.

»Was steht ihr hier rum?«, fragte er. »Wie viele Ausgänge hat das Europa-Center?«

»Sechs. Und das Parkhaus«, sagte Wittek.

Die Einkaufstüte war schwer. Der Griff schnitt ihm in die Hand. Er musste die Tüte immer wieder von rechts nach links und zurück wechseln. Jemand hatte im *Kranzler* angerufen und die Kellnerin gebeten, ihm eine Nachricht zu überbringen. *Es ist schiefgelaufen. Gehen Sie ins Europa-Center. Schnell.* Warum er dorthin kommen sollte und von wem die Nachricht kam, wusste die Kellnerin nicht. Es muss Hartmann gewesen sein, dieser Hund, der ihn die ganze Zeit wie den letzten Dreck behandelte. Storch lief an den Läden vorbei, spähte in die Lokale. Weit und breit war kein Polizeibeamter zu sehen. Wieso nicht? Irgendwo musste doch jemand sein, der ihm sagte, was er nun tun sollte. Sollte er warten? Sollte er sich hinsetzen? Sollte er umherlaufen? Verflucht noch mal. Ja, er hatte Mist gebaut. Er hätte die Torte und das zweite Kännchen nicht bestellen sollen. Der Kaffee hatte ihn nur noch nervöser gemacht. Dann war ihm eingefallen, dass er nicht genügend Geld hatte. Aber das war nicht sein Fehler gewesen. Die Penner hätten ihm auch mehr Geld mitgeben können. Geizhälse. Dann hatte er aus den Augenwinkeln gesehen, wie dieser Heller ins *Kranzler* reingegangen war. Wahrscheinlich hatte der ihn ausgelöst. Aber wenn der das getan hatte, wieso dann der Anruf? War es vielleicht doch nicht Hartmann gewesen? Dann vielleicht sein Kontaktmann? Hatte der alles beobachtet und gemerkt, dass die Bullen ihm eine Falle stellen wollten? Ja, so musste es sein. Der Kontaktmann hatte ihm durch die Kellnerin ausrichten lassen, dass er ins Europa-Center kommen sollte. Er war losgegangen, und die Bullen konnten ihm nicht folgen, weil sie sich dann verraten hätten. Das war gut. Das war sogar sehr gut. Vielleicht konnte er das Blatt doch noch zu seinen Gunsten wenden. Allerdings war der Kontaktmann jetzt auch nirgends zu sehen. Oder er war irgendwo in der Nähe, und er bemerkte ihn nicht, weil er ihn nicht kannte. Seltsame Situation, dachte Storch. Du weißt, dass du beobachtet wirst, weißt aber nicht von wem. Ist es der vor dem Schuhgeschäft? Oder der vor dem Friseurladen? Bei Pan Am steht einer, der so angestrengt ins Schaufenster blickt.

Der muss es sein. Was wäre nun, wenn er zu dem Mann hingehen, ihn fragen würde, ob er eine »Kuckucksuhr« haben wolle. Wenn der nicht sein Kontaktmann war, würde er einfach weitergehen. Wenn es der Richtige war, würde Storch ihm sagen, dass die Bullen ihn in eine Falle locken wollten. Dass er, Storch, die Bombe nicht dabeihatte, aber ihm einen Schlüssel zu einem Schließfach in der Amerika-Gedenkbibliothek geben könnte, wo die Bombe versteckt war. Die dämlichen Bullen waren bisher nicht auf die Idee gekommen, den Schlüssel zu überprüfen. Wie auch. Der sah aus wie der Sicherheitsschlüssel zu seiner Wohnung. Storch trat neben den Mann.

»Brauchen Sie eine Kuckucksuhr?«

Der Mann drehte sich zu Storch herum. Die Ohren waren deformiert. Das Gesicht war vernarbt, die Augen lagen tief in den Höhlen. Eine richtige Hackfresse.

»Was für eine Kuckucksuhr?«

»Entschuldigung. Ich dachte nur.«

»Was dachtest du? Was bist du denn für einer? Willst du mich anmachen? Verpiss dich, du Schwuchtel.«

Die Aggressivität des Mannes erschreckte ihn. Storch taumelte ein paar Schritte zurück und rempelte eine Frau mit einem Kinderwagen an. Die Frau brüllte ihn an, er solle gefälligst aufpassen. Das Baby in dem Wagen fing an zu schreien. Andere Passanten schauten ihn vorwurfsvoll an. Ein Mann drohte ihm mit der Faust. Er lief zur Rolltreppe, fuhr hoch in den ersten Stock. Hier war es ruhiger. Ein paar Teenager lungerten vor einem Plattenladen und betrachteten die Poster von den Beatles, den Stones, Jim Morrison. Sie kicherten, als er an ihnen vorbeiging. Warum kicherten die? Als er sein Spiegelbild in einem Schaufenster betrachtete, entdeckte er es. Er hatte riesige Schweißflecke unter den

Achseln. Du musst hier weg, dachte er. Er stieg die Treppe in den zweiten Stock hinauf. Da war niemand mehr. Eine Tür führte nach draußen zu der Galerie, die das Atrium umrundete. Auf der Eisbahn drehten ein paar Berliner ihre Runden. Was sollte er jetzt tun? Wieso kam niemand? Er blickte sich um. Plötzlich musste er grinsen. Was war er für ein Idiot. Worauf wartete er noch? Das war doch die beste Gelegenheit, um abzuhauen. Auf der anderen Seit der Galerie befand sich eine Tür. Soweit er sich erinnerte, führte die zum Parkhaus. Er konnte ein Auto knacken und abhauen. Das war auf alle Fälle besser, als hier zu warten, dass die Bullen ihn wieder schnappten. Auf die tausend Mark, die er für die »Kuckucksuhr« zu kriegen hatte, war geschissen. Er marschierte los.

Als er auf der nördlichen Seite der Galerie ankam, entdeckte er einen Mann, der durch die Tür trat. Der Mann schaute ihn so intensiv an, dass er schauderte. War das der Kontaktmann?

Poljakov wunderte sich, wie dilettantisch die Polizisten sich anstellten. Sie hatten Storch auf der Terrasse des *Café Kranzler* auf den Präsentierteller gesetzt. Heller hatte sich ein paar Tische weiter hinter einer *Bild*-Zeitung vom Vortag verschanzt. Einen weiteren Polizisten hatte Poljakov in der Verkehrskanzel auf der anderen Seite der Kreuzung entdeckt. Der dritte war an dem Kiosk neben dem Eingang zur U-Bahn postiert gewesen und der vierte hatte in einem Mercedes auf der anderen Seite der Kreuzung gesessen. Hatten sie erwartet, dass er sich zu Storch setzen, ihm das Geld geben und die Kuckucksuhr entgegennehmen würde? Er hatte Storch verfolgt, war zehn, fünfzehn Meter hinter ihm geblieben, hatte ihn überholt und jeden seiner Schritte beobachtet. Storch hatte die Einkaufstasche von einer Hand zur anderen gewechselt. Warum? War die *Kuckucksuhr* so schwer? In den Aufzeichnungen, die Ikarus hinterlassen hatte, war die Rede von drei bis vier Kilo. Er hatte Storch nicht angesprochen, weil er nicht wusste, ob sich unter den Passanten noch weitere Polizisten befanden. Dann war der Idiot ins Europa-Center gegangen, in den ersten Stock hinaufgefahren und stand nun auf der Galerie. Trat etwa zehn Meter von ihm entfernt von einem Fuß auf den anderen. Obwohl es nicht sonderlich warm war, schwitzte Storch.

»Haben Sie eine Kuckucksuhr zu verkaufen?«, fragte Poljakov.

Storch blickte ihn erstaunt an.

»Ja.«

Es war ein unsicheres *Ja.* Beinahe eine Frage. Das dünne Lächeln auf Storchs Lippen war falsch.

»Kommen Sie näher.«

Er durfte sich nicht zu weit von seinem Fluchtweg entfernen. Storch sah sich erneut um, machte ein paar Schritte auf Poljakov zu, blieb auf halber Strecke stehen.

»Was ist? Sie haben die Kuckucksuhr doch dabei, oder? Ich bezahle gut.«

Storch ging ein paar weitere Schritte auf Poljakov zu. Als von der Eisbahn ein gellender Schrei heraufdrang, blieb er stehen. Poljakov schaute nach unten. Zwei Läufer waren zusammengestoßen. Ein Mädchen lag auf dem Boden und hielt sich das linke Bein. Aus den Lautsprechern dröhnte *Those Were the Days.*

»Machen Sie schon«, sagte er zu Storch. »Wir haben nicht ewig Zeit.«

»Es gibt ein Problem. Das alles ist eine Falle. In der Tasche ist nur eine alte Kuckucksuhr. Aber ich kann

Ihnen sagen, wo die andere Kuckucksuhr ist. Haben Sie das Geld dabei?«

Poljakov hatte es bereits geahnt. Die Polizei hätte Storch niemals mit einer Bombe ins *Kranzler* gehen lassen. Er war eher gespannt gewesen, wie es weitergehen würde.

»Wo ist sie?«

»Haben Sie das Geld?«

Poljakov zog einen Geldumschlag aus der Innentasche seines Jacketts.

»Werfen Sie es hierher.«

»Erst will ich wissen, wo sie ist.«

»Nein. Ich traue Ihnen nicht.«

Poljakov sah, wie Storch sich umdrehte, zu der Tür hinschaute, durch die er gekommen war, und erstarrte.

Sie hatten sich aufgeteilt. Danner übernahm die beiden nördlichen Ausgänge, Wittek den östlichen, Koch den zur Gedächtniskirche hin, und Hartmann überwachte die Ausgänge zur Tauentzienstraße. Heller selbst war ins Europa-Center gelaufen, um Storch wieder einzufangen. Er musste verhindern, dass es zu einer Begegnung mit dem Kuckuck kam. Je länger er darüber nachgedacht hatte, umso mehr war ihm klar geworden, was für einen furchtbaren Fehler sie gemacht hatten. Der Kuckuck hatte Storch ins Europa-Center geschickt, um ihn ihrer Kontrolle zu entziehen. Wenn er nun merkte, dass in der Einkaufstasche keine Bombe war, sondern eine echte Kuckucksuhr, was würde er dann tun? Storch stand ungefähr zehn Meter vor Heller. Die Einkaufstasche in der rechten Hand. Ihm gegenüber Kuckuck. Er hielt einen Umschlag in der rechten Hand, die Linke steckte in der Jackentasche. Heller erinnerte sich, dass er ihn schon mal irgendwo gesehen hatte. Aber er wusste nicht mehr, wo das gewesen war. Vielleicht auf einem Foto.

»Kommen Sie her, Storch«, sagte Heller so ruhig und behutsam wie nur möglich.

Storch wich ein paar Schritte zurück, näherte sich dem Kuckuck.

»Kommen Sie zu mir, bitte.«

Heller ging vorsichtig auf Storch zu. Der wich weiter zurück. Er wusste offensichtlich nicht, was er tun sollte.

»Der Mann hinter Ihnen, Storch. Schauen Sie ihn an. Fragen Sie ihn, was er in der linken Jackentasche hat.«

Storch drehte sich zu seinem Kontaktmann herum.

»Fragen Sie ihn. Los.«

Storchs Blicke eilten hin und her.

»Lassen Sie mich in Ruhe!«, schrie er.

»Ich lasse Sie in Ruhe, aber Sie müssen jetzt hierherkommen.«

»Nein!«

Storch schleuderte Heller die Einkaufstasche entgegen. Dann kletterte er über die Brüstung der Galerie. Hielt sich mit beiden Händen fest. Zehn Meter unter ihm kümmerten sich Eisläufer um das verletzte Mädchen.

»Storch!«, rief Heller.

Als er loslaufen wollte, sah er die Colt Commander in der Hand des Kuckucks.

»Keinen Schritt weiter!«

Heller stoppte mitten in der Bewegung. Der Kuckuck sprach recht gutes Deutsch. Nur ein leichter Akzent schwang darin. Kein russischer, eher ein englischer. Oder ein amerikanischer? War er Amerikaner?

Der Mann zielte mit ausgestrecktem Arm auf Heller. Ging langsam auf Storch zu. Flüsterte ihm etwas ins Ohr. Storch schüttelte den Kopf. Der Mann flüsterte erneut. Storch antwortete etwas, das Heller nicht verstehen konnte. Der Mann nickte Storch zu. Nahm ein Zigarettenpäckchen aus der Jacke und hielt es Storch vor das Gesicht. Ein feiner Nebel trat daraus hervor. Storch schrie auf. Er ließ die Brüstung los und fiel zehn Meter tief.

Schreie drangen von der Eisbahn hoch. Der Kuckuck blickte nach unten. Ließ die Pistole für einen Moment sinken. Heller nutzte diesen Moment der Unaufmerksamkeit und stürzte los. Als er nur noch zwei Meter von dem Mann entfernt war, riss der die Pistole erneut hoch und drückte ab. Ein beißender Schmerz brannte sich in Hellers rechten Arm, warf ihn nach hinten. Er taumelte. Im Fallen sah er, wie sein Gegner durch die Tür ins Parkhaus verschwand.

Er hatte Heller nicht richtig getroffen. Hatte auf das Herz gezielt und den rechten Arm erwischt. Hinter ihm wurden Türen geöffnet und fielen hart wieder zu. Schritte von Ledersohlen hallten durch die niedrigen Etagen. Eine Frau fuhr in einem Fiat 500 eine Auffahrt hoch. Er stellte sich ihr in den Weg, richtete die Pistole auf die Windschutzscheibe. Die Frau bremste einen halben Meter vor seinen Beinen. Er sagte sehr ruhig, dass sie aussteigen solle, ein Notfall. Die Frau griff nach etwas, das auf dem Beifahrersitz lag. Er konnte nicht erkennen, was es war. Beinahe hätte er auf sie geschossen, aber dann sah er, dass es sich um ein Blech mit Apfelkuchen handelte. Die Frau sagte, den Kuchen habe sie für ihren Mann gebacken. Was interessierte ihn das? Poljakov zerrte sie aus dem Wagen, der Kuchen fiel zu Boden und die Frau jammerte. Er klemmte sich hinter das Steuer des Wagens und fuhr los. Die schmalen Reifen des Fiat kreischten in jeder Kurve. Jetzt war nur noch die Schranke zwischen ihm und der von der Sonne hell erleuchteten Straße. Er stoppte. Ein Geräusch hinter ihm ließ ihn in den Rückspiegel blicken. Heller rannte hinter ihm her. Die Pistole in der linken Hand. Poljakov drückte das Gaspedal durch. Der kleine Wagen machte einen Satz vorwärts, jagte auf die Schranke zu, durchbrach sie, schleuderte auf die Nürnberger Straße hinaus und krachte gegen ein Taxi. Poljakov verlor kurz die Richtung, fing sich wieder und fuhr weiter in Richtung Tauentzienstraße. An der Kreuzung musste er hinter den anderen Autos anhalten, die vor der roten Ampel warteten. Heller immer noch hinter ihm. Poljakov wechselte auf die Gegenfahrbahn, fuhr bei Rot über die Kreuzung und sah zu spät den doppelstöckigen Bus, der ihn seitlich rammte und den Fiat umkippte, bis er auf dem Dach zum Liegen kam. Poljakov stieß mit dem Kopf gegen das Seitenfenster. Die Windschutzscheibe brach heraus. Der Geschmack von Eisen auf den Lippen. Hände packten ihn und richteten ihn auf. Gesichter, die verschwommen vor ihm auftauchten. Stimmen, die ihn fragten, ob er verletzt sei. Woher sollte er das wissen? Er nahm die Colt Commander aus dem Hosenbund.

Der Fiat war von einem Bus gerammt worden. Heller hatte es gesehen. Jetzt blieb er stehen. Wo war Hartmann? Der sollte doch in der Nürnberger warten. Eine Menschentraube bildete sich um den Fiat, der kurz vor der Kreuzung Passauer Straße auf dem Dach lag. Heller lief los. Als er sich den Weg durch die Menge der Neugierigen bahnte, fiel ein Schuss. Schreie und Panik. Die Menschen stoben auseinander, stießen ihn zurück. Einige dachten wohl, er habe geschossen. Eine Frau schlug mit ihrer Handtasche nach ihm, traf ihn am Kopf.

Schimpfte wie ein Rohrspatz. Heller schob sie hart beiseite, schrie ihr entgegen, dass er Polizist sei. Ging auf den Fiat zu, schaute in das Wageninnere. Leer. Von dem Mann war nichts zu sehen. Wo war er? Heller kletterte auf das Wrack. Spähte umher. Nichts. Nirgends. Und dann sah er, wie der Mann vor einem Schaufenster des KaDeWe stand. Langsam drehte er den Kopf in Hellers Richtung. Als ihre Blicke sich trafen, humpelte der Mann weiter in Richtung U-Bahnhof Wittenbergplatz. *Nicht in die U-Bahn*, dachte Heller. Dort, wo die U1 und die U2 und die U3 zusammentrafen, würde er ihn mit Sicherheit verlieren. Von Osten her näherte sich ein Demonstrationszug dem Wittenbergplatz. Heller rannte weiter. Vielleicht würden die Demonstranten die Ausgänge des U-Bahnhofs blockieren. Zum ersten Mal in seinem Leben war er für eine Demo dankbar.

Poljakov erreichte den Bahnsteig der U2. Von überallher strömten junge Menschen herbei, füllten die Plattform. Einige trugen Schilder von Lenin, Marx und Rosa Luxemburg. Andere sangen die Internationale. Er sah Mützen, wie Che Guevara sie getragen hatte. Rote Sterne vorne drauf. Einige trugen amerikanische Baretts mit Stickern von Ho Chi Minh. Frauen hatten Palästinensertücher um den Hals geschlungen. Sie waren laut. Er saß in der Falle. Wenn nicht bald der nächste Zug käme, würde Heller ihn einholen. Einige Demonstranten schauten ihn verwirrt an, weil er im Gesicht blutete, wollten sie ihm helfen. Er lehnte ab. Sie verloren das Interesse an ihm. Gut so. Sobald die Bahn einfuhr, würde er einsteigen und verschwinden.

Jemand packte ihn am rechten Arm. Er wollte sich losreißen, drehte sich herum. Heller.

Von der Treppe aus hatte er das blutverschmierte Gesicht sofort in der Menge entdeckt. Seinen verletzten rechten Arm schützend war er zwischen den Demonstranten hindurch auf den Kuckuck zugegangen. Jetzt hielt er ihn fest.

»Sie sind festgenommen«, sagte er.

Der Kuckuck grinste ihn an.

»Was wollen Sie von mir?«, rief er so laut, dass die Umstehenden erneut auf ihn aufmerksam wurden. »Ich bin verletzt, ich muss ins Krankenhaus.«

»Genau da bringe ich Sie hin. Und jetzt Abmarsch.«

Heller wollte den Mann aus dem Kreis der Demonstranten herausziehen, kam aber in dem Gedränge kaum voran.

»Machen Sie den Weg frei«, brüllte er die Demonstranten an.

»Bist du ein Bulle?«, fragte einer mit Che-Guevara-Mütze.

»Mordinspektion Keithstraße«, sagte Heller.

»Hast du auch so ein schickes Märkchen?«

»Lassen Sie mich durch.« Heller wollte Che Guevara beiseiteschieben. Aber die Menge schloss einen festen Kreis um ihn und den Mann.

»Einen Dreck lassen wir. Woher sollen wir wissen, dass du wirklich ein Scheißbulle bist.«

»Dieser Mann ist ein russischer Spion«, sagte Heller.

Che Guevara schaute den Mann skeptisch an. »Na, das ist doch ein Grund mehr, dass der Scheißbulle ihn loslässt, oder was meint ihr?«

Er drehte sich zu seinen Leuten herum. Allgemeine Zustimmung. Jubel. Eine feindliche Stimmung baute sich auf.

»Weißt du auch, warum du ihn loslassen sollst, Bulle?«, wandte sich Che Guevara erneut an Heller. »Weil er ein

Bürger der Sowjetunion ist, des ersten sozialistischen Landes, des Landes, das in Stalingrad den deutschen Faschismus besiegt hat. Und weil er dem einzigen Staat angehört, der stark und entschlossen ist, den internationalen Imperialismus der Amerikaner zu vernichten.«

Der Kreis um Heller und den Mann wurde enger.

»Ich habe nichts gemacht«, sagte Poljakov. »Er hat mich niedergeschlagen.«

»Freilassen, freilassen, freilassen!«, skandierten die Demonstranten nun wütend. Sie peitschten einander regelrecht auf. Selbst die, die sich bisher im Hintergrund gehalten hatten, wurden nun von der allgemeinen Aggressivität mitgerissen.

Heller spürte, wie die Situation immer bedrohlicher wurde. Als Che Guevara ihn am rechten Arm packte, in die Wunde griff, schrie Heller auf. Er riss sich los, richtete seine Waffe auf den jungen Demonstranten.

»Gehen Sie zurück.«

»Und wenn nicht?«

»Dann werde ich Sie erschießen.«

»Nein, wirst du nicht.«

»Willst du es darauf ankommen lassen?«

Che Guevara lachte unsicher. Heller spannte den Hahn seiner Pistole. Es wurde mit einem Mal totenstill. Heller und Che standen einander gegenüber. Endlose Sekunden vergingen. Leise war das Rumpeln eines Zuges zu hören, der sich aus dem schwarzen Schlund des Tunnels näherte. Er schob eine Welle aus kühler Luft vor sich her. Sie flutete den Bahnsteig. Roch abgestanden. Nach Eisen und Stein.

Eine rothaarige Studentin versuchte, Che von Heller wegzuziehen.

»Hör auf, das bringt doch nichts, das gibt nur Ärger«, sagte sie. »Der Bulle ist es nicht wert.«

Die Spannung wich aus Ches Körper. Er gab nach. Grinste und hob die Hände. Er würde weichen, brauchte aber noch einen Abgang, der ihn nicht als Verlierer dastehen ließ.

»Mit der Knarre fühlst du dich stark, Bulle. Aber das ist auch bald vorbei.«

Heller richtete die Pistole wieder auf den Kuckuck.

»Los jetzt.«

Der Mann reagierte nicht. Sah zu dem Tunnel hin. Als schon das Fahrerhäuschen der U-Bahn zu sehen war, stürzte er vor und stieß die rothaarige Studentin aufs Gleis.

Die Demonstranten schrien auf, wichen zurück. Schauten zur U-Bahn hin, die unaufhaltsam näherkam. Sahen die junge Frau im Gleis. Niemand machte etwas.

Heller beobachtete aus den Augenwinkeln, wie der Mann sich ruhig entfernte. Was jetzt? Heller sprang ins Gleisbett, packte die Studentin und hob sie auf den Bahnsteig. Er schaute nach links. Die Bahn war nur noch wenige Meter entfernt. Der Zugführer bremste, beugte den Oberkörper weit nach hinten, als könnte er dadurch dem Unglück entgehen. Er schaute Heller mit weit aufgerissenen Augen an.

Drei

14. bis 28. Oktober 1969

Sie standen in der Küche, hielten einander so fest umarmt, als würde die Welt untergehen. Petra war zwar erst vor ein paar Monaten eingezogen, aber als sie nun verkündete, dass sie ausziehen würde, fühlte es sich für Paula schrecklich traurig an. Sie hätten sich vermutlich noch Stunden schluchzend in den Armen gelegen, wenn nicht der Pfiff des Wasserkessels gewesen wäre. Paula befreite sich aus der Umarmung, nahm den Kessel vom Herd und goss das heiße Wasser in den Kaffeefilter. Astrid und Jochen weinten ebenfalls.

»Ich komm euch einmal die Woche besuchen«, sagte Petra zu Astrid und Jochen. »Und dann spielen wir den ganzen Nachmittag. Aber kein Monopoly mehr.«

»Warum nicht?«, fragte Jochen.

»Weil ihr dann zu Kapitalisten werdet.«

»Ist das was Schlimmes?«

»Sehr!«

»Was ist ein Kapipalist?«, wollte Astrid wissen.

»So jemand wie der Chef von eurer Mama. Oder Dagobert Duck.«

Petra hockte sich neben Astrid und Jochen, legte die Hände in den Schoß und begann zu erzählen. Es fiel ihr nicht leicht, die komplexen Zusammenhänge so zu erklären, dass die Kinder sie auch verstanden. Irgendwann mal, beschloss sie in diesem Augenblick, würde sie ein Buch schreiben, in dem sie Kindern den Kapitalismus so nahebringen würde, dass sie kapierten, was Marx meinte. Und wo er falsch lag. Der Mann hatte mit Sicherheit noch nie eine vollgeschissene Windel gewechselt, geschweige denn sich darüber Gedanken gemacht, wie seine sieben Kinder aufwuchsen. Wahrscheinlich hatte er sie, wie es damals üblich war, verdroschen, wenn sie nicht gehorchten.

Astrid und Jochen sahen Petra staunend an. Sie machten nicht den Eindruck, als wüssten sie, um was es hier ging. Bevor sie aber Petra mit Fragen in die Bredouille bringen konnten, schickte Paula sie ins Wohnzimmer an die Hausaufgaben.

»Ist nicht leicht begreiflich zu machen«, sagte Petra.

Sie erhob sich vom Boden, nahm dankend die Tasse Kaffee entgegen.

»Hast du es verstanden?«

»Ich hatte es verstanden, bis du es eben erklärt hast«, antwortete Paula.

»Ist auch nicht wichtig.«

Sie saßen am Küchentisch, starrten auf die feinen Blasen am Rand der braunen Flüssigkeit in den Tassen.

»Ich hab ein schlechtes Gewissen, weil ich dich mit den Zwergen allein lasse, bei all dem …«

»Schon okay. Wo wirst du denn wohnen?«

»Bei Bakunin. In der Wieland.«

»Ist das die Kommune?«

Ohne aufzuschauen, nickte Petra. Bedächtig goss Paula Kaffee nach. Sie probierten ein Lächeln, das sagen sollte, es sei nun mal so und nicht schlimm, weil sie ja erwachsen wären.

»Und ihr schlaft da alle in einem Zimmer?«

»Manchmal.«

»Oh.«

Laut den einschlägigen Zeitungen herrschte in der

Kommune Sodom und Gomorrha. Es hieß, jede würde es mit jedem treiben und das zu jeder Tages- und Nachtzeit. Und das Ganze auch noch unter dem Einfluss von Drogen, was angeblich zu einer völligen Enthemmung führte. Es würde schlimmer als in einem Bordell zugehen, hatte das evangelische *Berliner Sonntagsblatt* festgestellt und behauptet, die Frauen seien nichts anderes als verderbte Huren, die bei ihrem unmoralischen Treiben jegliche Scham ablegten. Woher der Schreiber des Artikels seine Informationen hatte, blieb sein Geheimnis. Über die Männer in den Kommunen machte man sich unterdessen weniger Gedanken. Als sei man nichts anderes von ihnen gewohnt und die Hurerei ein Teil ihrer Natur.

»Es ist nicht so, wie du denkst«, sagte Petra.

»Ich denke gar nichts. Es interessiert mich auch nicht wirklich«, versuchte Paula sich aus der peinlichen Situation zu befreien.

»Klar interessiert es dich. Jeder will wissen, was da abläuft. Ich hab es ja auch wissen wollen. Und ich schwör dir, es ist nicht das, was alle denken. Die Kerle wollen zuerst stundenlang quatschen, so nach dem Motto, *hey, jetzt haben wir so lange über mich geredet, reden wir doch auch mal über dich, was hältst'n du so von mir,* und dann wollen sie bumsen. Und dann musst du denen erst mal erklären, was eine Frau will. Und dass wir da so einen kleinen Knopf haben, der immer, wenn man ihn vorsichtig betätigt, zu einem Feuerwerk führt. Und dass Blasen für dich als Frau nicht der Gipfel des Sex bedeutet, ist für die Elche auch unverständlich.«

Die sehr deutlichen Erläuterungen waren sichtlich mehr, als Paula erwartet hatte. Sie machte sich am Waschbecken zu schaffen, trocknete Geschirr ab und packte es geräuschvoll in die Schränke. Petra hatte, seit sie in Berlin angekommen war, ein Erweckungserlebnis nach dem anderen gehabt. Die Begeisterung über ihre neuen Erkenntnisse und Entdeckungen musste natürlich sofort mit jedem und jeder geteilt werden. Dass Paula ihre Euphorie nicht verstand, konnte für Petra kein Grund sein innezuhalten. Sie war bei ihrem Lieblingsthema angekommen und nicht mehr zu stoppen.

»Die Wichser wollen auch gar nicht, dass wir Spaß haben. Pass auf.«

Sie verließ die Küche und kam wenig später mit einem Buch zurück, in das sie in Blau und Rot Notizen gemacht hatte. Sie blätterte ungeduldig, bis sie eine spezielle Seite gefunden hatte.

»Hier, das hat der Bundesgerichtshof vor zwei Jahren festgelegt. *Die Frau genügt ihren ehelichen Pflichten nicht schon damit, dass sie die Beiwohnung teilnahmslos geschehen lässt. Wenn es ihr infolge ihrer Veranlagung oder aus anderen Gründen, zu denen die Unwissenheit der Eheleute gehören kann, versagt bleibt, im ehelichen Verkehr Befriedigung zu finden, so fordert die Ehe von ihr doch eine Gewährung in ehelicher Zuneigung und Opferbereitschaft und verbietet es, Gleichgültigkeit oder Widerwillen zur Schau zu tragen.* Ist das nicht der Hammer? Der Elch rutscht über dich drüber, und du sollst ein Opfer bringen und so tun, als wäre Weihnachten. Und wenn du dann zu den Bullen gehst und sagst, mein Herr und Gebieter hat mich erst gar nicht gefragt, ob ich mit ihm ins Bett will, dann verstehen die nicht, wo das Problem ist. Du bist ja verheiratet. Ist das nicht zum Kotzen?«

Es war ein feuriges Leuchten in ihren Augen. Es gab so viel, gegen das es zu kämpfen galt. Gegen Lehrer, die Kinder immer noch prügelten, gegen Erzieherinnen, die den Geist von Kindern brechen wollten. Und für all das war die Wielandstraße die richtige revolutionäre

Umgebung, wie sie Paula zu erklären versuchte. Die nickte großzügig. Eine letzte Umarmung. Zuerst Paula, im Wohnzimmer Jochen, dann Astrid. Ein letztes Versprechen, sich mindestens einmal pro Woche zu sehen, bevor Petra mit ihrem Koffer die Wohnung verließ, ohne sich noch einmal umzudrehen. Auch als sie den Bürgersteig entlanglief, eingeklemmt zwischen der Mauer und den Hauswänden, sah sie nicht nach oben, wo die Kinder ihr am offenen Fenster zuwinkten. Ihr Blick war auf den Mann gerichtet, der lässig neben einer roten Ente stand.

Wie ein vollendeter Gentleman öffnete Bakunin ihr die Beifahrertür, legte ihren Koffer in den Kofferraum, in dem sich eine Kiste mit einem Dutzend Mollis befand, nachlässig unter einer alten Decke versteckt.

Joachim Hirsch hatte seine Nichte angerufen und sie gefragt, ob sie ihm ein wenig zur Hand gehen könne, ihr aber nicht gesagt, dass sie eigentlich mit einem Trupp Müllmänner hätte anrücken müssen, um des Chaos Herr zu werden. Die Wohnung war in einem erbärmlichen Zustand. In der Küche stapelte sich das Geschirr im Waschbecken. Im Wohnzimmer rangen Bücher und schmutzige Wäsche um die letzten freien Plätze auf Sofa und Sessel. Auf dem Tisch lagen schwarz gerahmte Kondolenzschreiben. Alle noch ungeöffnet.

»Ich habe der Zugehfrau gekündigt, weil ich es nicht ertragen hab, dass sie immerzu von Rebecca gesprochen hat.«

Louise konnte das nachvollziehen.

Hirsch hatte sich selbst an der Hausarbeit versucht, wusste aber weder, wie die Waschmaschine funktionierte, noch wie er den Fußboden putzen sollte. Er scheiterte schon bei dem Versuch, Kartoffelpüree herzustellen, was ihn zur Weißglut trieb, weil es sein Lieblingsessen war. In ein Kochbuch zu schauen, hielt er für unter seiner Würde. Entweder man kann etwas oder man lässt es, lautete ein Paragraf seiner Philosophie. Alleinstehende Männer neigen dazu, asozial zu werden, ein anderer. Und jetzt wurde er selbst zum lebenden Beweis.

»Das verdammte Geschirr wird nicht sauber. Ich weiß nicht, wie Rebecca es gemacht hat. Sie hat es mir auch nie gezeigt. Genauso das Bügeln. Ich habe drei Hemden ruiniert. Entweder sie werden nicht glatt, oder sie werden braun. Und Braunhemden sind ja inzwischen aus der Mode, wie du weißt. Sie hätte mir zeigen sollen, wie man das macht. Meinst du nicht auch? Sie hat doch gewusst, dass ich mich nicht auskenne. Wenigstens einen Zettel schreiben. Es ist nicht fair, einfach so zu gehen und mich hier allein zurückzulassen. Wer macht denn so was?«

Es war das erste Mal, dass Louise ihren Onkel weinen sah. Louise wusste nicht, was sie tun sollte. Ihn umarmen? Etwas Tröstliches zu ihm sagen? Was konnte das sein? Was sagte man zu jemandem, dessen Frau ins KZ geschickt worden war und diese Hölle überlebt hatte, nur um dann fünfundzwanzig Jahre später ermordet zu werden?

Sie legte ihm eine Hand auf die Schulter. Hirsch legte seine Hand auf ihre, neigte den Kopf.

»Du sollst das nicht umsonst machen. Die Zugehfrau hat drei Mark die Stunde bekommen.«

»Lieber nicht, sonst gewöhn' ich mich noch an das Geld.«

Louise krempelte die Ärmel hoch und gab ihrem Onkel Anweisungen, was er zu tun hatte. Ansonsten sprachen sie kein Wort, weil ihnen in jedem Schrank

Rebeccas Haushalt entgegensprang und sie ermahnte, ihre Ordnung einzuhalten. Als sie fertig waren, kochte Hirsch Nescafé. Sie saßen in der Küche und tranken ihn schwarz, weil Hirsch vergessen hatte, Milch zu kaufen. Wie er auch die übrigen Einkäufe vergaß. Er frühstückte nicht, aß mittags im *Kranzler* und ging abends meist hungrig zu Bett.

»Ich glaube nicht, dass Buchwald was mit dem Tod von Rebecca zu tun hat«, sagte Louise.

Hirsch nickte stumm.

»War die Polizei noch mal bei dir?«

»Nein. Aber sie haben sich angekündigt.«

»Weil du ihnen nicht gesagt hast, wo du in der Nacht warst?«

»Die Brühe kann ja kein Mensch trinken«, schimpfte er.

Er leerte seine Tasse ins Waschbecken. Nahm die Kanne und goss sie hinterher. Aus dem Stockwerk über der Wohnung war Kindergetrappel zu hören. Hirsch blickte zur Decke und schüttelte missbilligend den Kopf.

»Ich habe überlegt, die Nachbarin von oben zu bitten, mir beim Einkaufen zu helfen. Sie soll mir das, was ich brauche, einfach mitbringen, und ich pass solange auf den Kleinen auf. Sie hat sogar manchmal mit Rebecca Rommé gespielt.«

Er nahm eine Flasche Riesling aus dem Kühlschrank.

»Um halb fünf ist das keine Sünde, oder? Wir haben ja schwer geschuftet.«

Er schenkte zwei Weingläser randvoll ein, gab eines Louise, stieß mit ihr an. Trank das Glas in einem Zug leer.

»Ich finde, du solltest ihnen sagen, wo du warst. Die lassen dich sonst nicht in Ruhe.«

Er schenkte erneut ein. Nickte teilnahmslos. Es war offensichtlich, dass er immer noch nicht über dieses Thema sprechen mochte. Aber Louise wollte sich nicht schon wieder abwimmeln lassen. Den Plan, den Mörder ihrer Tante zu finden, hatte sie schließlich noch nicht aufgegeben.

»Gibt es eine andere Frau, wie Rebecca vermutet hat?«

Das zweite Glas leerte Hirsch ebenfalls in einem Zug. Es schien, als müsse er nicht schlucken.

»Ja.«

»Und du warst in der Nacht bei ihr?«

»Ja.«

Die Antworten kamen rasch. Zu rasch. Er musste nicht darüber nachdenken. Was nur bedeuten konnte, dass er log und dachte, er könnte sie auf diese Weise loswerden.

»Wie heißt sie?«

»Wie sie heißt?«

»Sie muss doch einen Namen haben.«

»Ja, natürlich.«

»Und wie lautet der?«

»Ich habe ihn vergessen.«

»Du vergisst den Namen der Frau, mit der du die Nacht verbracht hast, während Rebecca ermordet wurde?«

»Eva. Sie heißt Eva.«

Im Ernst? Er dachte, er könne sie mit diesem Namen abwimmeln?

»Eva. Und jedes Mal, wenn du zu ihr kommst, hält sie einen Apfel in der Hand und verführt dich zur Sünde?«

Er stand abrupt auf. Der Stuhl kippte nach hinten.

»Wieso lässt du mich nicht in Ruhe? Wieso musst du mich verspotten?«

Also diesmal anschreien. Aber auch damit wurde er Louise nicht los. Philipp Marlowe hätte auch einfach weitergemacht.

»Du verspottest dich selbst mit dieser albernen Eva. Es gibt keine andere Frau. Und damit stellt sich die Frage, wo du warst, was du gemacht hast. Und was du über Rebeccas Mörder weißt.«

Ein weiteres Glas Wein wurde den ersten beiden hinterhergeschüttet. Hirsch wankte leicht. Wahrscheinlich hatte er schon vorher getrunken.

»Ist das jetzt der große Moment, in dem der Sünder sich niederwerfen und seine Schuld bekennen muss?«, fragte Hirsch sarkastisch. »Wer gibt dir das Recht, mich so etwas zu fragen? Du hast nichts erlebt. Du hast nicht erlebt, wie es ist, wenn Gott dich prüft. Wenn er dir sein arges Gesicht zeigt, wenn er dich vor Entscheidungen stellt, die du nur falsch treffen kannst. Der einen bösen Spaß daran hat zu sehen, wie du scheiterst. Was weißt du denn schon, Louise?«

Hirsch hob den Stuhl auf und setzte sich am Küchentisch Louise gegenüber. Seine Hand fuhr über die saubere Tischplatte, als wollte er die Erinnerungen glattstreichen, damit sie wieder erträglich waren.

Er hatte recht. Sie war schon wieder zu weit gegangen. Sie trank ihr Glas leer und stand auf.

»Tut mir leid. Ich komme in einer Woche wieder vorbei.«

Als sie im Flur in ihre Schuhe schlüpfte, hörte sie, wie Hirsch anfing zu erzählen. Zuerst wollte sie zurückgehen. Aber vielleicht war es besser, seine Erinnerung nicht zu stören. Sie blieb neben dem Spiegel stehen.

»Sie hatten mich in die Reichsvereinigung der Juden in Deutschland gesteckt. Alle, die nach den Nürnberger Gesetzen als Juden galten, mussten zwangsweise Mitglied werden, und wir mussten das verwalten. Erst hieß es, wir sollten die Auswanderung organisieren. Dann die Umsiedlung. Aber wir wussten bald, was *Umsiedlung* bedeutete. Ich wollte das nicht machen. Ich wollte nicht entscheiden, wer in den Osten fahren musste und wer nicht. Bis eines Tages eine Karteikarte auf dem Tisch lag, auf der ihr Name stand. Ich wollte nicht, dass Rebecca geht. Sie war so jung.«

Er schnaufte schwer, als wollte er die Erinnerungen aus sich herausatmen.

»Und ich war so verliebt in sie.«

Leise ging Louise zurück in die Küche. Setzte sich erneut ihrem Onkel gegenüber. Sie wollte auf ihn aufpassen. Weil seine Stimme so klang, als könnte er etwas Unüberlegtes tun.

»Ich habe Rebecca als Zwangsarbeiterin bei Siemens untergebracht. Und statt ihrer eine Frau, die dort schon länger arbeitete, auf die Liste gesetzt.«

Sein Blick war auf sie gerichtet. Aber er meinte nicht sie. Sie war nur die Leinwand für die verwackelten Bilder, die in diesem Augenblick aus den Erinnerungen auftauchten.

»Ich hab gedacht, ich könnte Rebecca retten. Was für ein Irrsinn. Sie ließen mich machen, um mir dann zu zeigen, dass all meine Entscheidungen nur von ihrer Gnade abhingen.«

Unter seinen schwarzen Augenbrauen wurde der Blick finster. Louise hatte das Gefühl, sie könnte sehen, was damals geschehen war, indem sie ihn einfach nur anschaute.

»Was ist dann passiert?«

»Nachdem sie die Reichsvereinigung im Juni '43 aufgelöst hatten, haben sie mich nach Auschwitz geschickt. Rebecca ist nach Ravensbrück gebracht worden und von dort ins Häftlingsbordell in Buchenwald. Sie ist da von den Kalfaktoren immer und immer wieder vergewaltigt worden.«

Sie saßen noch eine halbe Stunde stumm vor ihren leeren Weingläsern. Louise wusste, dass sie nicht weiter in ihren Onkel dringen durfte. Er hatte einen Blick in die Schlucht seiner Erinnerungen geworfen. Wer vermochte das schon und konnte wieder heil zurückkehren?

Hirsch griff nach ihrer Hand, hielt sie fest umschlossen.

»Niemand verträgt die Wahrheit, mein Kind. Am allerwenigsten, wenn sie hässlich ist.«

Mit einem Mal schämte Louise sich. Sie hatte geglaubt, der Tod ihrer Tante gäbe ihr das Recht, Fragen zu stellen, Verdächtigungen nachzugehen. Es handelte sich ja schließlich um ein Verbrechen, das jemanden aus ihrer Familie getroffen hatte, jemanden, der ihr nahestand. Seltsamerweise nach dem Mord sogar erst richtig nahe. Es fühlte sich die ganze Zeit so an, als ob sie deswegen ein schlechtes Gewissen habe. Aber jetzt verstand sie, dass sie kein Recht hatte, in diesen Wunden zu bohren, die so tief waren und das Gift solch entsetzlicher Zeiten in sich trugen.

Sie gab ihrem Onkel einen Kuss auf die Wange. Als sie die Wohnung verließ, hörte sie, wie er sein Glas erneut füllte. Lass' ihm Zeit, dachte sie. In ein paar Tagen wird er dir erzählen, wo er in dieser Nacht gewesen ist.

Storch hatte noch eine Weile geatmet, als er vom Krankenwagen im Martin-Luther-Krankenhaus abgeliefert worden war. Das rechte Bein war mehrfach gebrochen, außerdem zwei Rippen und das rechte Schlüsselbein. Die Haut war hellrot gefärbt und sein Atem roch nach

Bittermandeln, was auf eine Vergiftung mit Blausäure hinwies. Es war erstaunlich, dass er überhaupt so lange am Leben geblieben war, nachdem der Kuckuck ihm die Flüssigkeit ins Gesicht gesprüht hatte. In seiner Manteltasche entdeckten sie einen Schlüssel, der sie zur Amerika-Gedenkbibliothek führte. Als sie dort in einem Schließfach die Bombe fanden, ließ Hartmann das Gebäude sofort räumen. Sie war höchst professionell hergestellt, wie Schubert von der Spurensicherung bemerkte. Aber ob sie scharf gestellt war und unter welchen Bedingungen sie detonieren sollte, konnte man aus einer respektvollen Entfernung nicht feststellen. Hartmann forderte Unterstützung vom Bombenräumdienst an. Es dauerte drei Stunden, bis ein gewisser Schafmeister kam, der sich als Kollege von Storch vorstellte, und sicherstellte, dass die Bombe nicht scharf war. Schubert hatte einen Bericht über die Herkunft des Materials und die Beschaffungswege verfasst.

Jetzt lag die Bombe auf einem Tisch im Rathaus. Neun Personen standen drum herum. Manteufel, Hartmann und Heller für die Keithstraße, Schubert von der Spurensicherung, Polizeipräsident Klaus Hübner, Innensenator Kurt Neubauer und sein Referent sowie Hans Förster vom Staatsschutz und Dietmar Klinger vom Landesamt für Verfassungsschutz. Heller hatte die Armschlinge abgelegt. Es war besser, wenn keine Fragen nach dem Grund der Verletzung auftauchten.

Man starrte den Sprengkörper respektvoll an. Nach den Anschlägen jüngst hatten sie endlich ein *corpus delicti* zur allgemeinen Bewunderung auf dem Tisch.

»Sie sind sicher, dass das Ding nicht mehr scharf ist?«, fragte Klinger.

»An sich schon«, antwortete Schubert. »Ich würde trotzdem nicht zu nahe rangehen.«

Unwillkürlich traten alle einen Schritt zurück und sahen Schubert entsetzt an.

»Sie ist nicht scharf«, beruhigte Hartmann die Runde.

»Ich wollte den Herren auch nur zu verstehen geben, dass geringe Verunreinigungen zu einer Selbstentzündung führen können«, meinte Schubert.

»Warum liegt das Ding überhaupt hier auf dem Tisch? Welcher Trottel hat das angeordnet?«, fragte Neubauer.

Sein Referent meldete sich.

»Ich war das. Ich wollte …«

»Es ist egal, was Sie wollten. Das nächste Mal fragen Sie mich vorher.« Er deutete auf Schubert. »Schaffen Sie das hier raus. Und zwar sofort.«

Schubert packte den Sprengkörper in eine Holzkiste und verabschiedete sich. Ein paar schwarze Krümel blieben auf dem Tisch zurück. Als Hartmann Hübners Blick sah, wischte er sie mit seinem Taschentuch weg. Man setzte sich. Heller hatte erwartet, dass die Besprechung mit einer Standpauke beginnen würde, aber nichts dergleichen geschah. Er schaute Hartmann fragend an. Der nickte in Richtung Manteufel. Offensichtlich hatte der Leiter der Keithstraße bereits am Morgen mit Hübner und Neubauer telefoniert und die Umstände erklärt, die zum Fund der Bombe geführt hatten. Neubauer hielt sich infolgedessen zurück und überließ Förster vom Staatsschutz die Gardinenpredigt. Das Ganze war eine Farce. Die Besprechung fand statt, weil den Zuständigkeiten und Abläufen Folge geleistet werden musste.

»Was mich mal interessieren würde ist, wieso die Mordinspektion hinter einem Kerl herjagt, der Bomben baut.«

Heller beobachtete, wie Förster mit einem Kugelschreiber spielte, ihn auf der Tischplatte in die eine und die andere Richtung drehte und dabei niemanden ansah, als sei nicht klar, an wen er die Frage richtete.

»Bisher war mir nicht bewusst, dass das in euren Aufgabenbereich gehört. Anscheinend habt ihr ganz schön in die Scheiße gegriffen.«

Förster hob den Kopf, ließ den Blick über die Anwesenden schweifen und verharrte zuletzt bei Manteufel. Hartmann in die Maßregelung einzubeziehen schien unter seiner Würde. Und Heller war ohnehin nur ein unwichtiger Oberkommissar. Gleich zu Beginn der Besprechung hatte Förster ihn gefragt, wer er sei und was er hier zu suchen habe. Heller war einfach weitergegangen, als würde Förster nicht existieren.

»Wir haben euch über die Bombenwerkstatt in der Holtzendorffstraße informiert. Damit war die Sache für uns vom Tisch«, sagte Manteufel.

»Aber wieso habt ihr diesen Storch nicht festgenommen?«, fragte Hübner.

»Weil wir ihm die Morde an den Frauen noch nicht hundertprozentig nachweisen konnten.«

»Natürlich«, lachte Förster hämisch. »Ihr wolltet ihn in flagranti erwischen. Deswegen ist er auch im Europa-Center auf die Eisbahn gestürzt. Mit Blausäure in der Lunge.«

Manteufel warf Hartmann einen kurzen Blick zu. Wenn Förster das wusste, war es vorbei mit der Geheimhaltung. Die Frage war nun, wie Förster davon erfahren hatte, obwohl Manteufel die Information unter dem Deckel halten wollte. Wo das verdammte Leck in der Keithstraße war.

»War das eine Frage, oder wollten Sie nur die Fakten wiederholen?«

Alle Blicke fuhren zu Heller herum, als habe er einen unanständigen Witz gerissen.

»Haben Sie hier was zu sagen?«, herrschte Förster ihn an.

»Kommt drauf an, was Sie wissen wollen«, erwiderte Heller.

Auf Leute wie Förster reagierte Heller allergisch. Beamte, die unterhalb ihres Status nur Befehle erteilten und maßregelten. Eine Spezies, die von der Bürokratie geradezu gezüchtet wurde. Förster wusste das vermutlich nicht, weil er eben auch zu dieser Spezies gehörte. Für ihn musste das Wort *entbehrlich* erfunden worden sein.

»Na, dann sind wir mal auf die Antwort gespannt«, meinte Hübner.

»Die ist ganz einfach. Vielleicht hat er sich umbringen wollen, bevor er lebenslang hinter Gitter kommt«, antwortete Heller.

»Und was war da am Wittenbergplatz?«

Klinger vom Verfassungsschutz übernahm jetzt die Rolle des Inquisitors. Er zündete sich eine Zigarette an und blies den Rauch in Kringeln in die Luft.

»Sie haben da einen Studenten mit der Waffe bedroht und gesagt, dass Sie einen russischen Agenten verhaften wollten.«

»Ich war auf dem Weg nach Hause. Es hat ein ziemliches Gerangel gegeben, weil der Bahnhof voller Studenten war. Eine Frau ist auf die Gleise gestürzt, und ich hab' ihr wieder raufgeholfen.«

Manteufel und Hartmann schmunzelten. Ihr Mann schlug sich nicht schlecht.

»Mit dem Unfall auf der Tauentzien hatten Sie nichts zu tun?«

»Welcher Unfall?«

»Werden Sie nicht frech, Oberkommissar Heller. Sie wissen genau, um welchen Unfall es hier geht.«

Natürlich weiß ich das, dachte Heller. Aber da musst

du schon ein bisschen früher aufstehen, wenn du mich festnageln willst.

»Nein.«

Neubauer erhob sich von seinem Stuhl.

»Es reicht, meine Herren. Ich habe keine Zeit für so ein Theater. Die Keithstraße hat einen Bombenbauer aus dem Verkehr gezogen. Das ist mehr, als ich in den letzten Monaten von Staatsschutz und Verfassungsschutz zusammen gesehen habe. Aber Sie können sich durchaus noch ein paar Lorbeeren verdienen, meine Herren. Erzählen Sie mir, ob dieser Storch alleine gehandelt hat oder ob es einen Hintermann gibt. Und ob wir demnächst mit einem Anschlag zu rechnen haben. Wenn Sie Näheres dazu in Erfahrung bringen, wissen Sie ja, wo Sie mich erreichen. Ich danke Ihnen.«

Neubauer verließ den Raum, sein Referent trottete hinterher. Die Besprechung war beendet. Man rauchte noch eine Weile, unterhielt sich über Herthas null zu null gegen Dortmund und den neuen Flughafen in Tegel. Die Animositäten waren Vergangenheit, als sei das Ganze nicht mehr als eine Komödie gewesen, die man offiziell zu spielen hatte.

Heller verließ die Runde. Er wollte mit Paula ins Kino gehen.

Auf der Treppe holte Manteufel ihn ein.

»Gut gemacht, Heller. Wir bleiben natürlich an dem Kerl dran. Haben Sie heute Abend schon etwas vor?«

»Ja.«

»Jetzt nicht mehr. Sie setzen sich ins Archiv und schauen sich Fotos an.«

»Sie glauben doch nicht im Ernst, dass ich da was finde.«

»Es ist mir egal, ob Sie da oder sonst wo was finden. Ich will wissen, wer der Kerl ist.«

Er packte Heller am Arm und zog ihn die Treppe hinunter, bis sie vor dem Eingang des Schöneberger Rathaus standen. Die Stände vom Wochenmarkt wurden gerade abgebaut, die Händler stritten darüber, wer zuerst mit seinem Wagen vorfahren und einladen durfte.

»Sie haben sich da drinnen ganz gut geschlagen, Heller. Aber Sie haben auch gemerkt, dass wir nicht allein sind. Jemand aus der Keithstraße sticht alles, was wir sagen, sofort durch. Dieser Kontakt im Europa-Center, Sie sind sicher, dass das kein Linker und kein Nazi war?«

»Er hatte einen amerikanischen Akzent.«

»Hartmann glaubt, dass er ein russischer Spion ist. Wie dieser Ebert.«

»Wenn Ebert vom KGB kommt, gehört höchstwahrscheinlich auch der Kontaktmann zu dem Laden«, sagte Heller. »Und dann stellt sich die Frage, wie viele von den Scheißkerlen noch hier rumlaufen und Bomben bauen lassen.«

»Darauf will ich von Ihnen eine Antwort haben.«

»Ich tue mein Bestes.«

»Ihr Bestes interessiert mich nicht, Heller. Los, Abmarsch.«

Heller ging zu seinem Karmann, vorbei an den Markthändlern, die die letzten Stücke ihrer Ware an alte Frauen und Männer verschenkten. Bevor er einstieg, sah er zum Rathausbalkon, auf dem am 26. Juni 1963 Kennedy gestanden und seine berühmten Worte gesagt hatte. *Ich bin ein Berliner.* Dieser Heuchler. Die Amerikaner blieben in Berlin, weil sie befürchteten, dass die Bewohner vielleicht doch schwach würden.

Es war ein Irrsinn, dass die Keithstraße sich in das Spionagegeschäft einmischen sollte. Er verstand zwar, dass Manteufel und Hartmann den Kollegen vom Staatsschutz und Verfassungsschutz zeigen wollten, wo die besseren Polizisten saßen. Der Wettbewerb lief seit Jahren und wurde verbissen mit Sticheleien und manchmal sogar mit gegenseitiger Sabotage geführt. Aber der Russe war doch eindeutig ein paar Nummern zu groß für sie. Sie konnten keine Telefonate abhören, hatten keine Informanten, wussten nicht, wer zu welcher Seite gehörte.

Als es anfing zu regnen, fuhr Heller los. Das Faltdach hatte er vor einer Woche reparieren lassen. Es hielt dicht. Endlich mal eine gute Nachricht, seine Laune wurde eindeutig besser. Schon seltsam, wie man sich über Kleinigkeiten freuen kann, dachte er.

Im Archiv nach einem Gesicht zu suchen, das er ohnehin dort nicht finden würde, war sinnlos. Aber falls Ebert Kontakt zu Hirsch gehabt hatte, war es doch sehr wahrscheinlich, dass der mutmaßliche Russe ebenfalls mit Hirsch in Kontakt getreten war.

In der Synagoge erfuhr Heller, dass Hirsch sich krankgemeldet hatte. Also fuhr er nach Westend. Er musste eine Weile warten, bis Hirsch ihm öffnete. Eine schwere Alkoholfahne schlug ihm entgegen. Hirsch sah ihn so verwirrt an, als könnte er sich nicht an ihn erinnern. Er trug einen Morgenmantel, darunter nur Unterhemd und Unterhose, die Haare zerzaust, die Füße nackt, eine halbleere Flasche Weißwein in der rechten Hand, eine weitere, volle, in der linken Tasche des Morgenmantels.

»Heller, Mordinspektion. Kann ich reinkommen?«

Ohne zu antworten, wandte Hirsch sich ab und stolperte zurück in die Wohnung. Heller zögerte einen Moment. Dann schloss er die Tür hinter sich und folgte Hirsch ins Wohnzimmer. Es war tipptopp aufgeräumt, als sei es Teil eines Museums. Alles war an seinem Platz.

Die Vase mit den Trockenblumen, die Bücher geordnet im Regal, die Karaffe mit den vier Gläsern in der Mitte des Tisches. Sogar die Kissen standen stramm in den Ecken des Sofas mit dem obligatorischen Knick in der Mitte.

»Darf ich mich setzen?«

Weil Hirsch ihn immer noch ignorierte, nahm Heller einfach in einem Sessel Platz.

»Sie wissen, warum ich hier bin?«

Es dauerte eine Weile, bis die Frage bei Hirsch zu einer Reaktion führte. So als müsste sie sich durch einen Nebel aus Alkohol in seinem Kopf hindurchkämpfen.

»Meine Nichte hat sauber gemacht. Ist es nicht verrückt, wie die Frauen so etwas können? Als wäre es angeboren.«

Heller blickte sich um. Für Paula galt das nicht. Sie war pragmatisch veranlagt. Es wurde immer nur das getan, was unbedingt nötig war.

»Rebecca war darin meisterhaft. Ich habe nie gesehen, wie sie den Staubsauger benutzt hat oder einen Putzeimer. Oder wann sie die Bettwäsche gewechselt hat. Sie wollte immer nur, dass ich mich beim Pinkeln setze. Aber das habe ich nie gemacht. Ich weiß nicht, warum.«

Er hob den Kopf. Ein bitteres Lächeln auf den Lippen.

»Sie sind hier, weil Sie wissen wollen, wo ich am 20. Juli nachts war.«

»So ist es.«

»Was würde es ändern, wenn ich es Ihnen sage?«

»Es würde Sie vom Verdacht der Anstiftung oder Beihilfe zum Mord entlasten.«

Hirsch nickte, zog sich wieder in seine Gedanken zurück. Ohne hinzuschauen, wollte er die Flasche Wein, die er in der Hand hielt, auf den Wohnzimmertisch stellen, es gelang ihm nicht. Die Flüssigkeit ergoss sich über ein weißes Spitzendeckchen auf dem Tisch und färbte es hellgelb. Hirsch regte sich nicht. Erst als der Wein einen Tanach erreichte, hob er ihn hoch und brachte ihn in seinem Schoß in Sicherheit.

»Warum denken Sie, dass ich jemanden anstiften könnte, so etwas zu tun?«

»Genau das ist die Frage, die ich mir seit Wochen stelle. Seit Kurzem weiß ich allerdings, dass der Mann, der Ihre Frau umgebracht hat, ein Russe war. Vermutlich ein Agent des KGB. Sie haben den Mann gekannt. Er war eine Woche vor dem Mord schon mal hier.«

Hirsch nahm die zweite Flasche aus der Seitentasche seines Morgenmantels. Entfernte mit einem Korkenzieher den Korken, setzte die Flasche an die Lippen und trank.

»Lesen Sie in der Bibel?«, fragte er.

»Das letzte Mal bei meiner Konfirmation.«

»Was haben Sie da gelesen?«

»Irgendwas aus der Bergpredigt.«

»Und hat es Sie getröstet?«

»Ich erinnere mich nicht. Wer als Mordermittler arbeitet, lernt, dass es keinen Trost gibt für das, was Menschen einander antun. Und was Gott zulässt.«

»Ja, das ist das große Rätsel.«

Hirsch hielt den Tanach in der einen Hand, die Weinflasche in der anderen, als könnte er sich nicht entscheiden, welcher Gottheit er folgen sollte. Er legte den Kopf in den Nacken, schloss die Augen und murmelte.

»Sieh, nicht zu kurz zu helfen ist des Ewgen Hand, Nicht schwer sein Ohr zu hören. Nein, eure Missetaten standen scheidend zwischen euch und eurem Gott, Und eure Sünden bargen ihm das Antlitz, euch zu hören.«

Dann richtete er sich abrupt auf, sah Heller mit scharfem Blick an.

»Ihr Vater lebt noch?«

»Ja.«

»Er war im Krieg?«

Heller nickte. Er spürte, dass Hirsch sich selbst eine Brücke baute, um zur Wahrheit zu gelangen. Also schwieg er. Das war seit allen Zeiten die erste Regel bei einer Vernehmung. Die zweite lautete *zuhören*. Die dritte *geduldig sein*. Die vierte *folge dem Erzähler*.

»Wo war Ihr Vater?«

»Was meinen Sie?«

»Wehrmacht? Oder SS?«

»Polizei-Reserve-Bataillon 3.«

Hirsch trank wieder.

»Was war das für eine Einheit?«

Es gibt noch eine fünfte Regel. Hartmann nannte sie *quid pro quo*. Es bedeutet *dies für das*. Vor jeder Vernehmung trichterte er es seinen Ermittlern ein. *Denkt dran, wenn ihr einem Verdächtigen gegenübersitzt. Manchmal gibt er euch etwas, wenn er dafür eine angemessene Gegenleistung kriegt*. Hirsch wollte die Gegenleistung.

»Sie ist 1939 aus der Berliner Polizei gebildet worden. Mein Vater hat als SS-Untersturmführer und Zugführer zur 4. Kompanie gehört. 1941 sind sie in Rügen in der KdF-Siedlung Prora zur Mordeinheit ausgebildet und in die Sowjetunion verlegt worden. Es hieß, sie sollten Partisanen bekämpfen, aber eigentlich ging es um Menschenjagd. Zwei Jahre später ist er nach Riga verlegt worden und hat 20.000 Juden erschossen. Nicht er alleine, aber …«

Hirsch hielt ihm die Flasche hin. Heller lehnte ab.

»Woher wissen Sie das alles so genau?«, fragte Hirsch.

»Er erzählt es mir. Jedes Mal an meinem Geburtstag.«

»Wie feinfühlig.«

Er stieß ein verächtliches Lachen hervor.

»Sind alle in Ihrer Familie so?«

»Mein Opa war Musiker. Er ist mit dem Max-Heller-Orchester im *Apollo* aufgetreten und im Konzerthaus *Clou*. Er war ein sehr guter Pianist.«

»Und Sie? Haben Sie schon mal jemanden ermordet?«

»Ich bin Polizist. Wir morden nicht. Zumindest heutzutage nicht mehr.«

Die sechste Regel lautete: *Wenn der Verdächtige schuldig ist, will er gestehen, um sich von der Last zu befreien. Manchmal fällt ihm der letzte Schritt schwer. Dann muss man reagieren.*

»Er hat mir einen Machsor angeboten«, sagte Hirsch. »Wissen Sie, was ein Machsor ist?«

Als Heller verneinte, begann Hirsch zu erzählen.

Der Briefkopf war beeindruckend. *Frey und Fröhlich, Anwälte. Berlin, London, Paris.* Die Anrede höflich. *Sehr geehrtes Fräulein Mackenzie.* Der Text jagte ihr einen gehörigen Schrecken ein. *In Vertretung unseres Mandanten Dr. Christhardt Buchwald beschuldigen wir Sie, eine inkriminierende Situation inszeniert und fotografiert zu haben mit der Absicht, unseren Mandanten zu diffamieren und zu diskreditieren. Hierbei handelt es sich um die Straftat der Verleumdung nach § 187 StGB, der Rufschädigung nach § 186 StGB sowie Ehrverletzung nach § 185 StGB. Im Falle einer rechtskräftigen* Verurteilung, zu der es mit Sicherheit kommen wird, haben Sie mit einer Geldbuße in erheblicher Höhe oder einer Freiheitsstrafe von bis zu zwei Jahren zu rechnen. Da Sie beabsichtigen, die inszenierten Fotografien der Öffentlichkeit zugänglich zu machen, kann das Strafmaß auf bis zu fünf Jahren erhöht werden. Um Ihre berufliche und gesellschaftliche Zukunft nicht mit einer Gefängnisstrafe zu belasten, bieten wir Ihnen eine gütliche Einigung an. Wir erwarten Sie morgen Mittag, 12:30 Uhr im Restaurant Ritz, Rankestraße 26. Angemessene Kleidung ist erwünscht. Mit freundlichen Grüßen, Guntram Frey.

Louise hatte eine Weile gebraucht, bis sie verstand, was dieser Frey sich erlaubte. Als Erstes hatte sie in Mahlers Kanzlei angerufen. Aber der Anwalt befand sich offiziell im Urlaub. Sein Kompagnon Ströbele wusste ihr nicht zu helfen, weil er zu viel zu tun hatte. Schily ebenso. Ob die Absagen damit zu tun hatten, dass es auch um ihren Onkel ging, wusste sie nicht. Sie hatte jedenfalls das Gefühl, sie habe sich in einen ordentlichen Schlamassel reingeritten.

Also stand sie um 12:30 Uhr vor dem *Restaurant Ritz* und erhielt erst Eintritt, als sie auf die Verabredung mit dem Rechtsanwalt Guntram Frey hinwies. Sie wurde an den Tischen vorbei in den hinteren Bereich des Restaurants geführt. An den weißen Wänden hingen allerlei Fotografien exotischer Tiere. Als ob den Gästen gezeigt werden sollte, wie das, was auf ihren Tellern lag, ursprünglich ausgesehen hatte. Schwere Kristalllüster schwebten unter der Decke. Frey saß im hinteren Teil des Restaurants. Er war eine imposante Erscheinung. Übergroße Brille, die Haare mit Brillantine nach hinten gekämmt, dreiteiliger, grauer Anzug in Nadelstreifenmuster und ein rotes Einstecktuch. Buchwald, der ihm gegenübersaß, wirkte dagegen blass.

»Fräulein Mackenzie, kommen Sie zu uns!«, rief Frey durch das Restaurant.

Louise hatte sich nicht angemessen gekleidet. Sie trug eine Jeans und einen roten Pullover, der wahlweise ihre linke oder rechte Schulter freigab. Darüber einen grünen Parka, auf dessen Rücken sie ein rotes, von einem Kreis umrandetes »A« gesprüht hatte. Was wie mit Kajal geschminkte Augen aussah, waren Schatten von zu vielen Nächten im *No-Go*.

»Setzen Sie sich doch bitte. Darf ich Ihren Mantel nehmen?«

Bevor Louise sich noch versah, war der Parka in die Hände eines Kellners gewandert. Frey rückte einen Stuhl für sie zurecht. Der vollendete Gentleman, dachte Louise, gerade so, als habe es dieses Schreiben, das einer Nötigung gleichkam, nie gegeben. Buchwald wollte sie mit Handschlag begrüßen, Louise ließ ihn mit einem bösen Lächeln verhungern.

»Kinderfickern gebe ich nicht die Hand.«

Buchwald zuckte kurz zusammen und ließ seine Hand sinken, als sei sie ein toter Fisch.

»Eine Kleinigkeit zu Mittag?«, fragte Frey.

Er tat so, als habe er die Bemerkung nicht gehört.

»Gibt es auch eine Karte mit Preisen? Ich zahle selbst«, sagte Louise.

»Hier nicht. Aber keine Sorge, Werner wird Sie nicht übers Ohr hauen. Nicht, wenn ich dabei bin.«

Ein Kellner trat an den Tisch. Frey bestellte Riesling vom Schloss Johannisberg, dazu Wasser und Steak Frites für drei.

Louise schaute sich um. Rebecca hatte ihr einmal von dem Restaurant erzählt. Es war für seine exotischen Speisen berühmt. Straußenei in Orangensauce, Suppe vom Leguan, Klapperschlange in Lehm. Angeblich rösteten sie sogar Heuschrecken. Wenn du das neureiche Immobiliengeld sehen willst, das sich ein Loch in den Bauch freut angesichts der Millionen an Berlin-Förderung, musst du zu Werner Richter ins *Ritz* gehen, hatte Rebecca gesagt. An einem Nachbartisch wurde laut gelacht. Die Gäste mussten schon einige Flaschen Champagner geleert haben. Die Hemmschwellen sanken, und der Dünkel blühte. Ein fetter Kerl mit Zigarre im Mundwinkel und vier Frauen an der Seite drosch die Rechte auf den Tisch, während er sich der Pointe eines schlüpfrigen Witzes näherte. Die Frauen kreischten so laut, dass die übrigen Gäste erschraken und sogar die Kellner gequält lächelten.

»Haben Sie die Negative dabei?«, fragte Frey.

»Nein.«

»Warum nicht?«

»Davon stand nichts in Ihrem Brief.«

»Natürlich nicht. Sonst hätte es zu sehr nach Nötigung geklungen.«

Der Kellner brachte eine Flasche Perrier. Als er in die Gläser einschenken wollte, schickte Frey ihn mit einer unwirschen Geste weg.

»Wir haben den Jungen gefunden, der auf dem Foto zu sehen ist. Er sagt, dass er von Ihnen Geld bekommen hat. Zwanzig Mark, wenn er sich so vor Dr. Buchwald hinkniet, dass es für ein desavouierendes Bild hinreicht.«

Er legte die weiße Serviette in seinen Schoß, als wollte er sich bereit machen, Louise als Hors d'œuvre zu verspeisen. Sein Lächeln war falsch, und Louise dachte, was dieser Mann doch für ein selbstgefälliges Schwein war. Sie hatte mit allem gerechnet. Mit einem Bestechungsversuch, mit einer Drohung, sie wegen der Szene an der Mauer anzuzeigen und dadurch ihre Aufenthaltsgenehmigung vorzeitig zu beenden. Aber nicht damit. Was bin ich für eine naive Träumerin, dachte sie. Sie musste sich einen Moment sammeln, um sich auf die Bosheit der Attacke einzustellen. Du darfst in einem Konflikt niemals auf die Ebene deines Kontrahenten eingehen, hatte ihr Vater ihr eingetrichtert, wenn sie im Debattierclub im College mal wieder verloren hatte.

Als Frey nach der Wasserflasche griff, nahm sie ihm die aus der Hand und schenkte ein. Zuerst in Buchwalds Glas einen winzigen Schluck, was bei ihm zu einem abfälligen Grinsen führte, dann schwenkte sie die Flasche zu Freys Glas. Sie goss ein und ließ das Glas überlaufen, bis die Flasche leer und das weiße Tischtuch getränkt war. Frey hob ungerührt die Arme, damit die Ärmel seines Jacketts nicht nass wurden. Als der Kellner herbeieilte, hielt er ihn mit einer knappen Geste auf.

»Ich werte das als Zeichen Ihrer Bereitschaft, die Negative sowie alle Abzüge auszuhändigen. In einer Stunde, hier«, sagte er.

»Da wäre ich mir an deiner Stelle nicht so sicher. Es gibt noch weitere Aufnahmen. Und die zeigen, dass der Kinderficker neben dir es sehr genießt, wenn ihm ein Zwölfjähriger einen bläst.«

Sie sah zu Buchwald hin.

»So ist es doch, oder?«

Buchwalds Blick huschte unruhig über den Tisch. Er guckte Louise an, dann auf das nasse Tischtuch, dann zu den übrigen Gästen, die nach einer kurzen Irritation sich wieder um sich selbst kümmerten. Die Überheblichkeit, mit der er Louise und Petra vor wenigen Tagen behandelt hatte, war verschwunden. Offensichtlich wusste er in diesem Augenblick nicht, was Louise noch alles auffahren würde.

»Was wollen Sie von mir?«, fragte er. Dabei zitterte seine Stimme.

Frey legte die Hand auf Buchwalds Schultern.

»Es gibt keine weiteren Aufnahmen.«

»Wollen Sie die sehen?«

»Nein. Wir wollen doch die Sache nicht eskalieren. Es geht um das Haus am Augustaplatz, richtig?«

»Und um den Mietvertrag für den Kinderladen.«

»Herr Buchwald wird Ihnen die Räumlichkeiten vermieten. Außerdem werden wir die gerichtlichen Auseinandersetzungen um das Eigentum an dem Haus Augustaplatz 1 zugunsten Ihres Onkels beenden. Einverstanden?«

Ein Kellner kam mit der Flasche Weißwein, ein Zweiter mit den Steak Frites. Die beiden waren ratlos, weil die Tischdecke nass war.

»Wir ziehen zum Nachbartisch um«, sagte Frey.

Die Kellner stellten die Flasche, drei Gläser und die drei Teller ab. Frey und Buchwald standen auf und setzten sich an den neuen Tisch. Louise erhob sich lediglich von ihrem Stuhl.

»Sie kriegen die Negative, sobald ich den unterschriebenen Mietvertrag und ein rechtsverbindliches Schreiben über das Haus am Augustaplatz habe.«

»Kein Problem. Aber wollen Sie nicht mit uns essen?«

»Meinen Sie das ernst?«

Sie wandte sich zum Garderobenständer, nahm ihren Parka.

»Wieso sollte ich das nicht ernst meinen? Schauen Sie, Fräulein Mackenzie. Sie erpressen Herrn Dr. Buchwald mit Fotos. Glauben Sie tatsächlich, Sie wären besser als er? Falls ja, würden Sie nicht hier sein. Dann hätten Sie die Fotos an die Presse gegeben und würden dem Jungen weitere Unannehmlichkeiten wie die auf dem Foto ersparen. Aber das haben Sie nicht getan. Stattdessen haben Sie ihn für Ihre Zwecke benutzt. So wie Buchwald das auch getan hat. Wer von Ihnen beiden ist jetzt der bessere Mensch?«

Der Kellner schenkte den Weißwein ein. Er reagierte nicht auf Freys kleine Ansprache. Louise sah sich um. Auch die übrigen Gäste ließen sich nicht in ihren Gesprächen stören. Es schien, als wüssten sie von Buchwalds

Neigungen und würden sie ihm durchgehen lassen, weil er das schwarze Schaf in der Familie war. So wie es in jeder Familie ein schwarzes Schaf gibt, das man ertragen muss, egal wie es sich aufführt.

Louise verließ das Restaurant. Mit einem Mal fühlte sie sich beschmutzt. Sie hatte ihre eigenen Interessen über die des Jungen gestellt. Das stimmte. Sie wollte den Tod ihrer Tante aufklären, ihrem Onkel Gerechtigkeit zukommen lassen, Petra bei dem Kinderladen helfen. Und dabei war sie in gewissem Sinne wie Buchwald geworden. Wo im Tanach hatte sie den Satz von der Tyrannei der Rechtschaffenen gelesen? Als sie auf der Rankestraße stand und Menschen an ihr vorbeieilten, schwatzten und lachten, fühlte es sich an, als sei sie aus einem Traum erwacht. *Ich habe es für eine gute Sache getan,* sagte sie leise zu sich. Und dann noch einmal laut.

»Ich habe es für eine gute Sache getan«, rief sie.

Trotzdem glaubte sie es nicht so recht. Sie lief zum Bahnhof Zoo, stieg in die U2 zum Theodor-Heuss-Platz und rannte das letzte Stück bis zur Reichsstraße 13. Sie wollte ihrem Onkel sagen, dass sie nicht länger nach Rebeccas Mörder suchen würde. Dass sie nichts erreicht und stattdessen ihre eigene Verwirrung nur vergrößert hatte. Dass sie gar nicht wusste, wie man einen Mörder ausfindig macht. Sie war nicht Philipp Marlowe, wie sie eine Weile in einem Anfall von Größenwahn gedacht hatte. Vielleicht, weil sie nicht in einem Buch herumtanzte, von einem Autor durch das Spinnennetz einer Geschichte geführt wurde, sondern weil die Wirklichkeit in all ihren Daseinsformen über sie hereingestürzt war. Sie war sicher, er würde es verstehen und ihr verzeihen. Er würde sogar gütig lächeln, weil er es von Anfang an gewusst hatte.

Als sie an der Haustür klingelte, öffnete niemand. Sie

dachte, dass ihr Onkel vielleicht in die Synagoge gegangen sei. Vielleicht war er aber auch so betrunken, dass er die Klingel nicht hörte. Sie lief um das Haus herum zur Terrasse.

Es war wie ein Schlag ins Gesicht. Einbrecher, dachte sie sofort. Das Wohnzimmer sah verheerend aus, als hätte ein Sturm gewütet. Der Tisch lag auf der Seite, die Sessel umgestürzt. Die Schranktüren waren geöffnet, Geschirr und Flaschen lagen zertrümmert auf dem Boden. Die gerahmten Gemälde hingen schief an den Wänden. Sie geriet in Panik. Was sollte sie jetzt tun? Reingehen? Besser nicht, falls noch jemand in der Wohnung war. Sie klingelte bei der Nachbarin im zweiten Stock und rief von dort die Polizei an.

Drei Streifenwagen und ein Feuerwehrwagen rückten mit Blaulicht und Sirene an. Feuerwehrleute brachen die Tür auf, Polizisten verteilten sich in der Wohnung. Sie fanden Joachim Hirsch im Schlafzimmer. Das Kopfkissen war blutgetränkt. Er hielt eine Pistole in der rechten Hand. Auf dem Garderobentisch im Flur lag ein Zettel, darauf war handschriftlich der Name Wolf Heller, Oberkommissar, notiert. Darunter die Telefonnummer der Mordinspektion in der Keithstraße.

Die Idee mit dem Machsor war so tot wie der Genosse Stalin. Jetzt musste er einen Ersatz finden. Er brauchte einen Plan B. Und zwar so schnell wie möglich. Es blieben nur noch drei Wochen bis zur Gedenkfeier für die Reichskristallnacht. Poljakov steckte den Machsor in einen alten Kartoffelsack, packte zwei Pflastersteine dazu und versenkte ihn in der Mitte des Kleinen Wannsees. Dann lenkte er die *Irina* zurück zum Liegeplatz. Die Sonne stand tief und spiegelte sich golden auf den flachen Wellen. Auf der anderen Seite des Sees wurde in einer der Villen eine Party gefeiert. Musik und das hohe Lachen der Frauen wehte herüber. Eine sprang mit Anlauf ins Wasser und tauchte eine Weile nicht auf. Poljakov schaute zu der Stelle hin. Er hoffte, dass sie nicht ertrunken war. Denn das würde bedeuten, dass zuerst die Wasserschutzpolizei käme, dann die Kripo und mit ihr eine unnötige Aufregung. Er müsste die *Irina* sofort verlassen. Als die Partygäste sich am Ufer versammelten, ein paar Männer ins Wasser sprangen, erschien die Frau endlich an der Wasseroberfläche. Er entspannte sich.

Er hatte rote Beete eingekauft, Suppenfleisch, Speck, Gemüse und Tomaten. Die physische Beschäftigung mit dem Gemüse, das Hacken und Schneiden, der Geruch der geschmorten Zwiebeln, all das versetzte ihn in einen meditativen Zustand. Während er in dem Topf rührte, die Flamme des Gaskochers regulierte, ließ er seine Gedanken wie Nachtfalter umherflattern, damit sie die finstersten Ecken seiner Vorstellungskraft ausloteten.

Seltsamerweise war es ausgerechnet das Foto von Louise Mackenzie, das ihn auf eine zwingende Idee brachte. Er hatte im *Tagesspiegel* gelesen, dass Leute, die sich *Tupamaros Westberlin* nannten, dem Amtsgerichtspräsidenten Hirsch mit einer Bombe gedroht hatten. Falls es kein Witz war, wie so manch andere Aktionen dieser Leute, hatten sie wahrscheinlich jemanden an der Hand, der eine Bombe bauen konnte. Vermutlich nicht so perfekt wie die, die Ikarus bei Storch in Auftrag gegeben hatte. Aber die sollte ja auch in den Machsor passen, und das hatte sich mit Hirschs Tod erledigt.

Louise wohnte zusammen mit einigen dieser Tupamaros in einer Kommune. Ob sie etwas mit der Sache zu tun hatte, wusste er nicht. Aber vielleicht könnte er über sie Kontakt zu den richtigen Personen aufnehmen. Louise würde sicher keinen Verdacht schöpfen, weil sie ihn bereits zusammen mit ihrem Onkel gesehen hatte. Der Borschtsch dampfte vor sich hin. Es duftete köstlich nach Russland. Und eine Stunde später schmeckte es wie die Heimat.

Gegen Abend klapperte er die Kneipen ab, in denen die Mitglieder der Kommunen üblicherweise saßen und tranken. Im *Zwiebelfisch* fand er einige von ihnen. Poljakov stellte sich ihnen als James Sinclair vor, amerikanischer Journalist, der für die *Baltimore Sun* und *Appeal to Reason* schrieb. Doch weil er nicht bereit war, für ein Interview dreihundert Mark zu bezahlen, kühlte das Interesse an ihm ab. Aber zumindest erfuhr er, dass Louise gelegentlich im *Kings-Club* herumhing. Und wenn sie dort nicht war, dann im *No-Go* neben dem früheren *Zodiak*. Und wenn auch dort nicht, dann im *Obdach*.

Der *Kings-Club* gehörte einem ehemaligen US-Militärpolizisten. Es war besser, dort nicht aufzutauchen. Also entschied Poljakov sich für das *No-Go*. Er fuhr mit der U1 zur Möckernbrücke, schaute zum Fenster hinaus auf die Stadt, die sich träge auf die Nacht vorbereitete. Er fragte sich, ob Louise bereits vom Tod ihres Onkels wusste. Die Antwort fand er in dem düsteren Club. Eine Band spielte Krautrock, wie dem Plakat neben dem Eingang zu entnehmen war. Die Musiker schienen alle Dissonanzen der Welt in ihren Stücken zu versammeln. Es kreischte und quietschte und rumpelte und kratzte. Eine Sängerin nuschelte irgendwas ins Mikro, das Poljakov nicht verstand. Das Publikum schien es zu mögen. Warum, konnte er nicht nachvollziehen. Es hörte sich grässlich an. Und offensichtlich war das auch gewollt.

Louise saß in der hintersten Ecke des Clubs. Die nackten Füße auf den Tisch gelegt, einen Schlapphut tief ins Gesicht gezogen. Poljakov entdeckte sie, als sie den Kopf hob und bei der Kellnerin ein weiteres Bier bestellte. Sollte er zu ihr gehen und sie ansprechen? Keine gute Idee. Es musste zufällig scheinen. Also setzte er sich an einen Tisch direkt neben der Tür zur Toilette. Mit etwas Glück würde sie irgendwann hier vorbeikommen.

Er musste zwei Whiskey lang warten, bis sie durch den Club wankte, Leute anrempelte und an ihm vorbei auf der Toilette verschwand. Er konnte einen kurzen Blick in ihr Gesicht werfen. Die Augen waren verquollen und schwarze Spuren Kajal zogen sich über ihre Wangen. Poljakov sah sie an, lächelte. Allerdings würdigte sie ihn keines Blickes. Also beschloss er zu warten. Der Tod ihres Onkels hatte sie offensichtlich tief getroffen. Er hatte eigentlich nicht vorgehabt, den Mann zu töten. Aber Hirsch war betrunken gewesen, hatte ihn beschimpft, weil er ihm den Machsor nicht mehr geben wollte, und gedroht, die Polizei zu rufen. Also hatte er ihn mit einem Griff in den Nacken betäubt, ins Schlafzimmer geschleppt und ihn erschossen. Dann hatte er das Wohnzimmer verwüstet. Das Ganze musste wie der Selbstmord eines verzweifelten Menschen wirken. Als Louise nach ungefähr einer Viertelstunde immer noch nicht von der Toilette zurückkam, folgte er ihr.

Auf der Damentoilette war sie nicht. Das bedeutete, sie war durch den Notausgang verschwunden. Er fluchte leise vor sich hin, weil er sich so dilettantisch verhalten hatte. Warum war er ihr nicht gleich gefolgt? Die Tür zum Notausgang war nur angelehnt. Vorsichtig lugte er ins Freie. Hinter dem Club war es dunkel. Die Musik verband sich mit den Geräuschen der Straße und der U-Bahn und dem Wimmern eines Menschen. Das musste sie sein. Er folgte dem Weinen, bis er Louise zwischen den Mülltonnen fand. Sie hockte auf dem Boden, das Gesicht in die Hände gestützt.

»Hallo?«, sagte er.

»Hau ab«, schimpfte sie, ohne den Kopf zu heben.

Er entschied sich für den Baltimore-Slang, den er so mühsam gelernt hatte.

»Nein, das werde ich ganz bestimmt nicht machen.«

Prompt hob sie den Kopf. Sah ihn an, schien ihn aber in der Dunkelheit nicht zu erkennen.

»Bist du Amerikaner?«, fragte sie.

»Baltimore«, sagte er.

»Im Ernst? Was machst du hier?«

»Ich hab beobachtet, wie du hier rausgestolpert bist. Und da hab ich gedacht, dass du vielleicht Hilfe brauchst.«

»Ich kenne dich irgendwoher.«

Sie kniff die Augen zusammen, damit sie ihn besser sehen konnte. Dann schien sie sich zu erinnern.

»Du bist der aus dem Lokal am Theo.«

Er tat überrascht, so als würde auch er sie jetzt erst erkennen.

»Stimmt. Du bist Joachim Hirschs Tochter.«

»Seine Nichte. Hilf mir hoch.«

Er reichte ihr die Hand. Sie kam leichtfüßig in den Stand. Als er die kleinen Pupillen sah, wusste er, dass sie unter Drogen stand. Sie lächelte und lief einfach los. Überquerte die Straße, ohne auf den Verkehr zu achten. Autos wichen ihr aus. Wütendes Hupen verfolgte sie. Er ging ihr nach, verlor sie aus den Augen und fand sie wieder auf der steinernen Brüstung des Landwehrkanals. Ihre Füße baumelten zwei Meter über dem Wasser. Einen Schuh hatte sie bereits verloren. Den zweiten hielt sie in der Hand. Sie sah aus wie ein Vögelchen, das aus dem Nest gefallen war. Als er sich neben sie setzte, sah sie ihn skeptisch an.

»Was willst du von mir, James Sinclair?«

»Ich passe auf, dass du keine Dummheiten machst.«

Sie lächelte und lehnte den Kopf an seine Schultern. Holte tief Luft. Leise liefen die Tränen über ihre Wangen.

»Weißt du, wer das zuletzt zu mir gesagt hat?«

»Deine Mutter?«

»Ted Kennedy. Er war ein paarmal bei uns zu Besuch.«

Da er nicht sofort reagierte, schaute sie ihn verwundert an.

»Kennst du ihn etwa nicht?«

Er erinnerte sich, vor Kurzem von einem Unfall gelesen zu haben, bei dem der Bruder des ermordeten amerikanischen Präsidenten am Steuer gesessen und seine Assistentin oder Geliebte oder was auch immer ums Leben gekommen war.

»Ich dachte, seit Chappaquiddick wird Ted nicht mehr so gerne zitiert«, sagte er.

Sie lachte unvermittelt. Ließ die Füße baumeln, spuckte ins Wasser. Für einen Moment schien die Trauer sie aus ihren Fängen zu lassen.

»Wo wohnst du? Hast du ein Hotel?«, fragte sie.

»Wieso?«

»Wieso? Du hörst dich wie eine irische Jungfrau an.«

Mit einem riskanten Schwung, bei dem sie beinahe in den Landwehrkanal gefallen wäre, erhob sie sich, packte ihn an der Hand und zog ihn mit sich.

»Komm«, sagte sie und lächelte.

Poljakov ließ sich ziehen. Wieso konnte sie so schnell umschalten? Eben noch war sie todtraurig gewesen, und jetzt schleppte sie ihn ab. Er ging einen Schritt hinter ihr. Bewunderte ihre Selbstsicherheit. Spürte, wie er sich in ihrer Gegenwart verwandelte. Wie er müde wurde. Nein, nicht müde, es war etwas anderes, das sich so ähnlich anfühlte. Entspannt war das richtige Wort. Er dachte darüber nach und bemerkte, dass sie mit jeder Bewegung ein Stück mehr zu Irina wurde. Das war es, was ihn verwandelte. Durfte er das zulassen? Es war gefährlich. Petrov wollte, dass er sie tötete. Die beim KGB stets bevorzugte Methode, einen Konflikt aus der Welt zu schaffen. Aber er konnte doch unmöglich eine Frau umbringen, die ihn so sehr an Irina erinnerte. Die ihn froh machte, leicht und unbeschwert. Als sie im Bahnhof Hallesches Tor auf den nächsten Zug warteten, lehnte sie sich an seine Brust und begann wieder zu weinen.

»Kannst du mich umarmen?«, fragte sie.

Vorsichtig legte er die Arme um sie, hielt sie fest und drückte sie an sich. Sie fühlte sich warm an und weich und wie eine Erlösung.

Als Heller von Hirschs Tod erfuhr, wollte er es zuerst nicht glauben. Hirsch war betrunken gewesen. Er hatte ihm seine Geschichte offenbart. Aber er hatte nicht so gewirkt, als würde er sich danach erschießen. Im Gegenteil. Hirsch hatte erleichtert gewirkt. Als habe er sich eine schwere Last von der Seele geredet. Wenn er gespürt hätte, dass Hirsch verzweifelt gewesen war, hätte er ihn nicht allein gelassen. Aber wer konnte schon sagen, was in einem Menschen vor sich ging.

Heller saß mit Hartmann, Danner, Wittek und Koch im Besprechungszimmer. Die Kollegen waren sich einig, dass Manteufels Aufforderung, den Kuckuck weiter zu verfolgen, sie erst richtig in den Schlamassel geführt hatte. Hartmann rief nach Frau Grimm und bat um Kaffee für alle. Als Manteufel hereinkam, brachte er eine Wolke schlechter Laune mit. Auf seinem kahlen Schädel waren kleine Kratzer vom hastigen Rasieren zu sehen. Er sah in die Runde, bei Heller blieb er hängen.

»Da haben Sie mir ganz schön was eingebrockt, Heller. Ich habe dem Innensenator und Klinger erklärt, dass Sie bei Hirsch waren, um ihm zu sagen, dass der Mord an seiner Frau nicht aus einem sexuellen Motiv heraus geschehen ist. Das hat Neubauer natürlich nicht geglaubt. Der Mann ist ja nicht blöde. Also habe ich berichtet, was Hirsch Ihnen zu der Angelegenheit mit dem Machsor erzählt hat. Dass er in der Mordnacht in der Synagoge auf Ebert gewartet hat, dass es sich um ein Missverständnis gehandelt hat, dass Hirsch danach von einem Unbekannten Besuch gehabt hat und dass der Unbekannte unter Umständen der Mann vom Wittenbergplatz ist.«

Frau Grimm brachte eine Kanne Kaffee und sechs Tassen. Als sie einschenken wollte, schüttelte Manteufel den Kopf. Sie stellte die Kanne ab und zog sich leise zurück.

»Sie können sich vorstellen, was dann los war«, sagte Manteufel in die Runde. »Klinger hat sich aufgeführt, als hätten wir den Reichstag in Brand gesetzt.«

»Ausgerechnet diese Pfeife«, sagte Danner.

»Das heißt, Sie, Heller, werden da antanzen und schwören, dass Sie Hirsch nicht erschossen haben. Und dann erzählen Sie, was Hirsch Ihnen gesagt hat. Die ganze Geschichte von dieser Zwangsorganisation und seinem schlechten Gewissen und Ebert und so weiter. Falls sich das alles tatsächlich so zugetragen hat«, sagte Manteufel.

Unterstellte Manteufel ihm gerade, dass er sich die Geschichte ausgedacht habe? Wollte er ihn fallen lassen? Manteufel hatte ihn doch selbst beauftragt, am Kuckuck dranzubleiben.

»Machen Sie sich nicht in die Hose, Heller. Die werfen nur die Nebelmaschine an, damit niemand sieht, wie sie selbst versagt haben«, sagte Manteufel.

»Und wie geht es jetzt weiter?«, wollte Danner wissen.

»Der Fall liegt mit sofortiger Wirkung beim Staatsschutz«, antwortete Manteufel.

»Das war alles?«, fragte Danner.

Es war schwer vorstellbar, dass keine Köpfe rollten.

»Hübner hat die Versetzung des Kollegen Hartmann vorgeschlagen«, sagte Manteufel.

»Wieso Hartmann?«, fragte Danner.

Danner war zwar nicht die hellste Kerze auf der Torte, aber er sprach immerhin in diesem Moment aus, was alle dachten. Hartmann zu versetzen konnte nicht Hübners Idee gewesen sein. Niemals. Dafür saß Hartmann zu weit unten auf der Leiter. Eher musste es Manteufel gewesen sein, der den Leiter der M I ins Spiel gebracht hatte, um seinen eigenen Kopf zu retten.

»Wann?«, fragte Koch.

»Wissen sie noch nicht«, sagte Hartmann.

»Und wohin?«

»Wissen sie auch noch nicht«, Hartmann war jetzt sichtlich genervt. »Aber ich bin sicher, sie werden was finden, das sich wie Hämorrhoiden anfühlt. »

Manteufel erhob sich.

»Das war's erst mal meine Herren«, sagte er. »Es sei denn, es gibt noch Fragen.«

Die gab es. Aber keine, die die Truppe an ihn richten wollte. Hastig verließ Manteufel den Raum. Offensichtlich spürte er den Luftdruck, der sich langsam aufbaute.

Es ist wie immer, dachte Heller. Jeder Skandal braucht

ein Opfer. Im Grunde war es nicht mehr als ein Handel, um die Öffentlichkeit zu beruhigen und ihr das Gefühl zu vermitteln, dass sich etwas ändern würde. Jemand musste die Verantwortung übernehmen und wurde dafür ans Kreuz genagelt. Aber ausgerechnet Hartmann? Kaum hatte Manteufel die Tür geschlossen, brach die Empörung los.

»Das ist eine ausgemachte Sauerei«, sagte Koch. »Wieso Sie, Chef?«

»Der versucht, seinen eigenen Kopf zu retten«, sagte Wittek. »Das kennt man doch. Ist immer dasselbe. Die Kleinen hängt man und die Großen lässt man laufen.«

Sie regten sich auf, redeten durcheinander, erinnerten sich, dass Manteufel noch nie übermäßig loyal gegenüber der M I gewesen war. Heller beobachtete Hartmann. Mit keiner Miene verriet der Chef der M I, was er selbst darüber dachte.

In die allgemeine Empörung hinein wandte Heller sich direkt an Hartmann. »Und was heißt das für uns?«

»Das heißt, dass unsere kleine Sonntagsfahrertruppe aufgelöst ist«, sagte Hartmann.

Er schenkte so feierlich Kaffee ein, als seien sie bei einem Staatsbegräbnis. Es fehlte nur noch, dass der Trauermarsch gespielt wurde.

»Was ist mit dem Kuckuck?«, fragte Heller.

»Rufen Sie Hübner an. Er wird es Ihnen sagen.«

»Das gibt es doch nicht. Der Staatsschutz pennt seit Monaten. Jetzt sind die Pfeifen mal kurz aufgewacht und haben gemerkt, dass sie die ganze Sache verschlafen haben. Und jetzt sollen die auf einmal die Lorbeeren kassieren?«

»So ist es. Aber ich kann Sie trösten. Die wahren Helden werden erst nach ihrem Tod berühmt«, sagte Hartmann. »Und um das mal klarzustellen: Wir haben es vermasselt. Storch ist tot, und der Kuckuck ist untergetaucht. Wir wissen nicht, was er vorhat, ob es zu einem Anschlag kommt, wann es zu einem Anschlag kommt, und gegen wen er sich richtet.«

»Das heißt, wir ziehen den Schwanz ein?«, fragte Heller.

Hartmann stellte die Kanne wieder ab, nahm Milch und Zucker.

»Ich weiß nicht, was Sie mit Ihrem Schwanz machen, Heller. Aber solange ich noch der Leiter dieser Abteilung bin, werden Sie sich wie Ihre Kollegen von jetzt an um die Fälle kümmern, die in unser Ressort fallen. Und vielleicht hilft Ihnen das ja auch, endlich mit Ihren siebzehn Minuten klarzukommen.«

Er warf Heller eine Akte zu.

»Frau, türkisch, Mitte dreißig. Ist in der Turmstraße aus dem vierten Stock gestürzt. Ehemann ist flüchtig. Sie beide.«

Hartmanns Zeigefinger schwenkte zwischen Heller und Koch hin und her. Da Heller nicht reagierte, nahm Koch die Akte an sich. Die Besprechung war zu Ende. Still verließen sie den Raum.

Heller verstand es nicht. Hartmann hatte die Versetzung einfach so hingenommen und ihm noch einen Tritt verpasst. Wieso? Sie waren doch diejenigen, die als Erste verstanden hatten, um was es hier ging. Sie waren sich nahezu sicher, dass Ebert zum KGB gehörte, sie hatten Storch überführt, sie waren dem Kuckuck auf die Spur gekommen, hatten die Bombe gefunden, sie hatten herausgefunden, dass Hirsch den Kuckuck getroffen hatte. Und jetzt waren sie aus dem Fall raus? Nur weil der Polizeipräsident der Meinung war, dass die Kompetenzen einzuhalten waren? Heller hätte schreien können vor Wut.

Neben Hellers Karmann stand ein Müllwagen. Einer der Männer kam Heller entgegen.

»Ist das deiner?«

Heller antwortete nicht.

»Wir warten hier seit einer Viertelstunde, weil wir nicht an die Tonnen rankönnen. Also Abfahrt, Meister, und zwar zackoprello. Sonst schmeiß ich deine Muschikutsche in den Gulli.«

»Leck mich«, nuschelte Heller.

Er stieg ein, startete den Motor und legte den ersten Gang ein.

»Was hast du eben gesagt?«

Der Müllmann schlug auf das Faltdach.

Du willst keinen Streit, Heller. Mach dich einfach aus dem Staub.

»Nichts. Ich bin ja schon weg.«

Streit war das Letzte, was er jetzt brauchen konnte.

»Einen Scheiß bist du. Steig aus, dann zeig ich dir, wer hier wen leckt, du Wichser.«

Heller senkte den Kopf. Er musste sich zurückhalten.

»Es tut mir leid, okay?«

»Nix ist okay. Komm raus. Oder scheißt du dir jetzt in die Hose?«

Als der Müllmann noch einmal auf das Faltdach schlug und Heller deutlich hören konnte, wie die geflickte Stelle wieder aufriss, war es mit der Zurückhaltung vorbei.

Langsam öffnete er die Tür. Die Stimme, die ihn zurückhalten wollte, weit hinten in dem Wirrwarr in seinem Kopf, hörte er längst nicht mehr. Der Müllmann baute sich vor ihm auf. Er war mindestens einen Kopf größer als Heller. Neben ihm feixten seine beiden Kollegen. Er winkte Heller zu sich heran.

»Komm her, Kleiner.«

Heller ging langsam auf den Mann zu, schlug ihm ansatzlos mit der rechten Faust auf den Solarplexus und fing ihn auf, als er zusammenklappte. Er legte ihn neben dem Müllwagen auf der Straße ab. Dann wandte er sich an die anderen beiden.

»In einer Minute ist er wieder auf den Beinen.«

Da die beiden nicht reagierten, stieg Heller in den Karmann und fuhr mit quietschenden Reifen los. Auf der Budapester schleuderte er um die Ecke und wäre beinahe mit einem Bus zusammengestoßen. Der Motor heulte auf, als er in die Hofjägerallee einbog. Hier kam er nicht weiter. Die Siegessäule war eingerüstet. Der Verkehr wurde von zwei Verkehrspolizisten angehalten. Heller musste warten, bis ein Kranwagen aufgebaut war. Er kurbelte das Fenster herunter, zündete sich eine HB an. Was bist du nur für ein Idiot, dachte er. Du lässt dich von diesem Kerl provozieren? Schlägst ihn k. o.? Warum? Weil der Polizeipräsident dir einen Fall weggenommen hat, der ohnehin nicht in deine Zuständigkeit fällt? Vielleicht hilft Ihnen das, mit den fehlenden siebzehn Minuten klarzukommen, hatte Hartmann gesagt. Ja, das würde es. Und zwar so, wie es niemand erwartete.

Als er eine halbe Stunde später in der Turmstraße ankam, hatte sich vor dem Ufa-Palast eine lange Schlange gebildet. *Ein toller Käfer* stand auf dem Programm. Er hatte Paula schon einmal versprochen, den Film anzuschauen. Er sah auf die Uhr. Kurz vor sechs. Das würden sie nicht mehr schaffen. Wahrscheinlich war Paula sauer, weil er sie wieder versetzt hatte. Und wenn er jetzt nach Hause fuhr, würde er sich ihre Vorwürfe anhören müssen. Nicht auch das noch. Nicht heute. Er wendete.

Im *Kings-Club* war noch nichts los. Um halb neun sollte Reinhard Mey auftreten. Heller bestellte bei Ryan einen Doppelten und setzte sich ans Klavier. Seit einer Woche versuchte er sich an einem Lied für Paula. Irgendwas wie *Ruby Tuesday* von den Stones oder *Michelle* von den Beatles. Aber bisher war ihm nur eine Melodie eingefallen. Kein Text. Ryan brachte den Bourbon.

»Fucked?«

»Kann man so sagen.«

»Wie geht's Paula?«

»Okay.«

»Wann hast du sie zuletzt gesehen?«

»Gestern. Nein, vorgestern.«

»Gratuliere.«

Heller klimperte durch ein paar Akkorde. Ryan zog ein Foto aus seiner Hemdtasche und legte es auf das Klavier. Heller schaute auf das Foto, ohne sein Spiel zu unterbrechen.

»Kennst du den?«

Heller schaute das Foto an. Ob er den kannte? Natürlich kannte er ihn. Es war der Kuckuck.

»Wo hast du das her?«

»Die *Berlin Operation Base* hat den beobachtet. Ist ein russischer Agent. Wie es aussieht, ist er wegen irgend so einer Sache unterwegs, die *Nagila Hava* heißt. Gibt sich als Amerikaner aus.«

»Was ist *Nagila Hava*?«

»Hat mein Kontakt nicht gewusst. Oder er weiß es, will es mir aber nicht sagen. Ich hab gedacht, das könnte dich interessieren.«

Heller klimperte weiter.

»Nicht mehr.«

Seine Finger fanden endlose Tonfolgen, ohne dass er sie lenkte. Melodien tauchten auf und verschwanden wieder. Es wurde still. Um ihn herum und in ihm. Der Raum löste sich auf, als wäre er der einzige Mensch auf der Welt. Von irgendwoher schlichen sich Worte an. Vorsichtig, linkisch, als würden sie sich nicht trauen, ins Licht zu treten. *Sie ist ein tiefes, stürmisch blaues, weites Meer, am Himmel eine Wolke hell und schwer. Am Tag ein Berg, und nachts dunkler Wald, ich hatte mir ein Bild von ihr gemalt.*

Hellers Blick fiel erneut auf das Foto. Er spürte, wie sein Jagdinstinkt erwachte, ihn drängte aufzuspringen und loszustürmen. Aber sie hatten ihn von dem Fall abgezogen. Du hast nichts mehr mit dem Kuckuck zu tun, dachte er. Das sollen andere machen. Oder?

Als Louise in der Wielandstraße aufwachte, lag ein Mann neben ihr. Es dauerte eine Weile, bis sie sich erinnerte, wo sie ihn aufgegabelt hatte. Es war hinter dem *No-Go* gewesen. Und von dort war er ihr bis zum Landwehrkanal gefolgt. Warum eigentlich? Sie richtete sich auf, stützte den Kopf in die rechte Hand und betrachtete ihn. Seine Augen bewegten sich unter den geschlossenen Lidern, als würde er etwas Aufregendes träumen. Ich würde jetzt gerne wissen, was du träumst, dachte sie. Im gelben Licht der Sonne, die das Zimmer flutete, war er ein schöner Mann. Zumindest nach den durchschnittlichen amerikanischen Kriterien. Seine Lippen waren elegant geformt. Das Kinn war trotzig vorgeschoben. Ein Zeichen von Stärke und Entschlossenheit. Er trug keinen Ring, aber an der linken Hand war an der Wurzel des Ringfingers eine schmale Stelle aufgehellt. War er verheiratet und legte seinen Ehering ab, bevor er Frauen abschleppte? Vielleicht. Aber eigentlich hatte sie ja ihn abgeschleppt.

Der Moment am Ufer des Landwehrkanals kam ihr

wieder in den Sinn. Er war schüchtern gewesen. Hatte nicht in sein Hotel gehen wollen. Typisch Ami. Zwei Einladungen zum Abendessen, dann erst ins Bett. Vielleicht bist du auch erst seit Kurzem geschieden, dachte sie. Hatte sie mit ihm geschlafen? Sie tastete unter die Bettdecke. Ihr Slip war noch an Ort und Stelle. Sie griff hinein, tastete. Nein, vermutlich nicht. Oder doch? Es beunruhigte sie, dass sie sich nicht an die Nacht erinnern konnte. Sie wusste nur noch, dass er sich über die Unordnung in der Küche gewundert und angefangen hatte abzuspülen. Dann war plötzlich eine Flasche Wodka aufgetaucht. Er hatte drei Viertel davon gekippt, ohne wirklich betrunken zu sein. Trotzdem sah er jetzt so gesund aus, als habe er drei Wochen Beautyfarm hinter sich. Vielleicht war er ja ein Russe. Wie hieß er? Es wäre ganz gut, wenn sie sich an seinen Namen erinnerte, bevor er aufwachte.

Seine Hose und sein Jackett hingen über dem Schreibtischstuhl. Sie kroch aus dem Bett, durchsuchte seine Jacke. In der linken Innentasche fand sie seine Brieftasche und darin einen Presseausweis. Seinen Namen hatte er ihr schon einmal genannt, als sie ihn zusammen mit ihrem Onkel getroffen hatte. Als sie daran dachte, spürte sie einen Schmerz tief im Bauch. Joachim hatte sich eine Kugel in den Kopf geschossen. Kein Abschiedsbrief, keine Nachricht. Als sie ihrer Mutter am Telefon davon erzählt hatte, war die Reaktion überraschend kühl gewesen. Sie hatte gefragt, warum ihre Eltern nicht nach Deutschland zur Beerdigung kommen wollten, aber keine Antwort erhalten.

Ein leises Klopfen an der Tür. Louise erschrak und ließ die Brieftasche fallen. Ein Foto rutschte heraus. Sie in der Mensa. Hatte er das Foto gemacht? Warum?

»Louise? Bist du da?«

Eine Stimme vor der Tür. Schnell steckte Louise die Brieftasche wieder zurück.

»Ja.«

Sie kroch zurück ins Bett.

»Bist du alleine?«

»Nein.«

»Kann ich reinkommen?«

Bevor Louise noch antworten konnte, wurde die Tür geöffnet, und Petra streckte den Kopf herein. Sie sah James, zuckte kurz zurück. Schaute Louise erstaunt an, und ihre Lippen formten ein *Wer ist das?* Da öffnete James die Augen. Blinzelte gegen das Sonnenlicht und versuchte, sich zu orientieren. Er richtete sich auf.

»Petra, das ist James aus Baltimore, James, das ist Petra aus Berchtesgaden«, antwortete Louise.

»Hallo, James aus Baltimore.«

»Hallo.«

Er ließ sich wieder zurück in die Kissen fallen.

»Ami?«, fragte Petra.

»Journalist.«

Es klang wie eine Entschuldigung.

»Will er mit uns frühstücken?«

»Weiß nicht, frag ihn.«

»Willst du mit uns frühstücken, James aus Baltimore?«

James ließ ein unergründliches Grummeln hören.

»Ich glaube, das heißt *ja*«, sagte Louise.

Kurz darauf saßen sie am Frühstückstisch. Louise, James, Petra, Bakunin, Detlev. Während ein Joint kreiste, erzählte James, dass die *Appeal to Reason* ihn nach Deutschland geschickt habe, um herauszufinden, wie die Studenten zu den Protesten in den USA gegen den Vietnamkrieg stehen. Er hatte gehört, dass einige ihrer Anführer sich in Richtung Palästina orientierten. Detlev erklärte ihm, dass der internationale Imperialismus von mehreren Seiten attackiert werden müsse.

»Verstehst du, Palästina ist für uns das, was für euch Vietnam ist. Das Problem ist nur, dass die Leute das nicht begreifen. Kunzel hat genau erkannt, woran das liegt. Die Deutschen haben wegen den KZs und dem Scheiß, den die Nazis mit den Juden gemacht haben, einfach einen Judenknax. Das kann man irgendwo verstehen, aber die Nazis heißen heute Israelis. Und wir müssen begreifen, dass der Zionismus eine faschistische Ideologie ist. Und wir müssen uns mit der Al Fatah solidarisieren, weil die im Nahen Osten den Kampf gegen den jüdisch-amerikanischen Faschismus aufgenommen haben.«

Louise schlug erbost mit der flachen Hand auf den Tisch. Ihre Tasse fiel um, der Kaffee ergoss sich über den Teller mit französischem Käse.

»Dass ausgerechnet du als Deutscher dich traust, von jüdischem Faschismus zu faseln, ist unglaublich. Israel wird seit der Staatsgründung von den Arabern attackiert. Das war 1948 so, und es war vor zwei Jahren so. Und trotzdem sind wir die Faschisten?«

»Wir?«, wunderte sich Detlev. »Ich wusste gar nicht, dass du auch eine von denen bist.«

»Was meinst du mit denen?«

Eine wütende Diskussion nahm ihren Lauf. Es war wie jedes Mal, wenn sie auf dieses Thema kamen. Und mit Sicherheit hätte es wieder damit geendet, dass Louise unter Tränen androhte, ihren Koffer zu packen. Doch jetzt war es Petra, die plötzlich zu weinen anfing.

»Könnt ihr nicht aufhören, euch über etwas zu streiten, was dreitausend Kilometer weg ist? Merkt ihr nicht, was hier bei uns passiert?«

Niemand schien so recht zu wissen, was sie meinte. Bakunin legte ihr den Arm um die Schultern.

»Ich finde auch, dass wir nicht so weitermachen können. Ich meine, das, was Fritz und Rainer machen, ist okay, aber es sind doch Kindereien. Wir müssen etwas machen, das Bedeutung hat. Etwas, das die Menschen aufrüttelt«, sagte er.

»Du meinst, dich mit den Bullen zu prügeln, hätte Bedeutung?«, fragte Louise.

»Klar, weil das Schweine sind, die nichts anderes machen, als die Herrschenden zu beschützen.«

»Ich weiß nicht, wie es hier ist. Aber bei uns sind die Bullen Söhne von Arbeitern. Irgendwie ist es doch verrückt, dass Bürgersöhne den Söhnen von Arbeitern Steine an die Köppe werfen.«

Verwunderte Blicke richteten sich auf James. So hatte das noch niemand vorher betrachtet. Louise sah erstaunt zu ihm hin. Was er sagte, und wie er es sagte, gefiel ihr. Sie rückte ein Stück näher an ihn ran. Er sah nicht nur gut aus und war ein Landsmann, er war auch noch ziemlich klug. James lächelte, als er Louises Blick spürte. Den Joint ließ er passieren. Petra nahm einen tiefen Zug.

»Es ist doch der totale Wahnsinn«, nuschelte sie. »Kennedy ist tot, Martin Luther King ist tot, Otis Redding ist tot, Brian Jones ist tot. So viele Leute sterben. Und immer sind es die Falschen.«

»Kennedy und Martin Luther King sind von Faschisten erschossen worden«, sagte Detlev.

»Ich weiß. Aber Brian und all die anderen, von denen wir nichts wissen. Die sterben nicht an Drogen, sondern weil sie zu sensibel sind. Die haben keinen Schutz gegen all den Müll, der jeden Tag passiert. Versteht ihr?«

Petra blickte in die Runde.

»Ich hab das Gefühl, dass alles schon wieder zu Ende ist, wo es doch gerade erst begonnen hat.«

Louise konnte Petra gut verstehen. Jeden Tag fragte sie sich, wie andere das Leben ertrugen. Wie konnte man leben und wissen, dass man von Mördern, Folterern, Vergewaltigern umgeben war? Es machte sie wahnsinnig. Es drang alles in sie ein. Die Nachrichten vom Sterben in Vietnam, von den Hungernden, den Ermordeten. Sie war ein Beet, in das ununterbrochen Schrecken gepflanzt wurde.

Es klingelte an der Tür. Petra stand auf und schlurfte aus der Küche.

»Nicht schon wieder Bullen«, stöhnte Bakunin.

»Die würden nicht klingeln«, sagte Louise.

Sie lachten. Der Schlüssel wurde im Schloss gedreht. Dann hörten sie Petras helle Stimme.

»Heller, was willst du denn hier?«

»Lass ihn nicht rein«, rief Detlev in Richtung Flur. »Nur wenn er einen Durchsuchungsbefehl hat.«

Louise merkte, wie James' Blick sich verhärtete, als habe er den Namen eines Geistes gehört.

»Alles okay?«, fragte sie.

»Ja, alles okay. Wir hatten nur vor Kurzem eine unangenehme Begegnung.«

»Du kennst ihn? Was hat er gemacht?«

»Lass uns in dein Zimmer gehen. Ich hab keine Lust auf diesen Motherfucker.«

Louise schlurfte in Richtung Tür, blieb im Flur stehen, während James in ihr Zimmer abbog. Sie hörte, wie Heller und Petra über den Geburtstag ihres Vaters sprachen.

»Und was willst du da machen? Ihm Socken schenken, ein Liedchen singen und schlechten Kaffee trinken?«, fragte Petra.

»Keine Ahnung, was das wird. Wenn du mitkommen willst, ich warte unten, da du mich ja sowieso nicht reinlässt.«

»Hast ja gehört, was Detlev gesagt hat. Nur mit Durchsuchungsbefehl. Gib mir zehn Minuten.«

Petra lief an Louise vorbei in ihr Zimmer.

»Großkampftag«, flüsterte sie ihr zu.

Louise verstand nicht, was sie meinte. Sie lehnte an der Garderobe, an der unzählige Jacken und Palästinenserschals hingen. Heller nickte kurz von der Tür aus, als er sie sah.

»Tut mir leid wegen deinem Onkel«, sagte er.

»Ach ja?«

Die Arme vor der Brust verschränkt, ging sie auf ihn zu. Ihr fiel auf, dass er aussah, als würde er nicht schlafen. Tiefe Ringe unter den Augen, die Haut stumpf und grau, die Haare bestimmt seit Tagen nicht mehr gewaschen. Seinen Porkpie drehte er ungeduldig in den Händen.

»Du warst bei ihm.«

»Ja.«

»Was hast du zu ihm gesagt?«, fragte Louise.

»Wir haben über den Tod deiner Tante gesprochen.«

»Und was sonst noch?«

»Das geht dich nichts an.«

»Du warst der Letzte, der mit ihm geredet hat«, schrie sie ihn an. »Und danach hat er sich umgebracht. Also erzähl mir nicht, was mich etwas angeht und was nicht.«

Eine ungeahnte Wut kroch in ihr hoch. Als wäre eine Wunde aufgebrochen, in der all das schwärte, worüber in der Familie nie gesprochen wurde. Die Schuld und die falschen Entscheidungen, die abgebrochenen Beziehungen, die Unfähigkeit zu verzeihen. Und dann die Heuchelei, wenn man sich traf und so tat, als sei alles in

Ordnung. Und zuletzt die Angst vor einer Wahrheit, die sie noch nicht kannte.

»Woher weißt du, dass ich der Letzte war, der mit ihm geredet hat?«, fragte Heller.

»Ich hab den Zettel mit deinem Namen gesehen. Worüber habt ihr gesprochen?«

»Das kann ich dir nicht sagen, weil es Teil unserer Ermittlungen ist.«

Sie wusste mit einem Mal, dass Heller von ihrem Onkel all das gehört hatte, was er ihr nicht hatte sagen wollen. Tränen stiegen ihr in die Augen. Das macht sie noch wütender. Sie wollte nicht vor ihm weinen. Sie wollte wütend sein, nicht traurig. Sie wollte stark sein und nicht das Sensibelchen, das von Gefühlen überrollt wird. Wo sie doch noch nicht mal wusste, warum sie weinte. Es war mit Sicherheit der Schmerz, dass Joachim sich erschossen hatte. Aber vielleicht war es auch die Scham, dass ausgerechnet Heller so tief in den Schlamassel ihrer Familie eingetaucht war. Bei jedem anderen Bullen wäre es ihr egal gewesen. Aber mit ihm hatte sie geschlafen. Und pro Tag galt mindestens einer der hunderttausend Schläge ihres Herzens ihm.

Sie warf die Tür zu. Lehnte sich gegen das Türblatt und rutschte zu Boden.

Petra stand vor ihr. Sie trug Bakunins Lederjacke, die ihr eine Nummer zu groß war. Eine Motorradhose, ebenfalls aus Leder, und Stiefel.

»Alles okay?«, fragte sie.

Louise hob den Kopf.

»Nein.«

»Hat er dich scheiße behandelt?«

»Nein, es ist … es ist was anderes.«

»Sicher?«

Louise richtete sich wieder auf. Schaute Petra an.

»Du siehst aus, als würdest du in eine Schlacht ziehen«, sagte sie.

»Wir werden sehen«, sagte Petra.

Heller und Petra fuhren schweigend die Kantstraße und die Masurenallee bis zum Theodor-Heuss-Platz, dann die Reichsstraße stadtauswärts, vorbei an dem Haus, in dem Rebecca und Joachim Hirsch gelebt hatten. Der schwarze Wagen der Kriminaltechnik stand davor. Heller fiel das Foto ein, das Ryan ihm gezeigt hatte, es steckte in seiner Jackentasche. Er brachte den Wagen am Straßenrand zum Stehen.

»Bin gleich wieder da«, sagte er zu Petra.

In der Wohnung liefen Schubert und zwei Kollegen umher. An Türen, Tischen, Stühlen klebte schwarzer Puder.

»Draußen bleiben«, rief Schubert ihm zur Begrüßung zu. »Wir suchen noch nach ein paar Schuhabdrücken.«

»Ich hab ein Foto«, sagte Heller.

»Wenn es kein Nacktfoto von Marilyn Monroe ist, kannst du es behalten.«

Schubert kam näher, Heller reichte ihm das Bild.

»Kannst du das Hartmann geben?«

Der Kollege warf einen skeptischen Blick drauf.

»Wer ist das?«

»Sag ihm, das ist der Kuckuck.«

Als das Wort *Kuckuck* fiel, machte Schubert große Augen.

»Warum machst du es nicht selbst?«

»Ich hab heute frei. Aber vergiss es nicht.«

Heller ließ einen verwunderten Schubert stehen. Als er wieder in seinen Wagen stieg, hatte Petra einen Joint gedreht und nahm einen tiefen Zug.

»Verdammt, Petra, mach das Ding aus.«

»Reg dich wieder ab. Was bist du denn für eine Memme. Zieh lieber mal.«

Heller überlegte, ob er den Joint aus dem Fenster werfen oder dran ziehen sollte.

»Paula hat mir erzählt, dass du Haschkekse futterst.«

Sie kicherte.

Im Biedermannweg standen Autos, Motorräder und Fahrräder vor dem Haus Nummer 17.

»Scheint eine große Party zu sein. Wie alt wird er?«, fragte Petra.

»Sechzig.«

»Hast du ein Geschenk für ihn?«

Ein Karton lag auf dem Rücksitz. Heller öffnete den Deckel. Eine Flasche Dujardin und sechs Gläser, die Kiste mit rotem Samt ausgekleidet.

»Nobel.«

Sie schauten beide zu dem Haus hin. Unschlüssig, ob sie wirklich hineingehen sollten. Heller ahnte, dass es kein friedliches Aufeinandertreffen werden würde. Aber vielleicht war jetzt die richtige Zeit gekommen, um reinen Tisch zu machen. Jetzt, wo sie ihn kaltgestellt hatten und er nicht wusste, ob er den Laden verlassen sollte, weil er keine Zeit hatte, sich um Paula zu kümmern.

Ein Mann stieg aus einem Ford Taunus aus. Er winkte. Heller winkte zurück.

»Kennst du den?«, fragte Petra.

»Er war bis letztes Jahr noch mein Chef.«

Der Mann kam zur Fahrerseite.

»Heller, wie geht's?«

»Du siehst gut aus, Holzinger.«

»Was man von dir nicht sagen kann.«

»Das ist nur der Schreck. Ich hab gedacht, du wärst schon längst tot«, sagte Heller grinsend.

»Seit ich aus der Keithstraße raus bin, habe ich erst richtig angefangen zu leben.«

Sie lachten. Holzinger deutete zu Petra hin.

»Deine Frau?«

»Meine Schwester.«

»Stiefschwester«, sagte Petra.

Durch das offene Fenster reichten sie sich die Hände.

»Ihr seht nicht so aus, als wolltet ihr ihm ein Ständchen singen.«

»Kommt drauf an, was für ein Ständchen du meinst«, sagte Petra.

Holzinger zog die Hand zurück.

»Nach was riecht es denn hier?«, wunderte er sich.

Petra hielt ihm den letzten Stummel des Joints hin. Holzinger verstand, um was es sich dabei handelte. Er schüttelte den Kopf. Klopfte Heller auf die Schulter. Petra rauchte den Joint noch zu Ende, dann stiegen sie aus.

Die Begrüßung war kühl. Der Alte hatte offensichtlich nicht mit ihnen gerechnet. Heller wünschte seinem Vater alles Gute, übergab den Cognac und behauptete, es sei ein gemeinsames Geschenk von Petra und ihm, was Petra sofort korrigierte.

»Wenn der von mir wäre, hätte ich Zyankali reingemacht.«

Sie ignorierte die Hand ihres Vaters, ging den Stimmen aus dem Wohnzimmer entgegen. Der Alte ließ die Hand sinken, als sei sie zu schwer für seine bejahrten Muskeln. Dabei war er noch gut in Schuss. Ging jeden Tag spazieren. Machte Kontrollgänge, wie er die Wanderungen nannte, bei denen er beobachtete, wie sein geliebtes Berlin von einer neuen Zeit verändert wurde, mit der er nichts zu tun haben wollte und die er auch nicht verstand. Er hatte sich oft genug bei Heller darüber beklagt, und jede Klage mit dem Wunsch beendet, es müsste mal wieder einen Krieg geben, damit die Leute wüssten, um was es im Leben ging.

Im Wohnzimmer hatte sich mehr als ein Dutzend Geburtstagsgäste versammelt. Vor allem Männer in Siegfried Hellers Alter. Einige waren mit ihren Frauen gekommen. Manche hatte der Krieg gezeichnet. Einer hatte eine Narbe quer übers Gesicht, ein anderer eine Delle im Schädel. Dem Nächsten fehlte der rechte Arm. Auf einem Sideboard hatte Siegfried Heller ein kleines Büfett aufgebaut. Die Nachbarin hatte ihm geholfen, wie er kurz erwähnte. Es gab Suppe und Brot, Käsestückchen auf Zahnstocher aufgespießt und einen Mettigel. Daneben standen Bier und Wein. Der Alte sorgte dafür, dass jeder genug zu essen und zu trinken hatte.

Petra hatte es sich in einem Sessel bequem gemacht. Eine Flasche Wein in der Hand, halbleer, die Stiefel auf dem Tisch, eine Kippe im Mund. Sie beobachtete die Leute und wirkte wie eine tickende Zeitbombe. Heller unterhielt sich mit Holzinger darüber, wie es war, in Rente zu gehen. Die übrigen Gespräche drehten sich um Krankheiten und Todesfälle, um die Studenten und die Kommunisten, wer mit wem nicht mehr sprach, und dass einer im Lotto gewonnen hatte, den sie alle kannten, der aber weggezogen war; man konnte sich ja denken, warum. Die Unterhaltungen irrlichterten, landeten bei Loyalität und Kameradschaft, bis sie zuletzt ihr liebstes Motiv fanden, den Krieg. So als sei alles vorher nur Prolog gewesen.

Als zum ersten Mal das Wort »Führer« fiel, sah Heller zu Petra hin. Er ahnte, dass sie auf dieses Stichwort gewartet hatte. Vor allem, nachdem er ihr erzählt hatte, wie der Alte im Krieg unterwegs gewesen war.

»Muss Spaß gemacht haben, einfach so Leute abzuknallen, ohne dass jemand einen aufhält, oder, Papa?«

Sie hatte den Satz so übertrieben kindlich ausgesprochen, dass das Geplapper der Gäste wie auf Befehl eines unsichtbaren Dirigenten verstummte.

»Wie war das in Riga, Papa? Wolf hat mir erzählt, dass du da 20.000 Juden erschossen hast. Musstest du das ganz alleine machen, oder hat dir jemand geholfen?«

Peinlich berührt drehten die Gäste sich von ihr weg.

»Halt dein verkommenes Maul!« Der alte Heller trat auf Petra zu.

»Sonst? Willst du mich auch erschießen?«

Er schlug ihr ins Gesicht, ihr Kopf flog zur Seite. Sie fing sich wieder. Sammelte sich. Dann stand sie auf, stellte sich vor ihren Vater.

»Wie macht man das? Haben sie euch gesagt, dass das Volksschädlinge sind? Stellst du dir vor, dass die keine Menschen sind, egal ob es Kinder sind oder alte Leute?«

»Du sollst dein Maul halten!«, zischte er.

Sein Gesicht war hochrot, in den Mundwinkeln sammelte sich weißer Schaum.

»Und wart ihr froh, dass jemand das gesagt hat? Und dass der euch erlaubt hat, das zu tun, was ihr am besten könnt?«

Die Geburtstagsgäste hielten den Atem an. Was würde der Alte jetzt tun? Siegfried Heller senkte den Kopf. Schwieg. Wer ihn nicht kannte, musste denken, es sei aus Demut oder Scham. Aber Heller kannte seinen Vater. Da waren keine Demut und keine Scham. Auch kein Gefühl von Schuld. Da war vor allem Wut über jeden, der an den Erinnerungen rüttelte und das Grauen hervorholte, das er so gut in sich vergraben hatte.

Sie hatten über Riga geredet, über die Massaker an

den Partisanen in Jugoslawien, über den Belagerungsring um Leningrad, über die Berge von Leichen. Der Alte hatte sich immer darauf berufen, dass sie so handeln mussten, weil es Befehle gab. Wer den Befehlen nicht gehorchte, wurde selbst erschossen. Er sprach dann immer von seiner Kompanie, nie von sich als Einzelnem. Als sei es eine anonyme Masse, in der jeder von ihnen verschwand, sobald der Befehl zum Töten erteilt wurde. Jede Stunde mussten die Schützen ausgewechselt werden, hatte ihm der Alte erzählt. Weil ein paar von ihnen es nicht länger ertrugen, die Menschen einfach so zu erschießen. Und auch weil die Gewehrläufe zu heiß wurden und sich verzogen. Das alles hatte er erzählt, als sei es der Bericht eines Unbeteiligten. Es war sein Schutz. Heller wusste es. Sein Vater hatte sich hinter den Schilderungen verkrochen. Sie waren wie eine Rüstung. Gegen die Angriffe, die von außen kamen und gegen die von innen.

»Weißt du, was mich am meisten fertigmacht?«, fragte Petra. »Wenn jetzt jemand kommt und dir sagt, deine Tochter ist schädliches Ungeziefer, die macht alles kaputt, die muss erschossen werden, du würdest es tun. Oder?«

Sie stand provozierend nahe vor dem Alten. Als wollte sie ihn zwingen, sie umzubringen.

»Sag schon«, schrie sie. »Du würdest es tun. Hab ich recht? Du verdammter Scheißkerl.«

Siegfried Heller hatte ihr die ganze Zeit mit gesenktem Kopf zugehört. Vielleicht hatte er auch nur so getan und stattdessen darüber nachgedacht, was er nun machen sollte.

»Worauf wartest du?«

Sie brüllte ihn an, schlug ihm ins Gesicht, auf die Brust.

»Mach es.«

Langsam wandte er sich von ihr ab, ging zum Wohnzimmerschrank und nahm eine Pistole heraus. Stellte sich vor sie. Den Arm ausgestreckt, den Lauf der Walther P38 auf die Stirn seiner Tochter gerichtet. Die Gäste schrien auf, wichen zurück. Siegfried Heller spannte den Hahn. Es war ein scharfes Klicken.

»Du willst, dass ich dich erschieße?«, zischte er. »Du willst, dass ich dich erschieße?«

Niemand sagte ein Wort. Die Gäste waren wie gelähmt. In das Entsetzen hinein ging Heller auf seine Schwester zu, legte den Arm um ihre Schultern.

»Lass uns gehen«, sagte er.

Ohne seinen Vater eines weiteren Blickes zu würdigen, führte er Petra aus dem Haus.

Auf der Straße empfing sie ein feiner Nieselregen. Ein Hund bellte sich heiser. Heller hielt Petra die Tür auf der Beifahrerseite auf. Sie war sichtlich erschüttert. Zitterte am ganzen Körper.

Am Steubenplatz musste Heller an einer roten Ampel anhalten. Als sie auf Grün wechselte, blieb er immer noch stehen. Es war wie eine körperliche Schweigeminute.

»Meinst du, er hätte geschossen?«, fragte Petra.

Heller wusste es nicht.

»Ist das nicht ein Wahnsinn zu wissen, dass der eigene Vater so viele Menschen auf dem Gewissen hat?«, sagte er. »Und wenn du ihn fragst, dann redet er immer von den Befehlen, denen er gehorchen musste. Ich frag mich die ganze Zeit, was ich gemacht hätte.«

»Meinst du, du hättest genauso wie der Alte gehandelt?«

»Ich weiß es nicht. Vielleicht habe ich einfach nur Glück, in einer anderen Zeit zu leben. Verstehst du, die haben ihn und seine Kameraden nach Lublin geschickt und gesagt, was sie tun sollen. Das war ein Befehl. Aber irgendwie war es auch eine Befreiung. Verstehst du? Ein Rausch, der dem Alten gezeigt hat, wer er auch sein kann. Es braucht nicht viel, um zu einem Mörder zu werden. Nur einen Feind und den Gedanken, dass der Feind gefährlich ist, und zu wissen, dass derjenige, der die Befehle gibt, weiß, was er tut und richtig handelt. Das haben sie damals alle gedacht – und dann waren da die Kameradschaft und dann das Pervitin, das die sich alle reingezogen haben. Wer bin ich, dass ich mich für den besseren Menschen halte, dass ich mehr Moral habe.«

Petra schaute ihren Bruder lange an. Sie schien zu verstehen, wovon er sprach. Sie hatte den gleichen Furor in den Augen der Demonstranten gesehen, wenn sie Steine aufhoben, genau zielten und jubelten, wenn sie einen Polizisten im Gesicht trafen. Die Zivilisation ist ein dünner Firnis, hatte jemand gesagt, darunter schlummern die Bestien. Und dass manche Verfolger des Bösen genau das hassen, wovon sie selbst besessen sind.

Den Rest der Fahrt schwiegen sie. Unschlüssig, wo sie sich betrinken konnten, parkte Heller schließlich vor dem *Kings-Club*. Musik dröhnte über die Straße. Ein paar Gäste kamen ihnen lärmend entgegen.

Als sie den Club betraten, saß Ryan mit Paula an einem Tisch. Vor ihnen stand eine Flasche Wodka. Sie waren beide betrunken und begrüßten Heller und Petra überschwänglich. Paula hatte die Kinder allein zu Hause gelassen. Das schlechte Gewissen hatte sie im Wodka ertränkt.

»Schau mich nicht so an«, sagte sie zu Heller. »Du bist nie zu Hause. Und ich hab' beschlossen, mein Leben zu genießen, solange ich noch eins habe.«

Sie warf fünfzig Pfennig in die Jukebox. Die französische Nationalhymne war zu hören, und dann sangen die Beatles, dass man nichts anderes brauche als Liebe. Paula umarmte Heller. Es fühlte sich gut an. Nur mit dem Tanzen haperte es, weil das Stück immer wieder vom Siebenvierteltakt zum Viervierteltakt wechselte. Aber das war ihnen egal. Petra saß bei Ryan am Tisch und trank aus Paulas Glas.

»Sag mal, du bist doch ein Ami«, sagte Petra. »Und du hast doch bestimmt eine Knarre.«

»Mehrere. Aber nicht weitersagen.«

»Kannst du mir eine leihen?«

»Kommt drauf an, wofür du die haben willst.«

»Ich will meinen Alten abknallen.«

29. Oktober bis 7. November 1969

Hinter dem Lieferwagen versteckt, hatte Poljakov den Eingang der Wielandstraße 13 gut im Blick. Es war neun Uhr morgens. Louise würde irgendwann das Haus verlassen und zur Uni gehen. Er hatte sie und die Bewohner der Kommune in den vergangenen Tagen ausgekundschaftet und wusste über ihre Gewohnheiten Bescheid. Als sie um halb zehn aus dem Haus kam, hätte sie ihn beinahe entdeckt, weil der Lieferwagen im selben Moment wegfuhr. Er flüchtete durch das offene Tor in eine Autowerkstatt, wartete, bis Louise vorbeigegangen war, und eilte zur Nummer 13. Es dauerte eine Weile, bis auf sein Klingeln hin geöffnet wurde. Bakunin empfing ihn nur mit einer Unterhose bekleidet.

»Louise ist in der Uni«, sagte Bakunin. »Bürgerliche Karriere machen.«

Petra schlief noch, und wo Rolli und die anderen waren, wusste Bakunin nicht. Er ließ Poljakov dennoch in die Wohnung, weil der angeblich etwas Dringendes zu besprechen hatte.

»Willst du'n Kaffee?«

»Ich hab mit meinen Leuten in Baltimore gesprochen«, sagte Poljakov. »Die sind ziemlich angetan von dem, was ihr hier macht.«

»Wer sind deine Leute?«

»Schon mal was von den Weathermen gehört?«

»Es gibt da'n Song von Bob Dylan.« Er begann zu singen. »You don't need a weatherman to know which way the wind blows.«

»Genau da ist der Name her. Du kennst dich aus, mein Freund. Habt ihr Zucker?«

Bakunin deutet auf ein Regal, in dem Geschirr und Lebensmittel ohne erkennbares System aufbewahrt wurden. Poljakov wühlte sich durch die Unordnung, bis er eine kleine Dose mit braunem Zucker fand. Mittendrin lag eine kleine Kugel aus Alufolie. Poljakov nahm sie heraus, betrachtete sie.

»Ey, das ist das Piece, das ich schon die ganze Zeit suche«, sagte Bakunin. »Bester Afghane. Das Zeug turnt wie nix.«

Poljakov gab ihm die kleine Kugel. Bakunin begann, sehr sorgfältig eine Tüte zu drehen und überließ Poljakov die weitere Kaffeezubereitung.

»Vielleicht hast du gehört, was vor ein paar Tagen in Chicago los war.«

Bakunin schüttelte den Kopf.

»Meine Leute haben da eine Demo gemacht. Das war eine Straßenschlacht. Wir gegen Hunderte von Bullen«, sagte Poljakov.

»Kenn ich. Haben wir vor einem Jahr am Tegeler Weg genauso gemacht. Um ein Haar hätte ich das ganze

Landgericht in die Luft gejagt. Wir haben es den Schweinen so richtig gezeigt.«

»Und seitdem? Nichts Großes mehr?«

»Doch. Kunzel plant was Großes. Er ist in Jordanien, weil er sich mit den Palästinensern abstimmen will. Irgendwas richtig Fettes gegen die jüdischen Imperialisten.«

»Aber ihr hier in Berlin kriegt irgendwie nichts auf die Reihe.«

»Hä? Wie meinst'n das?«

»Ihr dröhnt euch zu und macht nur kindischen Blödsinn.«

Verunsichert suchte Bakunin ein Feuerzeug, fand es unter einem Stapel Magazine und Zeitungen. Auf einer prangte sein Konterfei auf der Titelseite. Er hob die Zeitung hoch, hielt sie Poljakov hin. Die Schlagzeile lautete, *Terrorist lebt von Sozialhilfe.*

»Geil, oder?«

Er zündete den Joint an, zog den Rauch tief in die Lunge und hielt ihn, die Lippen zusammengepresst, eine Weile fest. Dann atmete er aus und wollte Poljakov den Joint reichen. Poljakov schüttelte den Kopf.

»Siehst du, genau das ist der Punkt. Du freust dich, weil dein Foto auf der Titelseite ist, aber du hast nicht wirklich eine Vorstellung davon, was für faschistische Gräueltaten die Juden zur gleichen Zeit gegen die Palästinenser abziehen. Das, was bei euch die Reichskristallnacht war, machen die jeden Tag in den besetzten Gebieten. Und deine Regierung zahlt Millionen und finanziert damit einen neuen Völkermord.«

Poljakov hatte die Sätze aus den einschlägigen linksradikalen Zeitungen und Flugblättern zusammengeklaubt. Er stellte den Kaffee auf den Tisch und beobachtete, wie seine kleine Rede in Bakunin einsickerte.

»Erstens ist das nicht meine Regierung, und zweitens ... was sollen wir denn machen? Eine Synagoge in die Luft jagen? Irgend so'n verfickten Rabbi entführen?«

Der Kaffee schmeckte sauer. Angeblich war es ein Zeichen von guter Qualität. Egal, wie viel Zucker Poljakov hineinschüttete, es wurde nicht besser. Bakunin sah, wie Poljakov das Gesicht verzog.

»Nimm dir einen Keks, dann ist die Brühe nicht so schlimm«, sagte er.

Mitten auf dem Tisch stand eine Metalldose, *Jakobs Kaffee, wunderbar* stand darauf. Der Keks war aus dunklem Teig, kreisrund, und in die Mitte hatte jemand ein *A* geritzt. Mit spitzen Fingern tauchte Poljakov das Gebäck in die schwarze Brühe. Ein seltsamer Geschmack breitete sich auf seiner Zunge aus.

»Nimm ruhig noch einen«, sagte Bakunin.

Poljakov griff zu.

»Warum keine Synagoge in die Luft sprengen?«, fragte er. »Alles, was man dazu braucht, ist ein ordentlicher Sprengsatz.«

»Das ist nicht das Problem«, sagte Bakunin. »Wir haben jemand an der Hand, der liefert dir, was du brauchst. Mollis, Pistolen, sogar Shit.«

»Und was ist das Problem?«

Bakunin erzählte von einem Ulf Kainer, der im vergangenen Jahr bei der Demo gegen Springer einfach so Mollis unter die Leute verteilt hatte. Und für die Demo am Tegeler Weg, als sie die Bullen besiegt hatten, hatte Kainer mit ein paar anderen Typen einen Lkw mit Pflastersteinen organisiert.

»Der Typ ist der absolute Hit. Der kann alles besorgen. Der wohnt mit seiner Frau und den beiden Kindern in Schöneberg. Total harmlos. Offiziell arbeitet der bei der S-Bahn. Rohrleger oder so was. Das Ding ist, dass er manchmal Zeug, das du brauchst, einfach mit der S-Bahn schmuggelt, weil die der DDR gehört, und die gucken da nicht so genau hin. Echt, der Typ ist der Knaller. Und er stellt keine Fragen.«

»Na also«, sagte Poljakov, »das ist doch genau das, was wir …«

Er stockte. Mit einem Mal lag eine eigenartige Schwere auf seinen Gedanken. Er hatte das Gefühl, seine Zunge würde dick und dicker werden. Was hatte er sagen wollen? Der Gedanke war ihm wie ein Vögelchen entwichen. Als gäbe es in seinem Gehirn eine Klappe, die er selbst geöffnet hatte. Oder war es jemand anderes gewesen? Die Vorstellung begann ihn zu amüsieren. Bakunin bemerkte es und grinste.

»Die sind nicht schlecht, oder?«

Poljakovs Mund wurde trocken. Er schloss die Augen und hatte das Gefühl, er könne trotzdem alles sehen, was um ihn herum geschah. Was meinte Bakunin? Was war nicht schlecht?

»Das Zeug gibt's bei den Persern am Stutti. Haschisch, Opium, Heroin, für ein schwarzes West-Berlin.«

Bakunin hob die linke Faust in die Höhe und lachte. Dann nahm er einen Keks aus der Dose, roch daran.

»Mir sind die zu heavy«, sagte er.

Heavy? Heavy war ein englisches Wort. Poljakov fing an zu kichern. Wenn Bakunin wüsste, dass ich kein Amerikaner bin, sondern ein russischer Spion, dachte er. Was wäre wohl, wenn er es ihm sagte?

»Weißt du, wer ich bin?«, lallte er.

»Du bist ein verdammter Yankee, der eine verdammte Synagoge in die Luft jagen will und sich vorher zwei Haschkekse reingepfiffen hat«, kicherte Bakunin.

Sie lachten beide, malten sich aus, dass das Gebäude

wie eine Rakete aufsteigen und bis nach Jerusalem fliegen und in die Klagemauer krachen würde. Sie hielten sich die Bäuche, das Lachen trieb ihnen Tränen in die Augen. Als er vom Stuhl fiel, schlug Poljakov mit dem Kopf gegen das Regal. Ein schmerzhafter Strahl bohrte sich durch sein Gehirn. Du darfst ihm nicht sagen, wer du bist, dachte er. Dann löste sich die Umgebung auf, und er lachte wieder.

Heller stand auf dem Balkon. In der Hand hielt er die Ermittlungsakte. Koch hatte den Türken am Tag zuvor auf der Brienner Straße vor einer Moschee festgenommen. Bei einer Gegenüberstellung hatten drei Zeugen ihn identifiziert. Er behauptete, er habe sich mit seiner Frau gestritten, weil sie ihm die ehelichen Pflichten verweigern wollte. Dann sei sie schreiend auf den Balkon gerannt und über die Brüstung gestürzt.

An der Brüstung hingen Blumenkästen. Jemand hatte ein Netz gespannt, vermutlich wegen der Vögel. Das Netz war in der Mitte zerrissen. Die Frau war einen Meter achtundvierzig klein, die Brüstung einen Meter hoch. Da sollte sie also hochgeklettert sein, dann das Netz zerrissen haben, um zu springen? Heller schaute nach unten. Fünfzehn Meter tiefer waren noch Reste von Blut auf den Steinplatten zu sehen. Die Frau war niemals selbst gesprungen. Er notierte den Namen des Hausmeisters für den Fall, dass er noch mal in die Wohnung gehen musste. Dann erneuerte er das Siegel an der Tür. Es war halb sechs. Die Mieter kamen von der Arbeit. Einige schleppten schwere Taschen, bis oben hin voll mit Gemüse. Die meisten waren Türken. Sie blickten ihn skeptisch an. Offenbar waren Fremde hier nicht gern gesehen.

In der Sebastianstraße spielten Astrid und Jochen mit

zwei anderen Kindern Springseil. *Bei Müllers hat's gebrannt, brannt, brannt, da bin ich hingerannt, rannt, rannt, da kam ein Polizist, zist, zist, der schrieb mich auf die List, List, List.*

Heller guckte ihnen eine Weile zu, wie sie atemlos den Reim runterleierten. Als Astrid fragte, ob er mitmachen wolle, schickte er die beiden Kinder hoch.

»Es ist noch nicht sechs!«, rief Jochen.

»Hände waschen, Gesicht waschen, wir gehen ins Kino.«

»Was schauen wir?«

»*Ein toller Käfer, Herbie*.«

Er hatte vier Karten für die Sechs-Uhr-Vorstellung gekauft. Wenn sie sich beeilten, würden sie nur den Vorfilm und die Wochenschau verpassen. Paula trug das blaue Kleid, das er ihr gekauft hatte, und einen schicken Hut, damit ihre Glatze verdeckt war.

Im Kino setzen sie sich an den Rand, damit Paula den Hut aufbehalten konnte. Der Film war lustiger Blödsinn. Heller beobachtete, wie Paula und die Kinder lachten, wenn Herbie Öl auf die Schuhe des Bösen abließ. Es tat ihnen allen gut, nicht an die Bedrohung zu denken, die ununterbrochen über ihnen schwebte. Niemand durfte Paula fragen, wie es ihr ging, weil es seit Wochen nichts Neues zu berichten gab, außer dass die Tabletten, die sie doch wieder jeden Tag schlucken musste, ihren Körper vergifteten. Aber sie war mutig. Und sie war stark. Sie würde bis zum letzten Atemzug kämpfen, hatte sie zu Professor Bauer gesagt. Nach dem Kino gingen sie Eis essen, und Astrid und Jochen erzählten Szenen aus dem Film, als seien sie alleine im Kino gewesen.

»Das war ein schöner Abend«, sagte Paula. Ihre Sehnsucht nach Nähe und Zeit mit ihm war unüberhörbar.

»Kannst du nicht Urlaub nehmen, und wir fahren in den Herbstferien an die Nordsee?«

Heller dachte nach. Er hatte noch fast drei Wochen Urlaub. Warum also nicht?

»Ich leih mir von Koch den Opel«, sagte er. »Da können wir auch die Kinder mitnehmen. Allerdings nicht beide. Wegen dem ganzen Gepäck. Wen lassen wir am besten hier?«

Die Kinder sahen ihn mit großen erschreckten Augen an.

»Wir fahren beide oder gar nicht«, sagte Astrid.

»Na, wenn das so ist, dann müssen wir Mama hierlassen.«

»Nein, wir lassen dich hier«, rief Jochen.

»Okay, dann stimmen wir ab. Wer ist dafür, dass ich hierbleibe?«

Drei Arme flogen in die Höhe. Damit war die Sache geklärt. Der Wetterbericht hatte noch ein paar schöne Tage angekündigt. Es war perfekt.

Als sie nach Hause kamen, stand ein dunkelblauer Mercedes vor der Mauer an der Ecke Luckauer und Sebastianstraße. Hartmann lehnte an der Wagentür. Er winkte Heller zu sich heran. Heller zögerte, weil er schon ahnte, was Hartmann von ihm wollte.

»Geh schon«, sagte Paula.

»Bin gleich wieder da«, sagte er.

Heller ging gemächlich zu Hartmann hinüber.

»Ich hab gedacht, Sie wären schon längst in der Wüste«, sagte er.

»Nur Geduld, Heller, nur Geduld. Kommt alles zu seiner Zeit.«

Er hielt ein Foto in der Hand, darauf das Konterfei vom Kuckuck.

»Wir sind wieder im Geschäft«, sagte er.

In der Psychologievorlesung bei Professor Ringler hatten sie über sexuelle Symbolsprache diskutiert. Ob der neuerbaute Fernsehturm in Ost-Berlin ein Phallussymbol sei und die Kongresshalle im Tiergarten eine auf der Seite liegende Vagina darstellte. All das interessierte Louise ungemein, und sie musste sich eingestehen, dass ihre Diplomarbeit deshalb wahrscheinlich weitaus umfangreicher ausfallen würde, als sie anfangs gedacht hatte. Als sie nun mit der U2 in Richtung Norden fuhr und um sie herum Studenten über die schwierigen Prüfungen stöhnten, überlegte sie, ob sie sich zu viel vorgenommen hatte. Sollte sie die Arbeit abbrechen? Sich ein neues Thema suchen? Sie wusste es nicht. Sie wusste nur, dass sie sich in einem Stadium vollendeter Konfusion befand, das laut Ringler zum Meilenstein einer jeden guten Diplomarbeit gehörte. Aber es gab noch einen anderen Grund für das Durcheinander in ihrem Kopf.

Auch wenn sie es sich nur schwer eingestehen konnte, seit der Begegnung mit diesem James war sie reichlich verwirrt. Es hatte ihr imponiert, dass er ihren Rausch nicht ausgenutzt hatte, um mit ihr zu schlafen. Außerdem war er ein Landsmann, was sie mit zärtlichen Gefühlen erfüllte. Auch wenn sie sich erst zweimal begegnet waren und sie kaum etwas von ihm wusste. Aber er hatte sie immer wieder aufgefordert, von sich zu erzählen, und welcher Kerl machte das schon. Sie musste sich eingestehen, dass sie ihn mochte. Vielleicht sogar mehr als das. Allein schon die Art, wie er zuhörte. Er schien jedes Wort aufzusaugen. Er gab ihr das Gefühl, sie sei der wichtigste Mensch auf der ganzen Welt. Außerdem lachte er über ihre Witze, und damit war er weit und breit alleine. Und jetzt wartete er in der Wieland auf sie, wie sie am Telefon von Bakunin erfahren hatte.

Vom Fehrbelliner Platz aus nahm sie den 1er-Bus bis zur Ecke Mommsenstraße. Als sie aussteigen wollte, klemmte die hintere Tür, und sie wäre beinahe bis zur Kantstraße weitergefahren. Sie musste sich vorne an den Fahrgästen, die in den Bus einsteigen wollten, vorbeizwängen. Hoffentlich ist er nicht nach Hause gegangen, dachte sie. Hoffentlich unterhält er sich in der Küche mit Bakunin oder Rolli oder Petra. Sie merkte, dass sie rannte, zwang sich zur Ruhe, verlangsamte ihren Schritt. Wenn er ihr jetzt auf der Straße begegnete, würde er sie bestimmt fragen, wieso sie es so eilig hatte. Das wäre ihr dann so unendlich peinlich. Er würde wahrscheinlich denken, sie sei ein verliebter Teenager.

Als sie mit klopfendem Herz die Wohnungstür öffnete und in die Küche eilte, stellte sie enttäuscht fest, dass sie alleine war. Der Tisch quoll von benutztem Geschirr über, Butter, Käse, Wurst standen noch herum. Kalter Rauch hing in der Luft. Es roch nach Shit. Wütend fing sie an aufzuräumen.

»Ich bin eingeschlafen.«

Die Stimme hinter ihr ließ sie erschreckt zusammenzucken. Ein Teller fiel ihr aus der Hand, mit der Kante direkt auf ihren rechten großen Zeh, und sie schrie auf.

»Tut mir leid, ich wollte dich nicht erschrecken.«

James stand in der Tür und schaute reichlich verwirrt drein.

»Hast du dir weh getan?«, fragte er.

Ja, hatte sie. Aber der Schrecken und der Schmerz waren nichts im Vergleich zu dem süßen Gefühl der Freude, das Louise nun erfüllte. Sie lachte, hüpfte auf einem Bein zu einem Stuhl. Hob den rechten Fuß hoch und befühlte vorsichtig den Zeh.

»Der wird bestimmt blau«, sagte sie.

Er kam näher, betrachtete ihren Fuß. Ging zum Kühlschrank, öffnete das Gefrierfach. Es hätte mal wieder abgetaut werden müssen. Weil er kein Eis fand, musste eine Packung tiefgekühlte Erbsen herhalten. Er kniete vor ihr. Zog sein T-Shirt aus, wickelte es um die Packung und legte das kühle Kissen vorsichtig auf ihren Zeh. Louise staunte über die Selbstverständlichkeit, mit der er vorging. Als sei er gewohnt, in solchen Momenten die Initiative zu ergreifen. Er war schlank und kaum behaart. Und muskulös. Nicht so wie die Jungs, mit denen sie sonst zu tun hatte. Die Narbe in der linken Schulter schien noch nicht alt zu sein. Wo er die wohl herhatte? Als er den Kopf hob und sie ansah, wusste sie, warum er sie so verwirrt angeschaut hatte. Seine Pupillen waren klein.

»Hast du was geraucht?«, fragte sie grinsend.

Er schüttelte den Kopf.

»Kekse«, sagte er.

»Wie viele?«

»Zwei.«

»Zum Glück«, sagte sie lächelnd.

»Warum *zum Glück*?«

Warum wohl! Spürte er nicht, dass seine Nähe sie mit diesem seltsamen Gefühl erfüllte, über das sie keine Auskunft geben konnte, weil es sie verwandelte? Sie schwerelos machte und ihren Körper erfüllte. War sie in ihn verliebt? Ja, was denn sonst? Konnte sie ihm das sagen? Und wenn er sie zurückstoßen würde? Sie auslachen, wenn sie ihm sagte, was sie empfand?

Er stand auf, legte ihre Arme um seinen Hals, hob sie hoch, als sei sie leicht wie ein Kind. Vielleicht war sie das in diesem Augenblick auch. Er trug sie in ihr Zimmer, setzte sie sanft auf dem Bett ab. Louise wusste, dass sie mit ihm schlafen wollte. Aber sie wusste nicht, ob er es auch mochte. Sie nahm seine Hand und zog ihn aufs Bett. Zog ihn zu sich heran, küsste ihn und spürte den Widerstand. Wieso wehrte er sich? War sie zu forsch? Hatte sie es falsch verstanden? Hatte er sie vielleicht nur in ihr Zimmer getragen, weil er dachte, sie könne mit dem verletzten Zeh nicht laufen? Nein. Eindeutig nein. Sie konnte es spüren. Trotzdem schien da eine Hemmung zu sein, die er nicht überwinden konnte. Und sie wusste auch, was die Hemmung war. Die Stelle an seinem Ringfinger. Eine Frau. Natürlich. Wie sollte es auch anders sein. Wenn sie sich schon in einen Mann verliebte, musste es der falsche sein. Aber warum blieb er dann bei ihr? Warum ging er nicht weg? Es kam ihr so vor, als sei da eine Stimme in ihm, mit der er stritt, und dass er darüber reden wollte. Also machte sie den ersten Schritt.

»Gibt es eine Frau?«

»Nein.«

»Nein?«

Er log. Sie wusste es. Der Schatten, der sich über sein Gesicht legte, war wie der Spiegel eines Schmerzes. Es gab eine Frau. Vielleicht hatte sie ihn verlassen, und er war noch verletzt. Dann würde sie ein kurzer Trost sein. Das wollte sie nicht. Oder? Vielleicht sollte sie einfach aufstehen. Nein, sie wollte ihn. Sie tastete nach seinem Gesicht, fuhr zärtlich über seine Wange, berührte seine Lippen. Küsste ihn, zog während des Kusses den Pullover aus, führte seine Hand an ihre Brust, dachte für eine halbe Sekunde an ihre Diplomarbeit. Noch so ein Thema, das sie bisher nicht behandelt hatte. Die verführerische Frau. Eva mit dem Apfel, der eigentlich eine Feige war. Und wie leicht es war, einen Mann zu locken. Sie küsste seinen Hals, seine Brust, näherte sich dem Bauchnabel. Öffnete seine Hose. Den Gürtel, die Knöpfe. Sie fasste ihn an. Es war auf eine eigenartige Weise vertraut.

»Wann hast du zum letzten Mal mit einer Frau geschlafen?«, fragte sie.

Er atmete tief ein, als würde eine Erinnerung, die er in seiner Seele festhielt, an die Oberfläche drängen und er alle Kraft brauchen, um sie niederzuringen. Es dauerte eine halbe Ewigkeit, bis er sich aufrichtete, sich auf den rechten Arm stützte, sie anschaute, den Kopf in die Hand gelegt.

»Ich kann nicht darüber sprechen.«

»Verstehe.«

»Jetzt noch nicht. Aber irgendwann wird es so weit sein. Bis dahin bitte ich dich um Geduld. Es sind Dinge passiert, die so unaussprechlich sind, dass ich sie selbst nicht hören möchte. Du hast recht. Es gab eine Frau. Wir waren verheiratet. Wir wollten Kinder haben, eine Familie sein.«

»Warum seid ihr keine Familie geworden?«

»Ich habe nicht gewusst, welche Grausamkeiten Menschen in sich tragen und dass sie Bestien sein können und dass Frauen sich opfern.«

Mit einem schweren Stöhnen ließ er sich zurück in das Kissen sinken.

»Und dann habe ich dich getroffen.«

Langsam dreht er den Kopf zu ihr hin.

»Du musst wissen, dass ich schockiert war, als ich dich zum ersten Mal gesehen habe. Weil du wie sie aussiehst. Und weil du dich genauso wie sie bewegst. Als wärst du ihre Schwester.«

Er lächelte und weinte zugleich. Vor Glück, aus Trauer, weil er es nicht verstand? Louise wusste es nicht. Sie wusste nur, dass sie keine Zukunft hatten. Er würde sie immerzu mit dieser Frau vergleichen, er würde wollen, dass sie so war wie sie. Aber das konnte sie nicht sein.

»Ich weiß, was du denkst«, sagte er. »Du denkst, dass es sich hier um eine Verwechslung handelt.«

»Ja. Und ich weiß auch, dass ich keine Puppe bin, der du Klamotten anziehst, damit sie dich an deine tote Frau erinnert.«

»Das wirst du nicht.«

»Doch, das werde ich. Solange du an dem Gedanken festhältst, sie rächen zu müssen.«

Er ließ den Kopf sinken.

»Würde sie das wollen?«, fragte Louise.

»Darüber denke ich nicht nach«, sagte er.

Sie setzte sich auf, zog die Beine an. Es war kompliziert. Wie immer. Und sie musste sich schützen. Vor ihm und vor sich selbst. Ohne dass sie etwas dagegen tun konnte, musste sie nun auch weinen.

»Ich weiß nicht genau, was ich dir gegenüber fühle«, schluchzte sie. »Vielleicht liebe ich dich. Oder wenigstens bin ich verliebt. Und ich will dich nicht einfach so gehen lassen. Aber du musst etwas dafür tun.«

Er hob den Kopf, neugierig, was sie ihm vorschlagen würde.

»Wir haben immer die Chance, einen anderen Weg einzuschlagen. Wir können auf dieses Gefühl hören, das uns sagt, dass wir geliebt werden wollen und dass wir lieben wollen.«

Vorsichtig nahm er ihre Hand. Sein Blick war eindringlich. Louise konnte spüren, dass er eine Grenze überschreiten wollte.

»Wenn du mit mir kommen müsstest, damit wir zusammen sein können, würdest du es tun?«, fragte er.

»Wohin?«

»Das weiß ich noch nicht.«

Aber sie wusste es. Oder zumindest ahnte sie es. Es war ein feiner Ton in seiner Stimme, der es ihr verriet.

»Du kommst nicht aus Baltimore.«

»Nein.«

»Du bist auch kein Amerikaner.«

»Nein.«

»Was bist du dann?«

Er senkte den Kopf. Es schien, als müsste er in seinem Inneren einen Ort betreten, von dem aus es kein Zurück gab. Es dauerte lange, bis er antwortete.

»Ich bin in Leningrad geboren.«

Ein höhnisches Lachen entwischte Louises Lippen. Es gab nicht nur eine tote Frau, die er immer noch liebte, er hatte sie auch noch angelogen.

»Also bist du ein Spion?«

»Und wenn es so wäre?«

»Wie ist dein richtiger Name?«

»Mein richtiger Name. Wenn ich ihn dir sage, musst du mit mir kommen.«

»Und wenn ich das nicht will, wirst du mich dann irgendwann töten?«

Er brauchte nicht zu antworten. Sie wusste, dass es sich genauso verhielt.

»Wie ist dein richtiger Name?«

»Alexander.«

»Und weiter?«

»Poljakov.«

»Du bist hier, weil du einen Auftrag hast?«

»Ja.«

»Den du auch ausführen musst?«

»Vielleicht nicht.«

Er erzählte ihr, was mit seiner Frau Irina geschehen war. Von der Zeit im Lager, von den Qualen, von ihrem Marsch nach Hause. Dass sie nur noch Haut und Knochen war, als er sie auf der Treppe fand. Während er erzählte, stockte er immer wieder, wurde von den Erinnerungen fortgerissen, wurde wütend und verzweifelt. Als er nicht mehr weitererzählen konnte, berührte sie ihn und küsste ihn. Fasste ihn an und befriedigte ihn. Bis er kam. Dann fiel er in einen tiefen Schlaf.

Zwei Stunden lang lag er in ihren Armen wie ein kleiner Junge. Sie wagte nicht, sich zu bewegen, weil sie wusste, dass der Schlaf heilen konnte. Als er schließlich aufwachte, tat ihr der ganze Körper weh. Kleine Stromstöße jagten durch ihre Glieder, als sie sich streckte. Er sagte ihr, dass er noch nie zuvor mit jemandem über Irina gesprochen habe, weil er immer Angst hatte, dass er sie dadurch verraten würde. Oder dass das Bild von ihr verblassen würde. Er redete und redete, als müsste er all die Gefühle, die er über Jahre festgehalten hatte, freilassen.

Sie gingen in die Küche, aßen Spaghetti und redeten weiter. Vor allem darüber, wie es nun weitergehen sollte.

»Ich werde eine Weile untertauchen müssen.«

»Wie lange?«

»Einen Monat.«

»Okay.«

»Du musst so lange hierbleiben und so tun, als hättest du mich nur kurz gekannt. Nach einem Monat könntest du nachkommen.«

»Wohin?«

»Das sag ich dir dann. Es ist jetzt besser, wenn du es nicht weißt. Ich werde dir eine Adresse und Geld zukommen lassen.«

Er sprach davon, dass, wenn er untertauchte, die Russen ihn jagen würden. Genauso wie die Amerikaner. Dass er eine neue Identität annehmen müsste. Dass sie, wenn sie ihm folgen würde, für eine Weile keinen Kontakt zu ihren Freunden und ihrer Familie haben dürfte. Louise hörte ihm zu, merkte sich jede seiner Anweisungen genau. Als er geendet hatte, hatten sein Gesicht, sein Körper sich gewandelt. Alles an ihm war weicher geworden. Er lächelte.

»Wirst du dorthin kommen, wo ich auf dich warte?«

»Ja«, sagte sie.

Hatte sie tatsächlich Ja gesagt? Sie kannte diesen Mann nicht. Er hatte ihr von seiner toten Frau erzählt, von seiner Wut und seiner Rache. Er hatte sich als Amerikaner ausgegeben und ihr gebeichtet, dass er ein russischer Spion war. Und trotzdem hatte sie *Ja* gesagt. War es das Abenteuer, das sie herausforderte? War sie gelangweilt? Oder war es dieser besondere Aggregatzustand, der sie blind machte? Sie wollte es nicht glauben. Aber noch weniger wollte sie dieses *Ja* zurücknehmen.

Er sagte, dass mit Sicherheit schwierige Zeiten kommen würden, dass sie vielleicht versuchen würde auszusteigen. Er versicherte ihr, dass er alles tun würde, damit sie ihn lieben könne. Nach einer Weile schliefen sie miteinander, ohne Worte. Sie waren wie ein Paar, das sich seit Ewigkeiten kennt. Sie fragte ihn, ob er noch bleiben wolle. Er sagte, es sei besser, wenn er zu seinem Boot ginge. Es läge am Kleinen Wannsee. Es hieße *Irina*. Und sie solle ihn Sascha nennen.

Er war noch kurz hoch in die Wohnung gegangen, hatte Paula versprochen, in einer Stunde wieder zurück zu sein, und den Kindern versprochen, in den Herbstferien wirklich an die Nordsee zu fahren. Dann war er mit Hartmann in die Keithstraße gefahren. Die Fahrt über hatten sie geschwiegen. Vielleicht sollte er Hartmann sagen, dass er den Dienst quittieren wollte. Ein ehemaliger Kollege hatte vergangenes Jahr ein Detektivbüro aufgemacht. Der würde ihm bestimmt einen Job geben.

Als sie aus dem Mercedes stiegen, regnete es. Hartmann vorneweg gingen sie die Treppe in den zweiten Stock hinauf. Es roch nach Bohnerwachs und kaltem Rauch.

»Die neue Putzfrau qualmt wie ein Schlot«, sagte Hartmann, bevor er, selbst eine Zigarette in der Hand, die Tür zu Manteufels Büro öffnete.

Manteufel stand am Fenster, als Heller und Hartmann das Büro betraten. Kein Wort zur Begrüßung, die Hände in den Hosentaschen vergraben, ließ er sie warten. Sein breiter Rücken bewegte sich bei jedem Atemzug. Hartmann setzte sich auf die Kante des Schreibtischs, auf dem das Foto des Kuckucks lag. Heller lehnte sich an die Wand direkt neben einem Stadtplan von Berlin. Er war aus der Zeit vor dem Bau der Mauer.

»Der Staatsschutz hat immer noch keine Spur von ihm«, sagte Manteufel, ohne sich umzudrehen.

Ja, weil das ein Laden voller Idioten ist, dachte Heller.

»Förster weiß, dass Sie Kontakte in diese Kommune in der Wielandstraße haben, Heller. Er meint, Ihre Schwester würde dort wohnen. Stimmt das?«

Heller steckte sich eine Zigarette zwischen die Lippen, zündete sie aber noch nicht an.

»Und diese Louise Mackenzie«, sagte Hartmann.

Mit einem Ruck löste Manteufel sich vom Fenster, nahm das Foto vom Kuckuck. Hielt es Heller hin, der es einsteckte.

»Der Staatsschutz hat die Rechten überprüft. NPD und was es da sonst noch alles gibt. Das ganze Pack. Sie haben nichts gefunden. Jetzt sind sie an den Linken dran. Der Verfassungsschutz hat mit Sicherheit seine Leute bei denen geparkt, aber die wissen angeblich nichts. Oder sie wollen nichts wissen, weil sie wieder irgendeine Scheiße laufen haben. Neubauer hat deswegen den Fall wieder uns übergeben. Und jetzt kommen Sie ins Spiel, Heller.«

Manteufel holte ein Päckchen Streichhölzer aus der Jackentasche und drückte es Heller in die Hand. Ein Streichholz flammte auf, mit einem tiefen Zug brachte Heller die Zigarette zum Glimmen.

»Ich denke, ich bin raus«, sagte er.

Für einen Moment schien es, als würde Manteufel einen Wutanfall kriegen. Er schnaubte und rang mit den Händen.

»Herrje, Heller. Der Innensenator geht mir schon genug auf die Eier. Fangen Sie jetzt nicht auch noch an. Sie sind raus, wenn ich es sage. Und sind auch wieder drin, wenn ich es sage. Ist das klar? Also hören Sie auf, wie eine eingeschnappte Jungfrau rumzuheulen.«

Manteufel ging zu seinem Schreibtisch, ließ sich auf den breiten Drehstuhl fallen.

»Wenn ich das richtig verstehe«, sagte Heller, »soll ich meine Schwester oder Louise Mackenzie fragen, ob sie diesen Verbrecher kennen. Und wenn sie *Ja* sagen, kriegt Förster die Information und das war es?«

»So ist es«, sagte Manteufel.

»Schön. Dann sagen Sie ihm einen schönen Gruß von mir. Er kann mich mal. Ich bin nicht sein Laufbursche.«

»Doch, Heller, genau das sind Sie.«

Manteufels Hand krachte auf den Schreibtisch.

»Sie sind ein Laufbursche. Wie wir alle. Hartmann, Förster, ich, Neubauer, selbst der Regierende. Es gibt immer jemanden über uns, der die Ansagen macht. Dieser Jemand schickt uns los zum Milchholen, und wir passen auf, dass wir unterwegs nichts verschütten. So ist das eben. Ist es wegen diesen beschissenen siebzehn Minuten? Kommen Sie endlich damit klar. Sie haben in dieser Sache schon genug Mist gebaut.«

»Das stimmt. Ich habe Mist gebaut. Und trotzdem sage ich Ihnen jetzt was. Wenn Sie sich als Laufbursche wohlfühlen, in Ordnung, Ihre Sache. Aber ich steh' nicht darauf. Ich hab's auch nicht gern, wenn mir dauernd jemand in den Hintern tritt und sagt, was ich tun soll und was nicht. Ich hab den Fall bis hierhin gebracht. Ich hab Ebert und Storch und den Russen gefunden. Ich war nahe dran, diesen Scheißkerl festzunageln. Und dann kommt Förster. Er hat keine Ahnung, um was es hier geht, weil die sich am Tempelhofer Damm den ganzen Tag gegenseitig die Eier kraulen. Aber er kriecht Neubauer hinten rein und Neubauer übergibt ihm den Fall. Na gut, soll er. Aber dann muss Förster auch liefern, und nicht irgendwann ankommen und sagen, er weiß nicht weiter.«

Weil seine Zigarette bis zum Filter runtergebrannt war, ging er zu Manteufels Schreibtisch und drückte sie im Aschenbecher aus.

»Und noch was. Ja, es ist wegen den siebzehn Minuten. Ich will die Chance haben, das wieder auszubügeln. Sonst haben Sie morgen meine Kündigung auf dem Tisch.«

»Das klingt wie Erpressung«, sagte Manteufel leise.

»Es klingt nicht nur so.«

Es war nicht klar, wie Manteufel darauf reagieren würde. Aber das war Heller in diesem Moment egal. Er wartete auf eine Entscheidung. Er wusste, dass der Leiter der Keithstraße sich in einem Dilemma befand. Entweder er warf ihn raus, dann musste er Neubauer erklären, wieso der Kontaktmann zu den Linken nicht mehr an Bord war, oder er ging auf die Forderungen ein.

Minuten verstrichen, ohne dass ein Wort fiel.

Heller wartete.

Irgendwann brach Hartmann das Schweigen.

»Ich schlage vor, wir lassen Oberkommissar Heller erst mal weiter ermitteln. Was die Kündigung angeht, reden wir in ein paar Tagen noch mal, wenn der Kollege darüber nachgedacht hat, dass er dann auch alle Pensionsansprüche verliert.«

Als ob Pensionsansprüche Hellers Entscheidung beeinflussen würden. Er konnte ja schon eine ganze Weile sehen, was aus Polizisten wurde, wenn sie in ständiger Furcht um ihren Job handelten, wie ängstlich sie wurden. Hartmann zum Beispiel hätte Storch niemals hochgenommen, er hätte ihn nicht als Lockvogel benutzt, wenn Heller nicht darauf gedrängt hätte. Andererseits würde Storch jetzt vielleicht noch leben. Bisher hatten sie ihm noch keinen Strick daraus gedreht, aber das konnte noch kommen. Vielleicht wartete Manteufel einfach nur ab, wie der Fall sich entwickeln würde. Manteufel sah kurz zu Hartmann hin, dann nickte er.

»Keine Alleingänge, Heller. Sie stimmen mit Hartmann jeden Schritt ab. Wenn ich höre, dass Sie eigenmächtig handeln, dass Sie Ihre Kompetenzen überschreiten, brauchen Sie nicht mehr zu kündigen. Habe ich mich klar genug ausgedrückt?«

Das hatte er. Heller setzte seinen Hut auf und verließ wortlos das Büro.

Weil er mit Hartmann in die Keithstraße gefahren war, stand sein Karmann jetzt noch in der Luckauer. Der Fahrdienst hatte keinen Wagen frei, weil die alle unterwegs waren. Heller fluchte. Der Senat stellte nicht genügend Geld für Fahrzeuge bereit, also mussten sie mit ihren Privatwagen fahren und bekamen noch nicht mal den Sprit erstattet. Er rief von einer Telefonzelle gegenüber dem KaDeWe Paula an und sagte ihr, dass es später werden würde. Obwohl er nicht so recht dran glaubte.

Er stieg in den 29er-Bus. Sieben Minuten dauerte die Fahrt bis zur Leibnizstraße. Vorbei an den beleuchteten Schaufenstern, den Passanten, die ziellos flanierten und nicht ahnten, dass ein Mann in der Stadt unterwegs war, der vielleicht jetzt schon wieder eine Bombe in der Hand hielt. Was würden sie wohl machen, wenn sie davon wüssten? Hinter ihm lärmte eine Schulklasse. Dem Dialekt nach kamen sie aus Schwaben. Sie waren auf dem Weg in den *Zwiebelfisch* am Savignyplatz, weil man dort angeblich Rainer Langhans und Uschi Obermaier sehen konnte. Als die Schüler tobend den oberen Stock des Busses verlassen hatten, atmete Heller auf. An der Kreuzung Bleibtreustraße stieg er aus und marschierte in westlicher Richtung.

Er wusste noch nicht, wie er Petra oder Louise oder beide nach dem Russen fragen sollte. Es konnte sein, dass sie ihn anlogen, wenn der wirklich Kontakt zu ihnen aufgenommen hatte. Das Beste war, er würde sich Petra als Erste schnappen. Louise Mackenzie war nach dem Tod ihres Onkels nicht gut auf ihn zu sprechen. An der Kreuzung Schlüter- und Mommsenstraße raste ein Streifenwagen mit Blaulicht an ihm vorbei. Weiter vorne in der Schlüterstraße hatte sich ein Unfall ereignet. Ein 2CV lag auf der Seite. Ein Mann und eine Frau versuchten vergeblich, die Ente wieder auf die Räder zu stellen. Heller musste an den Unfall denken, als er den Russen verfolgt hatte. Er bog links in die Mommsenstraße ein. Man sollte nicht mit solchen rollenden Blechbüchsen durch die Gegend fahren, dachte er. Der Karmann war zwar auch nicht besonders stabil, zumindest nicht im Vergleich zu einem Mercedes oder BMW, aber er war ein schönes Auto.

Plötzlich stoppte er. Irgendwas hatte seine Aufmerksamkeit geweckt. Was war es? Er ging zurück. Da standen ein Mann und eine Frau. Das Blaulicht des Streifenwagens huschte über die Gesichter der beiden. Die Frau, war das Louise? Und der Mann, war das nicht der Russe? Als die beiden sich abwandten und in Richtung Kantstraße gingen, lief Heller los. Beschleunigte seinen Schritt, rannte an dem Unfall vorbei. Beobachtete, wie Louise und der Russe in dem Eingang zur S-Bahn-Treppe verschwanden. Ohne zu schauen, überquerte er die Straße, konnte im letzten Moment dem Krankenwagen ausweichen, der auf dem Weg zum Unfall war. Auf der Treppe zum Bahnsteig, hörte er den Ruf. *Zurückbleiben.* Die Türen schlossen mit diesem typischen Klacken. Noch vier Stufen, dann sah er die roten Rücklichter des Zuges, der nach Westen fuhr. Von Louise und dem Mann keine Spur. Heller fluchte still vor sich hin.

»Was machst du denn hier?«

Die Stimme ließ ihn herumfahren. Louise stand neben einer Litfaßsäule. Auf einer Hauswand warb eine Wandmalerei für eine Zigarettenmarke. *Wer wird denn gleich in die Luft gehen …*

»Wer war das eben?«, fragte Heller. Er war ziemlich außer Atem.

»Wer?«

»Der Kerl, den du zur Bahn begleitet hast.«

Ihr Blick wurde skeptisch. So als wüsste sie, dass etwas mit dem Mann nicht in Ordnung war. Heller registrierte es.

»Das geht dich nichts an«, sagte sie.

Er nahm das Foto aus der Jackentasche.

»War er es?«

Sie starrte das Bild an.

»Weißt du, wer das ist?«, fragte Heller.

Sie schwieg. Aber sie wusste es. Er konnte es daran sehen, wie sie sich nervös auf die Lippen biss.

»Er ist ein russischer Spion.«

»Und was habe ich damit zu tun?«

Immer noch tat sie so, als würde die Information sie nicht überraschen.

»Er hat mindestens zwei Menschen ermordet.«

Ihre Augen huschten umher, wichen seinem Blick aus.

»Was willst du von mir?«

»Vielleicht hast du in der Zeitung von dem Mann gelesen, der auf die Eisbahn im Europa-Center gestürzt ist. Er hat ihn umgebracht.«

Noch einmal hielt er ihr das Foto vor die Nase.

»Woher willst du das wissen?«, fragte sie.

»Ich war dabei.«

»Du warst dabei und hast zugesehen, wie er ihn da runtergeworfen hat.«

»Ja.«

»Und du hast einfach so zugeschaut? Wirklich, Heller, lass dir was Besseres einfallen. Ich weiß, dass er ein Russe ist. Und ich weiß, dass er ein Spion ist. Oder besser gesagt, dass er es war.«

»Du kennst seinen Namen?«

»Ja. Aber er hat niemanden umgebracht.«

»Nein? Hast du ihn gefragt?«

»Ach, leck mich doch.«

Die S-Bahn in Richtung Zoo fuhr ein.

»Der Mann, den er umgebracht hat, sollte ihm eine Bombe übergeben.«

Louise lachte auf.

»Mach dich nicht lächerlich. Was für eine Bombe?«

»Wir haben sie in einem Schließfach in der Amerika-Gedenkbibliothek gefunden. Sie war so gebaut, dass sie in einen Machsor reingepasst hätte. Der Russe war bei deinem Onkel. Sie haben über so einen Machsor gesprochen. Dein Onkel hat es mir erzählt.«

Es war deutlich zu sehen, wie Zweifel in Louise wuchsen. Sie dachte nach.

»Du musst uns helfen. Der Mann ist gefährlich. Gefährlicher, als du dir vorstellen kannst.«

Er bettelte beinahe. *Einsteigen, die Türen schließen,* tönte es.

»Du weißt, wo er wohnt, oder?«

Sie schüttelte den Kopf. Aber das war eine Lüge, er konnte es sehen. Sie war nicht gut darin. Sie war verletzt. Und sie war wütend.

»Wenn du mir sagst, wo er wohnt, werden wir ihn festnehmen, und es wird ihm nichts passieren.«

Kurz bevor die Türen schlossen, betrat Louise einen Waggon. Es war nicht genau zu sehen, aber Heller hatte den Eindruck, dass sie Tränen in den Augen hatte.

Es kann nicht sein. Niemals. Er hat ihr gesagt, dass er untertauchen müsse, weil seine Leute dachten, er sei zur Gegenseite übergelaufen, weil er seinen Auftrag bisher noch nicht erfüllt hatte. Sie hatte ihm geglaubt, weil sie ihm glauben wollte. Wie hätte es auch anders sein können? Alles, was sie über Spione wusste, stammte aus dem Kino. Und jetzt hatte Heller von einem Machsor gesprochen. Sie erinnerte sich, dass sie das Wort gehört hatte, als sie Sascha in diesem Lokal am Theo begegnet war. Gemeinsam mit ihrem Onkel. Aber was besagte das schon? Zu behaupten, dass Sascha jemanden umgebracht haben sollte, war doch nur ein Trick, um etwas aus ihr herauszubekommen. Wieso interessierte Heller sich überhaupt für ihn? Heller war bei der Kripo, was hatte er mit einem Spion zu tun? Hing es mit dem Tod ihrer Tante zusammen? Am Bahnhof Zoo stieg sie aus. Sie war eigentlich mit Petra und Bakunin im *No-Go* verabredet. Aber vielleicht sollte sie vorher Sascha fragen, was von Hellers Geschichte stimmte. Sie wusste, sie würde sonst die ganze Zeit an ihn denken. Das tat sie sowieso, aber es sollten gute Gedanken sein.

Sie wechselte den Bahnsteig. Die nächste S-Bahn fuhr raus zum Wannsee. Es waren knapp fünfundzwanzig Minuten Fahrzeit. Aber es kam ihr vor, als würde der Zug Stunden brauchen. Als würde er absichtlich langsam fahren, nur um sie auf die Folter zu spannen. Außer ihr waren nur wenige weitere Fahrgäste im Waggon. Ein alter Mann mit einer gelben Binde am Arm, darauf drei schwarze Punkte. Eine Mutter mit vier Kindern. Sie sah erschöpft aus. Ein junger Mann döste auf einer Sitzbank. Er hielt eine Flasche Bier in der Hand. Nicht mehr lange und er würde die Flasche loslassen. Sie überlegte, was sie Sascha fragen konnte, ohne dass er verärgert wäre. Es durfte nicht so klingen, als würde sie ihm nicht glauben. Sie vertraute ihm. Vor allem vertraute sie ihrem Gefühl. Er war ehrlich zu ihr gewesen, er hatte geweint. Sie hatte gespürt, dass er etwas ändern wollte, dass er aus der Falle raus wollte, die er sich selbst gestellt hatte. Je länger sie darüber nachdachte und je näher die S-Bahn der Endhaltestelle Wannsee kam, umso mehr spürte sie einen unangenehmen Druck in der Brust.

Der Bahnsteig dämmerte in einem gelben Licht, das ihr schmutzig vorkam. Der alte Mann tastete sich mit seinem Stock überraschend sicher durch den Bahnhof. Ihr Angebot, ihm zu helfen, hatte er dankend abgelehnt. Die Mutter mit ihren vier Kindern überholte sie. Der junge Mann war nicht ausgestiegen. Das Boot liegt am Kleinen Wannsee, hatte Sascha gesagt. Aber wo war der Kleine Wannsee? Sie kannte nur das Strandbad. Und das gehörte zum Großen Wannsee, der vor ihr lag. Irgendwo musste es eine Karte geben. Als sie sich herumdrehte, erschrak sie fast zu Tode. Der junge Mann hinter ihr roch nach Bier und Urin. Grinste blöde und taumelte an ihr vorbei.

»Hey, warte!«

Als er sich umdrehte, wäre er beinahe gestürzt.

»Weißt du, wo der Kleine Wannsee ist?«, fragte sie.

Er deutete ungenau in südwestliche Richtung.

Der Mond war eine dünne Sichel. Immer wieder versteckte er sich hinter den Eichen und Kastanien, die am Rand des Kronprinzessinnenweges standen. Sie überquerte die Königstraße und bog in die Bismarckstraße ein. Teure Autos parkten am Straßenrand. Mercedes, BMW, eine gelbe Corvette, wie ihr Vater eine gekauft hatte, um seine Studentinnen zu beeindrucken. Es war so dunkel, dass sie genau aufpassen musste, wohin sie die Füße setzte. Ein Schild verwies darauf, dass Heinrich von Kleist sich am Ufer des Sees umgebracht hatte. Nicht gerade die Ermunterung, die sie jetzt brauchte. Danach sah sie eine Villa, mit einem großen Vorgarten. Nur ein Zimmer im obersten Stock war hell erleuchtet. Jemand mit einem Glas in der Hand schaute in die Dunkelheit. Es schien, als würde die Person sie beobachten. Niemand war auf der Straße. Ein Hund bellte entfernt. Es klang wütend und gefährlich. Das Bellen kam näher. Wo war er? Hoffentlich war er angeleint. Sie schaute sich um. Und dann entdeckte sie den Hund. Er rannte durch den Vorgarten direkt auf sie zu. Er war schwarz, hatte einen schlanken Kopf. Das Halsband mit den Stacheln glitzerte im Mondlicht. Lauf weg, dachte sie, du musst weglaufen. Jetzt, sofort. Aber sie war unfähig, sich auch nur einen Schritt zu bewegen. Sie sah, wie der Hund näher kam, wie er zu einem Sprung über den

Zaun ansetzte, die Zähne bleckte, wie er sich auf sie stürzen wollte. Aber dann wurde er von einer langen Kette zurückgerissen. Er jaulte, rappelte sich wieder auf und bellte weiter.

Sie rannte los, den Weg zurück, den sie gekommen war. Und dann, kurz bevor sie die Königstraße wieder erreichte, die den Großen vom Kleinen Wannsee trennte, sah sie ein Schild. Berliner Ruderclub e. V. Es markierte den Eingang zu einem großen Grundstück mit einem imposanten Haus, vermutlich das Clubheim. Direkt daneben befand sich eine Steganlage mit zwei Dutzend Booten. Wieso hatte sie das übersehen? Das Tor zum Clubgelände war nicht verschlossen. Sie schlich den gepflasterten Weg entlang, bis sie den beleuchteten Steg erreichte. Die Jachten wirkten verlassen. Wie hieß Saschas Boot? Er hatte ihr den Namen genannt, aber jetzt konnte sie sich nicht mehr erinnern. Es war ein russischer Name, so viel wusste sie noch. Natürlich ein russischer Name, was denn sonst. *Ludmilla? Natascha? Olga?* Am äußeren Ende des Stegs lag eine *Irina*. Das war sie.

»Sascha?«

Keine Antwort. Noch einmal. Lauter.

»Sascha!«

Er war nicht auf dem Boot.

Was sollte sie jetzt tun? Zurückgehen? Oder hier auf ihn warten? Sie könnte sich in die Koje legen und ihn überraschen. Ja, warum eigentlich nicht? Sie machte einen großen Schritt vom Steg auf das Boot. Verlor beinahe das Gleichgewicht und musste sich am Flaggenstock festhalten. Die Tür zur Kajüte war abgeschlossen. Aber als sie ein wenig daran rüttelte und drückte, gab sie nach. Rechts neben der Tür befand sich der Lichtschalter. Die Lampe an der Decke war nicht mehr als eine Funzel. Louise schaute sich um. In der Kajüte war es eng, aber sauber und aufgeräumt. Das gefiel ihr. Sascha war nicht so ein Chaot wie die Jungs in der Wieland. Rechts befand sich eine Bank. Schlief er darauf? Eigentlich war die Bank dafür zu schmal. Aber vielleicht konnte man sie verbreitern. Als sie die Sitzfläche anhob, fand sie darunter das Bettzeug. Sauber zusammengelegt. Sie grinste. Er war sogar noch ordentlicher als sie. Unter dem Bettzeug befand sich ein kleiner Schuhkarton. Zuerst wollte sie ihn ignorieren. Bestimmt waren Schuhe drin. Oder Wasserkarten und was man so zum Navigieren brauchte. Aber dann dachte sie daran, was Heller über Sascha gesagt hatte. Sie war sich sicher, dass es gelogen war, und trotzdem hatte er ein bitteres Misstrauen in sie gesät.

Sie nahm den Schuhkarton hoch, setzte sich auf die Bank und hob den Deckel an. Die Fotos fielen ihr als Erstes auf. Eines von ihr und eines von einer Frau. Es stimmte, was Sascha gesagt hatte. Sie sahen sich unfassbar ähnlich. Beinahe wie Zwillingsschwestern. Nur dass Irina bestimmt zehn Jahre älter war. Ein bisschen erschreckte sie das Ebenbild. Sie legte die Fotos zurück, wollte den Karton schon wieder verschließen, als sie ein weiteres Foto entdeckte. Darauf war das Haus in der Joachimstaler Straße abgebildet, in dessen Hinterhof sich die Synagoge befand. Ein weiteres zeigte das jüdische Altersheim in der Iranischen Straße, ein drittes das Haus der Jüdischen Gemeinde in der Fasanenstraße. Was hatte das zu bedeuten? Wieso hatte er alle diese Orte fotografiert? Dann lagen da auch noch drei Reisepässe. Einer für James Sinclair, einer für Richard Walker und einer für Rune Holmberg. Auf dem Holmberg-Foto war Sascha weißhaarig und trug eine Brille.

Sie blätterte in dem Stapel Papiere, der sich unter den

Aufnahmen befand. Zeichnungen von den Innenräumen der Synagoge in der Pestalozzistraße und der anderen Häuser. Unter dem Stapel lag eine Pistole und eine winzig kleine Kamera. Daneben eine Zigarettenschachtel, die keine Zigaretten enthielt, aber ein kleines Gefäß mit einer Flüssigkeit. Ein zusammengefalteter Zettel mit Namen. Rebecca Hirsch, Joachim Hirsch, Ikarus, Storch, Heller, Mackenzie …

»Hallo? Ist da jemand?«

Der Strahl einer Taschenlampe drang durch die Fensterscheiben in das Boot, huschte hin und her. Louise sprang auf, stieß sich den Kopf an der Decke. Der Schuhkarton fiel ihr aus der Hand und sein Inhalt verteilte sich über den Boden.

»Hallo?«

»Ja?«

»Herr Sinclair?«

Louise öffnete die Tür, kletterte an Deck. Zuerst konnte sie nicht erkennen, wer vor ihr stand, weil die Taschenlampe sie blendete.

»Ich bin eine Freundin von James.«

»Das kann jeder sagen.«

»Können Sie bitte woandershin leuchten?«

»Ich leuchte hin, wo ich will.«

»Bitte. Oder haben Sie Angst, dass ich Ihnen was tue?«

Der Lichtstrahl senkte sich zu Boden. Jetzt erblickte sie einen Mann mit einer zerknitterten Kapitänsmütze und einem grauen Vollbart. Er trug einen dunkelblauen groben Pullover und eine abgetragene Cordhose. Unter den dichten Augenbrauen blickte er sie skeptisch an.

»Was machen Sie auf dem Boot?«

»Nichts, nichts. Ich …«

Sie wusste nicht, was sie sagen sollte. Was sie in dem Karton gefunden hatte, verwirrte sie.

»Wie sind Sie in die Kajüte reingekommen? Haben Sie einen Schlüssel?«

»Nein, ich … Sie war offen.«

Der Mann leuchtete in die Kajüte.

»Was ist das da?«

Er deutete auf den Schuhkarton und die Papiere und Fotos, die auf dem Boden lagen.

»Hören Sie, Sie müssen etwas für mich tun. Sie haben doch bestimmt ein Telefon.«

»So ist es. Und damit werde ich jetzt die Polizei holen.«

»Genau. Rufen Sie die Polizei an. Verlangen Sie einen Kommissar Heller. Sagen Sie ihm, er soll sofort hierherkommen. Und geben Sie ihm das hier.«

Sie hob die Fotos auf, die sie in dem Karton gefunden hatte, hielt sie dem Mann hin.

»Wieso? Was ist mit den Fotos?«

»Sagen Sie ihm, dass er recht hatte. Schnell, gehen Sie. Es ist dringend. Wirklich! James Sinclair ist ein Mörder.«

»Und was machen Sie so lange?«

»Ich warte hier.«

Der alte Mann eilte mit kurzen Schritten den Steg entlang auf das Haus zu.

James Sinclair ist ein Mörder. Hatte sie das wirklich gesagt? Sie musste sich setzen. *James Sinclair ist ein Mörder.* Egal wie oft sie den Satz in Gedanken wiederholte, sie verstand nicht, was er bedeutete. Als sei er in einer fremden Sprache verfasst. Es war wie jedes Mal, wenn etwas Schreckliches geschah. Sie war unfähig, einen klaren Gedanken zu fassen. Eigentlich bin ich wie eine Katze, die auf der Straße hocken bleibt, wenn sie die Lichter des heranrasenden Autos sieht, dachte sie.

Um aus dem eingemauerten West-Berlin herauszukommen, wollte er den schwedischen Reisepass benutzen. Weil ein Selbstversuch vor einem Jahr in einem Desaster geendet hatte, war er diesmal in einen kleinen Friseurladen im Wedding gegangen. Das Ergebnis war verblüffend. Mit den weißen Haaren und den weißen Augenbrauen sah er aus wie ein anderer Mensch. Beinahe wie ein Albino. Jetzt musste er nur noch die Spuren auf der Jacht beseitigen. Sein Flug nach Stockholm über Hamburg sollte um sieben Uhr morgens von Tempelhof aus starten. Von Stockholm würde er weiter nach Rom fliegen. Dort wollte er sich die Haare wieder schwarz färben und unter dem Namen Richard Walker nach Buenos Aires reisen. Er hatte noch sechs Stunden Zeit. Die Havelchaussee lag still, außer ihm war niemand unterwegs. Er liebte es, diese Strecke schnell zu fahren. Das Motorrad zog wie eine Eins durch die Kurven. Es fühlte sich nach Freiheit an. Freiheit von dem Leben, das er als eine Killermaschine geführt hatte.

Als er daran dachte, was in den vergangenen zwei Tagen passiert war, musste er laut lachen. Zuerst der Haschkeks, dann die Nacht mit Louise und zuletzt sein Geständnis. Wie hatte er sich so verändern können? Hätte ihm jemand vor zwei Wochen gesagt, dass er alles, was er geplant hatte, aufgeben würde, hätte er denjenigen für verrückt erklärt. Und es war ja auch verrückt. Da tauchte eine Frau auf, sah wie Irina aus, und er wusste nicht mehr, was mit ihm geschah. Sicher waren es vor allem physiologische Vorgänge, Hormone, die auf Befehl des Hypothalamus von der Hirnanhangdrüse ausgeschüttet wurden. Zumindest hatten sie es in der Ausbildung so gelernt. Aber was sagte das schon? Er war verliebt. Und allein dadurch wurde er ein anderer Mensch. Sicher, er hatte Menschen auf dem Gewissen.

Er hatte Joachim Hirsch umgebracht. Aber der Mann war selbst auch nicht unschuldig. Hatte Fremde ins KZ geschickt, um seine eigene Familie zu retten. Im Grunde hatte er mit der Tötung doch nur einer übergesetzlichen, göttlichen Gerechtigkeit Genüge getan. Und dazu den Mann auch noch von seiner Schuld erlöst. Hirsch hatte sich ja nicht mal gewehrt. War es deswegen verzeihlich? Nein. Es war und blieb ein Mord. Einer, bei dem er sich nicht wie bei Ikarus auf einen Befehl von oben herausreden konnte. Einer, der sein Leben lang auf ihm lasten würde. Und dennoch nahm er sich das Recht heraus, einer Strafe zu entgehen. Ob er das Louise irgendwann beichten konnte? Vermutlich nicht. Er würde sie dadurch in einen Konflikt bringen, der für sie unauflöslich war. Er lachte. Eigentlich bin ich wie all diejenigen, die sich aufgrund ihrer Macht über das Gesetz stellen und die Gerechtigkeit verhöhnen, dacht er. Aber im Gegensatz zu denen habe ich eine Entschuldigung, gegen die man kein Argument ins Feld führen kann. Auch wenn sie sentimental und egoistisch ist.

ALLES, WORAUF DIE LIEBE WARTET, IST DIE GELEGENHEIT, HIESS ES BEI CERVANTES. Vielleicht hatte er ja die letzten Monate nur darauf gewartet, dass so etwas passierte. Und wie hatte er bei Sun Zi gelesen? Wenn der Schüler bereit ist, erscheint der Meister. Und er war bereit. Bereit, die Vergangenheit zurückzulassen. Die Trauer um Irina, die Wut auf Smirnoff. Er war der Schüler und Louise der Meister. Dauernd gingen ihm Sprüche durch den Kopf. Als müsste er seine Entscheidung verteidigen. Du wirst wie die, die du bekämpfst. Noch so ein Spruch. Louise hatte ihm diese Worte ins Ohr geflüstert. Ziemlich klug für eine junge Frau. Und dazu eine Amerikanerin.

Während seiner Zeit bei den Vereinten Nationen in

New York hatte er die meisten dort als geistlose Banausen kennengelernt, die nur daran interessiert waren, Geld und Karriere zu machen. Louise war anders. Womit er noch nicht zurechtkam, war ihre Ähnlichkeit mit Irina. Es versetzte ihm jedes Mal einen Stich ins Herz, wenn er sie sah. Vielleicht musste sie ihre Frisur ändern. Und die Haarfarbe. Zum Glück war ihr Körper anders als der von Irina. Ihre Brüste waren kleiner, Arme und Beine länger, das Becken schmaler. Ob sie damit Kinder kriegen konnte? War das überhaupt in irgendeiner Weise relevant? Er passierte den Bahnhof Wannsee, überquerte die Königstraße und bog in die Bismarckstraße ein.

Als er das Motorrad abstellte und auf den Ruderclub zuging, bemerkte er, dass auf der *Irina* Licht brannte. Hatte er vergessen, es zu löschen? Er entdeckte einen Schatten. Also war jemand auf dem Boot. Aber wer konnte das sein? Der alte Wächter, der aufpasste, dass sich keine Unbefugten auf dem Gelände herumtrieben? Um diese Uhrzeit? Unwahrscheinlich. Polizei oder der Staatsschutz? Nein, diese Idioten hatten keine Ahnung, was der KGB unter ihren Augen in Berlin trieb.

Leise setzte er die Schritte auf den Rand des Stegs, damit die Planken nicht knarzten. Die *Irina* schaukelte, kleine Wellen schmatzten, Holz knarrte. Jemand suchte etwas, wühlte in der Kabine. Jetzt sah er, wer es war. Louise. Wieso war sie hier? Was wollte sie auf der Jacht? Sie stand mit dem Rücken zu ihm, blätterte in den Papieren, die er in dem Schuhkarton versteckt hatte. Sie musste ihn gehört haben, aber sie reagierte nicht.

»Haben Sie ihn erreicht?«, fragte sie, ohne sich umzudrehen.

»Wen erreicht?«

Jetzt hielt sie in der Bewegung inne, erstarrte geradezu.

»Mit wem sprichst du?«, fragte er.

Langsam drehte sie sich um. In den Händen hielt sie einen Straßenplan, der die Gegend um das Hotel Kempinski zeigte. Sie schien erstaunt, ihn zu sehen. Nein, nicht erstaunt. Erschreckt. Oder sogar schockiert.

»Sascha«, sagte sie beinahe tonlos.

Da wusste er es. Die Melodie in diesem einen Wort, das seinen Namen bezeichnete, verriet sie. Er bestieg die *Irina*.

»Was machst du hier?«, fragte er.

Statt einer Antwort sah sie auf den Straßenplan.

»Du hast hier ein Kreuz gemacht. In der Fasanenstraße. Direkt bei der Jüdischen Gemeinde. Und hier in der Joachimstaler. Und die Liste …«

Hektisch nahm sie die Liste mit den Namen aus dem Schuhkarton, hielt sie ihm hin. Ihr Blick hatte etwas Flehentliches. Als sollte er ihr sagen, dass all das, was sie da in der Hand hielt, ein Irrtum war.

»Da steht mein Name. Wolltest du mich umbringen? So wie Rebecca?«

Er spürte, wie sich eine leise Wut in ihm sammelte, wie bei Soldaten, die sich auf einen Angriff vorbereiteten.

»Ich habe deine Tante nicht umgebracht.«

»Aber warum sind dann die Namen hier drauf?«

Sie standen auf dem Zettel, weil die Sonderaktion es verlangte. Weil sie für Leute wie Smirnoff und Petrov nicht mehr als Hindernisse waren, die man aus dem Weg räumen musste.

»Und was ist das hier?«

Sie hielt ihm den Schuhkarton entgegen.

»Das verstehst du nicht.«

»Dann erklär es mir.«

Wie sollte er ihr erklären, dass er nicht aus Leidenschaft oder Mordlust oder Geldgier getötet hatte. Er hatte getötet, weil es Befehle dazu gegeben hatte, weil er ein Rad in einer großen Maschine war. Und diese Maschine war so kompliziert, wurde von so vielen Interessen und Plänen betrieben, dass man entweder funktionierte oder ausstieg und ermordet wurde.

»Die Welt ist hässlich, Louise. Sie ist voll von egoistischen, gierigen und hässlichen Menschen. Und die Gierigsten und Hässlichsten sitzen in den Präsidentenpalästen. Weißt du das nicht? Millionen sind seit der glorreichen Oktoberrevolution gestorben, weil Stalin die Menschen in eine bessere Zukunft im Kommunismus führen wollte. Hitler hat dein Volk ausrotten wollen und Millionen Deutsche waren damit einverstanden. Dein strahlender Held Kennedy hat Tausende junge Männer nach Vietnam zum Sterben geschickt. Glück ist immer nur die kurze Zeit zwischen zwei Unglücken. Und wir beide haben die Chance, diese kurze Zeit auszunutzen. Ich liebe dich. Und du liebst mich. Zumindest hast du das gesagt.«

Er streckte die Hand nach ihr aus. Hoffte, dass sie sie ergreifen würde, dass sie verstand, wie sehr er ein neues Leben wollte. Weg von dem Krieg, dessen fleißiger Helfer er so lange gewesen war.

Aber er erreichte sie nicht. Stattdessen sah er ihren Zorn, als sie den Kopf schüttelte und die Fäuste ballte. Die Aufregung und die Leidenschaft, die in ihr glühten. Diese Lebendigkeit, die ihn schon bei der ersten Begegnung berührt und verführt hatte.

»Das sind alles nur Phrasen, Sascha«, sagte sie. »Oder Alexander oder James, oder wie auch immer du heißt. So was steht in den Geschichtsbüchern, so reden die

Leute in deinen Palästen. Aber es gibt nicht *die* Russen oder *die* Deutschen oder *die* Amerikaner. Es gibt mich, es gibt Petra, Bakunin, Detlev, Rolli. Es gibt Wolf Heller. Meine Tante und meinen Onkel. Du willst mir erklären, dass die Welt böse ist. Und dabei vergisst du, dass auf den billigen Plätzen Menschen sitzen, die um jemanden trauern. Die verzweifelt sind und Angst haben. Wenn wir nicht versuchen, den anderen zu verstehen, Mitleid mit ihm zu haben, ihn zu lieben, wofür ist das alles hier? Wenn wir nicht mit dem ewigen Töten brechen, sind wir dann nicht genau wie die Gierigen und Hässlichen, von denen du sprichst? Du hast mich angelogen.«

Sie sah nicht nur so aus wie Irina. Sie war auch wie sie. Kompromisslos und unzähmbar. Wie diese Pferde in der Taiga, die niemand bändigen konnte. Die man entweder laufen lassen oder brechen musste. Die Frage war jetzt, wie es weitergehen sollte. Würde sie immer noch mit ihm kommen? Oder war sie so verletzt, dass sie ihn irgendwann verraten würde? Vielleicht hatte sie das sogar schon. Sie hatte nicht ihn, sondern jemand anderes erwartet. Vermutlich den alten Kapitän. *Haben Sie ihn erreicht*, hatte sie gefragt. Wer war damit gemeint? Die Polizei? Dieser Kommissar Heller?

»Was machen wir jetzt?«, fragte er sie.

Er war bereit gewesen, seine Vergangenheit hinter sich zu lassen. Die Erinnerungen in den tiefsten Keller einzusperren und den Schlüssel wegzuwerfen. Neu anzufangen. Aber das würde er nur tun, wenn sie mit ihm ginge. Sie musste genauso über ihren Schatten springen, wie er es tun wollte. Aber konnte sie das noch? Darauf kam es jetzt an.

»Ich habe dich nicht angelogen, ich habe dir nur nicht die Wahrheit gesagt. Ja, ich habe einen Menschen umgebracht. Und vor ihm noch andere. Das bin ich. Oder besser gesagt, das war ich. Ich werde niemanden dafür um Verzeihung bitten. Auch dich nicht. Alles, was ich dir versprechen kann, ist, dass es vorbei ist. Ich weiß, es klingt sentimental, aber als ich zum ersten Mal ein Foto von dir gesehen habe, war ich ergriffen. Nein, nicht ergriffen. Ich war … ich weiß kein Wort dafür. Es war, als würde ich aufwachen. In dem Moment war mein Leben auf den Kopf gestellt. Verstehst du? Die Welt ist nicht mehr dieselbe. Und ich bin auch nicht mehr derselbe.«

Er sah sie an, versuchte, in ihrem Gesicht zu lesen. Verstand sie, in welcher Situation er sich befand? Und wenn nicht, was konnte er noch sagen? Und konnten Worte überhaupt etwas erreichen? Gab es noch Vergebung? Ein neues Leben? Er wusste es nicht. Und er dachte, dass es das Beste sei, die Entscheidung in ihre Hände zu legen. Er streckte noch einmal die Hand aus. Falls sie sie nehmen würde …

Sie wollte die Hand nicht. Damit war es entschieden.

Der Anruf hatte ihn erreicht, als er mit Paula im Bett lag. Geh nicht ans Telefon, hatte sie gesagt. Er war zwar nicht auf Bereitschaft, aber eine Stimme sagte ihm, dass es wichtig sei. Es ist immer wichtig, hatte Paula gemeint. Die Frage ist nur, was für dich wichtiger ist. Er hatte nicht mit ihr diskutieren wollen.

Mit 120 Stundenkilometern raste er über die Avus. Die Ausfahrt Wannsee in Richtung Nordwesten. Die Adresse hieß Berliner Ruderclub e. V. Direkt daneben sollte eine Steganlage mit einem Dutzend Booten liegen. Er parkte vor dem Gittertor. Ein alter Mann mit einer Kapitänsmütze erwartete ihn bereits.

»Haben Sie angerufen?«, fragte Heller.

»Die sind da unten, ganz außen am Steg. Die Jacht heißt *Irina*«, sagte der Alte.

»Wer?«

»Die junge Frau, die gesagt hat, ich soll Sie anrufen, und der Herr Sinclair.«

»Sonst niemand?«

»Ich glaub' nicht.«

Die junge Frau musste Louise Mackenzie sein. Und der Herr Sinclair war mit Sicherheit der Russe. Heller nahm die Pistole aus dem Halfter. Er schlich leise und gebückt an den Booten vorbei. Es musste ihm gelingen, die *Irina* unbemerkt zu erreichen. Als er noch etwa zwanzig Meter entfernt war, hörte er, wie ein Motor gestartet wurde. Er sah einen Mann auf dem Boot, der etwas hochhob. Er konnte sein Gesicht nicht erkennen. Das Etwas schien schwer zu sein. Ein Mensch. Entweder bewusstlos oder tot. Eine Frau. Der Mann warf Louise über Bord.

»Halt! Keine Bewegung! Polizei!«, brüllte Heller.

Der Motor heulte auf. Heller rannte los. Die Pistole am ausgestreckten Arm auf das Boot gerichtet. Louise schrie. Wasser wirbelte auf. Der Bug erhob sich wie zum Sprung. Heller schoss. In eine Wolke aus Abgasen hinein, die ihm die Sicht versperrte. Rannte und schoss weiter, bis das Magazin leer war. Als er das Ende des Stegs erreichte, stoppte er hart. Die Jacht pflügte in Richtung Südwesten. Heller schaute sich um. Blickte auf das Wasser nahe des Stegs, wo die Wellen sich langsam beruhigten. Wo war Louise? Der Alte trat neben Heller und deutete zu der Jacht hin. Sie zog etwas an einem Seil hinter sich her.

»Ich brauche ein Boot, schnell«, sagte Heller.

»Die sind alle in Privatbesitz, da habe ich keine Schlüssel.«

Heller blieb nichts anderes übrig, als zuzuschauen, wie die Jacht mit Louise im Schlepptau in der Dunkelheit verschwand.

Auf Manteufels Anordnung hin wurde noch in der Nacht ein Foto des Russen an die Berliner Polizeireviere verteilt. Außerdem wurde seit sechs Uhr früh am Wannsee und in der Havel nach der Jacht und Louise Mackenzie gesucht. Heller hatte kein Auge zugemacht. Jetzt saß er zusammen mit Hartmann, Danner, Mercier, Koch und Wittek im Besprechungszimmer. Jeder hatte eine Kopie der Fotos vor sich liegen, die Heller von dem Wächter erhalten hatte. Hartmann hatte den Kollegen erklären müssen, wieso die Keithstraße nun doch wieder an dem Fall dran war. Daraufhin hatten Danner und Mercier ihren Unmut geäußert. Bei dieser Sache würden sie doch nur wieder dem Staatsschutz in die Quere kommen. Und wie das für gewöhnlich ausging, wusste man ja. Außerdem glaubte niemand so recht daran, dass die Fotos auf einen Anschlag hindeuteten, wie Heller behauptete. Sicher, sie hatten in der Amerika-Gedenkbibliothek einen Sprengkörper gefunden, den Storch im Auftrag von diesem Ebert gebaut hatte. Und es gab diesen Russen, den Heller als Einziger bisher zu Gesicht bekommen hatte. Aber eine Bombe in der Synagoge oder dem Gemeindehaus in der Fasanenstraße? Das würde niemand wagen. Selbst der KGB nicht.

»Warum hat er dann die Orte fotografiert?«, fragte Heller.

»Nicht jeder, der was fotografiert, will es auch gleich in die Luft sprengen«, meinte Koch.

»Woher weißt du überhaupt, dass es der Russe war?«, wollte Wittek wissen.

»Louise Mackenzie war auf dem Boot, sie hat die Fotos dem Wächter gegeben. Also nehme ich mal an, dass sie die auf dem Boot gefunden hat«, sagte Heller.

»Kann sein. Aber wieso war die Mackenzie überhaupt da?«, fragte Danner.

Eine berechtigte Frage. Hartmann lehnte sich zurück und schnaufte.

»Vielleicht hängt die auch mit drin«, sagte er.

»Das glaube ich nicht«, sagte Heller.

»Machen Sie die Zigarette aus!«

Vor der Tür war Manteufel zu hören, wie er irgendjemanden zusammenstauchte. Als er eintrat, keine Begrüßung, kein Palaver. Er blieb am Kopfende des Tisches stehen.

»Ich war gerade bei Neubauer. Er will, dass wir alles Menschenmögliche unternehmen, damit es nicht zu einer Katastrophe kommt.«

Er legte einen Zettel vor Hartmann auf den Tisch.

»Lesen Sie vor.«

Hartmann räusperte sich. Auch er war allergisch gegen diesen Befehlston. Einen Moment lang zögerte er, dann folgte er der Aufforderung.

»Eines steht fest: Palästina ist für die BRD und Europa das, was für die Amis Vietnam ist. Die Linken haben das noch nicht begriffen. Warum? Der Judenknax. ›Wir haben sechs Millionen Juden vergast. Die Juden heißen heute Israelis. Wer den Faschismus bekämpft, ist für Israel.‹ So einfach ist das, und doch stimmt es hinten und vorne nicht. Wenn wir endlich gelernt haben, die faschistische Ideologie ›Zionismus‹ zu begreifen, werden wir nicht mehr zögern, unseren simplen Philosemitismus zu ersetzen durch eindeutige Solidarität mit Al Fatah, die im Nahen Osten den Kampf gegen das Dritte Reich von gestern und heute und seine Folgen aufgenommen hat.«

Alle schwiegen.

»Neubauer hat angeordnet, dass die Kommunen in der Wielandstraße und der Stephanstraße Besuch vom Staatsschutz kriegen«, sagte Manteufel in die bleierne Stille.

»Und wir?«, fragte Hartmann.

Manteufel deutete auf Heller.

»Sie bringen Ihre Schwester hierher. Sie muss uns erzählen, was da läuft.«

Vier

8. November bis 12. November 1969

Es war so dunkel, dass sie nicht wusste, ob es einfach nur kein Licht gab oder ob sie erblindet war. Die Kopfschmerzen waren unerträglich. Ein Pochen, als würde ihr Gehirn die Schädeldecke aufbrechen wollen. Louise versuchte die Stelle zu finden, an der es besonders wehtat. Das war schwierig, weil ihre Hände immer noch mit dem Seil zusammengebunden waren. Sie erinnerte sich.

Sie war gestürzt und mit dem Kopf gegen etwas Hartes gestoßen. Sie hatte kurz das Bewusstsein verloren und war erst, als sie ins Wasser gefallen war, wieder zu sich gekommen. Nein, sie war nicht gefallen. Alexander hatte sie gestoßen. Oder geworfen. Und dann war sie nach unten gezogen worden. Sie dachte, sie würde ertrinken. Strampelte hektisch mit den Beinen. Und als sie den Kopf wieder über Wasser bekam, wurde es mit einem Mal so fürchterlich laut, dass sie aufschrie. Es war ein Motor, der sie anbrüllte. Ungefähr zwei Meter von ihr entfernt. Eine Wolke aus Abgasen legte sich auf die Wasseroberfläche und umhüllte sie. Ich werde ersticken, dachte sie. Sie tauchte unter, damit sie die giftigen Gase nicht einatmen musste. Aber allzu lange konnte sie nicht unter Wasser bleiben. Sie musste immer wieder auftauchen, um Luft zu holen. Dabei versuchte sie, das Seil loswerden, das um ihre Handgelenke gebunden war. Aber das ging nicht, weil es im Wasser aufquoll und sich so fest zuzog, dass ihre Finger taub wurden. Sie zerrte, riss daran, bis sie unter Wasser hörte, wie der Motor lauter wurde. Die Schiffsschraube spuckte sie an. Das Seil spannte sich nach einem kurzen Moment, und sie wurde mit einem Ruck weggezogen. Es fühlte sich an, als würden ihre Arme vom Körper abgerissen. Das Boot fuhr nicht sehr schnell, aber doch schnell genug, dass es ihr kaum möglich sein würde, den Kopf aus dem Wasser zu heben und oben zu behalten. Sie würde ertrinken. Schnell drehte sie sich auf den Rücken. Die Arme lang machen, das Kinn auf die Brust legen, die Beine ausbreiten, um die Lage zu stabilisieren. Dann schluckte sie nicht mehr so viel Wasser. Sie fragte sich, wohin er sie bringen würde. Ob er sie überhaupt irgendwohin bringen würde. Vielleicht würde er auch in der Mitte des Sees einfach das Seil kappen und sie untergehen lassen. Das Boot wurde langsamer. Sie näherten sich dem Ufer. Endlich, dachte sie. Und dass er sie nicht auf der Havel ertränken würde. Aber je langsamer das Boot fuhr, umso schwieriger wurde es nun wieder, den Kopf über Wasser zu halten. Außerdem war sie unglaublich erschöpft. Sie hörte, wie das Boot gegen etwas Hartes stieß und zum vollständigen Stillstand kam. Sie konnte kaum ihre Arme bewegen. Sie sank. Spürte den schlammigen Grund unter den Füßen. Den Druck auf der Lunge. Wie die Bronchien nach Luft schrien. Sie öffnete die Augen und konnte nichts erkennen. Nicht mehr lange und sie würde einatmen. Wasser einatmen. Doch dann, als sie die Hoffnung schon aufgegeben hatte, spannte sich das Seil, und sie wurde aus dem Wasser gezogen. Halb ohnmächtig kam sie auf einem Steg zum Liegen. Sie hustete und weinte und jammerte. Sie wurde einen Weg entlanggetragen. Irgendwann wurde ein Schlüssel in ein Schlüsselloch gesteckt. Die Eisenangeln einer Tür quietschten.

Er hatte sie in einer Hütte abgelegt. Sie war ohnmächtig geworden. Wie lange war das her? Zwei Stunden? Vier? Sechs? Würde er wieder zurückkommen? Warum hatte er sie überhaupt hierhergebracht? Wieso hatte er sie nicht ertrinken lassen?

Es war kalt. Sehr kalt. Die Jeans, der Pullover, die Jacke, die Haare, alles nass. Und sie zitterte. Der ganze Körper befand sich in Aufruhr. Arme, Beine, Brust. Die Zähne schlugen hart gegeneinander. Zittern ist ein unwillkürlicher Reflex des Körpers auf einen Reiz. Zweites Semester bei Professor Roller. Speziell das Kältezittern erzeugt überlebensnotwendige Wärme. Es beginnt, wenn die Körpertemperatur 35 Grad unterschreitet. Allerdings wird beim Zittern Energie verbraucht, was wiederum dazu führt, dass die Muskeln Wärme verlieren. Hausarbeit, Note 2. Sie hörte ein eigenartiges Quietschen. War das die Tür? Sie setzte sich mühsam auf. Nein, da war auch noch ein Rascheln. Also Ratten. Und jetzt huschte eine über ihre Beine. Sie schrie auf, trat um sich, fluchte.

Du musst etwas tun, dachte sie. Wo war sie überhaupt? War das ein Haus? Eine Hütte in einem Schrebergarten? Vielleicht konnte sie an der Wand entlang die Tür finden, durch die er sie hereingetragen hatte. Vielleicht gab es dort einen Lichtschalter. Vielleicht hatte er sogar vergessen, die Tür abzuschließen. Das war zwar unwahrscheinlich, aber es war einen Versuch wert. Sie rief ein paar Mal laut *Hey*, damit sie ein Gefühl dafür bekam, wie groß der Raum war. Nicht sehr groß. Vielleicht sechzehn Quadratmeter. Sie drückte den Rücken gegen die grob gezimmerte Wand, schob sich

Stück für Stück nach oben, bis sie zum Stehen kam. Die Beine zitterten immer noch, aber sie konnte gehen. Nach rechts an der Wand entlang bis zu einer Ecke, von dort weiter zur nächsten Ecke. Neben der Tür gab es einen Lichtschalter. Aber er funktionierte nicht. Die Tür war verschlossen. Sie schlug mit den Fäusten dagegen. *Hilfe! Hilfe! Ist da draußen jemand? Kann mich jemand hören?* Sie hielt inne. Lauschte. War da was zu hören? Nein. Wieder schlug sie gegen die Tür, schrie. Rüttelte am Türgriff. Resigniert ließ sie sich mit dem Rücken an dem rauen Holz entlang zu Boden sinken. Irgendeine Möglichkeit musste es doch geben, aus der Hütte rauszukommen. Vielleicht lag irgendwo ein Stück Metall, ein Draht herum, womit man die Tür öffnen konnte. Irgendetwas. Auf allen vieren tastete sie in der vollkommenen Dunkelheit den schmutzigen, feuchten Boden ab. Zuckte zurück, wenn sie mit den Händen Unrat berührte. Leere Dosen, eine Flasche, halbvoll. Sie roch daran und warf sie angeekelt weg. Da war Papier. Vielleicht eine Zeitung. Nein, es war etwas Weiches. Ein Tier. Sie schreckte zurück, roch an ihrer Hand. Es stank nach Tod und Verwesung. Weiter. Da war ein umgestürzter Stuhl. Ein Tisch. Aber nichts, was sie benutzen konnte, um die Tür aufzuschließen. Sie hockte sich hin, wimmerte, sie war erschöpft. Stellte sich vor, wie ihre Eltern kommen und sie retten würden. Wie ihr Vater die Tür aufschließen und sie in die Arme nehmen würde. Wie sie zurückfliegen würden, heim nach Boston. Sie wollte nicht sterben. Nicht in diesem beschissenen Gefängnis verrecken. Sie fluchte laut, wütend auf Alexander, weil er sie angelogen hatte. Wütend auf sich, weil sie so blind gewesen war. Wie konnte sie sich in einen Kerl verlieben, von dem sie kaum etwas wusste. Und sogar, als er ihr sagte, dass er ein russischer Spion sei, immer noch verliebt sein? Wie ein dummer, naiver Teenager, der keine Ahnung vom Leben hat. Die Flasche. Wo war die Flasche? Die würde sie brauchen. Falls er zurückkam, würde sie sich neben die Tür stellen und ihn niederschlagen. Und wenn er nicht zurückkam? Sie könnte die Flasche zerschlagen. Und sich mit den Scherben die Pulsadern aufschneiden. Das war immer noch besser, als zu verhungern und verdursten und dann langsam von den Ratten aufgefressen zu werden. Wieder kroch sie über den Boden. Prüfte jeden Zentimeter. Nirgendwo war die Flasche zu finden. Stattdessen stieß sie gegen etwas, das von der Decke herabhing. Ein Seil? Sie tastete. Es war kein Seil, es war ein Stromkabel. Einen oder mehrere der Drähte darin könnte sie vielleicht als Dietrich verwenden. Ein harter Ruck und sie hatte das Kabel von der Decke gerissen. Mit den Zähnen biss sie die Ummantelung ab, legte drei Drähte frei. Flocht sie, bis sie einen halbwegs tauglichen Dietrich abgaben. Krabbelte zurück zur Tür und führte den selbstgebauten Dietrich in das Schlüsselloch. Eine der vielen Weisheiten ihres Vaters fiel ihr ein: *Wir verzweifeln erst, wenn alle anderen Möglichkeiten ausgeschöpft sind.* Eine ungeahnte Euphorie erfüllte sie mit Mut und Zuversicht.

Nachdem er Louise in der verlassenen Hütte eingesperrt hatte, war er zu einer Liegestelle am Stößensee gefahren, an der Dutzende weitere Boote vor Anker lagen. Zwischen den kleineren und größeren Jachten würde die *Irina* eine Zeit lang nicht auffallen. Er zog frische Kleidung an, schob sich eine Mütze tief ins Gesicht. Auf der Heerstraße fand er ein Fahrrad. Damit radelte er in Richtung Charlottenburg. Er versuchte, nicht an Louise zu denken. Aber natürlich misslang ihm das. Bevor er sie getroffen hatte, war er ein seelischer

Invalide gewesen. Sie hatte ihm ein Geschenk gemacht und ihn geheilt. Nun hatte sie ihn verraten und das Geschenk wieder an sich genommen. Immer wieder sah er ihr Gesicht, ihre wütenden Blicke, hörte die anklagenden Worte. Vielleicht hatte er falsch reagiert. Vielleicht hätte er versuchen sollen, sie davon zu überzeugen, dass er wirklich einen neuen Weg gehen wollte. Dann war dieser Heller aufgetaucht und hatte auf ihn geschossen. Es war unglaubliches Glück gewesen, dass der ihn nicht getroffen hatte.

Als er von einer Telefonzelle am Theodor-Heuss-Platz in der Wielandstraße anrief, erfuhr er, dass Bakunin in einer Kneipe mit dem eigenartigen Namen *Unergründliches Obdach für Reisende* herumhing. Zwei Mannschaftswagen der Polizei rasten mit Blaulicht und Martinshorn in Richtung Spandau. Er schaute ihnen kurz hinterher. Hatte jemand beobachtet, wie er die *Irina* festgemacht hatte? Und wenn schon. Alle Spuren waren beseitigt, Unterlagen und Kleidung verbrannt, das Funkgerät versenkt. Mehr als je zuvor hatte er seiner Wut freien Lauf gelassen.

In der Kneipe am Fasanenplatz hämmerte ein schwerer drogengesättigter Song aus den Lautsprechern, in dem der Sänger etwas von einem Garten Eden erzählte. Stroboskope färbten die Rauchschwaden in allen Farben des sichtbaren Spektrums. Um die Tanzfläche herum lagen Matratzen und darauf junge Menschen, die offenbar völlig zugedröhnt waren. Er stolperte über Beine hinweg, suchte in den Menschenknäueln, bis er Bakunin in einer Ecke weit hinten fand. Zwischen seinen Beinen lag eine der jungen Frauen, die er aus der Wielandstraße kannte. Sie schaute ihn aus halbgeschlossenen Augen an, hob kurz den Arm zu einem beiläufigen Gruß und schien wieder in irgendeinem Trip zu versinken. Bakunin grinste ihn an. Es schien, als sei er halbwegs klar in der Birne. Mit einer knappen Kopfbewegung befahl Poljakov ihn nach draußen.

Es fing gerade an zu regnen, als sie sich ein paar Meter in die Meierottostraße zurückzogen.

»Hast du mit deinem Kontaktmann gesprochen?«, fragte Poljakov.

»Natürlich. Aber was hast du denn mit deinen Haaren gemacht?«

Die weißen Haare. Daran hatte er nicht gedacht.

»Die Bullen suchen mich.«

»Echt? Warum?«

»Erzähl ich dir später. Wo treffen wir ihn?«

»Hast du das Geld?«

Der Kontaktmann wollte fünfhundert Mark für den Sprengkörper haben. Eine bescheidene Summe im Vergleich zu der Forderung, die Storch gestellt hatte. Es blieb nur zu hoffen, dass der Typ sein Handwerk verstand.

»Ja. Habe ich.«

»Okay. Im *Mister Go*.«

»Wo ist das?«

»Kennst du die Yorckbrücken?«

Als sie zu Bakunins 2CV gingen, sahen sie, wie zwei VW-Käfer und eine Wanne der Polizei vor dem *Unergründlichen Obdach* anhielten. Etwa ein Dutzend Polizisten stürmte in die Kneipe. Poljakov drückte sich hinter eine Litfaßsäule. Bakunin schien es zu bemerken.

»Mach dir keinen Kopf«, sagte er. »Das geht einmal pro Woche so.«

Sie stiegen in die Ente ein. Auf dem Weg nach Schöneberg wuchs der Regen zu einem veritablen Gewitter an. Die Scheibenwischer kamen gegen den Regen nicht an und unter den Yorckbrücken stand das Wasser. Poljakov und Bakunin mussten durch die riesige Pfütze durch, um den Eingang der Kneipe zu erreichen. Neben der Tür wartete ein junger Mann. Sein Erscheinungsbild passte überhaupt nicht zu Bakunin und den anderen Bewohnern der Wielandstraße. Die kurzen Haare, der Hut und der Blaumann ließen ihn eher wie einen Handwerker aussehen.

Poljakov spürte es sofort. Der Mann war ein Spitzel. Typen wie ihn erkannte er auf einen Kilometer Entfernung. Es war die Art, wie sie schauten. So freundlich und so harmlos, dass es nur zwei Möglichkeiten gab. Entweder sie waren Idioten, oder sie waren Lügner.

»Hey, Kainer«, rief Bakunin.

Sie begrüßten sich mit einer herzlichen Umarmung.

»Das ist der Ami, von dem ich dir erzählt habe.«

Als Kainer Poljakov die Hand reichte, hielt Poljakov sie einen Augenblick länger als üblich fest. Es war die Hand eines Mannes, der gewohnt war, körperlich zu arbeiten. Rau, der Griff fest und kurz. Ein Proletarier. Bakunin hatte ihm erzählt, dass Kainer mit Frau und Kindern in Schöneberg wohnte und bei der Reichsbahn arbeitete. Und dass er sich nebenbei ein paar Mark verdiente, indem er in der Kommune 1 kaputte Kühlschränke reparierte und für die Demonstrationen Molotowcocktails besorgte. All das war eine perfekte Tarnung. Die Art, wie Kainer mit dem Oberkörper zurückwich, kurz nach unten schaute, was eine eindeutige Demutsgeste war, sich in den Nacken griff, wie er lächelte, ohne dass die Augen mitlächelten, all das waren die Zeichen des Verräters. Wochenlang hatten sie in der KGB-Ausbildung gelernt, einen Lügner allein anhand seiner Körpersprache zu erkennen, und dann monatelang geübt, die eigene Körpersprache zu kontrollieren.

»Hast du das Päckchen?«, fragte Bakunin.

»Klar.«

»Wo?«

»Nicht so schnell. Es würde mich schon interessieren, was ihr mit dem Ding vorhabt«, sagte Kainer.

Bakunin wollte zu einer Erklärung anheben. Aber Poljakov hielt ihn zurück.

»Das ist nicht deine Sache«, sagte er.

»Vielleicht doch. Das Ding ist ziemlich groß. Damit kannst du so was wie den Laden hier in Schutt und Asche legen. Falls es da irgendwelche Leute trifft, wäre es gut, wenn es die Richtigen wären.«

»Und wer wären die Richtigen?«, fragte Poljakov.

Ein nervöses Lachen platzte aus Kainers Mund.

»Na, zum Beispiel die Amis.«

»Ich bin ein Ami. Soll ich auch in die Luft fliegen?«

Hilfesuchend wich Kainer aus und guckte Bakunin unsicher lächelnd an.

»Bakunin, du weißt schon, was ich meine. Oder?«

»Alles paletti, Kainer«, sagte Bakunin.

»Ich mein ja nur, weil er hier auf einmal so aggressiv ist.«

Kainer trat unsicher von einem Fuß auf den anderen. Poljakov wusste es zu lesen. Der übliche Fluchtreflex einer Person, die Angst vor Enttarnung hat.

»Ich will nur sichergehen, dass du uns nicht verpfeifst«, sagte Poljakov. »Ich habe nämlich keine Lust, von den Bullen hochgenommen zu werden, sobald wir mit dem Ding ins Auto steigen.«

»Wieso soll ich euch verpfeifen? Ich häng' doch genauso drin wie ihr.«

Feine Schweißperlen traten auf Kainers Stirn, seine Stimme bekam einen weinerlichen Unterton.

»Ulfi ist sauber, James«, sagte Bakunin. »Kannste mir glauben.«

»Genau. Und ihr müsst jetzt sagen, ob ihr das Ding haben wollt oder nicht. Habt ihr überhaupt die Kohle dabei?«

Langsam nahm Poljakov ein Bündel Fünfziger aus der Jackentasche. Als Kainer danach griff, hielt Poljakov das Bündel fest. Kainer grinste unsicher.

»Wenn du uns aufs Kreuz legst, kriegst du Ärger, hast du verstanden?« Poljakov sah Kainer durchdringend an.

Kainer nickte.

»Wo hast du es?«

»Hinten bei den Mülltonnen. Soll ich es holen?«

»Ich komme mit«, sagte Poljakov. Dann wandte er sich an Bakunin.

»Du wartest hier. Wenn die Bullen auftauchen, pfeifst du. Hast du verstanden?«

»Hab ich, aber warum machst du so einen Stress?«

»Weil ich ihm nicht traue«, sagte Poljakov.

Mit einem kurzen Kopfnicken schickte er Kainer los. Folgte ihm mit zwei Schritten Abstand. Sie kletterten über Bauschutt, bis sie die Rückseite der Kneipe erreicht hatten. Kainer ging zu einer Mülltonne und rückte sie einen halben Meter beiseite. Dahinter befand sich eine Holzkiste, deren Inhalt mit Zeitungen abgedeckt war. *Kindl Brauerei* war ins Holz eingebrannt. Als Kainer sie hochhob und zurück zur Straße gehen wollte, hielt Poljakov ihn auf.

»Stell sie hier vor mir ab.«

Kainer gehorchte.

»Nimm die Zeitungen runter.«

Unter den Zeitungen befand sich ein Päckchen, das wiederum in Zeitungen eingeschlagen war.

»Pack es aus.«

»Ich bescheiß euch nicht. Ich schwör's.«

Vorsichtig befreite Kainer die Bombe aus den Zeitungen. Poljakov prüfte die Zeituhr, die Kabel, den Zünder. Es schien alles in Ordnung zu sein.

»Zufrieden?«, fragte Kainer.

»Für wen arbeitest du?«

»Was? Was meinst du?«

Der Schlag kam ansatzlos. Genau auf den Kehlkopf. Kainer fing an zu röcheln, sackte auf die Knie.

»Für wen arbeitest du?«

Kainers Stimme krächzte und gurgelte. Er war kaum zu verstehen.

»Ich arbeite für niemanden.«

»Lüg mich nicht an. Staatsschutz? Verfassungsschutz? Hat dieser Heller dich geschickt?«

Hinter Kainers weit aufgerissenen Augen leuchtete Todesangst. Wenn er die Luft einsog, hörte es sich wie eine kaputte Trompete an. Was er sagte, war nicht zu verstehen. Poljakov beugte sich zu ihm herunter und hielt das Ohr an Kainers Mund. Dann griff er einen Ziegelstein aus dem Bauschutt und schlug zu. So lange bis er sicher war, dass Kainer nicht mehr lebte.

Als er mit der Holzkiste in den Händen zurückkam, stand Bakunin trippelnd vor dem *Mister Go*.

»Alles klar?«, fragte er.

»Hier«, Poljakov drückte ihm die Kiste in die Hände.

»Wo ist Kainer?«

»Hat sich aus dem Staub gemacht.«

»Wieso?«

»Jemand ist gekommen.«

Die Tür zum *Mister Go* wurde geöffnet und laute Musik schlug ihnen entgegen. Zwei Mädchen kamen kichernd aus dem Laden. Poljakov und Bakunin gingen zurück zum 2CV.

Noch zwei Tage bis zur Gedenkfeier anlässlich der Reichskristallnacht.

Es gibt einen Zeitpunkt, an dem Ereignisse sich aus unerklärlichen Gründen beschleunigen und plötzlich sogar überschlagen. Als sei es ein Naturgesetz, wonach sie sich wochenlang vorbereiten, um mit einem Mal loszustürmen wie etwa ein Sprinter beim Hundertmeterlauf. Heller hatte es schon manches Mal erlebt. Jedes Mal hatte es ihn an die Achterbahn auf dem Deutsch-Amerikanischen Volksfest erinnert. Man fuhr langsam auf den höchsten Punkt der Strecke zu, um dann in irrem Tempo abwärts auf das Ziel zuzurasen. Immer in der Gefahr, aus der nächsten Kurve getragen zu werden. Jetzt schien dieser Zeitpunkt nahe.

Der Russe und Louise waren wie vom Erdboden verschluckt. Hartmann nahm an, dass Louise Mackenzie tot war und der Russe sich in die DDR abgesetzt hatte. Das war möglich, aber nicht wahrscheinlich. Vor allem, was Louise anging, wollte Heller diesen Gedanken nicht akzeptieren. Und dass der Russe sich aus dem Staub machte, bevor er seinen Auftrag zu Ende gebracht hatte, egal wie der Auftrag lautete, war kaum anzunehmen.

Seine Schwester Petra hatte er in der Wielandstraße nicht angetroffen. Ebenso wenig diesen Bakunin. Keiner der übrigen Bewohner wollte ihm sagen, wo die beiden zu finden waren. Alles, was er an Hinweisen in den Händen hielt, waren die Fotos, die er von dem alten Wächter erhalten hatte. Darauf waren drei Gebäude abgebildet. Die Synagoge in der Joachimstaler Straße, das Altersheim in der Iranischen Straße und das Gemeindehaus in der Fasanenstraße. Das hieß, dass mit großer Wahrscheinlichkeit an einem dieser Orte mit einem Anschlag zu rechnen war.

Obwohl es Sonntag war, hatte der Polizeipräsident die Morgenrunde bereits für sieben Uhr einberufen. Zu sechst saßen sie um den Besprechungstisch herum. Neben Hübner noch Neubauer, Förster, Manteufel, Hartmann und Heller. In der Mitte lag ein Stadtplan, daneben die vergrößerten Aufnahmen der drei möglichen Ziele.

»Irgendwo da wird er zuschlagen?«, fragte Hübner.

»Wir vermuten es«, sagte Manteufel. »Aber es ist nicht sicher, dass die Objekte die einzigen Anschlagsziele sind.«

»Sie meinen, es könnte noch weitere Ziele geben?«

»Möglicherweise.«

»Zum Beispiel?«

»Das Rathaus«, sprang Heller ein.

Ein Raunen ging durch die Runde.

»Wie kommen Sie auf das Rathaus?«, fragte Neubauer.

»Wenn ich der Russe wäre und größtmöglichen Schaden anrichten wollte, würde ich mir Orte aussuchen, an denen sich entweder viele Menschen aufhalten oder solche, die bedeutsam sind.«

»Was ist mit dem Europa-Center oder eine der Universitäten?«, fragte Hübner.

»Möglich. Genauso Krankenhäuser, eine U-Bahnstation, das KaDeWe«, sagte Hartmann.

Mit einem schweren Seufzer betrachtete Neubauer das Foto der Synagoge.

»Haben Sie eine Ahnung wann?«

»Nein«, sagte Hartmann.

»Was Neues über diesen Russen?« Der Senator blickte unter seinen buschigen Augenbrauen den Staatsschützer an.

»Nicht viel. Ist vermutlich seit drei Monaten in Berlin. Der BND meint, er war vorher in Moskau und davor bei der UNO«, sagte Förster.

»Das ist alles? Was ist mit den Amerikanern?«

»Die wissen auch nichts. Angeblich.«

»Das heißt, seit der Oberkommissar Heller ihn am

S-Bahnhof Savignyplatz gesehen hat, ist er nicht mehr aufgetaucht?«

»Nur eben gestern Abend am Kleinen Wannsee.«

»Was machen die Linken?«

»Da ist momentan Funkstille. Seit Kunzelmann, Rauch und Siepmann in Jordanien sind, dröhnen sich die in der Wielandstraße nur noch zu », sagte Förster. »Von mir aus kann es auch so bleiben, dann machen die wenigstens keinen Ärger.«

»Da bleibt noch die Frage, was mit dem Toten an den Yorckbrücken ist«, sagte Hartmann.

Er guckte kurz zu Heller, Heller holte ein Foto aus der Jackentasche und gab es weiter, bis es bei Neubauer landete.

»Laut Verfassungsschutz heißt er Ulf Kainer. Heute Morgen haben ihn Bahnarbeiter hinter einer Kneipe mit dem Namen *Mister Go* gefunden. Jemand hat ihm das Gesicht eingeschlagen«, sagt Heller.

Auf dem Bild war von Kainers Gesicht kaum noch etwas zu erkennen außer einer schwarzen Masse aus Knochen, Haut und Muskeln.

»Sie glauben, dass der mit dem Russen zu tun hat?«, fragte Neubauer.

Er reichte das Foto an den Polizeipräsidenten weiter.

»Ich glaube erst mal gar nichts. Ich weiß nur, dass dieser Kainer gelegentlich in der Kommune in der Wielandstraße aufgetaucht ist.«

»Ist das nicht der mit den Brandbomben bei Springer im vergangenen Jahr?«, fragte Hübner.

Alle Blicke waren nun auf Förster gerichtet. Er fasste sich unbewusst an den Hemdkragen, weitete ihn. An ihm schien sich die Regel zu bewahrheiten, nach der jemand so lange befördert wird, bis er den Punkt der vollkommenen Inkompetenz erreicht hat.

»Ich habe keine Kenntnisse von diesem Vorgang«, nuschelte er.

»Das ist nun gerade nicht die Information, die ich von Ihnen haben wollte«, blaffte Hübner.

Die Stimmung verschlechterte sich zusehends.

»Ist das alles?«, fragte Hübner.

Da er keine Antwort auf seine Frage erhielt, erhob er sich schwer von seinem Stuhl. Mit den Händen in den Hosentaschen wandte er sich Förster zu.

»Stellen Sie Polizisten vor alle möglichen Zielobjekte. In Zivil. Die sollen jeden überwachen, der da rein- und rausgeht. Habe ich mich klar genug ausgedrückt?«

»Wie sollen wir das machen?«, fragte Förster fassungslos. »So viele Beamte haben wir gar nicht.«

»Es ist mir egal, wie Sie das machen. Nur machen Sie es.«

Als Hübner gehen wollte, kam seine Sekretärin herein und drückte ihm einen Zettel in die Hand. Dabei schaute sie zu Heller hin und nickte. Hübner drehte sich herum.

»Sie suchen eine Petra Swatkowski?«

»Ja. Wieso?«

»Die befindet sich in der Bismarckstraße in Polizeigewahrsam. Wer ist die Person?«

»Meine Schwester. Also Halbschwester.«

»Hat die etwas mit dem Russen zu tun?«

»Das weiß ich nicht.«

»Aber sie wohnt auf alle Fälle in der Wielandstraße«, sagte Förster.

Nachdem Petra bei der Razzia im *Obdach* festgenommen worden war, saß sie zusammen mit einem Dutzend anderer Leute in einer Zelle im Polizeirevier am Kaiserdamm 1. Heller musste eine Überstellung unterschreiben, dann durfte er sie mitnehmen. Petra sah müde aus. Ihre Haare waren verschwitzt, die Pupillen groß und leer.

»Hängst du jetzt in dieser Drogenhölle herum?«, fragte Heller, als er ihr die Tür zu seinem Karmann aufhielt.

»Solltest du auch öfter mal, würde dich entspannen.«

Kopfschüttelnd ging er um den Wagen herum. Als er losfuhr, schaltete sie auf AFN. Wolfman Jack kündigte *Here Comes The Sun* an. Wenn es mal so wäre, dachte Heller.

»Wohin fahren wir?«, fragte Petra.

»Keithstraße. Ich brauche ein paar Informationen von dir.«

»Den Weg kannst du dir sparen.«

Seit sie mit Bakunin zusammen war, hatte sie Paula und die Kinder nur einmal besucht. Sie hatte sich verändert in den letzten Wochen. Wenn er sie darauf ansprach, reagierte sie abweisend. Heller vermutete, dass sie auf eine Spur geriet, die kein gutes Ende nehmen würde.

»Was macht der Kinderladen?«

»Die Frauen haben den Mietvertrag gekriegt.«

»Bist du noch dabei?«

»Nein.«

»Warum nicht?«

»Keine Zeit.«

Heller parkte in der Keithstraße direkt vor dem Eingang. Mit einem bösen Grinsen wandte Petra sich ihrem Bruder zu.

»Vergiss es, Heller. Du bist ein Bulle, also werde ich dir nichts sagen.«

Vor ihnen fuhren zwei Polizeiwagen mit Blaulicht und Martinshorn los.

»Vielleicht weißt du es noch nicht, Schwesterchen. Louise ist entführt worden. Von einem Russen. Es ist vermutlich der Kerl, der bei euch in der Wielandstraße war. Wir wissen nicht, wo sie jetzt ist. Es kann sein, dass sie nicht mehr lebt.«

Die Zeichnung von den Innenräumen des Gemeindehauses in der Fasanenstraße war bemerkenswert genau. Poljakov hatte sie von einem Kontaktmann im Rathaus erhalten, den der KGB dort vor zehn Jahren installiert hatte und jetzt abschöpfen konnte. Direkt hinter dem Eingang mit dem großen Tor, ein Relikt der Synagoge, die am 9. November 1938 geschändet worden war, befand sich eine kleine Halle, rechts waren Büroräume. Eine Treppe führte hoch zu dem großen Saal. Hier sollte die Gedenkfeier stattfinden. Einhundertfünfzig Gäste standen auf der Liste. Alles, was in Berlin Rang und Namen hatte. Der Regierende Bürgermeister, vier Senatoren, der Polizeipräsident, der Vorsitzende der Jüdischen Gemeinde, Würdenträger der Evangelischen und Katholischen Kirche, die amerikanischen, britischen und französischen Stadtkommandanten, Sportfunktionäre, Künstler und als Alibi eine Verkäuferin von Wertheim und ein Busfahrer. Es war unglaublich, dass er die politische und militärische Führung der Stadt mit einem Schlag auslöschen konnte.

Poljakov hatte den drei Kommunarden noch einmal die Grundregeln für terroristische Angriffe klargemacht. Sie waren eine Zeit lang ein beliebtes Mittel bei den KGB-Auslandseinsätzen gewesen, um in einem Land die Bevölkerung gegen eine beliebige Gruppe aufzuhetzen. Erstens, die Opfer durften nicht damit rechnen, Ziel eines Anschlages zu werden. Zweitens, der Anschlag selbst musste einen sichtbaren symbolischen Wert haben. Deshalb kam es nicht unbedingt darauf an, einen hohen wirtschaftlichen Schaden anzurichten. Vielmehr musste die Bevölkerung seelisch und moralisch erschüttert und dadurch die Lage destabilisiert werden. Anschließend war es leicht, die Menschen gegen wen auch immer aufzuhetzen.

Jetzt standen Bakunin, Rolli und Detlev über den Tisch in dem Wohnzimmer gebeugt und studierten die Karte. Weil die Polizei mal wieder die Wielandstraße gestürmt hatte, waren sie in eine unverdächtige Wohnung am Nollendorfplatz ausgewichen. Der Mieter war ein Professor an der Freien Universität mit Sympathien für die radikalen Linken. Er hatte ihnen die Wohnung für ein paar Stunden überlassen und war auswärts frühstücken gegangen, damit sie das Vorgehen in Ruhe besprechen konnten. Die Frage war, wer von den dreien den Sprengkörper in das Gemeindehaus bringen sollte. Niemand schien sich vordrängeln zu wollen. Und er, Poljakov, konnte es nicht machen. Zum einen musste er davon ausgehen, dass die Berliner Polizei Zivilbeamte vor und im Gemeindehaus postiert hatte, die wahrscheinlich ein Foto von ihm in der Tasche trugen. Zum anderen sollte es unbedingt als Tat einer deutschen und dazu einer linken Gruppe wahrgenommen werden. Die Deutschen mussten ihr hässliches Gesicht zeigen. Alle Welt sollte erfahren, dass die Entnazifizierung nur ein großer Humbug war und Deutschland aus Auschwitz nichts gelernt hatte.

»Wer von euch macht es?«, fragte Poljakov.

»Die Frage ist doch erst mal, ob wir es überhaupt machen sollen«, sagte Rolli.

»Finde ich auch«, sagte Detlev. »Wir müssen zuerst mit Kunzel reden. Keine Ahnung, was er davon hält.«

»Das hab ich schon«, sagte Bakunin. »Er hat gemeint, es wäre eine prima Idee. Er hätte die auch schon gehabt.«

»Okay, aber vielleicht ist eine Bombe nicht gerade das beste Mittel, um auf die faschistischen Entwicklungen in Israel hinzuweisen«, jammerte Rolli.

Mit einem genervten Seufzer ließ Poljakov sich auf das Sofa fallen.

»Verstehe. Ihr macht euch in die Hose. Irgendjemand hat mal gesagt, wenn die Deutschen bei einer Revolution einen Bahnhof stürmen wollen, kaufen sie sich eine Bahnsteigkarte. Ist das so?«

»Wir machen uns nicht in die Hose, James. Aber man muss schon mal drüber nachdenken, was es heißt, wenn hundertfünfzig Leute oder mehr draufgehen«, sagte Rolli. »Und das sind ja nicht normale Leute, das ist die Elite.«

Aus der Küche mischte sich Bakunin ein. Er hatte im Kühlschrank Bier gefunden und verteilte vier Flaschen.

»Und die Hälfte von denen sind Faschisten. Ich weiß nicht, wo das Problem ist«, sagte er.

»Das Problem ist, dass die Stadt dann ohne Führung dasteht. Da bricht das totale Chaos aus«, entgegnete Rolli.

»Richtig. Das ist doch genau das, was wir brauchen. Wir müssen zeigen, dass die Stadt auch ohne die autoritäre Herrschaft des Kapitals und ihrer Büttel existieren kann. Das ist unsere Chance, hier eine Räterepublik zu etablieren. Genau wie Rudi gesagt hat. Eine Räterepublik von gleichberechtigten Individuen. So was werden die Schweine im Rathaus niemals zulassen. Also müssen sie weg.« Bakunin machte eine entsprechende Geste.

»Ich weiß nicht«, sagte Rolli.

Es war deutlich zu spüren, dass sie Angst hatten. Einschließlich Bakunin, wenn er auch noch so laut tönte.

»Also wollt ihr es abblasen?«, fragte Poljakov. »Ich

muss das wissen, damit ich den Genossen zu Hause sagen kann, dass sie sich nicht auf euch verlassen sollen.«

»Langsam, Alter«, sagte Rolli.

Nachdem er sein Bier ausgetrunken hatte, machte er sich nun dran, eine ordentliche Tüte zu bauen.

»Niemand hat gesagt, dass wir irgendwas abblasen. Wir überlegen nur, was passiert, nachdem wir dieses Pack in die Luft gejagt haben. Verstehst du? Du wirst dich wieder über den Teich verziehen, aber wir müssen damit rechnen, dass hier die Hölle ausbricht. Die Amis werden die Stadt übernehmen. Die errichten hier eine Diktatur. So wie bei euch drüben.«

»Ey, Rolli, die Amis werden überhaupt nichts machen, wenn sie merken, dass revolutionäre Kräfte in der Bevölkerung freigesetzt werden«, sagte Bakunin.

Mit einem schnellen Griff schnappte er sich den Joint und zündete ihn an.

»Was wir hier machen, ist Anarchismus. Verstehst du? Die Propaganda der Tat. Die Zertrümmerung der Hierarchien, die totale Befreiung der Menschen von ihren Fesseln.«

Er reckte die linke Faust in die Luft. »Keine Macht für niemand!«

Zufrieden lehnte Poljakov sich zurück. Endlich hatte er sie so weit. Es war nicht die Vernunft, die nun die Agenda diktierte, es war die Konkurrenz der drei Revolutionäre untereinander. Wenn einer sich gegen eine Sache stellte, musste ein anderer dafür eintreten. Im Grunde war es schon vor dem ersten Wort entschieden. Bakunin sah sich als der wahre Revolutionär, der bereit war, sich selbst für die gute Sache ins Feuer zu werfen, während die anderen beiden in seinen Augen zu Funktionären der Revolution wurden. Grässliche Bürokraten, Pedanten und linke Faschisten. Das sagte er nicht laut, aber vermutlich dachte er es. Sie stritten noch eine Weile, bis Bakunin die Kiste mit dem Sprengkörper nahm und mitten auf dem Tisch platzierte.

»Also, was ist jetzt?«

Kurz nach neun Uhr saßen sie in Hartmanns Büro. Petra hockte zusammengesunken auf einem Stuhl vor Hartmanns Schreibtisch, Hartmann ihr gegenüber, Heller auf dem Heizkörper am Fenster. Hellers Vermutung hatte sich als richtig erwiesen. Der Russe plante einen Anschlag auf eine Berliner Institution. Nachdem Petra zuerst nicht glauben wollte, dass James Sinclair in Wahrheit ein russischer Spion war, der Louise vermutlich umgebracht hatte, war sie nun bereit, Heller und Hartmann von den Begegnungen mit dem Russen zu berichten. Trotzdem war eine Kanne Kaffee nötig gewesen, um Hellers Schwester wach zu halten.

»Er war ein paarmal in der Wieland. Das erste Mal hat Louise ihn angeschleppt. Er ist meistens ziemlich still gewesen, wenn viele Leute da waren. Wir haben wirklich gedacht, er wäre ein Ami. Wegen seinem Pass, auf dem James Sinclair gestanden hat. Und einen Presseausweis. Und weil er gesagt hat, dass er für irgend so eine Zeitung aus Baltimore schreibt. Einmal haben wir drüber geredet, dass es eine gute Sache wäre, einen Anschlag zu machen. Einfach, damit die Leute aufwachen. So wie Andreas und Gudrun in Frankfurt bei den Kaufhäusern. Aber wir haben ihm auch klar gesagt, dass es nicht gegen Menschen gehen darf. Also zum Beispiel nachts das KaDeWe abfackeln oder ein Kino, wo sie die bescheuerten Kriegsfilme zeigen. Auf jeden Fall sollte es etwas sein, das die Leute richtig wachrüttelt.«

»Ihr habt nicht darüber gesprochen, wo genau der Anschlag stattfinden soll?«, fragte Heller.

»Es gab so ein paar Orte. Funkturm und so.«

Der Schreibtischstuhl kratzte über den Boden, als Hartmann abrupt aufstand. Er drückte seine Zigarette im Aschenbecher aus, als wollte er sie umbringen.

»Aber wann das stattfinden soll, das haben Sie schon festgelegt?«, fragte er.

»Nein«, sagte Petra.

»Das heißt, Sie haben drüber gesprochen?«

Langsam ging er um Petra herum, blieb kurz hinter ihr stehen, sodass sie sich zu ihm herumdrehen musste. Heller war nicht wohl dabei zu sehen, wie Hartmann seine Schwester unter Druck setzte.

»Nein, nicht wenn ich dabei war«, sagte Petra.

»Und wer sollte den Anschlag ausführen? Sie?«

Petra schaute verzweifelt zu Heller hin. Ihr Blick suchte seine Unterstützung. Sie wusste offensichtlich nicht, inwieweit das, was sie hier erzählte, gegen sie verwendet werden konnte.

»Du bist nicht verdächtig, Petra«, sagte Heller. »Alles, was wir wissen wollen ist, wann, wo und durch wen der Anschlag stattfindet.«

»Ihr Bruder hat recht, Sie sind bisher nur eine Zeugin. Aber wenn es dazu kommt, dass hier irgendwo eine Bombe hochgeht, werde ich dafür sorgen, dass Sie wegen Beihilfe angeklagt werden. Und Beihilfe in so einem Fall heißt zehn Jahre Gefängnis. Wie alt sind Sie?«

Mit einem Ruck löste Heller sich vom Fenster, ging vor Petra in die Knie.

»Du weißt, wer es machen wird, habe ich recht? Du musst es uns sagen. Oder willst du wirklich, dass Menschen sterben?«

»Er hat gesagt, dass niemand dabei verletzt wird.«

»Der Mann ist ein brutaler Killer, Petra. Er hat auf

seiner Jacht Louise über Bord geworfen und an einem Seil hinter sich hergezogen. Vielleicht ist sie ertrunken. Dem ist es völlig egal, ob Leute draufgehen.«

Nun fing Petra an zu schluchzen. Sie lehnte sich gegen Heller, legte die Arme um seinen Hals.

»Sag es mir«, flüsterte Heller. »Ist es dein Freund?«

Sie nickte kaum merklich.

»Bakunin?«

»Ja.«

»Wo ist er jetzt? In der Wielandstraße ist niemand.«

»Es gibt noch eine Wohnung am Nolli. Bei so einem Prof. Da sind wir manchmal.«

Zur Tarnung musste Bakunin sich in Schale werfen, rasieren und Poljakovs Brille mit den Fenstergläsern tragen. Anzug, weißes Hemd und Krawatte. Die langen Haare steckten zusammengebunden unter einem Hut. Detlev und Rolli hatten die Wohnung inzwischen verlassen. Als Bakunin sich im Spiegel betrachtete, musste er lachen.

»Hey James, ich gehe voll als der letzte Spießer durch.«

Poljakov kam ins Schlafzimmer.

»Sehr gut.«

Mit dieser Verkleidung würde Bakunin unter den Besuchern der Gedenkveranstaltung im Jüdischen Gemeindehaus nicht auffallen.

»Wenn Kunzel das sieht, lacht er sich kaputt.«

»Hier, steck dir das Ding noch ans Revers«, sagte Poljakov.

In einer Schublade hatte er einen SPD-Anstecker gefunden. Bakunin platzierte ihn im Knopfloch des Revers. Er sah sehr offiziell aus.

»Komm mit«, sagte Poljakov.

Er ging voran ins Wohnzimmer. Auf dem Sofa lag ein Trenchcoat.

»Wo hast du den her?«, wollte Bakunin wissen.

Das Futter des linken Ärmels war herausgetrennt und unten zusammengeknotet. Zu zweit bugsierten sie den Sprengkörper in den Ärmel.

»Aber jetzt kann ich das Ding nicht mehr anziehen.«

»Musst du auch nicht. Du legst den Mantel einfach über den Arm.«

Bakunin probierte es aus. Beim ersten Versuch rutschte ihm der Trenchcoat vom Arm, der Sprengkörper darin schlug hart auf den Boden. Eine Schrecksekunde lang hielten sie beide den Atem an.

»Pass doch auf, du Idiot! Willst du uns hier in die Luft jagen?«

»Sorry.«

Poljakov hob den Trenchcoat auf und führte vor, wie Bakunin ihn halten musste.

»Geh mal ein paar Schritte.«

Steif stakste Bakunin durch das Wohnzimmer.

»Du musst dich entspannen. Die haben Bullen postiert. Wahrscheinlich in Zivil. Wenn du so herumstolzierst, wissen die sofort, dass was mit dir nicht stimmt. Sei locker.«

Bakunin lief auf und ab, nickte imaginären Gästen zu.

»Übertreib nicht. Sei ganz normal.«

Nach ein paar Versuchen klappte es.

»Okay«, sagte Poljakov. »Gehen wir die Aktion noch mal durch.«

»Das haben wir schon dreimal!«

»Dann machst du es jetzt zum vierten Mal.«

Mit einer entnervten Geste ließ Bakunin sich in einen Sessel fallen.

»Vorher brauch' ich was zu trinken. Bier oder so.«

»Du kriegst eine Cola. Ich will nicht, dass du betrunken bist.«

»Hey! Ich soll von einem Bier besoffen werden?«

Poljakov holte aus dem Kühlschrank zwei Cola.

»Fang an!«

Sichtlich lustlos ratterte Bakunin den Ablauf der Aktion herunter.

»Ich geh hier los. Ich brauche eine halbe Stunde bis in die Fasanen. Da warte ich. Dann geh ich um halb elf ins Gemeindehaus. Die Veranstaltung beginnt um elf, also sind schon jede Menge Leute da. Ich geh in das Gebäude rein. Den Mantel deponiere ich in der Garderobe.«

»Was machst du, wenn da eine Garderobiere ist?«

»Ich warte, bis sie abgelenkt ist, und leg das Ding am Cola-Automaten ab.«

»Und dann?«

»Mach' ich mich wieder aus dem Staub.«

»Um wie viel Uhr?«

»Rechtzeitig, bevor das Ding abgeht.«

»Okay.«

Der Wecker, der als Zeitzünder fungierte, war auf 11:30 Uhr eingestellt. Zu diesem Zeitpunkt würde die kurze Ansprache, die der Regierende Bürgermeister im großen Saal halten sollte, beendet sein, hatte Poljakov von seinem Kontaktmann im Senat erfahren. Die Gäste würden durch das Foyer gehen, um der Kranzniederlegung im Hof beizuwohnen. In diesem Moment würde die Bombe detonieren.

»Alles klar?«, fragte Poljakov.

Bakunin nickte. Es war spürbar, dass der Gedanke, in wenigen Stunden einhundertfünfzig Menschen sterben zu lassen, wie ein Alb auf ihm lag.

»Kannst du mal das Fenster aufmachen, ich schwitz mir einen ab«, sagte Bakunin.

Poljakov ging zum Fenster und öffnete es. Vier Einsatzwagen und eine Wanne der Polizei standen am Nollendorfplatz. Die Uniformierten liefen auf das Haus zu, in dem er und Bakunin sich befanden.

Die Wohnung lag im achten von zwölf Stockwerken, hatte Petra gesagt. Von den sechsunddreißig Klingelschildern war etwa die Hälfte beschriftet. Heller schickte vier Streifenpolizisten zum Hintereingang des Gebäudes, nachdem er sie gewarnt hatte, dass die Verdächtigen vermutlich bewaffnet waren. Vier weitere Polizisten beorderte er an den vorderen Eingang. Dann drückte er auf mehrere Klingeln. Es dauerte eine Ewigkeit, bis ein Summer zu hören war und die Haustür sich öffnete. Zusammen mit sechs Mann des Überfallkommandos stürmte Heller in den Hausflur. Drei von ihnen schickte er die Treppe hoch.

Als der Aufzug im Erdgeschoss stoppte, suchten Heller und die anderen drei Polizisten Deckung. Nur für den Fall, dass Bakunin und dieser Sinclair dem Fahrstuhl entsteigen sollten. Die Tür öffnete sich, aber nichts geschah. War die Kabine leer? Stimmen waren zu hören. Heller warf einen Blick hinein. Eine alte Frau und ein alter Mann im Rollstuhl stritten sich. Als sie Heller und die Uniformierten sahen, erschraken sie und begannen sofort, über die Polizei zu schimpfen. Heller verstand nicht, um was es dabei ging. Er bugsierte die beiden aus der Kabine, seine Männer halfen, den Rollstuhl die drei Treppenstufen hinunterzutragen. Dann brachte der Aufzug sie rumpelnd nach oben. Zu meinem Glück fehlt nur noch, dass er auf halber Strecke stecken bleibt, dachte Heller. Als sich die Türen brav öffneten, waren sie im achten Stock angekommen. Heller wartete, bis das Überfallkommando wieder komplett war. Dr. Raabe stand auf einem Schild. Er postierte die Beamten rechts und links der Tür. Dann klingelte er. Nichts geschah. Noch einmal. Immer noch nichts. Die Männer schauten ihn fragend an.

»Wir gehen rein«, sagte Heller.

Ein Beamter trat die Tür ein, dabei schrien alle *Polizei!* Niemand reagierte. Heller verteilte die Männer auf die Zimmer. An einer Wand im Wohnzimmer hingen Schwarz-Weiß-Fotografien mit Kriegsmotiven. Regale voller Bücher türmten sich bis zur Decke. Im Schlafzimmer lagen Jeans, ein T-Shirt mit dem Konterfei von Che Guevara, ein Parka. Die Wohnung war leer. Über Funk erfuhr Heller, dass niemand, auf den die Beschreibung der beiden passte, das Haus verlassen hatte. Waren sie von Petra hereingelegt worden? Hatte sie ihnen eine falsche Adresse genannt, damit Bakunin genug Zeit hatte, um zu fliehen? Auf dem Wohnzimmertisch standen zwei Flaschen Cola, halb leer getrunken. Heller hob eine davon hoch. Kohlensäure trat aus. Das bedeutete, sie war erst vor Kurzem geöffnet worden.

»Hallo?«, rief eine Stimme aus dem Flur.

Die Polizisten zogen ihre Waffen. Ein Mann kam herein.

»Wer sind Sie? Was machen Sie in meiner Wohnung?«, fragte der Mann.

Heller zeigte ihm seine Marke.

»Sind Sie Dr. Raabe?«

»Wieso ist die Tür aufgebrochen worden?«

Er lief ins Schlafzimmer. Heller folgte ihm.

»Wo waren Sie heute Morgen?«

»Wie bitte? Das geht Sie gar nichts an.«

Als er Bakunins Klamotten auf dem Bett sah, wurde er stutzig.

»Waren Sie bis vor Kurzem hier in der Wohnung?«, fragte Heller.

»Nein. Was wollen Sie von mir?«

»Wer hat außer Ihnen noch einen Schlüssel zu der Wohnung?«

Endlich schien Raabe zu verstehen, um was es hier ging. Heller wiederholte die Frage. Da Dr. Raabe es vorzog, nicht zu antworten, wurde er vorübergehend wegen möglicher Beihilfe zu einem Verbrechen festgenommen.

Als Heller wieder vor dem Gebäude stand, erfuhr er von einem Polizisten, dass es in dem Haus einen Kellereingang gab, den sie übersehen hatten. Ob jemand dort das Haus verlassen hatte, wusste der Polizist nicht. Heller fluchte. Er funkte die Keithstraße an. Manteufel hatte inzwischen Besuch vom Staatsschutz erhalten. Förster und seine Leute nahmen Petra in die Mangel. Sie saß heulend in dem Vernehmungszimmer und weigerte sich, auch nur ein weiteres Wort zu sagen.

»Fragen Sie Petra, ob die Adresse stimmt«, sagte Heller.

»Vergessen Sie es. Förster lässt niemanden an sie ran«, sagte Hartmann. »Haben Sie die beiden gefunden?«

»Nein.«

Und jetzt? Heller dachte nach, lief vor dem Haus auf und ab. Jemand war in Raabes Wohnung gewesen, hatte ein T-Shirt und einen Parka dagelassen und vermutlich etwas anderes angezogen. Warum? War heute der Tag, an dem der Anschlag stattfinden sollte? Wieso heute? Was war besonders an dem Tag? Er stürmte in den Zeitungsladen auf dem U-Bahnhof Nollendorfplatz. Griff sich die *Bild am Sonntag* und die *BZ* aus dem Ständer.

Blätterte durch die Zeitungen. Auf Seite vier in der *BZ* war ein zweispaltiger Artikel zur Gedenkfeier anlässlich der Reichskristallnacht abgedruckt. Die Feier sollte im Jüdischen Gemeindehaus in der Fasanenstraße stattfinden. Das war es. Mit einem Mal fügte sich das Puzzle zu einem Bild zusammen. Die Fotos der möglichen Anschlagsziele. Die Drohungen gegen Hirsch. Ebert, der in der Reichsstraße auf Hirsch gewartet hatte. Der Russe, der Hirsch einen äußerst wertvollen Machsor übergeben wollte. Wahrscheinlich sollte der bei der Feier präsentiert werden. Möglicherweise befand sich darin die Bombe. Wieso hatte er das übersehen?

In dem Artikel stand, dass die Feier um elf Uhr beginnen sollte. Jetzt war es kurz nach zehn. Heller sprang in seinen Karmann und raste los. Die Hand auf der Hupe überfuhr er jede rote Ampel. An der Kreuzung Nürnberger Straße konnte er im letzten Moment bremsen, als eine Frau mit einem Kinderwagen die Straße überquerte. Kurz bevor es auf der Kantstraße links in die Fasanenstraße ging, musste er anhalten, weil eine Schlange von Fahrzeugen die Straße verstopfte. Zwei Polizisten hatten Mühe, die Fahrzeuge zu dirigieren. Noch fünfzig Meter bis zum Gemeindehaus. Heller ließ den Karmann mitten auf der Fahrbahn stehen und rannte das letzte Stück Weg. Er sah den Regierenden Bürgermeister, den Vorsitzenden der Jüdischen Gemeinde, die Stadtkommandanten, Senatoren, Presse. Man schüttelte Hände, machte betroffene Gesichter. Niemand rechnete damit, dass ein Anschlag verübt werden könnte. Wieso auch? Wer sollte so etwas wagen? Es war unvorstellbar.

Wo war Bakunin? Heller drängte sich zwischen den Gästen hindurch zum Eingang des Gemeindehauses. In dem Moment, als ein älterer Polizist Heller ansprach, entdeckte er Bakunin, wie er das Gemeindehaus verließ. Er trug Hut und Anzug. Drängte sich zwischen den Gästen hindurch und bog nach rechts ab in Richtung Kantstraße. Dort blieb er bei jemandem stehen, den Heller kannte. Der Russe, James Sinclair oder wie auch immer er mit richtigem Namen hieß. Mit einer brüderlichen Geste legte er den Arm um Bakunins Schultern und drehte den Kopf. Winkte Heller zu und grinste.

Heller spürte den Impuls, die beiden zu verfolgen. Aber vermutlich hatte Bakunin die Bombe bereits irgendwo im Gemeindehaus versteckt. Die Vorstellung, dass es irgendwann in den nächsten Minuten zu einem Blutbad kommen konnte, jagte Heller einen Schauer über den Rücken.

Er war noch nie zuvor in dem Gebäude gewesen. Bemüht harmlos mischte er sich unter die Gäste, nichts schien ihm verdächtig. Zurück in das Foyer. Vielleicht in dem großen Saal im ersten Stock? Er reihte sich in die Schlange vor dem Eingang ein. Stühle standen in zwanzig Reihen. Heller sank auf die Knie, tat so, als habe er etwas verloren, schaute zwischen den Stuhlbeinen hindurch. Nichts. Vielleicht der Raum gegenüber der Bühne? Er öffnete die Tür, fand Dekorationen, Kleidungsstücke, weitere Stühle. Als er sich schon wieder abwenden wollte, entdeckte er einen Karton. Der Deckel war nicht verschlossen. Vorsichtig näherte er sich. Überlegte, was er jetzt tun sollte. Wenn er den Karton öffnete, konnte es sein, dass er einen Kontakt auslöste, der die Bombe zur Detonation brachte. Um was für eine Art Bombe handelte es sich überhaupt? Darüber hatte er noch nicht nachgedacht. Und was für einen Zünder hatte sie? Vorsichtig schaute er durch einen Spalt ins Innere. Da war etwas Rotes. Vielleicht ein Draht. Er lupfte den Deckel ein kleines Stück. Konnte seinen eigenen Atem hören, den Puls des Blutes in den Ohren spüren. Tatsächlich ein roter Draht. Sein Atem stockte. Hatte er jetzt den Kontakt ausgelöst? Sofort ließ er den Deckel wieder los. Wartete. Nichts geschah. Das Beste würde sein, den ganzen Karton nach draußen zu bringen.

»Was machen Sie hier? Was wollen Sie mit dem Karton?«, hörte er plötzlich eine Stimme hinter sich.

Ein junger Mann im grauen Kittel und mit einer Kippa auf dem Kopf, schaute ihn streng an. Offensichtlich der Hausmeister.

»Stellen Sie den sofort wieder ab«, schimpfte er.

»Das geht nicht.«

»Unsinn. Wer sind Sie überhaupt? Geben Sie mir den Karton!«

Der Hausmeister riss ihn Heller aus den Händen, der Karton fiel zu Boden. Mehrere Bündel schwarzer Kippas, durchzogen von feinen, goldenen Fäden und mit roten Drähten zusammengebunden, purzelten aus dem Karton heraus. Heller starrte die Bündel an.

Hatte er sich geirrt? War die Bombe doch nicht im Gemeindehaus deponiert, sondern in der Synagoge in der Joachimstaler Straße oder an einem anderen Ort? Heller hielt dem jungen Mann seinen Ausweis hin. Dann zwängte er sich zwischen den Gästen hindurch aus dem Saal. Er beobachtete, wie der Regierende seinen Mantel an der Garderobe abgab. Wartete noch den kurzen Augenblick, bis der letzte Besucher den Saal betreten hatte. Die Türen wurden geschlossen. Die zwei Garderobieren verließen schwatzend ihren Posten, Zigarettenpäckchen in den Händen. Heller blieb nichts anderes übrig, als erneut jeden Winkel abzusuchen. 11:15 Uhr. Die Gäste sollten um 11:30 Uhr in den Innenhof wechseln, meinte der Hausmeister. Heller schwante, dass der Zünder der

Bombe auf genau diese Zeit eingestellt sein würde. Gab es einen Keller? Heller stürmte die Treppe hinunter, öffnete die Tür und stieß auf Regale voller Bücher und Akten. Wie sollte er hier eine Bombe finden? So leise wie nur möglich schlich er an den Regalen entlang. Falls die Bombe einen Zeitzünder hatte, musste ein Wecker dranhängen. Und dieser Wecker würde hoffentlich ticken. Eine Minute nach der anderen verstrich.

Jetzt fiel ihm auf, dass er die Garderobe noch nicht kontrolliert hatte. Dort hingen Dutzende Jacken und Mäntel. Langsam bewegte er sich an den Garderobenständern vorbei, die Sinne aufs Äußerste gespannt. War da ein Ticken? Ja. Ganz leise. Woher kam es? Er wühlte sich durch die Mäntel, die dicht an dicht hingen. Plötzlich war das Ticken nicht mehr zu hören. Was bedeutete das? Dass die Bombe jetzt explodierte? Oder lag es daran, dass sich die Kühlung des Coca-Cola-Automaten angeschaltet hatte und laut vor sich hin rumpelte? Heller zog den Stecker aus der Steckdose. Jetzt konnte er das Ticken wieder hören. Es kam direkt aus dem Automaten. Unten, aus der Bodenöffnung. Er bückte sich. Da lag zusammengeknüllt ein Trenchcoat. Vorsichtig zog er ihn hervor. In einem Ärmel steckte etwas. Ein Wecker. Der Weckzeiger war auf 11:30 Uhr eingestellt. Ein kurzer Blick auf die Uhr zeigte ihm 11:26 Uhr. Vier Minuten, bis die Bombe hochgehen würde. Zwei Drähte führten von dem Wecker zu einer Daimon-Batterie. Ein in rotes Papier eingewickelter Gegenstand war mit Klebeband an der Batterie befestigt. Heller wagte kaum zu atmen. Er hatte die Bombe gefunden. Sollte er den Mantel hier herausbringen? Irgendwohin, wo niemand gefährdet wäre. Aber wo sollte das sein? 11:28 Uhr. Keine Zeit mehr, irgendwohin zu gehen, wo die Bombe keinen Schaden anrichten würde.

11:29 Uhr. Schweiß tropfte von Hellers Stirn. Er musste die Bombe vor Ort entschärfen. Die Drähte von der Batterie lösen. Aber wie? Er hatte kein Werkzeug. Einfach aus dem Zünder rausreißen? Und wenn er damit die Detonation erst auslöste? Schweißtropfen fielen auf die Uhr, verteilten sich auf dem Glas. Beide Drähte aus dem Wecker reißen? Oder besser aus dem Zünder? Als der Sekundenzeiger acht Sekunden vor 11:30 Uhr anzeigte, handelte Heller.

Poljakov sieht es. Die gewaltige Explosion, das Feuer, das aus dem Gebäude rast. Der Donner der Detonation eine Sekunde später, weil Licht so viel schneller ist als der Ton. Steine, die umherfliegen. Eine riesige Staubwolke über dem Areal. Menschen, die von der Druckwelle umgerissen und von anderen totgetrampelt werden, die blutüberströmt versuchen, dem Inferno zu entkommen. Die Zeitungen sprechen von einem unfassbaren Skandal. Einhundert Tote, mehr als fünfzig Schwerverletzte. Kollateralschäden eines großen Plans zur Destabilisierung West-Berlins. Linke haben am 9. November, am Jahrestag der Reichskristallnacht, das Jüdische Gemeindehaus in die Luft gesprengt. Die Bewohner der Wielandstraße werden verhaftet. Er sieht es in allen Einzelheiten.

Das Problem war nur, dass es nicht zu einer Explosion kam. Dabei hat er es sich hundertmal vorgestellt. Wie er zurück nach Moskau beordert wurde. Von Smirnoff einen Orden umgehängt bekam. Vielleicht den *Held der Sowjetunion*. Und wie er in dem Moment, in dem der Leiter des KGB ihn umarmte und küsste, die Zyankalikapsel zerbiss und sie Smirnoff mit der Zunge in den Mund schob. Auch das würde nicht passieren. Poljakov wusste, dass er gescheitert war.

Er saß im Garten des Schlosses Charlottenburg. Weit hinten, wo um diese Jahreszeit kaum Besucher entlangspazierten. In seinem Rücken floss die Spree. Ein kleines Mädchen lief auf den Karpfenteich zu, warf Brotkrumen ins Wasser. Als sich eine Horde Enten auf das Brot stürzte und das Mädchen bedrängte, rannte es weinend zu seiner Mutter zurück.

Er hatte sich auch hundertmal vorgestellt, wie es sein würde, wenn der Plan schiefgehen sollte. So wie jetzt. Er dachte dann stets, dass er wütend sein würde. Auf Petrov und diesen Idioten Ikarus. Auf sich. Aber das Gefühl wollte sich nicht einstellen. Er hielt in Gedanken inne, schaute in sich hinein. Da war kein Zorn, keine Enttäuschung, auch keine Erschöpfung. Nichts außer einer seltsamen Leere.

Im Grunde war es sogar gut so, wie es gekommen war. Wie hätte Irina ihn begrüßt, wenn er für den Tod von so vielen Menschen verantwortlich gewesen wäre? Hätte sie gelächelt? Hätte sie sich gefreut? Oder hätte sie ihn nicht eher weggeschickt, weil er zu einem Massenmörder geworden wäre, nur um sie zu rächen? Weil er diesen lebenden Toten in der Lubjanka ähnlich geworden wäre. Wie nahe sind wir dran, hässlich zu werden, Diener einer Ideologie, die den Menschen retten will und darüber kalt und unbarmherzig wird? War es nicht eine unfassbare Fügung des Schicksals gewesen, die ihn zuerst zu Louise geführt hatte? Da hatte er es noch nicht verstanden. Er hatte an seine Rettung geglaubt und gehofft, dass sie ohne Opfer geschehen könnte. Bis er begriff, dass das unmöglich war. Wir bezahlen für das, was wir tun und wie wir es tun. Und wir bezahlen auch für das, was wir nicht tun, dachte er. Auf einmal sah er Irina dort, wo das Mädchen die Brotkrumen in den Teich geworfen hatte. Sie winkte ihm zu.

Bald, rief er in Gedanken, bald bin ich bei dir. Es gab nur noch eine Sache, die er zu Ende bringen musste.

Vor dem Eingang zum Schloss stahl er ein weiteres Mal ein Fahrrad und fuhr zu der verlassenen Hütte, in die er Louise eingesperrt hatte.

Heller saß noch eine Weile vor der entschärften Bombe. Er überlegte, ob er sie mitsamt Trenchcoat aus dem Gemeindehaus bringen sollte, damit niemand etwas bemerkte. Er hatte den Anschlag verhindert. Aber würden diejenigen, die die Bombe gelegt hatten, es nicht wieder versuchen? An einem anderen Ort? Zu einer anderen Zeit? Würden sie davonkommen, wenn er das Beweismittel aus dem Jüdischen Gemeindehaus mitnahm? Würde er dadurch verhindern, dass die Öffentlichkeit erfuhr, was diese kranken Köpfe sich ausgedacht hatten? Wenn sie überhaupt nachgedacht hatten.

Er entschied sich, die entschärfte Bombe zurück unter den Cola-Automaten zu legen und sie dort zu lassen. Auch auf die Gefahr hin, einen großen Fehler zu begehen. Vielleicht weil alles, was er jetzt tat, ein Fehler war. Spätestens am Montag früh, wenn die Reste der Feier aufgeräumt wurden, würde jemand sie finden. Niemand würde wissen, dass er sie entschärft hatte. Niemand würde ihm auf die Schulter klopfen. Er erinnerte sich, was Hartmann vor einigen Tagen zu ihm gesagt hatte. Als er sich beschwert hatte, dass der Staatsschutz die Lorbeeren kassieren würde. So ist es nun mal, hatte Hartmann gesagt. Und dass die wahren Helden erst nach ihrem Tod bekannt werden. War er ein Held? Ja, ein wenig fühlte er sich so. Aber es war ein Gefühl, dass er mit niemandem teilen durfte. Es musste genügen, dass er es wusste.

Vor dem Gemeindehaus wartete Hartmann auf ihn.

Als Heller ihm sagte, dass er keine Bombe gefunden habe, wollte Hartmann es zuerst nicht glauben. Sie fuhren ins Polizeipräsidium. Manteufel und Förster saßen in Hübners Büro. Ein Stadtplan von West-Berlin lag auf dem Schreibtisch. Einsatzpläne waren darauf ausgebreitet. Der Polizeipräsident glaubte immer noch nicht daran, dass die Linken einen Anschlag verüben würden, der Dutzenden Menschen das Leben kosten könnte. Dennoch waren in der ganzen Stadt Polizisten unterwegs und durchsuchten die relevanten Ziele. Bisher hatten sie keinen Hinweis auf eine Bombe gefunden. Als Heller und Hartmann das Büro betraten und ebenfalls Entwarnung gaben, bekam Heller vom Chef des Staatsschutzes eine Standpauke zu hören. Er habe den Laden kirre gemacht mit seinen Verdächtigungen und Theorien. Er wurde nach Hause geschickt. Man wollte sich in den nächsten Tagen noch beraten, ob Disziplinarmaßnamen gegen ihn eingeleitet werden sollten.

Da man Louise Mackenzie bisher noch nicht gefunden hatte, weder tot noch lebendig, wurde die Suche nach ihr und dem Russen mit dem amerikanischen Namen James Sinclair verstärkt. Neubauer tanzte beim amerikanischen Stadtkommandanten an, um nach Erkenntnissen zu dem Russen zu fragen. Alles, was sie dort hatten, war ein Name. Alexander Poljakov. Heller erfuhr davon, weil er die Füße nicht stillhalten konnte und von zu Hause aus in der Keithstraße anrief.

Paula ging es besser. Professor Bauer hatte ihr am Freitag die Ergebnisse des jüngsten Bluttestes erläutert. *Sie sind noch nicht wieder vollständig geheilt*, sagte er, aber die Chancen stehen gut, dass Sie es bald sein werden. Weil sie die fünfte Runde Tabletten schon eine Weile hinter sich hatte, begann ein schüchterner Flaum auf ihrem

Kopf zu sprießen. Astrid und Jochen hatten Bilder gemalt, auf denen ihre Mutter mit langen Haaren zu sehen war. Jetzt saßen sie zu viert um den Küchentisch und spielten *Mensch Ärgere Dich Nicht*. Heller verlor eine Runde nach der anderen und musste zur Strafe jedes Mal zehn Liegestütze machen. Die Kinder setzten sich dabei auf seinen Rücken, damit die Strafe auch wirklich wehtat. Sie amüsierten sich wie schon lange nicht mehr. Zwischendrin buk Paula Eierpfannkuchen. Dazu gab es Apfelmus und Sahne. Um acht gingen Astrid und Jochen ins Bett. Heller und Paula schauten im Fernsehen den Film *Der Attentäter*. Heller war nicht so recht bei der Sache. Paula bemerkte es. Als sie ihn darauf ansprach, sagte er, dass die Idee, den Polizeidienst zu quittieren, nicht vom Tisch sei. Er wollte noch eine Weile darüber nachdenken und keine übereilten Entscheidungen treffen. Später schliefen sie miteinander. Gegen fünf Uhr morgens stand Heller auf und fuhr in die Keithstraße. Er konnte nicht daheimsitzen und darauf warten, dass jemand Louise finden würde.

Ihre Finger bluteten. Immer wieder hatte sie versucht, mit dem Draht das Schloss zu öffnen, und immer wieder war sie an dem Bolzen im Schließzylinder abgerutscht. Einmal hatte sie es beinahe geschafft, aber da war das Drahtgeflecht abgebrochen und hatte eine tiefe Wunde in ihren rechten Zeigefinger gerissen. Louise hatte geflucht, geweint, gerufen, geschrien. Sie hatte so fest gegen die Tür getreten, dass sie mit dem rechten Fuß kaum auftreten konnte, so weh tat er. Nun saß sie mit dem Rücken an die Tür gelehnt. Sie hatte geschlafen und wusste nicht, wie lange. Eine Stunde? Zwei? Fünf? Die Zeit war ein zäher Fluss. Und der zähe Fluss näherte sich einem Meer, in dem sie verschwinden würde. War es das? Würde Alexander sie hier drinnen sterben lassen? Hatte er sich wie geplant abgesetzt? Oder hatte Heller ihn geschnappt und verhaftet? Vielleicht erschossen? Was auch immer geschehen war, es bedeutete, dass sie hier drin verhungern und verdursten würde. Jetzt spürte sie, dass ihr Mund trocken war. In einer Ecke des Raumes hatte sie in eine Pfütze gegriffen. Aber daraus wollte sie nicht trinken. Nicht, wenn Ratten hier herumliefen. Wie lange konnte sie ohne Wasser und Nahrung aushalten? Irgendwo hatte sie gelesen, dass drei bis vier Tage ohne Wasser möglich sind. Wenn es kalt ist, sogar länger. Und hier war es kalt. Sie schlang die Arme um die angezogenen Beine, um die Körperoberfläche, die der Kälte ausgesetzt war, zu verringern. Wartete. Sie saß eine Stunde, zwei, drei. Hoffnung und Verzweiflung wechselten sich ab. Und jetzt war Verzweiflung an der Reihe. Sie senkte den Kopf und murmelte Worte, die sie lange vergessen hatte. *Der Du Erbarmen übst, erbarme Dich unser und gib in unser Herz Einsicht und Verständnis zu hören, zu lernen, zu vollbringen und zu erfüllen alles Wort der Überlieferung Deiner Liebe.* Dann wurde sie wieder vom Gefühl der Hoffnung erfüllt. Aber es war eine trügerische Hoffnung, wie sie bald merkte. Weil sie die Ratten hören konnte.

Ich werde nicht warten, bis ich so kraftlos bin, dass ich die Viecher nicht mehr verscheuchen kann und die sich über mich hermachen. Nein, das werde ich nicht, dachte sie. *Wenn ich den geflochtenen Draht nehme und mir in die Halsschlagader stoße, werde ich in wenigen Minuten verbluten.* Sie heißt Arteria carotis externa und versorgt das Gehirn mit Blut. *Das werde ich machen. Das ist die beste Lösung, der Ausgang, auf den ich warte.* Sie wartete weiter. Freundete sich mit dem Gedanken an, dass es jetzt vorbei war. Fand Ruhe und Frieden. Sie hob den geflochtenen Draht.

Als sie die Spitze des Drahtes an die Halsschlagader legte, hörte sie ein Geräusch. Ein Schlüssel wurde von außen in das Schlüsselloch gesteckt. Zweimal gedreht. Bist du es, Heller, dachte sie. Die Tür wurde geöffnet. Alexander Poljakov stand in der Tür.

»Komm mit«, sagte er.

Er hielt ihr eine Flasche Wasser hin. Louise trank gierig. Dann half er ihr aufzustehen.

»Wohin gehen wir?«

»Das wirst du gleich sehen.«

»Wirst du mich umbringen?«

»Das kommt darauf an.«

»Auf was kommt es an?«

»Wie dein Freund Heller reagiert.«

Mit hartem Griff zog er sie aus dem Raum.

Eine Putzfrau fand am Montagmorgen gegen 6:30 Uhr die Bombe. Dem Leiter des Staatsschutzes, der nun endgültig den Fall übernommen hatte, erzählte sie, wie es dazu gekommen war. Beim Bodenwischen im ersten Stock hatte sie ein seltsames Ticken gehört. Sie hatte sich umgeschaut, aber nirgends eine Uhr entdeckt. Sie war dem Geräusch gefolgt. Als sie den Trenchcoat unter dem Cola-Automaten sah, dachte sie zuerst, jemand habe den vergessen. Sie nahm den Mantel hoch und stellte fest, dass sich ein Gegenstand in einem der Ärmel befand. Zuerst dachte sie, jemand habe eine Flasche Schnaps ins Gemeindehaus schmuggeln wollen. Dann aber sah sie den Wecker und die Batterie und bekam es mit der Angst. Sie rief den Hausmeister, und der wickelte den Gegenstand aus dem roten Papier aus. Anschließend hatten sie die Polizei angerufen.

Natürlich bekam die Presse sofort Wind von der Sache. Die SFB-Abendschau berichtete umfangreich. Die

BZ titelte am Dienstag *Bombe im Jüdischen Gemeindehaus.* Andere Zeitungen mutmaßten, dass die Linken dahintersteckten. Denn am Sonntagabend war im Republikanischen Club ein Flugblatt verteilt worden. Es trug die Überschrift *Schalom + Napalm* und war mit *Schwarze Ratten TW* unterzeichnet. Darin hieß es: *Am 31. Jahrestag der faschistischen Kristallnacht wurden in Westberlin mehrere jüdische Mahnmale mit »Shalom und Napalm« und »El Fatah« beschmiert. Im Jüdischen Gemeindehaus wurde eine Brandbombe deponiert. Beide Aktionen sind ein entscheidendes Bindeglied internationaler sozialistischer Solidarität. Das bisherige Verharren der Linken in theoretischer Lähmung bei der Bearbeitung des Nahostkonflikts ist Produkt des deutschen Schuldbewusstseins: »Wir haben eben Juden vergast und müssen die Juden vor einem neuen Völkermord bewahren.«*

Dass es nicht zur Detonation gekommen war, wurde offiziell als unfassbares Glück bezeichnet. Ein Draht hatte sich gelöst. Die Bombe wurde in den Grunewald transportiert, doch dort nicht gezündet. Oskar Schubert von der Kriminaltechnischen Untersuchung wollte Spuren sichern, die auf die Herkunft der Materialien und die Herstellung des Sprengsatzes deuteten. Aus ermittlungstechnischen Gründen ließ er stattdessen eine Kopie der Bombe bauen, die dann ein paar Tage später auf dem Sprengplatz zur Explosion gebracht wurde. In seinem Bericht notierte er, dass die Ladung eine Detonationsgeschwindigkeit von 3,5 Kilometern in der Sekunde erreichte. Wäre die Bombe im Gemeindehaus detoniert, hätte sie nicht nur das Haus schwer beschädigt, sondern auch viele Teilnehmer der Gedenkveranstaltung getötet oder schwer verletzt.

Die Abendschau des Senders Freies Berlin sendete Aufnahmen der Sprengung, um dem Publikum zu demonstrieren, wie gefährlich die Bombe gewesen war, die jemand ins Jüdische Gemeindehaus gelegt hatte.

Ein Angler hatte die *Irina* entdeckt. Seitdem durchsuchte eine Hundertschaft der Polizei das Gebiet um den Stößensee. Heller starrte in einem Bootshaus auf einen Lageplan. Der Einsatzleiter erklärte ihm, wo sie schon überall vergeblich gesucht hatten. Es wurde nachts bereits empfindlich kalt. Folglich sanken die Chancen, die gesuchte Person hier noch lebend zu finden, mit jeder Stunde. Heller hörte sehr genau den stummen Wunsch, die Polizisten endlich nach Hause zu schicken, ging jedoch nicht darauf ein. Die Suche würde erst beendet sein, wenn sie Louise Mackenzie gefunden hatten. Er fuhr zurück in die Keithstraße. Manteufel ließ ihn in sein Büro kommen, wo Heller erklären sollte, wieso er die Bombe im Gemeindehaus übersehen hatte. Und warum sich ein Draht vom Wecker gelöst hatte. Heller wusste darauf keine befriedigende Antwort zu geben. Als er von der bisher ergebnislosen Suche nach Louise Mackenzie berichtete, hatte er den Eindruck, dass man sich inzwischen mit dem Gedanken angefreundet hatte, sie nicht mehr zu finden. Weder lebend noch tot.

Später saßen sie bei Hartmann im Büro. Heller, Danner, Mercier. Sie überlegten, was sie noch tun konnten. Hartmanns Telefon stand mitten auf dem Tisch. Sie starrten darauf wie auf eine Reliquie, zu der sie beteten.

»Und wenn er sie auch versenkt hat?«, fragte Mercier nach einer Weile.

Es war eine rhetorische Frage, die schon eine Weile stumm im Raum schwebte. Als Mercier sie jetzt aussprach, nickten alle. Außer Heller.

»Hat er nicht«, sagte er.

»Woher willst du das wissen?«, fragte Danner.

»Keine Ahnung«, antwortete Heller.

»So eine Intuition, weil du mal was mit ihr hattest?«

Den kurzen Impuls, Danner eine reinzuhauen, unterdrückte Heller. Stattdessen reagierte er, wie er das bei Hartmann beobachtet hatte. Er lehnte sich zurück, sah Danner nicht an.

»Wer weiß schon, woher Intuitionen kommen. Ist mir auch egal, solange wir die Frau und den Russen finden.«

Als das Telefon klingelte, zuckten sie alle kurz zusammen. Hartmann nahm den Hörer in die Hand.

»Ja?«

Er winkte Heller herbei, reichte ihm den Telefonhörer.

»Für Sie.«

»Wer ist es?«, fragte Heller.

»Ich glaube, Ihre Frau.«

Hellers Gesichtsausdruck gefror sofort, als er der Stimme am anderen Ende lauschte. Nach einer Weile legte er auf. Die Kollegen waren wieder bei dem Bombenfund. Nur Hartmann hatte etwas von Hellers Erschrecken mitbekommen.

»Alles in Ordnung, zu Hause?«, fragte Hartmann.

Heller nickte. Es war die Art von Bejahung, die niemand glaubte. Es war nicht Paula gewesen, sondern Louise. Hellers Blick verlor sich im Ungewissen. Nach einem Augenblick schaute er seine Kollegen an.

»Ich muss los.«

Bevor Hartmann ihn noch aufhalten konnte, hatte er seine Jacke geschnappt und war aus dem Zimmer gestürmt.

Du sollst auf den Teufelsberg kommen, hatte eine Frauenstimme gesagt. *Du sollst alleine kommen. Wenn er außer dir noch andere Polizisten sieht, wird er mich erschießen.*

Die Kantstraße war wegen eines Wasserrohrbruchs gesperrt. Arbeiter rissen den Asphalt auf. Es war eine Wunde, aus der dunkles, schmutziges Wasser wie Blut quoll. Er musste auf Seitenstraßen ausweichen. Es dauerte eine halbe Stunde, bis er den Teufelsberg erreichte. Lastwagen kamen ihm entgegen, die immer noch den Schutt abluden, der beim Abriss der im Krieg zerstörten Häuser anfiel. Im Hintergrund ragte die Abhörstation in den Himmel, mit der die Amerikaner und Engländer bis weit in den Warschauer Pakt hineinhorchten. Er parkte den Karmann am Fuß des Berges. Von Louise und Poljakov war weit und breit nichts zu sehen. Heller ging auf ein Tor zu. *Du sollst auf den Teufelsberg kommen.* Wieso ausgerechnet hierher, wusste er nicht. Was für einen Vorteil versprach Poljakov sich davon? Würde er ihn liquidieren wollen?

Das Tor war unverschlossen. Heller zog die Pistole aus dem Schulterhalfter. Gebückt stapfte er den schlammigen Weg nach oben. Vergangene Nacht hatte es geregnet. Der Boden war rutschig. Immer wieder verlor er den Halt, musste sich mit den Händen abstützen. Sein Anzug sah bald aus, als habe er sich im Dreck gewälzt. Als er schließlich den Berg erklommen hatte, erblickte er ihn. Zwanzig Meter entfernt. Der Mann, der den Tod von mehr als hundert Menschen geplant hatte. In der rechten Hand hielt er eine Pistole. Heller erkannte die P38. Neben Poljakov stand Louise. Die Haare nass und strähnig, ihre Hose war an den Knien zerrissen, das T-Shirt schmutzig. Ein gerupfter Vogel. Sie hatte Blut im Gesicht. Ob Poljakov sie geschlagen hatte, konnte Heller nicht erkennen.

»Da sind wir also«, sagte Poljakov. »Wie ein Liebespaar, das sich am Ende doch noch kriegt. Wissen Sie, was Oscar Wilde gesagt hat? Zumindest glaube ich, dass es Wilde war. Er hat gesagt: Und am Ende ist alles gut. Falls nicht, ist es nicht das Ende.«

Heller wunderte sich über diesen seltsamen Auftritt. Aber letztlich passte es zu allem, was dieser Wahnsinnige in den letzten Wochen getan hatte.

»Was wollen Sie?«, fragte Heller.

»Ich will mit Ihnen überlegen, wie wir drei so aus dieser Lage herauskommen, dass es nur einen Toten gibt.«

»Das werden wir sehen. Vorher lassen Sie Louise gehen. Sofort.«

»Das mache ich. Aber vorher müssen Sie mir zuhören, weil ich einen Auftrag für Sie habe.«

»Was für einen Auftrag?«

»Sie wissen, warum ich hier bin und wer mich geschickt hat. Sollte ich nach Moskau zurückkehren, können Sie sich vorstellen, was passieren wird. Jetzt, wo der Anschlag vereitelt wurde. Man wird mir einen Freifahrtschein nach Sibirien in die Hand drücken.«

»Das ist Ihr Problem. Wir beide reden erst weiter, wenn Sie Louise losgelassen haben.«

Poljakov lachte.

»Es hat mich schon die ganze Zeit erstaunt, wie Sie es fertigbringen, Ihre aussichtslose Lage zu ignorieren. Jeder andere wüsste, dass es jetzt nicht mehr um Forderungen geht. Aber Sie? Entweder Sie sind zu dumm, oder Sie sind über alle Maßen gerissen.«

Heller war nicht dumm, und er war nicht gerissen. Was ihn antrieb, war eine leise, krächzende Wut, in einer Tonhöhe, die man normalerweise nicht hören kann.

»Lassen Sie sie gehen.«

Heller richtet seine Pistole auf Poljakov.

»Und was wollen Sie jetzt machen? Mich erschießen? Treffen Sie mich auf … wie viel sind das … zehn Meter?«

Er hielt den Lauf der P38 an Louises Schläfe.

»Das müssten Sie nämlich. Und zwar mit dem ersten Schuss. Denn falls ich nach dem ersten Schuss nicht tot bin, erschieße ich das kleine Vögelchen.«

»Mach doch, du Arschloch!«, schrie Louise ihn an.

Sie schlug nach der Pistole, schrie und trat um sich. Für einen Moment wusste Poljakov nicht, was er tun sollte. Er taumelte, wäre beinahe gefallen. Aber er konnte sich wieder fangen und schoss Louise ins rechte Bein. Mit einem Schrei sackte sie auf die Knie. Heulte und jammerte. Heller wollte schon losstürmen, als Poljakov die Pistole auf Louises Genick richtete.

»Noch einen Schritt, und sie ist tot«, schrie er.

Mitten in der Bewegung hielt Heller inne. Hob die Hände, signalisierte, dass er nicht schießen würde. Er sah in Poljakovs Augen, dass eine Bewegung genügte, damit er den Finger am Abzug krümmte.

»Okay, okay, ich hab verstanden. Beruhigen Sie sich«, sagte Heller.

»Ich bin ganz ruhig.«

Poljakov beugte sich zu Louise herunter und schrie ihr ins Gesicht.

»Ich mache es. Ich erschieße dich. Bist du sicher, dass du das willst?«

»Nein«, jammerte Louise.

Sie hielt ihr rechtes Bein, drückte die Hand auf die Wunde, aus der das Blut herausquoll.

»Gut. Jetzt hört ihr beide euch an, was ich zu sagen habe.«

Poljakov schaute zu Heller.

»Geht das? Können Sie das mit Ihrem Selbstbewusstsein oder Zorn oder was auch immer Sie antreibt, vereinbaren? Falls ja, nehmen Sie die Waffe runter.«

Obwohl es ihm äußerst schwerfiel, seine Lage zu akzeptieren, ließ Heller den rechten Arm sinken.

»Wissen Sie, wie das ist, wenn eine Schuld an Ihnen nagt, und alles, was Sie noch denken können, sich nur noch darum dreht? Obwohl Sie wissen, dass es vergeblich ist. Und obwohl Sie wissen, dass es Schulden gibt, die Sie nicht begleichen können. Einfach weil sie zu groß sind. Ihr Deutschen wisst, wovon ich spreche, oder?«

Während er zuhörte, erkannte Heller, dass Poljakov ungefähr einen Meter vor einer Kante stand, hinter der sich ein großes Loch auftat. Sollte es ihm gelingen, ihn Stück für Stück nach hinten zu treiben, könnte Poljakov vielleicht ins Stolpern geraten. Er würde die Pistole von Louises Genick nehmen müssen. Das musste der Moment sein, in dem Heller ihn erschießen könnte.

»Sie waren es, der die Bombe entschärft hat, richtig? Die Zeitungen schreiben, dass ein Draht korrodiert sei. Aber das stimmt nicht. Die Drähte waren alle in Ordnung. Ich habe es überprüft. Und wer würde auch eine Bombe deponieren, die nicht hochgeht.«

»Sie mit Sicherheit nicht«, sagte Heller.

»Richtig. Ich nicht. Jetzt will ich Ihnen sagen, warum Sie hier sind. Und warum dieses kleine Vögelchen hier ist. Sie haben nämlich nicht nur die Menschen im Gemeindehaus gerettet, Sie haben auch mich gerettet.«

Was meinte er damit, dass Heller ihn gerettet habe?

»Ich habe Sie nicht gerettet«, schrie er. »Weil Sie nach all dem hier lebenslang in den Knast gehen.«

Poljakov lachte. Heller setzte den rechten Fuß ein Stück nach vorne. Unwillkürlich und ohne es zu merken, wich Poljakov ein Stück zurück. Genauso, wie Heller es wollte.

»Spione wie ich landen nicht im Knast. Wir werden still und heimlich ausgetauscht. Das ist zwar nicht gerecht, aber was ist schon gerecht? Sind Sie religiös? Glauben Sie an Gott?«

»Nein. Nicht nach dem, was in den letzten Tagen passiert ist.«

»Oh, höre ich da den enttäuschten Idealisten? Was ist denn passiert? Ich wollte ein paar Dutzend Menschen töten, Sie haben es verhindert. Also könnte man sagen, dass Sie Gottes Werkzeug sind, oder etwa nicht? Ist das nicht ein guter Beweis für seine Existenz?«

Heller setzte wieder einen Fuß ein Stück nach vorne. Wieder wich Poljakov zurück, näher an die Kante heran. Die Pistole immer noch auf Louises Genick gerichtet.

»Deswegen glaube ich an Gott. Weil der Glaube mir sagt, dass es mit dem Tod nicht vorbei ist. Oder sagen wir, ich hoffe es. Denn dann kann ich Irina wiedertreffen. Irgendwo da oben. In einem anderen Leben. Verstehen Sie? Ohne Sie, Wolf Heller, würde ich als Massenmörder vor ihr stehen. Und Sie können sich denken, was Irina dann zu mir sagen würde. Sie würde mich ausschimpfen und wegschicken.«

»Sie irren sich, was Ihre Irina angeht. Und wissen Sie, warum? Weil es keine Irina mehr gibt. Das alles ist ein verlogenes Märchen, Poljakov. Es wird uns erzählt, damit wir nicht so sehr leiden, wenn jemand stirbt. Und damit die Albträume, die im Schlaf über Sie herfallen, Sie nicht in den Wahnsinn treiben.«

Wieder trat er einen Schritt vor, und wieder wich Poljakov zurück. Die Pistole war jetzt nicht mehr direkt auf Louises Genick gerichtet.

»Alles, was auf Sie wartet, sind die Würmer, die auch schon Ihre Irina gefressen haben. Also lassen Sie Louise jetzt gehen.«

»Das kann ich nicht. Verstehen Sie das nicht? Sie müssen mich erschießen, damit ich Louise am Leben lassen kann. Sie wissen doch, dass Gott keine Selbstmörder mag.«

Poljakov wollte, dass er ihn erschoss? Was war das denn für ein kranker Plan?

»Da oben ist nichts, Poljakov. Ein leerer Himmel, das ist alles. Vor allem gibt es da kein anderes Leben. Und ich werde Sie ganz bestimmt nicht erschießen. Also ist hier für Sie jetzt Schluss. »

»Möglicherweise. Aber am Ende wissen wir nicht, ob der Himmel leer ist oder nicht. Wir können Louise fragen, was ihr lieber ist. Die Kugel in ihrem oder meinem Kopf.«

»Fuck you«, ächzte Louise.

Sie atmete schwer. Blut sickerte zwischen ihren Fingern hindurch.

»Ich glaube, das war eindeutig. Also ist es besser, Sie jagen mir eine Kugel in den Kopf, als dass ich das Leben dieser schönen Frau beende. Sie sieht jetzt etwas erschöpft und verwildert aus, aber wenn sie gebadet und eine Nacht lang geschlafen hat, wird sie wieder so bezaubernd sein, dass es uns blendet. Also, Heller?«

Unmöglich. Er konnte Poljakov nicht erschießen. Es musste eine andere Möglichkeit geben. Poljakov lachte plötzlich.

»Wissen Sie, woran mich das hier gerade erinnert? In New York habe ich sonntags im Kino amerikanische Krimis angeschaut. In den meisten davon läuft es darauf hinaus, dass der Held am Schluss den Bösen erschießen muss. Er muss das tun, damit die Welt wieder in Ordnung ist. Und weil er selbst dadurch zu einem Mann wird. Wollen Sie zu einem Mann werden? Natürlich wollen Sie das. Aber das geht nur, indem Sie Schuld auf sich laden. Also, wie ist es?«

Was sollte Heller jetzt tun?

»Und verlassen Sie sich nicht darauf, dass ich weit genug rückwärtsgehe, um in das Loch hinter mir zu fallen.«

Poljakov machte einen Schritt auf Louise zu. Spannte den Hahn der P38.

»Warten Sie!«, rief Heller. »Ich hab einen Vorschlag. Sie gehen jetzt den Berg runter. Unten steht mein Wagen. Hier ist der Schlüssel.«

Er nahm den Schlüssel langsam aus der Jackentasche, hielt ihn Poljakov hin.

»Ich werde niemandem sagen, dass ich Sie hier getroffen habe.«

»Sind Sie ein guter Schütze, Heller?«

»Sie steigen ein und fahren nach Tempelhof. Sie haben bestimmt den richtigen Pass dafür. Falls Sie Geld brauchen, ich habe ungefähr fünfzig Mark dabei. Ich weiß, das ist nicht viel, aber es ist mehr, als hier im Dreck zu liegen und darauf zu hoffen, dass Irina auf Sie wartet.«

Aus dem Augenwinkel sah er, wie Louise das verwundete Bein anwinkelte. Sie schien Poljakov mit einem Tritt aus dem Gleichgewicht bringen zu wollen. *Tu es nicht*, dachte er. Er schüttelte den Kopf, in der Hoffnung, dass Louise das als Nachricht verstand.

Poljakov lachte erneut. »Wenn Sie so weitermachen, überlege ich mir doch noch, ob ich Louise nicht mitnehme.«

Die Hand, mit der er die Waffe hielt, zitterte.

»Какой дерьмовый день«, sagte er.

Was nun geschah, ging so schnell, dass die Reaktionen nur noch aus Reflexen und noch tieferliegenden Intuitionen bestanden. Poljakov schaute zu Louise hin. Heller warf Poljakov den Schlüssel zu. Louise trat gegen Poljakovs linkes Bein. Weil er mit diesem Angriff nicht rechnete, verzog er für einen Sekundenbruchteil den Lauf der Waffe. Er schoss. Verfehlte Heller. Zugleich wurde er in der Schulter getroffen. Er taumelte nach hinten. Eine zweite Kugel traf ihn in die Brust. Sie stieß ihn nach hinten. Mit den Armen rudernd versuchte Poljakov, Halt zu finden. Vergebens. Er stürzte rückwärts in den Abgrund und landete in einem Geflecht aus emporrankenden Eisenstangen. Heller trat an die Kante hin und sah, wie Poljakov starb.

Ein seltsames Gefühl der Leere erfasste Heller. Er half der wimmernden Louise auf die Beine und stützte sie den Teufelsberg hinunter zu seinem Wagen. Als er sie im Universitätsklinikum Charlottenburg ablieferte und eine Krankenschwester ihr in die Notaufnahme half, winkte sie ihm zu.

Zu dritt versuchten sie, Petra zu trösten. Sie saßen in der Küche und hielten abwechselnd ihre Hand. Paula, Astrid und Jochen. Bakunin war verschwunden. Petra hatte überall nach ihm gesucht. Als sie nicht mehr weiterwusste, war sie in die Sebastianstraße gefahren. Sie hatte keine Ahnung, wo sie sonst hingehen sollte. Als die Wohnungstür geöffnet wurde, sprangen die Kinder auf und liefen in den Flur. Paula und Petra lauschten.

»Petra ist wieder da«, rief Jochen jemandem entgegen.

Es musste Heller sein. Sie hörten, wie er die schmutzigen Schuhe auszog, den Hut an die Garderobe hängte, die Jacke auf den Haken.

»Aber sie ist ganz traurig, weil ihr Freund weg ist«, sagte Astrid. »Du musst ihn suchen. Sonst weint sie immer weiter.«

»Klar, mach ich.

Paula kam in den Flur. Umarmte Heller und küsste ihn ungestüm.

»Wo bist du gewesen?«, fragte sie. »Du bist ganz schmutzig. Hartmann hat angerufen. Er hat dich gesucht. Ich hab ihm gesagt, dass ich nicht weiß, wo du bist.«

»Ich erzähl's dir später.«

»Was erzählst du ihr später?«

Paula spürte den Ruck, der in dem Augenblick, als er Petra sah, durch Heller hindurchging.

»Hallo Schwester.«

»Wo ist er?«, fragte sie wütend.

»Wen meinst du?«

»Bakunin, wen denn sonst!«

Im engen Ton ihrer Stimme war auch ihre Angst zu hören. Er sah die geröteten Augen, das verquollene Gesicht. Heller schwieg. Was sollte er antworten? Das letzte Mal hatte er ihn gesehen, als er das Gemeindehaus verlassen hatte. Zusammen mit dem Russen. Vielleicht war er tot. Vielleicht hatte der Russe ihn umgebracht, weil er ihn nun nicht mehr brauchte.

»Ihr habt ihn geschnappt, stimmt's?«

Heller löste sich aus Paulas Umarmung. Sein Kopfschütteln war kaum bemerkbar. Mit müden Schritten schleppte er sich in die Küche. Im Kühlschrank fand er ein letztes Bier. Im Radio lief *Born To Be Wild* wie ein gehässiger Kommentar. Der Verschluss schnalzte, es roch nach Hopfen.

»Heller, ich rede mit dir! Habt ihr ihn … Ist er noch am Leben?«

»Wir haben ihn nicht geschnappt. Aber er wird gesucht. Wenn du weißt, wo er sich versteckt hält, solltest du es mir sagen.«

Heller nahm Astrid und Jochen auf den Schoß.

»Sonst?«

»Sonst machst du dich der Beihilfe zu einer Straftat schuldig.«

Paula spürte, dass es zu einer Auseinandersetzung kommen würde und wandte sich an die Kinder.

»Habt ihr die Hausaufgaben gemacht?«

»Fast fertig«, rief Astrid.

»Fast? Dann los«, sagte Heller

Maulend verließen die beiden die Küche. Paula setzte sich Heller gegenüber. Noch nie zuvor hatte sie ihn so müde gesehen. Sein Blick ruhte auf der Flasche in seiner rechten Hand. Etwas war geschehen, das ihn verwandelt hatte. Er wirkte, als sei er um so viele Jahre gealtert, dass selbst ein langer Schlaf sie nicht zurückbringen konnten.

»Was für eine Straftat?«, fragte Petra. »Meinst du die Bombe?«

Heller trank die Flasche in einem Zug leer.

»Das war keine Bombe«, schrie Petra. »Keine richtige. In den Nachrichten haben sie gesagt, dass die gar nicht explodieren konnte.«

Petra trat neben Heller, starrte ihn wütend an. Sie wollte eine Antwort haben. Eine, die sie beruhigen würde, die ihr sagte, dass Bakunin Berlin verlassen hatte und ihr eine Nachricht zukommen lassen würde.

»Ihr habt ihn verhaftet, obwohl er nichts gemacht hat.«

»Wie oft soll ich es dir noch sagen? Wir haben ihn nicht verhaftet. Jedenfalls ich nicht. Aber sollte ich ihn treffen, werde ich es tun. Dann hoffe ich, dass er für den Rest seines Lebens hinter Gittern verschwindet.«

Das sagte ihr Bruder. Von dem sie dachte, dass er irgendwie doch verstehen würde, was Bakunin antrieb. Von dem sie dachte, dass er anders als der Alte war. Mit einem Mal fühlte sie sich so alleine, wie zuletzt als kleines Kind, wenn ihre Mutter im Krankenhaus war und sie warten musste und nicht wusste, ob sie gesund nach Hause kommen würde. Vielleicht sollte sie wieder zurückgehen. Vielleicht war diese Stadt nicht für sie und sie nicht für diese Stadt gemacht. All diese Aufregung, die Drehungen und Wendungen, der Druck, in dem so vieles geschah. Sie hatte das Gefühl, Berlin würde sie auffressen, verdauen und wieder ausspucken. Es war, als habe sie die Kraft, die sie jahrelang zu Hause gesammelt hatte, in den wenigen Monaten, die sie hier war, verbraucht und als könne sie in den durchtanzten, durchtrunkenen, durchvögelten und durchrauchten Nächten keine neue tanken. Ohne Bakunin war da niemand, der ihr den Halt gab, den sie brauchte. Und ihr Bruder war ihr mit einem Mal so fern, als würde er aus einer anderen Zeit stammen.

»Du bist auch nur ein Scheißbulle«, sagte sie. Drehte sich um und verließ die Wohnung. Die Tür fiel hart ins Schloss.

Ein Scheißbulle. Ein sarkastisches Stöhnen verließ seinen Mund. Vielleicht lag Petra da noch nicht mal so falsch. Er hatte einen Mann umgebracht. Die Untersuchung würde ergeben, dass er keine andere Chance gehabt hatte. Es war zur Gefahrenabwehr nötig gewesen. Aber er hatte ihm in die Brust geschossen. Nicht ins Bein, um ihn zu stoppen. Er hatte auf das Herz gezielt, weil er ihn töten wollte. Im Moment, als es passierte, war es ihm nicht bewusst gewesen, aber er wollte nicht, dass der Russe ins Gefängnis kam. Und er wollte nicht, dass sie ihn gegen einen westdeutschen Spion austauschten. Das wäre nicht die angemessene Strafe gewesen für das, was im Gemeindehaus beinahe geschehen war. Die angemessene Strafe war zu verhindern, dass er irgendwann zurückkommen konnte. Er hatte sich auf dem Teufelsberg nicht nur leer gefühlt, sondern auch befreit, wurde ihm jetzt klar. Er dachte an die siebzehn Minuten, die ihn seit dem Tag, an dem Rebecca Hirsch gestorben war, verfolgten. War es damit vorbei? Hatte er seine Schulden bezahlt, oder hatte er nur eine neue Schuld auf sich geladen? Ja, er war ein Scheißbulle.

»Ich weiß nicht, was du gerade denkst«, sagte Paula, »aber es ist falsch.«

Er brauchte eine Weile, bis er ihr erzählen konnte, was passiert war. Paula hörte zu, hakte manchmal nach, wollte wissen, was er in diesem oder einem anderen Moment gesagt oder gedacht hatte. Wenn er abbrach, fuhr sie zärtlich über seine Hand. Sie fühlte sich rau und hart an. Es wunderte sie, wie viele Gedanken er sich machte. In den Filmen, die sie im Fernsehen und im Kino sahen, kamen die Helden meist damit klar, wenn sie jemanden erschossen. Als sie Heller zuhörte, verstand sie, dass es in Wirklichkeit anders war. Ein Einschnitt im Leben. So wie der Krebs ihr Leben verändert hatte. Und noch wichtiger, sie erkannte, dass es etwas gab, von dem sie nichts geahnt hatte. Etwas, das stärker war als sie. Aber nicht stark genug, um sie zu besiegen. Als Heller geendet hatte, kniete sie sich neben ihm hin.

»Wir müssen kämpfen«, sagte sie. »Wer wir sind und was wir tun, ist nicht selbstverständlich. Ich weiß nicht, wie es für dich ist, aber eigentlich bin ich mir selbst ein Rätsel. Alles, was ich tun kann, ist, dieses Rätsel zu lösen. Genau das musst du auch tun. Weil das die einzige Möglichkeit ist, irgendwann zu verstehen, wer wir sind. Ich kann mir kein Urteil erlauben über das, was geschehen ist. Ich war nicht dabei, und ich bin nicht wie du. Aber ich weiß, dass du ein guter Mann bist.«

Noch nie zuvor hatte sie so mit ihm geredet. Er schämte sich, weil er nicht mitbekommen hatte, seit wann sie solche Gedanken in sich trug. Und obwohl sie neben ihm kniete wie eine Dienerin, war eigentlich er der Diener.

Sie aßen zusammen mit den Kindern zu Abend und spielten noch eine Runde Mau-Mau. Anschließend schickte Paula Astrid und Jochen ins Bett.

Als die Kinder schliefen, fuhren sie zu Ryan in den *Kings-Club*. Paula hatte den Kindern die Telefonnummer aufgeschrieben. *Wir sind bald wieder da,* stand auf einem Zettel. Ryan scheuchte die letzten Gäste aus dem Lokal, bis sie nur noch zu dritt waren. Heller setzte sich ans Klavier und begann, das Lied zu spielen, von dem er seit Wochen nur ein paar Zeilen wusste. Jetzt jedoch flossen die Wörter, als habe sich eine Tür in ihm geöffnet. Paula und Ryan lauschten.

Sie ist ein stürmisch tiefes, weites, blaues Meer,
am Himmel eine Wolke hell und schwer.
Am Tag stolz ein Berg, und nachts ein Wald,
Ich hatte mir ein Bild von ihr gemalt.
Von Farben, Licht und Schatten ganz erfüllt
Und doch war es nur ein blasses Bild
Zu klein, um sie zu fassen und zu seh'n
Ihr großes Herz voll Liebe zu versteh'n.

Paula heulte schon nach der zweiten Zeile, Ryan fand das Lied sentimental, und Heller wollte noch daran feilen. Sie tranken Whiskey und amüsierten sich, weil Ryan alte Geschichten aus seiner Zeit bei der Army auspackte. Auch die eine Story, die zu seinem Rauswurf geführt hatte. Er war ein guter Erzähler, stilisierte sich nicht zum Helden und konnte über sich selbst lachen. Sie sprachen über die Beatles, deren Auflösung sich ankündigte, über die Sekte von Charles Manson und den Mord an der schwangeren Sharon Tate, über Woodstock und Willy Brandt. Dann sagte Paula, dass sie am Morgen wieder im Krankenhaus gewesen sei.

»Warum hast du nichts gesagt? Ich hätte dich gefahren.«

Sie presste die Lippen aufeinander, bis alle Farbe daraus entwichen war. »Ich werde sterben«, sagte sie.

Sie saßen schweigend beieinander. Tranken Bier und hörten das Weiße Album und *Abbey Road*. Als Paul McCartney davon sang, dass am Ende die Liebe, die man empfängt, der Liebe entspricht, die man schenkt, weinten sie alle drei. Bis Paula darauf drängte, nach Hause zu fahren, um die Kinder zu wecken und für die Schule fertig zu machen.

Dank

Ein großer Dank geht an Barbara Laugwitz, die als gebürtige Berlinerin viele persönliche Erinnerungen mit dem Teufelsberg verbindet und uns dazu ermutigte, diesen Titel zu wählen und aus dem Buch ein Hardcover zu machen.

Katrin Fieber, Programmleitung Ullstein Hardcover und Dompteurin des schreibenden Kollektivs hat uns jedes Mal, wenn Not am Mann war, an ihrem unschätzbaren Wissen über Figuren, Dramaturgie, Spannung und Erwartungen der LeserInnen teilhaben lassen und war uns eine großartige Lotsin. Glücklich, wer Katrin an der Seite hat.

Ebenso sind wir natürlich froh über das Ullstein-Team, das uns nicht nur bei Vertrieb, Veranstaltungs-Management und Pressearbeit, sondern auch in allen anderen Belangen rund um das Buch mit großem Engagement zur Seite steht.

Ferner danken wir der Kabarettistin und Sängerin Gerlinde Kempendorff, die wir bei einer Lesung kennengelernt haben. Seitdem begleitet sie uns mit ihrer starken Stimme bei Lesungen auch gesanglich und ist Lutz Wilhelm Kellerhoff eine gute Freundin geworden.

Ebenso wie die Schauspielerin Leslie Malton, die schon bei der Premiere von »Die Tote im Wannsee« die Figuren in phänomenaler Weise lebendig werden ließ. Bedanken möchten wir uns ebenfalls bei ihrem Gatten Felix von Manteuffel, der uns die Kunst des richtigen Sprechens lehrte.

Der ehemalige Staatsschützer Bernd Bories weihte uns in die Geheimnisse dieser Abteilung der Kriminalpolizei ein und erklärte uns bis ins Detail, mit welchen Mitteln die politisch motivierte Kriminalität in der 1969 gerade einmal zwei Jahrzehnte jungen Demokratie bekämpft wurde.

Wolfgang Schinz, langjähriger Mordermittler in der Keithstraße und anschließend Landeskriminalpolizeidirektor, achtete wie bereits beim ersten Band darauf, dass die Leser die Arbeit der Kripo praxisnah und realistisch erleben können.

Andreas Nachama, Historiker, Rabbiner und lange Jahre Direktor der Stiftung Topographie des Terrors, nahm sich die Zeit, das Manuskript gründlich zu lesen. Das war uns sehr wichtig, denn schließlich geht es um den Anschlag auf das Jüdische Gemeindehaus in Berlin, der zum Glück keine Menschenleben forderte.

Astrid Roth gehört ein großes Dankeschön für ihre gründliche Lektüre des Textes, ihre sensiblen Vorschläge zur Verbesserung und ihre eiserne Geduld, wenn es darum geht, die Befindlichkeiten von drei Autoren unter einen Hut zu bringen.

Zuletzt unsere Agentin Elisabeth Ruge hat uns nicht nur den Weg zu Ullstein und anschließend auch zu Michael Lehmann und Günther Russ von Real Film geebnet, sondern weiß auch in nahezu jeder Situation Rat und Ausweg. Elisabeth, du bist unserer Heldin!

Sie finden uns auf:
https://www.instagram.com/lutz_wilhelm_kellerhoff/
https://www.facebook.com/LutzWilhelmKellerhoff/

Glossar

Abtreibung: Schwangerschaftsabbruch. In Deutschland 1969 verboten und bei Zuwiderhandlung mit hohen Strafen belegt. Frauen wichen bei Bedarf entweder in die Niederlande aus, wo ein liberales Abtreibungsrecht galt, oder mussten die Dienste einer »Engelmacherin« in Anspruch nehmen, was lebensgefährlich sein konnte.

***Agit 883*:** Linksradikale Szenezeitschrift in →West-Berlin, erschien von 1969 bis 1972. Wurde meistens geduldet, obwohl nahezu jede Ausgabe Aufrufe zu Gewalt und strafrechtlich relevante Beleidigungen enthielt. Alle Ausgaben zum Nachlesen unter https://plakat.nadir.org/883/.

Amerika-Gedenkbibliothek (AGB): größte öffentliche Bibliothek in →West-Berlin, errichtet in Kreuzberg mit Mitteln aus dem Marshallplan – ein Geschenk der USA an die West-Berliner zum Dank für ihr Durchhalten während der Luftbrücke; alle Buchbestände waren 1968 frei zugänglich aufgestellt.

Amtsgericht: Eingangsinstanz der deutschen Justiz. In →West-Berlin gab es 1969 insgesamt 13 Amtsgerichte, die gleichermaßen für Zivil- wie für Strafsachen zuständig waren. Dienstvorgesetzter der Mitarbeiter eines Amtsgerichtes war der Amtsgerichtspräsident, stets ein erfahrener Richter, der jedoch wegen der richterlichen Unabhängigkeit keine inhaltliche Weisungsbefugnis gegenüber anderen Richtern seines Amtsgerichtes hatte.

Anschlag auf das Jüdische Gemeindehaus Berlin am 10. November 1969: Um 6:40 Uhr morgens fand eine Putzfrau im →Jüdischen Gemeindehaus in der Fasanenstraße in Berlin-Charlottenburg einen selbst gebauten Sprengsatz. Er war in einem Mantel versteckt und in Packpapier gewickelt; darin befanden sich ein Wecker, der noch tickte, eine Daimon-Blockbatterie, ein selbst gelöteter Zünder sowie etwa anderthalb bis zwei Kilogramm einer knetbaren Masse in Silberpapier und rotem Ölpapier. Deponiert hatte die Bombe ein Mitglied der →Tupamaros Westberlin, Albert Fichter. Er behauptete, die Bombe habe nicht zünden sollen. Die →KTU war anderer Ansicht und kam zum Ergebnis, dass die Bombe mehr als hundert Menschen hätte töten und das Gebäude weitgehend zerstören können.

Apollo 11: Missionsname der ersten Mondlandung. Start am 16. Juli 1969, Landung auf dem Mond am 20. Juli um 21:17 Uhr deutscher Zeit, erster Schritt auf dem Mond am 21. Juli um 3:56 Uhr deutscher Zeit. Dabei sagte Kommandant Neil Armstrong: »That's one small step for man, one giant leap for mankind!« Rückkehr zur Erde am 24. Juli 1969.

Bahnhof Zoo: größte Haltestelle der Berliner Stadtbahn, gelegen gegenüber dem Zoologischen Garten in Charlottenburg; hatte für →West-Berlin die Funktion eines Hauptbahnhofes. Da der oberirdische Teil des Bahnhofes von der DDR-Reichsbahn verwaltet wurde und damit faktisch DDR-Territorium war, hatte die West-Berliner Polizei hier kein Zugriffsrecht. Daher entwickelte sich der Bahnhof zu einem rechtsfreien Raum für eine kriminelle Szene von Dealern und Prostituierten. Berüchtigt war vor allem der »Babystrich« in der Jebensstraße; hier boten Kinder beiderlei Geschlechts ihre Körper gegen Geld an.

Ball Paradox: Bezeichnung für eine Veranstaltungsreihe, erfunden im Hamburger *Café Keese* und ebenfalls regelmäßig in dessen gleichnamiger →West-Berliner Filiale. Dabei forderten meist alleinstehende Damen jüngere Herren zum Tanz auf.

Baumann, Michael »Bommi«: geb. 1947 in Ost-Berlin, gelernter Betonbauer. Gehörte zum Umfeld der →Kommune 1. Ab 1967 Radikalisierung, verübte mehrere Anschläge. Mitbegründer der →Haschrebellen. Ab 1969 Mitglied der →Tupamaros Westberlin, ab 1972 der Bewegung 2. Juni. Wiederholt in Haft. 1974 distanzierte er sich vom Terrorismus, blieb aber linksradikal. Gest. 2016.

Berlin Operation Base (BOB): größte Station der →CIA in Westeuropa, verteilt auf verschiedene Immobilien vor allem im West-Berliner Ortsteil Dahlem. Allgemein bekannt war nur der Standort im US Army Headquarter an der Clayallee, weitere Dienststellen befanden sich zum Beispiel in der Föhrenstraße, der Podbielskiallee und der Sven-Hedin-Straße.

Café Keese: West-Berliner Filiale des gleichnamigen Hamburger Tanzlokals, das Bernhard Keese 1948 auf der Reeperbahn gegründet hatte. Eröffnet im August 1966 in einem Neubau an der Bismarckstraße im Bezirk Charlottenburg, war das *Café Keese* als »sündiger Ort« diesseits des Rotlichtmilieus bekannt. Hauptattraktion war der →Ball Paradox.

Café Kranzler: Berliner Traditionskonditorei, gegründet 1825 an der Ecke Friedrichstraße/Unter den Linden. Seit 1932 auch am Kurfürstendamm/Ecke Joachimstaler Straße vertreten; nachdem das Haupthaus im Krieg zerstört und die Stadt geteilt worden war, nur noch dort. Neben dem →*Café Möhring* ein Lieblingsziel für West-Berliner und Touristen.

Café Möhring: Berliner Traditionskonditorei, gegründet 1898. Bekannt vor allem für Torten und Baumkuchen. Neben dem →*Café Kranzler*, das erst 1932 an den Kurfürstendamm zog, ein Lieblingsziel für West-Berliner und Touristen.

CIA (Central Intelligence Agency): wichtigster, aber nicht einziger Auslandsnachrichtendienst der USA; 1947 gegründet. Das Aufgabenspektrum der CIA umfasste sowohl die Beschaffung von Informationen mittels menschlicher Quellen (sog. HUMINT) und ihre Auswertung als auch auf dieser Grundlage verdeckte, meistens illegale Einsätze in anderen Ländern (sog. OPS). Die CIA arbeitet eng mit der National Security Agency (NSA) zusammen, die unter anderem für die Beschaffung von Informationen aus der Kommunikation des Gegners (sog. SIGINT) zuständig ist.

DDR (Deutsche Demokratische Republik): sozialistischer Staat auf dem Gebiet der heutigen ostdeutschen Bundesländer, gegründet 1949. Die Herrschaft der SED als Staatspartei der DDR gründete stets allein auf der Gewaltandrohung der sowjetischen Streitkräfte, wie am 17. Juni 1953. Als dieser Schutz des SED-Regimes 1989 wegbrach, verschwand die DDR innerhalb von nicht einmal einem Jahr.

Europa-Center: Einkaufszentrum mit Hotel und Bürohochhaus im West-Berliner Bezirk Charlottenburg zwischen Tauentzienstraße und Budapester Straße. 1965 eröffnet, war es das erste Urban Entertainment Center in Deutschland. Besonderer Anziehungspunkt war die Kunsteisbahn in einem der offenen Innenhöfe. Errichtet in Anlehnung an das Rockefeller Center in New York.

FU (Freie Universität Berlin): Volluniversität in →West-Berlin, gegründet 1948 als Gegenentwurf zur Humboldt-Universität in Ost-Berlin. Die FU wurde in Gebäuden des ehemaligen Kaiser-Wilhelm-Instituts in Dahlem eingerichtet. Großzügig aus den USA unterstützt, trug ihr Hauptgebäude mit der Universitätsbibliothek den Namen Henry-Ford-Bau, ihr Lehrkrankenhaus war das Benjamin-Franklin-Klinikum.

Gefillte Fisch: typisches Gericht ursprünglich europäischer Juden, kalte Fischfarce meist in Form von Klößchen als Vorspeise.

Gras/Hasch/Marihuana: umgangssprachliche Namen für Cannabis, ein Rauschmittel, das aus Harz und Blättern der Hanfpflanze gewonnen wird. Seit 1929 in Deutschland verboten, dennoch seit den 1960er-Jahren das meistkonsumierte illegale Halluzinogen noch vor →LSD.

Haschrebellen: Selbstbezeichnung einer lockeren Gruppe linksradikaler Aktivisten in →West-Berlin 1968/69, auch »Zentralrat der umherschweifenden Haschrebellen«. Ausgangspunkt war die →Wielandkommune. Zu den bekanntesten Mitgliedern gehörten Dieter Kunzelmann, Thomas Weisbecker und Georg von Rauch. Aus dem Kreis der Haschrebellen entstand 1969 die Terrorgruppe →Tupamaros Westberlin.

Hauptkommissar (Kriminalhauptkommissar, KHK): Besoldungsgruppe A12; Einkommen 1969 je nach Dienstalter zwischen 1053 und 1703 DM.

Holocaust/Verfolgung/Shoah: 1969 gab es noch keine festgefügte Bezeichnung für den nationalsozialistischen Massenmord an sechs Millionen europäischen Juden. Der Begriff »Holocaust« wurde im Englischen bereits vielfach verwendet und auch in der westdeutschen Presse, deutsche Juden sprachen aber eher allgemein von der »Verfolgung«. Erst in den spaten 1970er-Jahren setzte sich »Holocaust« auch im Deutschen durch. In Israel war der hebräische Begriff »Shoah« schon seit 1948 gebräuchlich, in Europa und den USA erst seit Anfang der 1980er-Jahre.

Hübner, Klaus: geb. 1924 in Berlin. Frontsoldat, ab 1949 Polizist in →West-Berlin. Karriere als Polizeigewerkschafter in Düsseldorf. Mitglied der SPD seit 1965; 1966–1969 Abgeordneter des Deutschen Bundestages. Seit 1969 Polizeipräsident von West-Berlin bis zur Pensionierung 1987.

Joint: selbstgedrehte Zigarette mit mehr oder weniger Haschisch versetzt. Im englischen Sprachraum in diesem Sinne erstmals 1938 nachgewiesen, in Deutschland ab 1965.

Judenknax: Wortschöpfung von →Dieter Kunzelmann, erstmals gedruckt im November 1969 in →*Agit 883*, aber bereits vorher bekannt in der linken Szene. Die vollständige Formulierung lautet: »Palästina ist für die BRD und Europa das, was Vietnam für Amerika ist. Die Linken haben das noch nicht begriffen. Warum? Der Judenknax.« Wegen des →Holocaust und seiner sechs Millionen Opfer, so Kunzelmann weiter, würden die deutschen Linken nicht erkennen, dass der »Zionismus« selbst eine »faschistische Ideologie« sei. Linke Judenfeindschaft war aber keine Erfindung von Kunzelmann, man begegnete ihr schon bei Karl Marx, der selbst aus einer jüdischen Familie stammte, zum Beispiel in seiner Schrift »Zur Judenfrage« (1843). Auch andere führende Köpfe der linksradikalen Bewegung wie der Rechtsanwalt Horst Mahler und Ulrike Meinhof waren Antisemiten.

Jüdische Gemeinde Berlin: Formal gegründet 1671 war die Jüdische Gemeinde Berlin bis zum →Holocaust die größte regionale jüdische Einrichtung in Deutschland. Nach 1945 lebten nur noch 8000 von einst mehr als 160.000 Juden in Berlin. Seit 1949 leitete der Auschwitz-Überlebende Heinz Galinski die Jüdische Gemeinde Berlin, seit 1953 nur noch in →West-Berlin.

Jüdisches Gemeindehaus Berlin: 1959 in der Fasanenstraße im West-Berliner Bezirk Charlottenburg eröffnet. Bis 1938 stand hier eine der größten und prächtigsten Synagogen Deutschlands, deren Eröffnung sogar Kaiser Wilhelm II. würdigte. Sie wurde 1938 beim Novemberpogrom in Brand gesteckt und verwüstet, im Zweiten Weltkrieg durch Bomben weiter beschädigt und 1957/58 abgerissen. Nach dem →Holocaust gab es nur noch wenige Tausend Juden in Berlin; der Neubau für die West-Berliner →Jüdische Gemeinde war deshalb wesentlich kleiner. Von der alten Synagoge ist nur ein kleiner Teil des Eingangsportals erhalten.

Karmann Ghia: Coupé und Cabrio auf technischer Basis des VW Käfers, hergestellt seit 1955 beim Kleinserien-Spezialisten Karmann in Osnabrück.

Keithstraße: Dienstgebäude des →Referats M der Polizei in West-Berlin. Ein großer Gründerzeitbau mit sieben Flügeln.

KGB: Das Komitee für Staatssicherheit war gleichzeitig die Geheimpolizei der Sowjetunion und ihr Auslandsgeheimdienst. 1954 hervorgegangen aus dem Ministerium für Staatssicherheit (MGB), geht seine Tradition zurück auf die Tscheka, zusammen mit der Roten Armee das wesentliche Machtinstrument der bolschewistischen Revolution ab 1917.

Kinderladen: Selbstbezeichnung für Kindergärten in Eigenverwaltung, oft entstanden aus Eltern- bzw. Mütter-Initiativen. Die Kinderladenbewegung der späten 1960er- und 1970er-Jahre war stark politisiert. Der Name stammt von der Idee, leerstehende Ladengeschäfte zu nutzen. Kinderläden traten in Konkurrenz zu staatlich oder kirchlich betriebenen Kindergärten.

Kommune 1: antibürgerliches Wohnprojekt, seit September 1968 in der Stephanstraße in Moabit. Zunehmend von Drogen dominiert. Im November 1969 überfielen Rocker die Kommune 1 und beendeten ihre Existenz.

KTU (Kriminaltechnische Untersuchung): Die Mitarbeiter analysierten am Tatort gesicherte Spuren. Die Ergebnisse wurden in Form von Untersuchungsberichten oder Gutachten den ermittelnden Polizeidienststellen, den Staatsanwaltschaften und Gerichten zur Verfügung gestellt. DNA-Analysen konnte die KTU 1969 noch nicht durchführen.

Kunzelmann, Dieter »Kunzel«: geb. 1939 in Bamberg, seit Mitte der 1960er-Jahre stadtbekannter Aktivist in →West-Berlin. 1967–1969 zentrales Mitglied der →Kommune 1. Gleichzeitig Radikalisierung. Im Oktober 1969 Ausbildung in einem palästinensischen Terrorcamp in Jordanien. Nach der Rückkehr nach West-Berlin verübte er zahlreiche Brand- und Sprengstoffattentate, auch plante er den →Anschlag auf das Jüdische Gemeindehaus Berlin. Überzeugter Antisemit. 1970–1975 in Haft, 1983–1985 Abgeordneter der Alternativen Liste im Abgeordnetenhaus von West-Berlin im →Schöneberger Rathaus. 1996 inszenierter Suizid, um einem erneuten Haftantritt zu entgehen. Gest. 2018.

Landesamt für Verfassungsschutz: regional organisierter Inlandsnachrichtendienst, der den demokratischen Staat und seine Ordnung gegen Verfassungsfeinde verteidigt. In →West-Berlin mit besonderen Befugnissen im Auftrag der alliierten Schutzmächte ausgestattet, zum Beispiel der Spionageabwehr. Im Gegensatz zum →Staatsschutz, der polizeiliche Methoden anwendet, setzte das Landesamt für Verfassungsschutz auf nachrichtendienstliche Methoden wie V-Leute. Verfassungsschützer hatten keine Exekutivrechte wie Polizisten.

LSD: Abkürzung für Lysergsäurediethylamid. Hochwirksames Halluzinogen, entdeckt 1943. Zunächst noch als Psychopharmakon im Einsatz, wurde LSD 1966 in den USA verboten und 1967 in der Bundesrepublik als Betäubungsmittel eingestuft. Den illegalen Konsum bremste das Verbot aber nur wenig. Deutlich stärker als →Gras/Hasch/Marihuana.

Lubjanka: Bürogebäude in der Moskauer Innenstadt, einen Kilometer vom Roten Platz entfernt und Hauptsitz des →KGB.

M I (Mordinspektion): Teil des →Referats M der West-Berliner Polizei. Dienstsitz →Keithstraße. Die Mordinspektion hatte vier Kommissariate für Mord, Totschlag und erpresserischen Menschenraub. Ein fünftes Kommissariat kümmerte sich um Brände, Explosionen und Sprengstoffdelikte, das sechste Kommissariat war die Vermisstenstelle.

M II: Teil des →Referats M der West-Berliner Polizei, zuständig für Unzucht mit und an Kindern, mit weiblichen Minderjährigen sowie für Blutschande (Inzestverbrechen), für Verstöße gegen den Paragrafen 175 des Strafgesetzbuches, Homosexualität, und Erpressung auf sexueller Grundlage, für den Kampf gegen Kuppelei, Zuhälterei und Mädchenhandel sowie für Notzucht und Exhibitionismus.

M III: die weibliche Kriminalpolizei, Teil des →Referats M der West-Berliner Polizei. Zuständig für Delikte an Kindern sowie →Abtreibung.

Machsor: meist prunkvoll ausgestattetes Gebetbuch einer jüdischen Gemeinde, oft zum Schutz in einen maßgefertigten Kasten gebettet.

Mikwe: rituelles Tauchbad in einer jüdischen Gemeinde, dient der symbolischen Reinigung. In orthodoxen Gemeinden bedeutender als in liberalen Synagogen. Für die Mikwe der →Synagoge Joachimstaler Straße wird Grundwasser aus vierzig Metern Tiefe gepumpt.

Mirácoli: erstes in Deutschland eingeführtes Halbfertiggericht. Seit 1961 in der Bundesrepublik und →West-Berlin im Handel, entwickelte sich die Kombination aus Spaghetti, Tomatensoße und geriebenem Hartkäse zum Verkaufsschlager.

Neubauer, Kurt »Kutte«: geb. 1922 in Berlin. Nach Wehrdienst und Kriegsgefangenschaft Eintritt in die SPD. Enger Vertrauter von Willy Brandt. 1952–1963 entsandtes Mitglied des Bundestages ohne Stimmrecht. 1963 Senator für Jugend und Sport, 1967 Senator für Inneres. 1977 Rücktritt wegen Korruptionsvorwürfen. Gest. 2012.

Oberkommissar (Kriminaloberkommissar, KOK): Besoldungsgruppe A11; Einkommen 1969 je nach Dienstalter zwischen 966 und 1512 DM.

Referat M: Abteilung der Berliner Kriminalpolizei, zuständig für Delikte am Menschen. Dienstsitz in der →Keithstraße 28–32.

Reichsvereinigung der Juden in Deutschland: Zwangsorganisation in Hitler-Deutschland, 1939 hervorgegangen aus der Reichsvertretung der Deutschen Juden. Ihr mussten alle nach NS-Verständnis jüdischen Menschen im Dritten Reich angehören. Die Reichsvereinigung nahm der Gestapo auf deren Befehl und strikt kontrolliert die Selbstorganisation der Juden ab. Ab 1941 musste die Reichsvereinigung auch die Deportationen der deutschen und österreichischen Juden in Gettos und Vernichtungslager vorbereiten.

Schöneberger Rathaus: 1914 wurde es als Rathaus der damals selbstständigen Stadt Schöneberg bei Berlin errichtet; hier tagte 1949–1993 das Landesparlament von →West-Berlin, das Abgeordnetenhaus. Ebenfalls ab 1949 bis 1991 amtierte hier der Regierende Bürgermeister von West-Berlin.

Schütz, Klaus: geb. 1926 in Heidelberg. Als junger Soldat schwer verletzt. Ab 1949 in →West-Berlin politisch aktiv, enger Vertrauter von Willy Brandt. 1957–1962 entsandtes Mitglied des Bundestages ohne Stimmrecht, anschließend Senator für

Bundesangelegenheiten und Staatssekretär im Auswärtigen Amt an der Seite von Brandt. Seit 1967 Regierender Bürgermeister von Berlin. Schütz verkörperte den pragmatischen Flügel der SPD und wurde dadurch zum Feindbild der linken Szene in West-Berlin. 1977 Botschafter der Bundesrepublik in Israel, 1981–1987 Intendant der Deutschen Welle in Köln. Gest. 2012.

Staatsschutz: Hervorgegangen aus der Politischen Polizei der Weimarer Republik, ermittelt der Staatsschutz mit kriminalistischen Methoden bei Delikten, die mutmaßlich aus politischen Gründen begangen worden sind. Polizeilicher Staatsschutz und →Landesamt für Verfassungsschutz stehen stets und standen auch 1969 in →West-Berlin in einem Spannungsverhältnis zueinander. Sie konkurrierten miteinander, setzten dabei aber auf unterschiedliche Methoden und hatten unterschiedliche Befugnisse.

Stasi (Ministerium für Staatssicherheit, auch: MfS): Geheimpolizei der SED-Diktatur, die gleichermaßen gegen innere Opposition wie gegen äußere Feinde arbeitete. Ende 1969 hatte das MfS insgesamt 40.328 hauptamtliche und rund 110.000 inoffizielle Mitarbeiter, davon mehr als 95 Prozent in der →DDR.

Synagoge Joachimstaler Straße: Im Hofflügel des 1902 errichteten Gebäudes der jüdischen Loge Bnai Brith fanden die ersten regelmäßigen jüdischen Gottesdienste in Berlin nach dem →Holocaust statt. Nach Errichtung des →Jüdischen Gemeindehauses in der Fasanenstraße 1959 kamen in der Synagoge Joachimstaler Straße die orthodoxen Juden West-Berlins zusammen.

Tallit: Gebetsschal jüdischer Männer, meist weiß mit blauen oder schwarzen Streifen.

Tanach: die Heilige Schrift des Judentums, das Pendant zum Alten Testament des Christentums. Der Tanach besteht aus den drei Hauptteilen Thora (»Weisung«), Nevi'im (»Propheten«) und Ketuvim (»Schriften«). Die Thora umfasst die fünf Bücher Mose und ist im jüdischen Glauben besonders wichtig.

Tegel: Flughafen in →West-Berlin, errichtet 1948 im Zuge der Luftbrücke. Seit 1960 im Linienbetrieb neben dem Zentralflughafen Tempelhof benutzt, seit 1968 für alle Charterflüge. 1969 Beginn des Neubaus für einen modernen West-Berliner Flughafen (fertiggestellt 1974).

Tempelhof: Berlins Zentralflughafen seit 1923. Das geschwungene Terminal stammt aus der NS-Zeit, ging aber erst nach 1945 in Betrieb. Die Startbahnen wurden während der Luftbrücke 1948/49 errichtet (bis dahin diente die Grasfläche des Tempelhofer Feldes als Bahn). 1969 nutzten etwa 4,5 Millionen Menschen den Flughafen, es gab etwa 200 Starts oder Landungen pro Tag.

Teufelsberg: Trümmerberg im Norden des West-Berliner Forstes Grunewald, aufgeschüttet über dem Rohbau der von Albert Speer geplanten »Wehrtechnischen Fakultät«. Ab 1957 Standort von Abhöranlagen der amerikanischen National Security Agency und des britischen Government Communications Headquarters und Sperrgebiet. Der benachbarte Drachenberg, ebenfalls ein Trümmerberg, wurde erst 1969 aufgeschüttet, war aber im Prinzip zugänglich.

Tupamaros Westberlin: linksradikale Terrorgruppe, entstanden aus den →Haschrebellen und der →Wielandkommune. Benannt nach Aktivisten in Uruguay, offiziell »Movimiento de Liberación Nacional«.

West-Berlin: umgangssprachliche Bezeichnung von 1950 bis 1990 für das aus den drei Sektoren der alliierten Schutzmächte gebildete Land Berlin. Der sowjetische Sektor der vormaligen Reichshauptstadt konstituierte als Ost-Berlin die »Hauptstadt der DDR«. Das offiziell der Bundesrepublik nur assoziierte, aber nicht zugehörige Land Berlin übernahm stets per Beschluss des Abgeordnetenhauses die zuletzt vom Bundestag in Bonn erlassenen Gesetze. Vertreter des Abgeordnetenhauses waren Mitglieder des Bundestages, dort aber nicht stimmberechtigt. In der Schreibweise »Westberlin« vor allem von der →DDR und der linken Szene benutzt.

Wielandkommune: antibürgerliches Wohnprojekt in der Wielandstraße 13 in Charlottenburg. Mehr als zehn linksradikale Aktivisten lebten dort, unter anderem Michael »Bommi« Baumann und Georg von Rauch. Hauptmieter der Wohnung war der Anwalt Otto Schily, der die Wohnung aber nicht nutzte.